KB147095

헨리 라이크로프트의
내밀한 기록

헨리 라이크로프트의
내밀한 기록

초판 1쇄 인쇄 · 2018년 5월 5일
초판 1쇄 발행 · 2018년 5월 12일

지은이 · 조지 기싱
옮긴이 · 이상옥
펴낸이 · 한봉숙
펴낸곳 · 푸른사상사

주간 · 맹문재 | 편집 · 지순이 | 교정 · 김수란
등록 · 1999년 7월 8일 제2-2876호
주소 · 경기도 파주시 회동길 337-16 푸른사상사
대표전화 · 031) 955-9111(2) | 팩시밀리 · 031) 955-9114
이메일 · prun21c@hanmail.net / prunsasang@naver.com
홈페이지 · http://www.prun21c.com

ⓒ 이상옥, 2018

ISBN 979-11-308-1337-0   03840
값 19,000원

이 도서의 국립중앙도서관 출판예정도서목록(CIP)은 서지정보유통지원시스템 홈페이지
(http://seoji.nl.go.kr)와 국가자료공동목록시스템(http://www.nl.go.kr/kolisnet)에서 이용하
실 수 있습니다.(CIP제어번호:CIP2018013495)

헨리
라이크로프트의
내밀한 기록

조지 기싱 **지음** | 이상옥 **옮김**

푸른사상
PRUNSASANG

서문

헨리 라이크로프트라는 이름이 이른바 독서 대중의 귀에 익었던 적은 없었다. 1년 전에 문예지의 부음란도 그의 생년월일과 출생지, 그가 쓴 몇 권의 책 제목, 정기간행물에서 그가 했던 일에 대한 언급, 그리고 그의 사망 경위 등, 그에 대해서 꼭 필요하다고 여겨지는 만큼의 내용만 수록했다. 그 당시에는 그것으로 족했다. 그를 알고 있었거나 그를 어느 정도 이해하고 있던 사람들마저 필경 그의 이름이 그 이상의 대접을 받을 만하다고 느끼지는 않았을 것이다. 다른 사람들처럼 그도 이 세상에서 살며 고되게 일했고 다른 사람들처럼 그도 안식을 찾아갔을 뿐이다. 그러나 나에게는 라이크로프트가 남긴 문서들을 살펴보는 임무가 떨어졌다. 내 재량으로 이 작은 책 한 권을 출판해야겠다는 결심을 하자, 한두 마디의 전기적 사실을 보충해두는 것이 좋겠다는 생각이 든다. 즉 이 책에 수록된 자기현시(自己顯示)의 의미를 해명하는 데 도움이 될 만큼만 그에 관한 세부 사실을 밝혀 둘 필요가 있겠다고 생각한 것이다.

내가 처음 그를 알게 되었을 때 그는 나이가 마흔이 되어 있었으며, 이미 20년간이나 문필로 생계를 꾸려 오고 있는 중이었다. 그는 빈곤

뿐만 아니라 정신노동에 아주 불리한 나쁜 환경에 시달리면서 고되게 살고 있었다. 그는 여러 장르의 작품 창작을 시도했지만, 어느 하나에서도 두드러진 성공을 거두지 못했다. 그러나 간혹 그는 꼭 필요한 생계비 이상으로 약간의 돈을 벌 수 있어서 몇 군데 외국 탐방도 할 수 있었다. 태생적으로 자립적이었고 꽤나 냉소적인 눈을 가지고 있던 그는 야망의 좌절, 온갖 종류의 환멸, 암울한 빈곤에의 예속 등으로 인해 고통을 겪고 있었다. 하지만 내가 지금 이야기하고 있는 그 시절에, 그가 그 고통의 결과로 기가 죽어 있지는 않았고 오히려 정신과 기질을 아주 엄격히 다잡고 있어서 그와 일상적인 교제를 하고 있었던 사람들이라면 그가 평온하게 만족스러운 생활을 하고 있나 보다고 생각할 수밖에 없었을 것이다. 몇 년 동안 그를 친구로 사귀고 나서야 비로소 나는 그가 어떤 일을 겪었으며 그의 실제 생활이 어떠한지를 올바로 알 수 있었다. 라이크로프트는 평범하게 반복되는 근면한 일상생활에 조금씩 굴복해 가고 있었다. 그는 단순한 돈벌이만을 위한 일도 많이 했다. 평론을 썼고, 번역을 했으며 또 정기간행물 기사를 쓰기도 했다. 오랜만에 한 번씩 그의 이름으로 된 책이 나오기도 했다. 그가 고초에 시달린 적이 있었음을 나는 의심하지 않는다. 그는 드물지 않게 건강 문제로 고통을 겪었는데, 아마 육체적 과로에 못지않은 정신적 과로 때문이었을 것이다. 그러나 대체로 그는 다른 사람들처럼 생계비를 벌었고, 하루하루 하는 일을 당연한 것으로 받아들이면서 좀처럼 불평을 하지 않았다.

세월이 흐르고 여러 일이 있었지만 라이크로프트는 여전히 힘들게 일하면서도 가난을 면치 못했다. 우울할 때면 그는 체력이 떨어진다는 말을 했고 미래에 대한 두려움 때문에 시달리고 있음이 분명했다. 남에게 신세를 진다는 것은 그에게 견딜 수 없는 일이었다. 내가 그의 입에서 나온 자랑을 딱 한 번 들은 적이 있는데 그것은 빚을 진 적이 없다는 말이었다. 불리한 환경을 상대로 그토록 오랫동안 고통스럽게 싸움을 벌이고도 끝내 패배자로 생애를 마감할지 모른다는 생각은 그에게 고통스러웠다.

보다 행복한 운명이 그를 위해 마련되어 있었다. 나이 쉰에 건강이 기울기 시작하고 체력이 감퇴하기 시작했을 때, 라이크로프트는 희귀한 행운을 맞아 고통스러운 삶으로부터 갑자기 해방되었고 일찍이 바라지 못했던 마음과 상황의 안정(安靜)을 누리기 시작했다. 라이크로프트에게는 한 지인이 있었는데 그는 라이크로프트가 생각한 것 이상으로 친구 노릇을 하고 있었다. 그 무렵 지쳐 빠져 있던 라이크로프트는 그 친구가 죽으면서 자기에게 연간 3백 파운드씩의 종신 연금을 남겼다는 놀라운 소식을 접하게 되었다. 그는 몇 년째 홀아비로 지내오고 있었고 유일한 소생이던 딸이 결혼해서 이제는 부양가족마저 없었기 때문에 그만한 연금이면 넉넉했다. 몇 주일 후에 그는 그 당시에 살고 있던 런던 교외를 떠나 잉글랜드에서도 자기가 가장 사랑하던 지역으로 옮겨갔다. 엑서터 근교의 어느 시골집을 빌린 그는 한 농촌 출신 가정부의 돌봄을 받으며 아주 편안하게 정착할 수 있었다. 이따금 몇몇 친구들이 그를 보러 데번으로 내려가곤 했다. 그런 즐거움을 누렸던 사람들이라면 반쯤 야생 상태로 내버려 둔 정원 속의 작고 수수한 집이며, 엑스강 골짜기 건너 홀던까지 이르는 빼어난 풍경을 내다볼 수 있는 아늑한 서재며, 주인으로부터 받은 정중하고 유쾌한 환대며, 그와 함께 산책했던 오솔길과 목초지, 그리고 농촌의 고요한 밤에 나누었던 긴 이야기를 잊을 수 없을 것이다. 우리는 그 모든 것들이 오랫동안 지속되기를 바랐다. 사실 라이크로프트가 건강한 사람이 되려면 휴식과 고요한 생활만이 필요한 듯했다. 그러나 그 자신이 모르는 사이 그는 이미 심장병을 앓고 있었다. 그가 이 만족스러운 평온을 누리기 시작한 지 5년이 조금 더 지났을 때 그 병이 그의 명을 단축하고 말았다. 그는 늘 갑자기 죽게 되기를 바라고 있었다. 그는 투병 생활을 두려워했는데 무엇보다 남들에게 폐를 끼치고 싶지 않았기 때문이었다. 어느 여름날 저녁 몹시 더운 날씨에 긴 산책을 하고 돌아온 그는 서재에서 소파에 누웠다. 그의 평온한 얼굴은 거기서 잠을 자던 그가 큰 침묵 세계로 옮겨 갔음을 말해 주고 있었다.

라이크로프트는 런던을 떠나면서 작가 생활과 고별했다. 그는 나에게 단 한 줄의 글도 출판을 위해서는 쓰지 않게 되기를 바란다고 말했다. 그러나 그가 죽은 후에 뒤져 본 그의 문서 중에서 나는 세 권의 원고철과 마주치게 되었는데 그 원고는 얼핏 보기에 일기처럼 보였다. 그중 한 권의 첫 장에 쓰인 날짜는 그 일기가 데번으로 이주한 지 얼마 되지 않아서 시작되었음을 말해 주었다. 이 원고를 조금 읽어 보자 나는 그것이 단순한 나날의 기록이 아님을 알았다. 이 노련한 문필가는 펜의 사용을 전적으로 그만두기가 불가능하다는 것을 알게 된 나머지 기분이 내키는 대로 생각이니 회상이니 약간의 몽상이니 심경

묘사니 하는 것들을 적어 두고 글마다 그것을 쓴 달을 밝혀 두었음이 분명했다. 내가 흔히 그와 함께 지내곤 하던 바로 그 방에 앉아서 나는 그 원고철을 한 장씩 읽으며 이따금 죽은 친구의 목소리가 내게 다시 들리는 듯한 착각을 했다. 나는 그가 지친 얼굴로 침통한 표정을 짓거나 미소를 띠던 것을 떠올리면서 내 눈에 익은 그의 자세 및 몸짓을 회고하기도 했다. 그러나 이 기록된 가십 속에서 그는 지난날에 대한 우리의 대화 속에서보다 더 내밀하게 자기 자신을 드러내고 있었다. 라이크로프트는 과묵의 부족이 허물이 되었던 적이 없는 사람이었다. 그는 점잖게 묵종하면서 논쟁과 자기주장은 회피하는 편이었는데 이는 많은 고생을 한 민감한 사람들에게 자연스러운 일이다. 그런데 이 원고 속에서 그는 나에게 아무 제약 없이 말하고 있었고, 그래서 이 원고를 모두 읽자, 나는 그를 이전보다 더 잘 알게 되었다.

이 글들이 독자들에게 읽히도록 의도되어 있지 않음은 확실했다. 그러나 여러 구절에서 나는 문예 창작적 목적을 감지할 수 있는 듯했다. 그저 오랜 집필 습성에서 빚어진 어투 같은 것들을 넘어서는 무엇이 그의 글 속에는 들어 있었다. 특히 그의 회고담 중의 얼마는 어떤 방식으로든 이용해야겠다는 생각을 막연하게나마 하지 않았다면 애써 적어 두지 않았을 것처럼 보인다. 내가 생각하기로는 그가 행복하게 여가를 누리면서 또 한 권의 책을 쓰되 이번에는 자기만족을 위해서만 써야겠다는 욕망이 생겨나게 되었던 게 아닌가 싶다. 분명히 그것은 그로서 할 수 있었던 최선의 일이었을 것이다. 그러나 그는 이 단편적 기록들을 정돈해 두려고 하지는 않았던 것 같다. 아마도 그가 이 기록들을 어떤 형식으로 묶어야 할지 결정하지 못했기 때문일 것이다. 그가 1인칭 저술을 낸다는 생각을 꺼렸을 거라고 상상할 수도 있다. 그는 그런 책이 허세 부리기로 비칠 거라고 생각하면서 자기의 지혜가 좀 더 원숙해질 날까지 기다리자는 다짐을 했는지도 모른다. 그래서 그는 각필하고 말았을 것이다.

이런 추측을 하니까, 이 불규칙적으로 쓰인 일기가 처음 비친 것보다도 더 큰 흥밋거리가 될 수 있지 않을까 하는 생각이 들었다. 내게는 이 일기가 지닌 사사로운 호소력이 아주 강하게 다가왔고, 혹시 이 일기에서 책 한 권 분량을 가려 뽑는다면, 눈으로만 읽지 않고 마음으로도 읽는 독자들에게는, 적어도 그 성실성만으로도 가치가 없지 않을 거라는 생각이 들었다. 나는 다시 원고철을 펴서 읽었다. 그 속에는 한때의 욕구가 그것도 아주 수수한 욕구가 이제는 충족되었다고 느끼고 있을 뿐만 아니라 커다란 행복감까지 누리고 있는 한 인간의 모습이 부각되어 있었다. 그는 많은 것들에 대해 이야기하면서 자기 생각을 정확히 표현했다. 그는 또 자기 자신에 대해 이야기하면서도 한 인간의 능력이 미치는 한 최대의 진실을 말했다. 내가 보기에 이 일기는 인간적 흥미를 지니고 있었다. 그래서 나는 출간을 결심했다.

이 일기를 배열하는 문제가 마땅히 고려되어야 했다. 나는 이 책을 단순히 조잡한 잡문집으로만 내고 싶지 않았다. 서로 연결이 되지 않는 구절구절에 제목을 단다든지 그것들을 어떤 주제명 아래 묶는다든지 한다면 그 기록의 자연스러움이 방해받을 터인데, 나는 무엇보다도 자연스러움을 살리고 싶었다. 내가 가려 뽑아 놓은 구절들을 읽어

보니, 자연의 모습이 아주 빈번히 언급되고 있으며 많은 성찰이 그 쓰인 날짜의 계절에 부합한다는 생각이 들었다. 라이크로프트가 날씨의 변화와 계절의 진행에서 많은 영향을 받고 있었다는 것도 알았다. 그래서 나는 이 작은 책을 계절에 따라 제목을 붙인 네 개의 장으로 나누어야겠다는 생각을 하게 되었다. 모든 분류가 그러하듯, 이 책의 장별 분류도 완벽하지는 않으나 그런대로 쓸모는 있을 것이다.

조지 기싱

차례

차례

봄

Spring

나는 읽은 내용을 몇 조각밖에
기억하지 못하지만 꾸준히 즐겁
게 책을 읽을 것이다. 나는 미래
의 삶을 위해 지식을 모으고자
하는 것일까? 사실, 읽은 내용을
잊어버리고 있다는 것이 이제는
내게 고통스럽지도 않다. 나는
사라지는 순간순간의 행복을 누
리고 있으며, 언젠가는 죽게 되
어 있는 인간의 몸으로 그 이상
무엇을 더 바랄 것인가?

1

한 주일이 넘도록 나는 펜에 손을 대지 않았다. 꼬박 이레 동안 글을 쓰기는커녕 편지 한 장도 쓰지 않았다. 몸져누워 있느라 글을 쓰지 못한 적이 한두 번 있었지만 그런 경우를 제외하고는 일찍이 없었던 일이다. 내 일생으로 말하자면, 늘 불안한 노역으로 지탱되어야 했던 삶이었다. 모든 사람의 삶이 그렇듯 나도 마땅히 살기 위해 살았어야 했건만 내 삶은 그렇지 못했고 오직 두려움의 고통 속에서 살아야만 했다. 돈을 버는 일은 당연히 어떤 목적을 이루기 위한 수단이어야 한다. 그런데도 열여섯 살 때부터 스스로 벌어서 살아야 했던 나는 지난 30년이 넘도록 돈벌이 자체를 목적으로 여기며 살지 않을 수 없었다.

이 낡은 펜대가 나를 원망하고 있으리라는 생각이 들 지경이다. 이 펜대는 그간 나의 문필 생활을 위해 훌륭히 봉사해 오지 않았던가? 이제 내가 행복해졌다고 해서 이 펜대가 먼지나 뒤집어쓰고 있도록 못 본 척해서야 되겠는가? 날이면 날마다 내 집게손가락에 놓여 있던 바로 그 펜이 아닌가? 그게 그러니까 몇 년 동안이던가? 적어도 20년은 될 것이다. 토트넘 코트 로드에 있는 어떤 가게에서 이 펜대를 사던 기억이 아직도 새롭다. 이야기가 났으니 말인데, 그날 나는 문진도 하나 샀는데, 값이 1실링*이나 되는 사치품이라 몸이 떨렸었다. 새로 칠한 바니시 때문에 번쩍이던 펜대가 지금은 온통 수수한 갈색일 뿐이다. 펜대를 잡던 집게손가락에 지금은 굳은살이 남아 있다.

　오랜 동반자였지만 오랜 적이기도 했었지! 글을 써야 한다는 필요성이 혐오스러워 머리와 마음은 무거운데 진저리가 난다는 듯한 눈을 하고 떨리는 손으로 펜대를 잡은 적이 얼마나 많았던가. 잉크로 더럽혀야 했던 하얀 원고지들을 얼마나 두려워했던가. 오늘 같은 날, 봄의 파란 눈이 장밋빛 구름 사이로 웃음지어 보일 때면, 그리고 햇빛이 내 책상 위에서 번쩍이는 것을 보고 내가 꽃 피는 대지의 향내랑 언덕 위 낙엽송의 초록빛이랑 구릉에서 노래하는 종달새 소리가 그리워 거의 미칠 지경이 될 때면, 원고 쓰기가 어느 때보다 더 두려웠다. 내가 열렬히 펜을 잡던 시절도 있었지만 그것은 어린 시절보다도 더 먼 옛날인 듯하다. 그 당시에는 혹시 내 손이 떨렸다 하더라도 그것은 희망이 있었기 때문이다. 그러나 그 희망은 나를 배반하고 말았다. 왜냐하면 내가 쓴 글의 어느 한 페이지도 문학사 속에 살아남을 만한 것이 없기 때문이다. 지금은 물론 쓰라린 감정 없이 이런 말을 할 수 있다. 그런 희망을 품은 것은 철없는 젊은 시절의 과오였고, 피치 못할 상황 때문에 그 과오는 계속되어야만 했었다. 세상 사람들이 내 작품을 부당하

---

*　실링(shilling)은 요즘은 쓰지 않는 영국의 화폐 단위이다. 오늘날은 영국 돈 1파운드가 100펜스이지만, 1971년의 화폐 개혁 이전에는 파운드와 페니(펜스) 사이에 실링이라는 단위가 있었다. 그 시절에는 1파운드가 20실링이었고 1실링은 12펜스였으므로 1파운드는 240펜스였다.

게 대접한 적은 없었다. 다행히도 나는 독자들에게 부당한 대접을 받았다며 세상을 원망하지는 않을 정도로 현명해졌다. 글을 쓰는 사람이라면, 설령 불멸의 작품을 썼다 하더라도, 세상 사람들이 냉대한다고 어찌 분격할 수 있을 것인가? 누가 그에게 책을 내라고 권한 적이라도 있단 말인가? 글을 쓰면 읽어 주겠노라고 약속이라도 한 적이 있는가? 누가 그런 약속을 저버린 적이라도 있는가? 가령 한 제화공이 훌륭한 구두 한 켤레를 만들어 주었는데 내가 짓궂게 심통을 부리며 그에게 구두를 내던진다면, 이 부당한 대접에 대해 그 제화공은 불평할 만도 하다. 하지만 우리가 쓰는 시나 소설로 말하자면, 누가 그것을 사서 읽어 주겠노라고 흥정한 사람이라도 있단 말인가? 성실하게 쓴 작품인데 아무도 사서 읽어 주지 않는다면, 우리는 기껏해야 자신을 불운한 작가라고 부를 수 있을 뿐이다. 또 하늘에서 내린 것같이 훌륭한 작품이라 하더라도 사람들이 많은 돈을 내고 사 주지 않는다는 이유로 분개한다면 이를 결코 떳떳한 일이라 할 수는 없을 것이다. 인간의 정신이 빚어내는 작품의 가치를 시험하는 방도는 하나밖에 없다. 그것은 아직 태어나지 않은 미래 세대가 어떻게 판정할 것이냐 하는 것이다. 만약 그대가 위대한 작품을 썼다면, 다가올 세상이 그 작품을 알아주게 될 것이다. 하지만 그대는 죽은 후에 누릴 영광에 대해서는 관심이 없다. 그대는 생전에 안락의자에 앉아 명성을 누리고 싶어 한다. 아, 그건 전혀 다른 이야기이다. 그대의 욕망대로 용기를 가져 보라. 그대 자신이 장꾼이나 다름없다는 것을 인정하고 나서, 그대가 내놓은 상품이 이미 비싼 값으로 팔리고 있는 다른 수많은 상품

보다도 품질이 더 낮다며 신이나 인간을 향해 항의해 보라. 그 항의가 정당할 수도 있을 것이다. 그렇다면 사실 세상의 유행이 그대의 상품 진열대를 외면한다는 것이 그대에게는 불운한 일이다.

2

　방이 어쩌면 이토록 조용할 수 있을까! 나는 아무 일도 하지 않으며 앉아서 하늘을 쳐다보거나, 양탄자 위에서 시시각각으로 모양이 변하는 황금 햇살을 바라보거나, 벽에 걸린 액자 속의 판화들을 하나씩 살피거나, 책꽂이에 줄 지어 늘어선 내 사랑하는 책들을 훑어보고 있었다. 움직이는 것이라고는 집 안에 하나도 없다. 정원에서 새들이 지저귀는 소리며 날개를 퍼덕이는 소리가 들린다. 그러니, 내가 원한다면, 하루 종일이라도 그리고 밤이 되어 더 깊은 정적이 찾아올 때까지도 이렇게 앉아 있을 수 있다.

　나의 집은 흠잡을 데가 없다. 아주 운이 좋게도 나는 이 집 못지않게 마음에 쏙 드는 가정부를 찾아냈다. 그녀는 나직한 목소리로 말하고 사뿐사뿐 걷는가 하면 나이가 지긋한 여인인데도 내게 필요한 시중을 다 들 수 있을 만큼 힘이 있고 날래며 혼자 지내는 것을 두려워하지 않는다. 그녀는 아침에 아주 일찍 일어난다. 내가 조반을 들 무렵이면 밥상을 차리는 일 말고는 이미 집안일이 별로 남아 있지 않다. 도자기 따위가 쨍그렁거리는 소리도 거의 들을 수 없고, 출입문이나 창 닫는 소리도 들리지 않는다. 오, 축복받은 정적이여!

누군가가 나를 찾아올 가능성은 조금도 없고, 내가 다른 사람을 찾아간다는 것도 꿈조차 꾸지 않는다. 나는 한 친구에게 답장을 써야 할 빚이 있다. 하지만 그 편지야 잠자리에 들기 전에 쓸 수 있고 아니면 내일 아침까지 미룰 수도 있다. 친구에게 보내는 편지는 마음이 내킬 때가 아니면 쓰지 말아야 하는 법이다. 아직까지 조간신문도 보지 않았다. 보통 나는 아침 산책을 마치고 지쳐서 돌아올 때까지 신문 보는 일을 미룬다. 산책을 마친 뒤라야 시끄러운 세상이 어떻게 돌아가고 있는지, 인간이 어떤 새로운 자학 행위를 하고 있는지, 어떤 새로운 형태의 헛수고와 어떤 위험과 갈등의 계기들을 찾아냈는지를 알아보는 일이 흥미로워진다. 나는 그따위 서글프고 어리석은 인간사에 아침의 싱그러운 기분을 바치고 싶지 않다.

내 집은 흠잡을 데가 없다. 집의 내부를 우아하게 정돈하기에 충분할 정도로만 클 뿐이다. 집안의 여유 공간도 최소이며 이 정도의 여유도 없다면 편하게 살 수가 없을 것이다. 집의 구조는 단단하다. 목재나 석회를 다룬 솜씨로 말하자면, 우리 시대에 비해서 사람들이 한층 더 느긋하고 더 정직하게 일하던 시대에 이 집이 지어졌음을 말해 준다. 계단을 걸을 때 발아래서 삐걱거리는 소리가 나지 않는다. 나는 문틈으로 들어오는 외풍의 엄습을 당하지도 않는다. 큰 힘을 들이지 않고 창문을 여닫을 수도 있다. 벽지의 색상이나 무늬 같은 자질구레

한 것들에 대해서는 관심이 없다고 고백하겠다. 벽지가 너무 눈에 거슬리지만 않는다면 나는 만족한다. 가정에서 맨 먼저 고려되어야 할 것은 편안함이다. 돈, 참을성 그리고 안목이 있다면 세부적인 것을 추가하면 된다.

내게는 이 작은 서재가 멋있게 보이는데, 무엇보다 이곳이 내 집이기 때문이다. 일생의 대부분을 나는 집 없이 살아왔다. 나는 여러 곳에서 살아 보았는데 그중의 몇 곳은 진저리나게 싫었고 몇 곳은 아주 쾌적했다. 그러나 내가 이 집으로 옮겨 오기까지는 그 어디서도 가정을 가정답게 해 주는 안정감을 누리지 못했다. 악운 때문에 혹은 지긋지긋한 궁핍 때문에 언제 어느 순간 사는 곳에서 쫓겨날지도 몰랐다. 그 긴 세월 동안 나는 "아마도 장차 나도 집을 가지게 될 날이 있겠지"라고 다짐하곤 했다. 그러나 세월이 흐를수록 그 '아마도'라는 말이 점점 더 무게를 띠게 되었고, 행운의 여신이 몰래 나에게 미소를 짓던 그 순간에도 사실 나는 집을 가지겠다는 희망을 거의 버리고 있었다. 그러다가 드디어 내 집을 갖게 된 것이다. 이제는 새 책을 책꽂이에 꽂으면서 "내게 너를 읽을 눈이 있는 한 여기 있어 다오"고 말할 수 있다. 그러면 찌릿한 기쁨이 나를 전율케 한다. 이곳은 20년 계약으로 임대한 나의 집이다. 내가 그만큼 오래 살지는 못할 것이 확실하지만, 혹시 그만큼 산다 하더라도 집세를 내고 음식물을 살 만한 돈은 내게 있을 터이다.

이런 행운의 해가 뜨는 것을 영영 보지 못하고 말 불행한 사람들을 생각하면 나는 연민을 금할 수 없다. 나는 성공회 기도서의 탄원에다 "대도시의 거주자들을 위해서, 그리고 특히 셋집, 하숙집, 아파트 혹은 인간의 빈곤이나 우매함이 '집'이랍시고 고안해 낸 그 집 같지도 않은 집에 거주해야 하는 모든 사람들을 위해서"라는 구절을 추가하고 싶다.

나도 금욕주의자의 미덕을 곰곰이 생각해 본 적이 있지만 늘 헛된 일이었다. 이 작은 지구 위에서 거주지 때문에 속을 태운다는 것이야말로 바보스럽다는 것을 나는 잘 알고 있다.

하늘의 눈 태양이 비치는 곳이면 어디든
현자에게는 머물 곳이요 행복한 휴식처가 될 수 있으리.*

그러나 나는 지혜로운 생각을 늘 경원(敬遠)해 왔다. 철학자의 쩌렁쩌렁 울리는 문장이나 시인의 화려한 노래에서는 이런 지혜가 무엇보다 더 아름답다는 것을 알고는 있다. 하지만 나는 이런 지혜에 영영 이르지 못하고 말 것이다. 스스로 실천할 수 없는 미덕을 마치 갖추고 있는 것처럼 행세한다고 해서 나에게 무슨 소용이 있겠는가? 나에게는 어디서 어떻게 사느냐가 가장 중요하다. 이것만 고백하고 그만 말하기로 하자. 나는 사해동포주의자가 아니다. 내가 영국이 아닌 곳에서 죽는다고 생각하면 무서운 일이 될 것이다. 그리고 영국에서도 이곳이 바로 내가 선택한 거처이고 내 가정이다.

---

*   셰익스피어, 『리처드 3세』 1막 3장 275~276행.

3

    나는 식물학자가 아니지만 오래전부터 즐겁게 초본 수집을 해 왔다. 모르는 식물과 마주치면 도감을 펴서 그게 무슨 식물인지를 알아내고 훗날 그 식물이 길가에서 환하게 눈에 띄면 이름을 불러 주며 반긴다. 희귀한 식물이라면 그 발견이 나에게는 환희가 된다. 위대한 예술가인 자연은 평범한 꽃들을 흔히 볼 수 있는 곳에 만들어 두었다. 우리가 아주 천한 잡초라고 부르는 것까지도 너무 경이롭고 너무 사랑스러워서 인간의 언어로는 이루 표현할 수 없을 정도지만 그런 것들은 모든 행인들이 볼 수 있는 곳에서 살고 있다. 반면에 진귀한 꽃들은 보다 오묘한 기분에 빠진 예술가가 은밀한 곳에 따로 만들어 두기 때문에 이런 꽃을 발견하게 되면 마치 보다 신성한 영역에 입장 허락을 받은 기분이 된다. 이럴 때면 나는 반가움 속에서 경외감까지 느낀다.

    오늘 나는 긴 산책을 하고 왔다. 산책이 끝날 무렵 하얀 꽃이 핀 선갈퀴를 보았다. 아직 어린 물푸레나무 숲 속에서 자라고 있는 것들이었다. 그 꽃을 오랫동안 바라보고 있을 때 그 주변에 번질거리며 매끈한 올리브색의 가느다란 물푸레나무들이 우아하게 서 있어서 즐거웠다. 바로 곁에는 느릅나무 숲도 있었는데 마치 어떤 알려지지 않은 언어의 문자가 버짐처럼 그 껍질을 뒤덮고 있는 듯했기 때문에 가까이 있는 어린 물푸레나무들이 그만큼 더 아름답게 보였다.

산책을 나가서 아무리 오랫동안 헤매고 다닌다 해도 문제가 되지 않는다. 내게는 돌아가서 해야 할 일이 없고, 아무리 늦도록 밖에서 서성인다 해도 화를 내거나 불안해할 사람이 없다. 오솔길과 풀밭에서 봄이 눈부시게 빛을 내고 있기에 나는 내 앞에 펼쳐져 있는 꾸불꾸불한 오솔길들을 모조리 좇아가야 할 것 같은 기분이 된다. 이 봄은 오랫동안 잊혔던 젊음의 생기를 나에게 얼마쯤 되찾아 주었다. 나는 지칠 줄 모르고 걷는다. 혼자 소년처럼 노래도 부른다. 소년 시절에 부르던 노래다.

소년 시절이란 말을 하니까 어떤 일이 하나 생각난다. 한 작은 마을 근처 숲가의 한적한 곳에서 나는 열 살쯤 되어 보이는 어린 소년과 마주쳤는데 그 애는 나무 둥치에 기댄 채 팔에 얼굴을 묻고 통곡하고 있었다. 나는 그에게 왜 그러고 있느냐고 물었다. 그 애는 그저 시골뜨기라고만 할 수는 없는 아이였는데 약간의 실랑이 끝에 나는 그가 울고 있는 이유를 알아냈다. 사연인즉, 외상 빚을 갚을 6펜스를 들고 심부름을 가다가 도중에 그 돈을 잃어버리고 말았다는 것이었다. 가엾은 아이는 어른들의 경우라면 절망의 고뇌라고 할 만한 참담한 심정이었고 오랫동안 울고 있었음이 분명했다. 마치 고문이라도 당하고 있듯이 안면근육은 온통 경련을 일으키고 있었고 팔다리도 떨고 있었다. 눈빛과 목소리는 잔악무도한 죄수들이나 당해야 할 그런 참담함을 겪고 있음을 말해 주고 있었다. 그런데 이게 모두 6펜스를 잃었기 때문이라니!

나도 그 애와 함께 눈물을 쏟고 싶은 심경이었다. 그 광경이 암시하는 모든 것에 대한 연민과 분노의 눈물 말이다. 형언할 수 없이 화창한 봄날, 대지와 하늘이 인간의 영혼에 축복을 내리고 있는데, 천성이 시키는 대로 아이답게 즐거워해야 할 녀석이 6펜스짜리 동전 한 닢을 잃었다고 해서 이렇게 가슴이 터지도록 울고 있어야 하다니! 그 돈을 잃은 것은 참으로 심각한 것을 의미했고, 그 애는 그것을 알고 있었다. 아이는 부모의 꾸지람을 듣거나 매를 맞을까 두려워하고 있는 것이 아니라 자기가 부모에게 끼친 손해가 막대하다고 여기며 참담함을 어쩌지 못하고 있었던 것이다. 6펜스 동전 한 닢을 길가에 떨어뜨린 죄로 온 가족이 불행해져야 하다니! 소위 '문명' 국가라고 하는 곳에서 이런 일이 일어날 수 있다면 도대체 무슨 말로 그 국가를 형용해야 한단 말인가?

나는 주머니를 뒤져 6펜스어치의 기적을 일으켰다.

내가 마음의 평정을 되찾는 데는 반 시간이나 걸렸다. 인간의 우매함에 대해 격분하는 것은 인간이 좀 덜 우매해지기를 바라는 것만큼이나 부질없는 짓이다. 나에게는 그 6펜스어치의 기적이 대단한 것이다. 그런 기적이 전적으로 내 능력 밖이었거나 그런 기적을 위해서는 한 끼를 걸러야만 했던 시절이 나에게 있지 않았던가. 그러니 다시 한 번 기뻐하고 감사히 여겨야겠다.

4

지금 누리고 있는 이런 유복한 생활을 내가 갑자기 누리게 되었다면 양심의 가책으로 인해 시달리게 되었을 그런 시절이 있었다. 세상에! 노동자 계층의 서너 가족을 부양할 만큼의 충분한 수입에다 사방으로는 아름다운 것들뿐이고 게다가 집 한 채를 독차지하고 살면서도 그 대가로 아무 일을 하지 않아도 되다니! 필경 이런 유족한 생활을 하는 데 대한 변명을 하느라 나는 궁지에 몰렸을 것이다. 그 시절 나는 이름 없는 다수 대중이 최소한의 연명을 위해서 얼마나 발버둥치고 있는가를 시시각각 절감하고 있었다. "사람이 연명하는 데 얼마나 돈이 적게 드는지(quam parvo liceat producere vitam)"*를 나만큼 잘 알고 있는 사람도 없을 것이다. 나는 거리에서 굶주린 적이 있고, 더없이 초라한 거처에서 자기도 했다. 또 소위 '특권층'에 대한 분노와 시기심으로 가슴이 불타는 듯한 느낌이 어떤 것인지도 잘 알고 있다. 그렇다. 하지만 그 시절에도 나는 사뭇 그 '특권을 누리는 사람들' 중의 하나였었다. 그러기에 지금 그 사람들 사이에서도 인정되는 지위를

---

* 로마의 시인 루카누스(Lucanus, 39~65)의 『내란기(*Pharsalia*)』. IV. 377.

봄

받아들이면서 자책감을 조금도 느끼지 않을 수 있는 것이다.

　그렇다고 해서 나의 넓은 동정심이 무디어졌다는 뜻은 아니다. 가난한 사람들이 사는 곳을 찾아가서 비참하게 사는 광경을 지켜본다면, 그간의 생활이 나에게 가져다 준 마음의 평정이 한꺼번에 깨져 버릴 수도 있다. 내가 멀찍이 떨어져 서서 그 광경을 보지 않으려고 고의로 외면한다면, 그 이유는 문명인에게 어울리는 생활을 하는 사람이 한 사람 더 생긴다고 해서 이 세상이 더 나아지면 나아졌지 결코 더 나빠지지는 않을 것이라고 믿기 때문이다. 잘못된 일을 보면 영혼의 충동 때문에 공박하지 않고는 견디지 못하는 사람이 있거든 가서 외치며 가차 없이 규탄하도록 하라. 소명 의식이 있는 사람이라면 나아가서 싸우도록 하라. 내가 그런 일을 한다면 그것은 내 천성의 인도를 저버리는 일이 될 것이다. 내가 뭔가를 알고 있다면, 그것은 나의 천성이 고요와 명상의 생활에 알맞다는 것이다. 오직 그런 생활을 해야 내가 지닌 인간적 미덕이 제대로 발휘될 수 있다는 것을 나는 알고 있다. 반세기가 넘도록 살아오는 동안 나는 이 세상을 어둡게 하는 잘못이나 어리석음의 대부분이 영혼을 조용한 상태로 두지 못하는 사람들에게서 비롯된다는 사실을 알게 되었다. 뿐만 아니라 인간을 파멸에서 구원해 주는 착한 성품도 대부분 고요한 명상 속의 삶에서 나온다는 것을 알게 되었다. 날마다 세상은 더 시끄러워지고 있다. 나 한 사람만이라도 그 소란을 더 악화시키는 데 동참하고 싶지 않다. 내가 오직 잠자코 있기만 해도 온 세상 사람들에게 복을 베푸는 셈이 될 것이다.

　만약 전 국민의 5분의 1에게 연금을 주어 나처럼 조용히 살도록 유도한다면 나라의 예산이 참으로 쓸모 있게 쓰이고 있다고 말할 수 있지 않을까.

5

존슨*은 이렇게 말한 적이 있다. "선생, 사람들은 마치 가난이 죄가 아닌 것처럼 보이게 하려고 많은 주장들을 늘어놓는데, 그 모든 것은 곧 가난이 분명히 큰 죄임을 반증하고 있답니다. 재산이 많으면 아주 행복하게 살 수 있다는 사실을 우리에게 설득시키려고 애쓰는 사람을 볼 수는 없으니까요."

이 굳건한 상식의 노대가(老大家)는 무언가를 알고서 이런 말을 했다. 물론 가난은 상대적인 것이다. 가난이라는 말은 무엇보다도 개개인이 지성인으로 차지하고 있는 지위와 관계 있다. 신문의 보도를 그대로 믿을 수 있다면, 영국의 내로라하는 사람들 중에서 일주일에 25실링의 수입만 보장된다면 스스로를 가난한 사람이라고 부를 권리가

---

* 18세기 영국 문호 새뮤얼 존슨(Samuel Johnson)은 제임스 보스웰(James Boswell)이 쓴 전기를 통해 많은 경구(警句)적 어록을 남겼는데, 이 인용문은 그 중의 하나이다.

없는 사람들이 여럿 있다. 왜냐하면 이 사람들의 지적 요구는 마구간에서 일하는 소년이나 부엌일을 돕는 하녀의 수준에 머물고 있기 때문이다. 나도 그 정도의 수입으로 살 수는 있지만, 사실 가난한 살림이 될 것이다.

사람들은 흔히 돈을 가지고서도 가장 귀한 것들은 살 수 없다고 말한다. 이런 입에 발린 소리는 곧 그들이 돈이 부족해서 고생한 적이 없다는 것을 증명해 줄 뿐이다. 1년에 벌 수 있던 돈이 생계비로는 몇 파운드씩 부족했기 때문에 내가 겪어야 했던 그 모든 슬프고 황량했던 삶을 되돌아볼 때, 나는 늘 돈의 위력 앞에서 새파랗게 질리지 않을 수 없다. 그동안 가난 때문에 모든 사람들이 원하는 소박한 형태의 행복 같은 그런 흐뭇한 즐거움마저 놓쳐야 했던 일이 얼마나 많았던가! 여러 해 동안 나는 좋아하는 사람들을 만날 수도 없었다. 내게 약간의 돈만 있었어도 할 수 있었을 일들을 돈이 없어 하지 못하고 슬픔, 오해, 아니, 잔인한 따돌림까지 겪어야 했다. 또 내가 마땅히 누려야 할 흐뭇한 기쁨과 만족을 궁핍 때문에 줄이거나 포기해야 했던 경우도 무수히 많다. 오직 옹색한 형편 때문에 친구들도 잃어야 했다. 내가 친구로 사귈 수 있었을 사람들이 낯선 사람으로 남아 있다. 내가 친구 사귀기를 갈망하고 있을 때 내게 강요된 외로움 같은 그런 혹독한 고독이 흔히 나의 삶을 저주하곤 했는데 그것도 오직 내가 가난했기 때문이다. 이 땅의 현금으로 값을 치르지 않고 얻을 수 있는 도덕적 선(善)은 하나도 없다고 말하더라도, 별로 과장된 말은 아니리라고 생각한다.

존슨은 이렇게 말하기도 했다. "가난은 너무 엄청난 악이고 너무 많은 유혹과 너무 많은 비참함을 잉태하기 때문에 나는 선생께 가난만은 모면하라고 진심으로 당부하지 않을 수 없소."

나에게는 가난을 면하기 위해 노력하라는 권유가 필요 없다. 내가 가난이라는 반갑잖은 반려자를 상대로 얼마나 싸워 왔던가를 수많은 런던의 다락방들이 잘 알고 있다. 이 반려자가 끝까지 내게 남아 있지 않은 것이 내게는 경이롭다. 내가 가난을 모면한 것이 자연의 순리에 어긋나는 것이 아닌가도 싶다. 그래서 이따금 잠이 오지 않는 밤이면 나는 막연히 불안해진다.

6

앞으로 희망컨대 봄을 몇 번이나 더 맞을 수 있을까. 낙천적인 사람이라면 여남은 번이라고 말할 것이다. 나는 겸손하게 대여섯 번만 원한다고 말해 볼까. 그것도 아주 많은 숫자다. 앞으로 봄철을 대여섯 차례나 반갑게 맞으면서 첫 애기똥풀꽃이 핀 후 장미가 봉오리를 맺을 때까지 애정 어린 눈으로 봄철의 풍광을 지켜볼 수만 있다면 누가 감히 그걸 째째한 축복이라고 말할 것인가? 대지가 옷을 갈아입는 기적과 인간의 입으로는 일찍이 그려 낼 수 없었던 화려하고 아름다운 광경이 내 눈앞에 펼쳐지는 것을 대여섯 번이나 더 볼 수 있을 것이라고 생각하면 내가 너무 많은 것을 청하고 있는 것이 아 닐까 싶어 두려워진다.

7

"인간은 자신의 불행 속에 열심히 휩싸이는 고약한 성미의 동물이 다(Homo animal querulum cupide suis incumbens miseriis)." 이 구절이 어디서 나왔는지 궁금하다. 언젠가 나는 샤롱*의 책 속에서 이 구절 이 출전 없이 인용된 것을 보았다. 내 마음에 자주 떠오르곤 하는 이 구절은 삭막한 진실 하나를 잘 표현하고 있다. 적어도 나에게는 이 구 절이 여러 해 동안 하나의 진실이었다. 생각건대 자기 연민이라는 사 치라도 있으니 망정이지 그것도 없다면 흔히 삶은 지탱하기 어려워질 것이다. 많은 경우 사람들을 자살에서 구원해 주는 것도 바로 자기 연 민임에 틀림없다. 어떤 사람들은 자기네의 비참한 삶에 대해 이야기 함으로써 크게 해방감을 찾기도 한다. 그러나 그런 이야기를 한다고 해도 말없이 생각에 잠긴 채 자기의 비참한 처지를 되새기는 데서 얻

---

* 기싱은 피에르 샤롱(Pierre Charron, 1541~1603)의 책 『지혜에 대하여』를 읽 었다고 한다. 하지만 오늘날까지도 위 구절의 원전은 알려지지 않았다.

을 수 있는 그런 심오한 위안을 찾을 수는 없다. 다행히도 내 경우에
는 자기 연민의 버릇이 회고적이었던 적이 한 번도 없었다. 사실 당장
에 고통을 당하고 있는 순간에도 그것은 압도적인 악습이 될 만큼 뿌
리 깊은 버릇은 아니었다. 자기 연민에 굴복할 때마다 나는 그게 내
약점임을 알았고, 그 버릇에서 위안을 찾고 있는 나 자신을 경멸했다.
나는 "자신의 불행 속에 열심히 휩싸이고" 있으면서도 스스로 비웃을
수 있었다. 그리고 지금은 우리 모두를 지배하는 미지의 힘 덕분에 내
과거는 그 죽은 것들을 묻어 버렸다.*

어디 그뿐이랴. 내가 그간 겪어 온 일생이 필연적인 것이었음을 이
제는 차분한 마음으로 기꺼이 받아들일 수도 있다. 나의 일생은 그렇
게 예정되어 있었기에 실제로 그러했노라고. 자연의 섭리는 내가 바
로 이렇게 살도록 정해 놓았지만 무슨 목적으로 그랬는지는 영영 알
수 없을 것이다. 그러나 바로 이것이야말로 만물의 영원한 연속 속에
서 내가 차지하는 위치인 것이다.

만약 내가 늘 두려워한 대로 만년(晚年)을 속절없는 궁핍 속에서 보
내야 했다면 이만큼의 철학적 깨침이나마 가능했을까? 불만으로 가
득 찬 내가 자기 연민의 깊디깊은 수렁에 빠진 채 하늘의 빛까지 완강
히 외면하면서 비굴하게 살고 있지나 않을까.

---

* 롱펠로의 시 「삶의 찬미」 속에 나오는 "죽은 과거로 하여금 그 죽은 것들을
묻어 버리게 하라" 및 「마태복음」 8장 22절의 "예수께서 가라사대, '죽은 자들
로 저희 죽은 자를 장사하게 하고 너는 나를 좇으라' 하시니라" 참조.

8

이 살기 좋은 데번에서는 봄이 일찍 찾아와 내 마음을 기쁘게 한다. 지금쯤 영국 곳곳에서는 우리에게 위안을 주기커녕 험상궂기만 한 하늘 아래서 앵초꽃이 떨고 있을 텐데, 그런 곳을 생각하면 마음이 오싹해진다. 눈 옷을 입고 서리 수염을 달고 나타나는 고지식한 동장군이야 나도 그리 무례하지 않게 맞을 수 있다. 하지만 달력에 약속된 봄철이 오랫동안 지체되고 있다든지, 3월이나 4월이 되어도 비를 내리는 음울한 날씨가 계속된다든지, 혹독한 바람이 불어서 5월의 명예를 욕되게 하는 것 따위가 나의 용기와 희망을 앗아간 적이 얼마나 빈번했던가. 이곳 데번에서는 이제 마지막 잎새도 떨어졌다고 생각되는 순간, 그리고 갖가지 상록수에서 하얀 서리가 번쩍이는 것을 지켜보는 순간, 어느새 서녘에서 바람이 불어와 꽃봉오리와 꽃의 계절에 대한 기대로 내 마음을 설레게 한다. 아직도 엄연히 2월이 지배하고 있음을 말해 주는 잿빛 하늘 아래에서도,

> 온화한 바람이 딱총나무 숲을 흔들면
> 들에서 헤매는 목부(牧夫)들은 알게 되리

머잖아 산사나무에 꽃이 필 것임을*

　나는 런던에서 보낸 젊은 시절을 생각해 보았다. 그때는 계절이 바뀌어도 그걸 눈치채지 못했고 하늘을 쳐다본 적이 거의 없었으며 한없이 뻗어 있는 거리 속에 갇혀 살면서도 그 생활이 고된 줄 몰랐다. 지금 회상하면 이상하게 느껴지지만 나는 6, 7년 동안 내내 초원을 본 적이 없었고 나무로 둘러싸인 교외에도 나가 보지 못했다. 나는 생존을 위해 힘든 싸움을 벌이고 있었으며 1주일 후에도 밥과 잠자리를 보장받을 거라는 확신조차 없이 하루하루를 살아야 했다. 물론 8월의 더운 한낮이 되면 내 생각이 바다 쪽으로 헤맬 때가 있었다. 그러나 그 욕구를 충족시키기란 너무나 불가능해서 그리 고통스럽지도 않았다. 사실 이따금 나는 사람들이 휴가를 보내기 위해 런던을 떠난다는 사실조차 거의 잊고 있었던 것 같다. 내가 살던 런던의 빈민 지역은 계절이 변해도 눈에 띄는 차이가 없었다. 그곳에서는 짐을 잔뜩 실은 마차들이 나에게 즐거운 여행을 떠올려 주는 일조차 없었다. 내 주위의 사람들은 날마다 평상시처럼 고된 일을 하고 있었고 나 또한 마찬가지였다. 책 읽기가 지겹고 글을 쓰려고 해도 졸음에 겨워 아무런 생각도 짜낼 수 없었던 나른한 오후들이 생각난다. 그럴 때면 나는 공원을 찾아가서 심신을 일신하려고 했지만 기분 전환을 했다는 쾌적한 느낌은 전혀 들지 않았다. 정녕, 그 시절에 나는 얼마

*　셸리(Shelley)의 「풀려난 프로메테우스」 1부 793~795행.

　　　　　　　　　　　　　　　　　　봄

나 고되게 일했던가! 나 자신을 동정의 대상으로 생각한다는 것은 엄두조차 내지 못할 일이었다! 그런 생각을 하게 된 것은 훗날 내가 과로, 오염된 공기, 영양실조 및 기타 여러 가지 비참한 생활 여건 때문에 건강을 해치기 시작했을 때였다. 그러자 시골이나 해변으로 가고 싶다든가 그보다 더 실현 가능성이 요원한 것들에 대한 욕구가 살아나 나는 미칠 듯했다. 그 시절에 나는 너무 고되게 일했고 지금 생각하면 무시무시하게 궁핍한 생활을 했지만, 정말이지, 내가 고통을 겪고 있었다는 말만은 결코 할 수 없을 것이다. 내가 약하다는 느낌이 조금도 들지 않았기 때문이다. 건강이 모든 악조건에서 나를 지켜 주었고 내 체력은 악의로 가득 찬 환경을 견디게 해 주었다. 내게 격려가 될 만한 것은 전혀 없었으나 나는 무한한 희망을 버리지 않았다. 지금은 생각하기조차 두려울 정도로 누추한 거처에서 살 때가 많았지만, 밤이면 잠을 푹 잘 수 있었기 때문에 이튿날 아침 더러는 한 조각의 빵과 한 잔의 물로만 요기를 하고도 생기 있게 싸움터로 나갈수가 있었다. 행복을 두고 말하건대 그 당시에 내가 행복하지 못했다고 말할 수 있을지 모르겠다.

　젊은 시절 고된 나날을 보내는 대부분의 사람들은 친구들과 어울림으로써 많은 도움을 받는 법이다. 런던에는 '라탱 구역'*이 없지만 일반적으로 배고픈 작가 생활을 시작하는 사람들이 자기 형편에 어울리

---

* 　파리의 센 강 남안에 있는 한 구역으로, 지난 수백 년간 학생들과 지식인들의 활동 거점이었다.

는 동료들과 사귈 수는 있다. 그 동료들이란 토트넘 코트 로드 지역이나 형편없는 첼시 지역의 다락방을 빌려서 사는 사람들이다. 그들은 보잘것없는 '보헤미안의 삶'을 살면서도 그 삶에 대해 의식적 자부심을 가지고 있다. 나의 위치로 말하자면, 내가 그 어느 집단에도 속해 본 적이 없다는 것이 특이하다. 나는 우연히 알게 되는 사람들과 사귀기는 것을 꺼렸기 때문에 그 암담한 시절을 겪으면서도 한 사람의 친구만을 사귀었을 뿐이다. 남의 도움을 찾아다닌다든지 내 형편을 개선하기 위해 남의 호의를 청하는 짓 따위는 내 본성에 어긋났다. 내가 한 걸음이나마 나아갈 수 있었다면 그것은 오직 나 자신의 힘으로 이룬 성과였다. 나는 남의 호의를 무시했던 것처럼 남의 충고도 멸시했다. 나는 내 머리와 마음에서 우러나오는 충고 이외에 다른 어떤 충고도 받아들이려 하지 않았다. 빵 살 돈이 없어서 낯선 사람들에게 구걸해야 할 만큼 궁지에 몰린 적이 한두 번이 아니었다. 그리고 내가 겪어 본 모든 일 중에서도 이 구걸이 가장 쓰라린 체험이었다. 그러나 지금 생각하면, 나는 친구나 동료에게 빚을 지는 것이 구걸보다 더 못할 짓이라고 여겼을 것이다. 나 자신을 '사회의 한 구성원'이라고 여기는 법을 결코 배우지 못했다고 해야 옳을 것이다. 나에게는 늘 나와 세계라는 두 존재만 있었고 이 둘 사이의 통상적 관계는 언제나 적대적이었다. 지금도 나는 사회적 질서의 일부를 이루지 못한 채 살고 있으니 여전히 나는 외로운 인간이 아닌가?

한때 나는 도도하게도 이런 방식의 삶을 자랑스럽게 여긴 적이 있었다. 그러나 지금 생각하건대 이런 삶을 두고 딱히 재앙이라고 할 수

봄

는 없다 하더라도 내가 만약 일생을 되살아야 한다면 결코 다시 선택하고 싶지 않은 삶인 것 같다.

9

6년이 넘도록 나는 포장된 길만 걸으며 어머니 같은 대지를 한 번도 밟아 보지 못했다. 공원이 있기야 했지만 풀을 심어 위장했을 뿐 포장된 땅이나 다름없는 곳이었다. 그러다가 최악의 시절은 지나갔다. 최악의 시절이라고 했던가? 아니지, 아니고말고. 그때보다도 더 어려운 시절이 다가오게 되어 있었으니까. 우리가 젊고 활기찬 시절에는 굶주림과의 싸움에도 즐거운 면이 있는 법이다. 하지만 어쨌든 나는 이미 생계비를 벌기 시작하고 있었던 것이다. 한번은 내가 반년 동안 먹을 것과 입을 것을 보장받고 있었다. 나에게 건강만 허용된다면 여러 해 동안에 그리 부족하지 않은 임금을 받아 낼 희망도 있었다. 게다가 그것은 내가 원할 때 원하는 곳에서 독립적으로 일을 하고 받는 임금이었다. 사무실에서 고용주에게 복종하면서 일생을 보내야 하는 사람들을 생각하면 끔찍하다. 문필업을 일생의 업으로 삼는 데 따르는 영광은 그 자유로움과 존엄성에 있지 않은가!

물론 내가 한 사람의 주인이 아니라 한 무리의 주인들을 섬겨야 했다는 것이 엄연한 사실이다. 그러므로 '독립성'이란 말은 당치도 않다. 만약에 내가 쓴 글이 편집자나 출판인 및 독자 대중의 마음에 들지 않는다면 내가 어디서 하루하루의 밥벌이를 할 수 있었겠는가? 글을 써서 성공하면 성공할수록 내가 섬겨야 할 고용주의 수도 그만큼 늘어났다. 그러니 나는 수없이 많은 주인들을 섬겨야 하는 노예였다. 참으로 다행히도 나는 이 막연한 다수를 대표하는 몇몇 주인들의 마음에 드는 글을 쓰는 데 성공했다. 이 말은 내가 쓴 글을 가지고 그들이 돈을 벌 수 있게 해 주었다는 뜻이기도 하다. 그런 동안에는 고용주들도 나에게 잘 대해 주었다. 그러나 내가 이미 확보한 문필가로서의 지위를 계속해서 지켜 나갈 수 있으리라고 믿어도 좋을 만한 근거가 있었던가? 노역을 해서 먹고사는 사람의 지위치고 나의 지위만큼 불안정할 수 있었을까? 지금 그때 일을 생각해 보면 몸이 떨린다. 마치 심연의 가장자리에서 위험한 줄 모르고 걸어 다니는 사람을 지켜볼 때처럼 떨리는 것이다. 20년이 넘게 이 펜과 원고지는 나와 나의 가족을 입혀 주고 먹여 주었으며 내 육신을 편안하게 해 주었고 또 밑천이라고는 펜을 잡는 오른손밖에 없는 나 같은 사람을 상대로 진을 치고 있는 이 세상의 적대 세력들을 물리쳐 주기까지 했는데 이제 와서 회고해 보면 그게 모두 기적처럼 느껴진다.

하지만 나는 런던에서 처음으로 탈출하던 해를 생각하고 있었다. 문득 거역할 수 없는 충동을 받고 나는 데번에 가 봐야겠다고 마음을 먹었던 것이다. 데번은 영국에서 내가 가 본 적이 없는 지역이었다. 그해 3월 말에 나는 음침한 하숙집에서 도망쳐 나왔고 미처 세부적 여행 계획을 생각할 겨를도 없이 이곳에 이르러 지금 내가 살고 있는 곳에서 아주 가까운 곳에 앉아 햇볕을 쬐고 있었다. 내 앞에는 점점 넓어지는 엑스강의 녹색 골짜기와 소나무로 뒤덮인 홀던 능선이 펼쳐져 있었다. 그때야말로 내가 일생 동안 맛본 오묘한 환희의 순간들 중의 하나였다. 그때의 내 심경은 참으로 낯설었다. 나는 소년 시절과 청년 시절에 걸쳐 시골 지방을 가까이했고 영국의 아름다운 지역도 많이 구경했지만 그날 나는 마치 자연의 풍경 앞에 처음으로 나온 것 같은 느낌이 들었다. 런던에서 여러 해를 사는 동안 내 젊은 시절의 기억들이 그만 흐려지고 말았던 것이다. 나는 도시에서 태어나 도시에서 자라면서 도시의 길거리 풍경밖에 알지 못하는 사람처럼 되어 버렸던 것이다. 데번의 빛과 공기는 내게 마치 초자연적인 것처럼 느껴졌는데 그날 받은 감명보다 더 큰 감명을 준 것은 훗날 찾아간 이탈리아의 분위기밖에 없었다. 참으로 화사한 봄 날씨였다. 파란 하늘에는 몇 조각의 하얀 구름이 떠돌고 있었고 대지의 향기는 나를 도취시켰다. 그때 비로소 나는 나 자신이 태양 숭배자임을 처음으로 알게 되었다. 어쩌면 그 긴 세월 동안 하늘에 태양이 있는지 없는지조차 궁금해하지 않으며 살아올 수 있었단 말인가! 그 빛나는 창공 아래서 나는 태양을 경모(敬慕)하기 위해 무릎이라도 꿇고 싶었다. 나는 걸어 다니면서 그림자가 든 곳을 모조리 피하고 있었다. 자작나무 줄기 때문에 생긴 가느다란 그림자마저도 마치 그것이 나에게서 하루를 앗아 갈 것처럼 여겨져서 애써 피했다. 황금 햇살이 내게 아낌없이 축복을 쏟을 수 있도록 나는 모자도 쓰지 않고 다녔다.

그날 나는 30마일은 걸었을 테지만 피로를 모르고 있었다. 그 당시 나를 지탱해 주던 그 체력을 내가 다시 한 번 누릴 수만 있다면 얼마나 좋을까!

나는 새로운 생활로 들어서게 되었다. 새 생활을 시작하기 전의 나와 그 후의 나 사이에는 두드러진 차이가 있었다. 단 하루 사이에 나는 놀라울 정도로 성숙했던 것이다. 분명히 이 말은 나도 모르는 사이에 자라고 있던 능력 및 감수성을 내가 갑자기 의식적으로 향유하게 되었음을 의미한다. 한 가지만 예를 든다면, 나는 새로운 생활을 시작하기까지 식물이나 꽃에 대해서 별로 관심을 가지지 않았으나 그때부터는 온갖 꽃이라든가 길가에서 자라는 모든 식물에 대한 관심을 열심히 보이게 되었다. 산책을 하는 도중 나는 많은 양의 식물을 채집하면서 다음 날 식물도감을 사서 그 모든 식물의 이름을 확인하리라고 다짐했다. 그것은 일시적 기분이 아니었다. 그때 이후로 나는 들꽃에서 찾는 즐거움과 그 모든 꽃 이름을 확인하려는 욕구를 상실한 적이 없었다. 내가 지금 말하는 그 시절에 내가 식물에 대해서 얼마나 무식했던가를 생각하면 부끄럽기 짝이 없다. 그러나 내 경우는 도시에 사느냐 시골에 사느냐에 상관없이 보통 사람들의 경우였을 뿐이다. 봄철에 생울타리 아래서 아무렇게나 뽑은 대여섯 가지 식물의 속명(俗名)을 댈 수 있는 사람들의 수가 얼마나 될까? 나에게는 그 꽃들이 커다란 해방과 놀라운 깨침을 상징하고 있었다. 갑자기 내가 눈을 뜨게 되었던 셈이다. 그때까지 나는 어둠 속을 걸으면서도 그 사실조차 알지 못하고 있었던 것이다.

그해 봄철에 내가 나돌아다녔던 일을 나는 지금도 잘 기억하고 있다. 도시보다는 시골 냄새가 더 나는 엑서터시 변두리의 한 거리에 숙소를 정하고 있던 나는 아침마다 새로운 발견을 위해 나서곤 했다. 기후는 더 바랄 것이 없을 정도로 좋았다. 나는 그 당시까지 체험해 보지 못했던 좋은 날씨의 영향을 느낄 수 있었다. 공기 속에 섞여 있는 방향(芳香)은 내 기분을 앙양시키는가 하면 그에 못지않게 무마해 주기도 했다. 나는 꾸불꾸불 흐르는 엑스강을 따라 더러는 내륙으로 또 더러는 바다 쪽으로 걸어 다녔다. 어느 날 내가 풍요롭고 온화한 골짜기들을 쏘다니고 있을 때 근처의 과수원들은 꽃을 터뜨리고 있었다. 깊이 들어갈수록 농가들은 더 아름다웠고 작은 마을들은 모두 짙푸른 상록수 속에 묻혀 있었다. 그다음으로 소나무가 뒤덮인 언덕에 올라서서 작년의 헤더*가 갈색으로 덮여 있는 황무지를 굽어보고 있자니 파도가 하얗게 이는 영불해협에서 불어온 바람이 얼굴에 스쳤다. 주위의 아름다운 세계에 대한 환희가 하도 강렬했기 때문에 나는 나 자신마저 잊고 있었다. 나는 뒤를 돌아보거나 앞을 내다보는 일이 없이 그저 즐기고 있었다. 천성이 이기주의자였던 나였건만, 그때만은 나 자신의 정서를 곰곰이 살핀다든가 나보다 더 행복한 사람들과 비교함으로써 내 행복을 어지럽히는 일도 하지 않았다. 참으로 건강한 시절이었다. 그 시절은 나에게 새로운 삶의 시기를 허용해 주었으며,

* 영국의 황무지에서 흔히 볼 수 있는 에리카(Erica)속의 작은 관목으로 자주색이나 흰 꽃을 피운다.

내가 배울 수 있는 만큼 나에게 그 새 삶을 활용하는 법까지도 가르쳐 주었다.

10

정신적으로나 육체적으로 나는 나이에 비해 훨씬 더 늙었음이 분명하다. 나이가 쉰셋인 사람이 사라진 젊은 시절만을 언제까지나 골몰히 생각하고 있어서는 안 된다. 오직 봄이라는 이유만으로도 내가 이 봄철을 즐기고 있어야 마땅하거늘 이 봄날들이 나로 하여금 옛일이나 회상하게 한다. 그래서 내 기억은 잃어버린 옛 봄을 들추고 있는 것이다.

장차 어느 날 나는 런던에 가서 내가 가장 가난하던 시절에 살았던 곳들을 모조리 찾아가 보리라. 내가 그곳에 가 본 지도 어언 4반세기쯤 되었다. 만약 얼마 전에 누가 나에게 그런 곳을 회고할 때 어떤 기분이 드느냐고 물었다면, 나는 아마도 몇몇 거리 이름이 생각나고 마음속에 런던의 몇몇 이미지가 막연히 떠오르겠지만 그런 것들이 생각날 때마다 나는 비참해질 뿐이라고 대답했을 것이다. 그러나 사실은 그 어렵고도 누추했던 것들에 대한 회고에서 내가 그 어떤 쓰라림이라도 느꼈던 것은 이미 꽤 오래전 일이다. 내가 마땅히 누려야 했을 삶에 비해 그 당시의 삶이 너무 비참했음을 인정하면서도, 나는 그 시절을 회고하면 재미있고 즐거웠으며 내가 편안하게 살면서 먹을 것이 충분했던 훗날에 비해서도 그 시절이 훨씬 더 좋았다고 여긴다. 장차 어느 날 나는 런던으로 올라가서 지금은 애틋하게 생각되나 당시는 몹시 고통스럽기만 했던 곳들을 다시 찾아가 한 이틀 보내 볼까 한다. 내가 알기로, 몇몇 곳은 이미 사라지고 없다. 토트넘 코트 로드의 남단에 있는 옥스퍼드 스트리트에서 레스터 스퀘어 쪽으로 나 있던 그 꾸부정한 길이 눈에 선하다. 그곳은 늘 안개가 자욱하고 가스등이 켜진 곳으로만 기억되거니와 그 미궁 같은 곳 어딘가에 가게가 하나 있었고 그 가게의 진열창에는 파이와 푸딩이 놓여 있었다. 구멍이 뚫린 철판을 통해 솟아오르는 증기가 그 푸딩과 파이를 데우고 있었다. 한 푼어치의 음식도 살 돈이 없던 내가 그 가게 앞에 서서 미칠 듯한 허기를 느꼈던 적이 얼마나 빈번했던가! 그 가게와 그 거리는 오래전에 사라졌는데 나만큼 그곳을 애절하게 기억하고 있는 사람이 있을까? 하지만 내가 거처하던 곳들은 대부분 아직도 남아 있으리라 생각된다. 그 포장길을 다시 걷는다든지 지저분한 문간이며 더러운 창문을 다시 바라본다면 나는 이상한 감회를 느끼게 될 것이다.

토트넘 코트 로드의 서쪽에 숨어 있던 한 골목이 지금 눈에 선하다. 그 길에 있는 어느 집 맨 위층 뒤안 쪽 방에서 살고 있던 나는 앞쪽으로 난 지하실 방으로 옮겨야 했다. 기억이 옳다면, 그 지하실 방은 방세가 1주일에 6펜스 적었는데 그 당시 6펜스라는 돈은 내가 만만히 볼 수 없는 액수였다. 그 돈이면 두어 끼니를 해결할 수 있었기 때문이다(언젠가 한번 나는 길에서 6펜스짜리 동전 한 닢을 '찾아낸' 적이 있는데, 그때의 그 날아갈 듯하던 기분이 지금 이 순간까지 생생하다). 그 앞쪽 지하실 방은 바닥에 돌이 깔려 있었고 가구라고는 탁자하나, 의자 하나 그리고 세면대와 침대뿐이었다. 집을 지은 후 한 번도 닦지 않았음이 분명한 창문은 위쪽 골목길의 평면 쇠살을 통해 빛을 받고 있었다. 그런 곳에서 나는 살았고, 그런 곳에서 글을 썼다. 그 더러운 널빤지 탁자에서 '문필 작업'이 이루어졌다. 그 탁자에는 나의 호메로스며 셰익스피어 그리고 당시에 내가 소장하고 있던 다른 몇 권의 책도 놓여 있었다. 밤에 침대에 누워 있으면 근무 교대를 하기 위해서 골목길을 걸어가는 순경들의 구둣발 소리가 뚜벅뚜벅 들려오곤 했다. 그들이 신고 있던 무거운 구두가 이따금 내 창 위의 쇠살에 부딪히는 소리도 들렸다.

지금 회고해 보니, 나는 대영박물관에서 울어야 할지 웃어야 할지 판단되지 않는 일을 겪었다. 어느 날 손을 씻으러 화장실로 내려가니 줄을 지어 설치되어 있던 세면대 위에 새로 붙여 놓은 통고문이 눈에 띄었다. 그 문안은 대충 다음과 같았다. "열람자들께서는 이 세면대들이 오직 간단한 손 씻기를 위해서만 설치되었음을 명심하시기 바랍니다." 오, 그 명문(銘文)이 내게는 얼마나 따끔했던가! 그동안 나는 박물관 당국자들이 상식적이라고 여기던 것 이상으로 그 화장실의 비누와 물을 헤프게 쓰면서 내심 기뻐한 적이 한두 번이 아니었잖은가? 그런데 그 거대한 돔이 보이는 건물 속에서는 그곳 비누와 물을 써야 할 필요성이 나보다도 더 절실했던 가난한 녀석들이 책을 읽고 있었던 것이다. 그래서 나는 그 통고문을 읽으며 실컷 웃었지만, 생각해 보면 그것이 의미하는 바는 너무나 컸다.

나는 거처했던 곳 중의 몇 곳을 이미 까맣게 잊어버렸다. 이런저런 이유로 나는 늘 이사를 다니고 있었다. 내 전 재산이 작은 트렁크 속에 다 들어가던 시절이었으므로 이사 다니기는 쉬웠다. 같은 집에 사는 사람들을 견딜 수 없어 이사해야 했던 적도 더러 있었다. 그 당시 나는 까다로운 인간은 아니었다. 게다가 나는 한 지붕 아래 사는 사람들과 최소한으로 사귀었을 뿐이다. 그러나 이따금 다른 사람들이 내 가까이에 있다는 사실이 내 인내심을 넘어설 경우 나는 그 집에서 밀려나야만 했다. 불결한 위생 조건 때문에 도망쳐 나와야만 했던 경우도 있다. 늘 보잘것없는 음식을 먹으며 과로하고 있던 내가 몇몇 불결한 하숙집에서 어떻게 치명적인 질병을 모면할 수 있었는지 지금 생각하면 한 커다란 미스터리이다. 내게 닥쳤던 최악의 질병은 가벼운 디프테리아 증세였다. 지금 생각하면 그 병의 원인은 하필 계단 아래에다 설치해 둔 쓰레기통이었던 것 같다. 내가 안주인에게 쓰레기통 이야기를 하자 처음에 그녀는 놀라더니 곧 화를 냈고, 그래서 나는 많은 모욕을 당하면서 서둘러 그 집에서 나와야 했다.

하지만 대체로 나는 빈곤 말고는 불평거리가 별로 없었다. 런던에서 1주일에 4실링 6펜스의 방세로 아주 편안한 하숙방을 기대할 수는 없다. 꽤 어렵게 작가 수련을 하고 있던 그 시절 소위 '가구가 비치되어 있고 청소를 해 주는 방' 하나를 얻기 위해 내가 쓸 수 있는 돈은 고작 그 정도였던 것이다. 그런데도 나는 쉽게 만족했다. 내게 필요한 것은 귀찮은 외부 세계로부터 나 자신을 자유로이 격리시킬 수 있는 벽으로 둘러싸인 작은 공간뿐이었다. 문명 생활의 몇 가지 편의가 결여되어 있다고 해서 내가 아쉽게 여기지도 않았다. 나는 계단에 깔린 융단을 지나친 낭비라고 여겼고 마루에 까는 융단은 꿈꿀 수 없는 사치였다. 나는 단잠을 잘 수 있었다. 지금은 쳐다보기만 해도 뼈까지 쑤시게 될 정도의 형편없는 침상에서도 나는 꿈도 꾸지 않으며 깊은 잠을 잘 수 있었다. 자물쇠가 달린 문, 겨울에 불을 지필 수 있는 난로 그리고 담배 파이프, 이런 것들만이 내게는 필수품이었다. 그런 것만 주어진다면 나는 가장 누추한 다락방에서도 넉넉히 만족하면서 살 수 있었다. 그런 하숙방 하나가 흔히 생각난다. 그 방은 이슬링턴에 있었는데 시티 로드에서 그리 멀지 않았다. 창에서는 리전트 운하를 바라볼 수 있었다. 그곳을 생각할 때마다 내가 본 최악의 런던 안개가 어김없이 떠오른다. 적어도 사흘을 잇달아 나는 밤낮으로 등잔을 밝혀야 했다. 창밖을 내다보면 운하 건너편 거리의 흐릿한 가로등이 이따금 보였다. 그러나 대체로 누른 어둠밖에 볼 수 없었고 그 바깥 어둠으로 인해 유리창에는 방 안의 불빛과 내 얼굴이 비쳤다. 그래서 내가 비참했었던가? 조금도 비참하지 않았다. 바깥을 감싸고 있는 어둠으로 인해 내 방의 화덕이 그만큼 더 아늑하게 느껴졌을 뿐이다. 내게는 석탄과 등유와 담배가 충분히 있었고, 읽을 책이며 흥미로운 일감도 있었다. 나는 시티 로드의 커피숍으로 식사하러 나갔다가 서둘러 내 화덕가로 되돌아오곤 했다. 오, 내게는 야심과 희망이 있지 않았던가! 만약 그 당시에 누가 나를 불쌍히 여겼다면 나는 얼마나 놀라며 화를 냈을 것인가!

이따금 자연이 보복을 해 왔다. 겨울철에 나는 심한 목감기를 앓았고 더러는 오랫동안 잔혹한 두통이 겹치기도 했다. 물론 의사의 진료는 생각도 못 할 일이었다. 나는 그저 방문을 잠그고 있었고 증세가 아주 심할 경우에는 다시 내 힘으로 몸을 가눌 수 있게 될 때까지 아무것도 먹거나 마시지 않고 자리에 누워 있었다. 임대 계약에 들어 있지 않은 봉사를 안주인에게 요청할 수는 없었다. 그러나 안주인으로부터 자발적인 도움을 한두 차례 받은 적은 있다. 젊었기에 견뎌낼 수 있었던 그 모든 고난을 생각해 보니 참으로 경이롭다. 30년 전의 나를 회고해 보건대, 지금의 나는 얼마나 허약한 못난이로 보이는가!

11

나에게 그 다락방이나 지하실 방에서의 삶을 다시 한 번 살아 볼 용의가 있을까? 그런 삶을 반복하고 나면 내가 지금 누리는 이런 만족스러운 삶을 50년간 보장해 줄 거라는 기약도 없이 말이다. 인간에게는 무한히 비장하게 체념하는 능력이 있기 때문에 우리는 어떤 상황에서건 밝은 면만 보고 최악의 면은 잊어버리면서 단호한 낙관주의자처럼 처신한다. 오, 하지만 그러는 사이에 얼마나 많은 정력, 정열 및 젊음을 낭비해야 하는가! 좀 다른 기분으로 인간의 귀한 생명력이 누추한 생존 투쟁이나 해야 하는 악운에 처해 있는 것을 바라본다면 나는 눈물을 쏟고 싶어질 것이다. 참으로 가련한 광경이 아닐까! 게다가 우리의 양심이 조금이나마 의미가 있다면, 그야말로 가혹하고 부당한 일이라 해야 할 것이다.

　유토피아를 찾지는 말고, 인간의 젊음은 무엇일까를 생각해 보자. 17세에서 27세 사이의 젊은이들이 타고난 환희와 즐거운 노력의 가능성을 반이라도 활용하는 경우는 천 명 중에 하나도 없으리라 생각된다. 거의 모든 사람들은 자기네의 초년 시절을 되돌아보면서 그 시기가 빈곤, 사고 및 경망한 처신으로 훼손되거나 퇴색해 버렸다고 생각하지 않을 수 없을 것이다. 만약에 한 젊은이가 야비한 함정에 빠지는 일을 피할 수만 있다면, 그리고 그의 눈이 이른바 절호의 기회를 꾸준히 추구한다면, 또 파렴치한 이기주의를 범하는 일 없이, '이익'은 곧 물질적 선이라고 여기면서 신중히 모든 이익을 자기 것으로 삼는다면, 그는 젊은 시절을 유익하게 보내고 있는 셈이며 아울러 모범 청년이요 자랑할 만한 인물이 될 수 있을 것이다. 우리 문명 세계에서 삶을 직면하고 있는 젊은이들이 추구해야 할 이상치고 이것 말고 다른 것이 또 있을 것 같지 않다. 이 이상만이 전적으로 안전한 길이다. 하지만 인간이 인간성을 존중하고 인간의 이성이 인간의 행복을 위해 봉사한다면 어떻게 될 것인지, 그 결과와 비교해 보자. 아주 소수이겠지만 몇몇 사람은 소년 시절을 천부의 환희에 싸여서 보낸 후 뒤이어 10여 년간은 소중한 에너지를 명예롭게 활용했을 뿐만 아니라, 여생을 조화롭게 살 수 있게 해 줄 정도의 기막힌 환희까지 기억하고 있을 것이다. 하지만 그런 사람들은 시인만큼이나 희귀하다. 대부분의 사람들은 젊은 시절을 전혀 생각하지 않거나 혹시 그 시절을 회고하더라도 놓쳐 버린 기회를 의식하지 못하고 또 스스로 겪은 타락을 알지 못한다. 이처럼 멍청한 다수 대중과 나 자신을 대비시킬 경우에 한해서 나는 인내와 투쟁으로 얼룩졌던 내 젊은 시절에 대해 자랑스러워할 수 있다. 나에게는 목표가 있었고 그것은 보통 사람들의 목표와 전혀 달랐다. 배고픔으로 시달리면서도 나는 삶의 목적을 저버리지 않았으며 그 목표는 정신적인 것이었다. 그러나 빈민굴에서 굶주리고 있던 그 젊은이의 모습을 이지적이고도 열정적인 젊은이의 이상적 모습과 대비시켜 본다면, 한 모금의 약효 빠른 독극물이 그 누추한 고통을 치유하는 바른 처방책이 되었을 거라는 느낌도 든다.

12

내 책꽂이를 훑어볼 때마다 으레 나는 찰스 램의 "누더기를 걸친 노병들"*이 생각난다. 내 책 전부가 고서점에서 구입되었다는 뜻은 아

---

*   수필 「서적과 독서에 대한 초연한 생각들」에서 찰스 램은 고본들을 "누더기

니다. 그 책들이 내 수중에 처음 들어왔을 때 그중의 여러 권은 커버가 새것이라 아주 깨끗했고 몇 권은 향기로운 장정(裝幀)에다 당당한 풍모까지 갖추고 있었다. 하지만 내가 이사를 너무 자주 다녔고, 이사할 때마다 내 장서가 너무 거친 대접을 받았기 때문에, 그리고 사실이지 모든 실용적인 일에서 게으르고 서툴렀던 내가 보통 때에도 책의 안위에 대해서는 신경을 거의 쓰지 않았기 때문에, 그중에서 가장 호화로운 책까지도 부당한 대접을 받은 결과를 드러내 보이고 있다. 포장 상자에 잘못 박은 대못으로 인해 꼴사납게 훼손된 책이 한두 권이 아니거니와, 이건 내 책들이 겪은 부당한 처우의 한 극단적 사례일 뿐이다. 지금은 나도 여가와 마음의 평화를 가지게 되어 책을 좀 더 조심스럽게 다루고 있다. 이야말로 어떤 미덕이건 그 환경이 조성되어야 용이하게 실천될 수 있다는 위대한 진리의 한 사례이다. 하지만 책장이 서로 붙어 있기만 하다면 나는 책의 외모에 대해 별로 신경을 쓰지 않는 편이라는 사실을 고백해 두겠다.

내가 알기로 도서관에서 빌려온 책도 자기가 소장한 책처럼 기분 좋게 읽을 수 있다고 말하는 사람들이 있다. 나에게는 그 말이 이해되지 않는다. 한 가지 예로, 나는 '냄새'만 맡고서도 내 책임을 알아낸다. 그러므로 책을 펼쳐 놓고 내 코를 들이밀기만 하면 온갖 일들이 생각난다. 예를 들어 내가 소장한 기번의 『로마 제국 쇠망사』는 여덟 권으로 된 밀먼판(版)의 호화 장정본으로 지난 30년이 넘도록 여러 번

를 걸친 노병들"이라고 부른다.

읽었는데 그 책을 펼칠 때마다 그 고귀한 냄새는 그 책을 상품으로 받던 순간의 들뜬 행복감을 내게 되살려 준다.* 그리고 내 셰익스피어는 위대한 케임브리지판인데 그 냄새는 더 먼 과거로 나를 데리고 간다. 그 여러 권의 책은 부친이 소장하던 것인데, 내가 이해력을 가지고 읽을 수 있을 만큼 나이가 들기도 전부터 나는 특별한 허락을 받고 그 책을 책꽂이에서 뽑아 존경 어린 마음으로 책장을 넘겨 보곤 했다. 그 책들은 옛날이나 지금이나 똑같은 냄새가 나므로 그중의 한 권을 손에 들면 이상하게 애틋한 느낌이 나를 엄습해 온다. 그렇기 때문에 나는 셰익스피어를 이 판으로는 잘 읽지 않는다. 내 시력이 아직은 좋은 편이므로 나는 셰익스피어를 글로브판으로 읽는다. 그런 전집을 사는 것이 내게 이만저만한 사치가 아니었던 시절에 그 책을 샀기 때문에 늘 나는 희생을 해서 손에 넣게 된 책에 대한 각별한 애정을 가지고 이 책을 대한다.

방금 '희생'이라고 했지만, 응접실에 모인 사람들이 한가로이 주고받는 그런 의미의 희생이 아니다. 내 장서 중의 수십 권은 삶의 필수품이라고 일컬어지는 것들을 사는 데 마땅히 썼어야 할 돈을 주고 산 것이다. 나는 서점의 판매대나 진열창 앞에 서서 지적 갈망과 육체적 욕구 사이의 갈등 때문에 괴로워한 적이 여러 번 있었다. 점심시간이

---

* 기싱은 중등학교 시절에 청소년 고전문학상의 상품으로 에드워드 기번(Edward Gibbon)의 『로마 제국 쇠망사(*The Decline and Fall of the Roman Empire*)』를 받았다.

되어 배에서 쪼르륵거리는 소리가 나는 바로 그 시간에 나는 오랫동안 가지고 싶어 하던 책에 아주 싼 값이 매겨져 있는 것을 보고 차마 그냥 둘 수 없어서 자리를 뜨지 못하고 있었다. 그러나 그 책을 산다는 것은 배고픔의 고통을 의미했다. 내가 가지고 있는 하이네의『티불루스』*가 바로 그런 순간에 산 책이다. 그 책은 굿지 스트리트에 있던 오래된 서점의 판매대에 놓여 있었다. 많은 양의 쓰레기 같은 책이 놓여 있던 그 진열대에서 나는 이따금 아주 훌륭한 책을 발견해 내곤 했다. 그 값은 6펜스였다. 6펜스! 그 당시에 나는 옥스퍼드 스트리트에 있는 커피숍에서 점심을 먹곤 했는데 그 점심은 물론 나의 정찬**에 해당하는 것이었다. 그곳은 오래된 진짜 커피숍으로 오늘날에는 그런 곳을 찾아볼 수 없으리라 생각된다. 내게 6펜스가 있었는데 그게 내가 가진 전 재산이었다. 그 돈이면 한 접시의 고기와 야채를 사 먹을 수 있었다. 그 이튿날이면 내게 적으나마 일정한 돈이 생기게 되어 있었지만 나로서는『티불루스』가 그때까지 기다려 줄 것을 바랄 수가 없었다. 내 마음속에서 두 가지 욕구가 갈등하는 가운데 나는 그 판매대에서 눈을 떼지 못한 채 손가락으로 동전들을 만지작거리며 보도 위를 오락가락하고 있었다. 결국 그 책을 사 들고 집으로 돌아왔다. 나

---

*   크리스티안 고틀로프 하이네(Christian Gottlob Heyne, 1729~1812)가 편찬한 티불루스(Tibullus)의 작품집.
** 여기서 '정찬'은 영어 낱말 dinner의 역어이다. 영국에서는 하루의 끼니 중에서 가장 잘 갖춰 먹는 끼니를 dinner라고 하는데 대개는 만찬이지만 더러 오찬이 될 수도 있다. 당시의 기싱에게는 '정찬'이 오찬을 의미했다.

는 버터를 바른 빵만으로 정찬을 삼으면서도 책장을 넘기며 기고만장
했었다.

　이『티불루스』의 마지막 페이지에는 "1792년 10월 4일 독파"라고
연필로 적혀 있었다. 근 백 년 전에 이 책을 소장했던 사람은 누구였
을까? 다른 것은 아무것도 적혀 있지 않았다. 나는 어떤 가엾은 학자
가 나처럼 가난했지만 학구적이어서 자기의 피와 살이 되었어야 할
돈으로 이 책을 사서 읽으며 나만큼이나 즐거워했으리라고 상상하고
싶다. 그 즐거움이 얼마나 컸는지를 지금은 말할 수조차 없다. 마음씨
점잖은 티불루스! 그에 대해서는 어떤 시인이 그린 초상이 한 구절 전
해 오고 있는데 로마의 문학에서 시로 그린 초상치고 이보다 더 읽기
즐거운 구절은 없을 것이다.

> 혹은 건강에 좋은 숲 속에서 말없이 거닐면서
> 착하고 슬기로운 자에게 걸맞은 것이면 무엇이나 명상하는가?*
> An tacitum silvas inter reptare salubres,
> Curantem quidquid dignum sapiente bonoque est?

　책꽂이에 꽉 차 있는 다른 많은 책들도 각각 사연을 가지고 있다.
한 권을 뽑아 들면 그것을 사기 위해서 투쟁하다시피 했던 일이며 사
고 나서 기고만장했던 일이 생생하게 회고된다. 그 당시에 돈은 나에
게 책을 사기 위해서나 필요했을 뿐 다른 아무것도, 즉 내가 생각하

---

*　호라티우스(Horatius)의『서한집』1권 4장 4~5행.

고 싶은 그 어느 것도 의미하지 않았다. 내가 열렬히 필요로 하던 책이 있었고 나에게는 그 책이 신체적 양생보다도 더 필요했다. 물론 책을 대영박물관에 가서 읽을 수는 있었지만 그것은 내가 사서 재산 삼아 책꽂이에 꽂아 두고 읽는 것과 다르다. 이따금 나는 꼴사납게 누더기가 된 책을 사기도 했는데, 누군가가 바보 같은 소리를 긁적거리며 더럽혔거나 책장이 찢어지고 얼룩져 있기도 했지만 그것은 상관없었다. 빌려 온 책보다는 헐어 빠져도 내 책을 읽는 편이 더 즐거웠다. 하지만 나는 이따금 자기도취의 죄를 짓기도 했다. 내가 진정으로 갈망하지도 않았고 또 신중했더라면 끝내 사지 않았을 사치품이 나를 유혹하기도 했던 것이다. 예를 들면 내가 소장하고 있는 『융 슈틸링』이 그랬다. 그 책이 내 눈에 띈 것은 홀리웰 스트리트에서였다. 『시와 진실』에 나오는 그 제목이 내 눈에는 익었고, 책장을 넘기며 훑어보다가 호기심이 커졌다. 그러나 그날 나는 사고 싶은 생각을 물리쳤다. 실은 내게 18펜스를 쓸 여유가 없었고, 이는 그 당시 내가 참으로 가난했다는 뜻이다. 그 후 나는 그 책점 앞을 두 차례 지나면서 매번 『융 슈틸링』이 아직도 팔리지 않았다는 사실을 확인하고 있었다. 그러던 어느 날 돈이 생기자 나는 홀리웰 스트리트로 달려갔다. 그 무렵 나는 시속 5마일의 속도로 걷는 버릇이 있었다. 내게 그 책을 팔았던 자그마한 반백의 늙은이가 지금도 눈에 선하다. 그의 이름이 무엇이더라? 내가 알기로 그 책점 주인은 한때 가톨릭 사제였고 그래서 그때까지도 사제의 위엄을 조금은 지니고 있었다. 그는 책을 펼쳐 들고 잠시 생각에 잠기더니 이윽고 나를 흘낏 쳐다보면서 마치 크게 혼잣말을 하듯,

"네, 제게도 이 책을 읽을 시간이 있으면 좋겠습니다"라고 말하는 것이었다.

가끔 나는 책을 사기 위해서 굶주림을 견뎠을 뿐만 아니라 짐꾼의 노역까지 감당해야 했다. 포틀랜드 로드 정거장 근처에 있던 어느 작은 책점에서 나는 기번의 초판본 책을 보게 되었는데 그 값이 황당했었다. 한 권에 1실링씩이었던 생각이 난다. 책장이 깨끗했던 그 4절판(四折版) 책들을 손에 넣기 위해서라면 입고 있던 저고리라도 벗어서 팔고 싶은 심경이었다. 사실 그때 나는 충분한 돈을 지니고 있지 않았지만 집에는 넉넉한 돈이 있었다. 나는 이슬링턴에 살고 있었다. 책점 주인과 이야기를 끝낸 후 나는 집으로 걸어가서 돈을 가지고 다시 걸어왔다. 나는 유스턴 로드의 서쪽 끝에서 엔젤 구역보다도 훨씬 더 멀리 떨어져 있던 이슬링턴의 어느 거리까지 그 책들을 운반해야 했다. 나는 서점을 두 번 왕복하면서 그 책을 모두 운반했는데, 일생 동안 기번의 저술을 무게로 환산해서 가늠해 보았던 것도 그때가 처음이 아니었던가 싶다. 그날 나는 유스턴 로드를 따라 내려갔다가 펜턴빌을 올라가기를 두 번이나, 아니, 돈을 가지러 갔던 것을 생각하면 세 번씩이나 했던 셈이다. 그때가 무슨 계절이었으며 날씨가 어떠했던가는 전혀 생각나지 않는다. 그 책을 사게 되어 너무 기쁜 나머지 책 생각 이외의 다른 생각은 모두 물리치고 있었던 것이다. 예외가 있다면 그것은 책이 무거웠다는 생각이었다. 내게는 무한한 에너지가 있었으나 근력은 대단치 못했다. 그래서 책 운반을 마치고 나자 나는 의자에 앉아 땀을 흘리며 맥없이 통증을 느꼈지만 기분은 기고만장했다.

유복하게 사는 사람이라면 이 이야기를 듣고 놀랄 것이다. 왜 서점 주인에게 그 책을 배달해 달라는 부탁을 하지 않았느냐고 물을 것이다. 혹시 배달될 때까지 기다리기가 싫었다면 런던 거리에는 승합마차가 있지 않느냐고도 할 것이다. 그날 이미 책값으로 많은 돈을 썼기 때문에 한 푼의 돈도 더 쓸 기분이 아니었다는 사실을 내가 어떻게 그 유복한 사람에게 이해시킬 수 있었을까? 아니, 그럴 수는 없었지! 내 노역을 절감하기 위해 들이는 비용은 내 능력을 넘어서는 것이었다. 내가 즐긴 것이 있다면 무엇이건 모두 내가 문자 그대로 이마에 땀을 흘리며 벌어서 즐겼던 것이다. 그 시절에 나는 승합마차를 타고 다니는 것이 무엇인지를 거의 모르고 있었다. 나는 찻삯을 지불함으로써 내 다리를 아끼고 시간을 절약해 보자는 생각을 한 번도 해 보지 못했고 그저 런던 거리를 열두 시간에서 열다섯 시간씩 걸어 다니곤 했다. 나는 지지리도 가난했기 때문에 몇몇 가지 것은 포기하고 살아야 했으며 차를 타는 것은 바로 그중의 하나였다.

몇 년 후에 나는 살 때 들인 돈보다도 적은 돈을 받고 내 초판본 기번을 팔아야 했다. 그 책들은 2절판과 4절판으로 된 다른 많은 훌륭한 책들과 함께 내 수중을 떠났다. 나는 계속해서 이사를 다녀야 했기 때문에 그 책들을 끌고 다닐 수가 없었다. 책을 산 사람은 그 책들을 "묘석(墓石)" 같다고 했다. 어찌하여 기번은 시장 가치가 없을까? 지금도 그 4절판 책들을 생각하면 내 마음은 회한의 고통을 느낀다. 그 멋진 활자로 인쇄된 『로마 제국 쇠망사』를 읽는 즐거움이 얼마나 컸던가! 책의 페이지는 책의 주제가 지닌 존엄함에 비해 손색이 없었고, 그 페이지를 바라보기만 해도 내 마음은 차분해졌다. 지금은 마음만 먹으면 그 책을 쉽게 살 수 있다. 하지만 나에게 새로 사게 될 책은 먼지와 고역의 기억이 서린 그 옛날 책과 같을 수 없을 것이다.

13

　나와 비슷한 정신에 비슷한 체험을 한 사람들 중에는 포틀랜드 로드 정거장 맞은편에 있던 그 작은 서점을 기억하고 있는 이들이 더러 있을 것이다. 그 서점은 특이한 성격을 가지고 있었는데 책들은 견실한 내용이었고 주로 신학 및 고전학 서적이었다. 대부분 낡은 판의 책으로 읽을 가치가 없다고 일컬어지거나 상품 가치도 없었으며 실용적인 목적을 위해서는 이미 현대판으로 대체되고 있는 것들이었다. 그 서점의 주인은 대단한 신사였다. 바로 이런 별난 사실 이외에도 그가 파는 책에 지극히 싼 값이 매겨져 있는 것을 보고 이따금 나는 그 주인이 책점을 운영하는 것은 돈벌이보다도 인문학을 사랑하기 때문일 거라는 생각을 했다. 내가 보기에 값을 매기기 어려울 정도로 소중한 책을 그 서점에서는 겨우 몇 펜스를 내고 샀다. 그리고 그 어떤 책이건 1실링 이상을 낸 적이 없었다고 생각한다. 내가 어떤 기회에 보게 된 일인데, 학교를 갓 나온 젊은이 한 사람이 내가 그 정겨운 판매대에서 혹은 그 안쪽으로 더 많은 책이 꽂혀 있던 서가에서 즐겨 골라사 모으던 낡은 책들을 보고 이해가 안 된다는 듯이 경멸 어린 눈으로 바라보았다. 가령 내가 산 책으로 『키케로 서한집』이 있다. 양피지 장본의 그 두툼한 책 속에는 그레이비우스, 그로노비우스* 및 그 밖의 수많은 학자들의 주해(註解)가 달려 있다. 그 젊은이는 아마도, 쯧쯧, 형편없이 케케묵은 책이군! 하며 경멸했을 것이다. 하지만 나는 그렇게 생각할 수가 없었다. 나는 그레이비우스, 그로노비우스 및 그 밖의 학자들에 대한 깊은 애정을 가지고 있다. 그러므로 내가 그들만큼 많은 것을 알 수만 있다면 그 젊은이의 경멸 어린 눈총을 받으면서도 만족할 것이다. 배움의 열의는 결코 시대착오적인 경우가 없다. 더 이상의 본보기는 차치하고, 바로 그 학문에 대한 열의의 본보기가 우리의 눈앞에서 영원히 꺼지지 않는 성스러운 불길처럼 타오르고 있는 것이다. 옛 학자들의 주해 속에서 불타고 있는 배움에 대한 애정 및 정열을 현대의 어떤 편찬자에게서 찾아볼 수 있을 것인가?

오늘날은 가장 훌륭하다는 판본들마저 단순히 학교 교과서 같은 성격을 많이 띠고 있다. 편찬자들은 자기네가 다루는 작가들을 문학으로 간주하지 않고 단순히 텍스트로만 간주하고 있다. 꼼꼼한 학문하기를 두고 생각할 때, 옛 학자들이 현대의 학자들보다는 더 훌륭하다.

---

* 그레이비우스(Graevius, 1632~1703)는 독일의 고전학자이고, 그로노비우스 (Gronovius, 1611~1671)는 네덜란드의 고전학자.

14

오늘 신문에는 춘계 경마에 대한 기사가 1야드쯤 되는 길이로 실려 있다. 나는 혐오감을 느꼈다. 그 기사를 보니 한두 해 전에 서리 카운티의 어느 정거장에서 보았던 플래카드가 생각났다. 그 플래카드는 인근 지역의 어떤 경마 행사를 광고하고 있었는데 내가 노트북 속에 베껴 두었던 광고 내용은 다음과 같다.

행사에 참가하는 대중의 질서와 안녕을 보장하기 위해 경마 당국에서는 다음 인원을 고용했음.

형사(경마 전담)	14명
런던 경찰국 형사	15명
경위	7명
경사	9명
순경	76명

기타 육군 예비역 및 제대군인 조합에서 특별히 선발된 임시 경비대원들.

위 인원은 질서 유지와 불량배 축출 등의 목적으로만 고용될 것임. 이들은 강력한 서리 경찰대의 보조를 받게 될 것임.

언젠가 한번 나는 친구들과 함께 잡담을 나누다가 경마에 대한 내 견해를 밝힌 적이 있는데 그때 친구들은 나를 '고약한' 사람이라고 단정했다. 모든 선량한 사람들에게 위험한 행사가 될 거라고 주최 측에서까지 공언하는 공공 집회를 반대하는 것이 실로 고약한 일일까? 경마가 주로 바보, 악당 및 도적들의 즐거움이나 이익을 위해서 행해진다는 사실을 누구나 잘 알고 있다. 지성인들이 경마장에 참석하고는 자기네의 참석이 "이 본질적으로 고귀한 스포츠의 성격을 유지시킨다"고 선언함으로써 자기네 행위를 옹호한다는 사실은 지성도 너무 쉽사리 양식과 품위를 벗어 버릴 수 있음을 반증할 뿐이다.

15

어제 나는 긴 산책 중에 길가의 여관에서 점심을 들었다. 식탁에는 대중 잡지 한 권이 놓여 있었다. 그 잡다한 내용을 훑어보다가 한 여성이 '사자 사냥'을 주제로 쓴 기사를 읽게 되었다. 그 기사 속에서 나는 베껴 둘 만한 구절을 만났다.

내가 남편을 깨웠을 때, 약 40야드 밖에 있던 사자가 똑바로 우리를 향해 공격해 왔다. 나는 구경 .303 소총으로 그 사자의 가슴을 정통으로 쏘았는데, 나중에 보니 총알이 사자의 성대를 산산조각낸 후 등뼈까지 망가뜨려 놓았다. 사자는 두 번째 공격을 해 왔는데 다음 총알은 사자의 어깨를 뚫고 들어가서 심장을 너덜너덜하게 찢어 놓았다.

총을 쏘고 글도 쓰는 이 여장부를 바라본다면 흥미 있을 것이다. 짐작건대 그녀는 아주 젊은 여인으로 국내에 있다면 아마 응접실에서 우아한 모습을 하고 있을 것이다. 나는 그녀를 만나 이야기를 들으며 생각도 교환하고 싶다. 그녀를 만난다면 고대 로마의 원형극장*에서 자리 잡고 있던 부인네들이 어떤 여인이었을까 쉽게 상상할 수 있을 것이다. 그 부인들 중의 다수는 사생활에서 밝고 우아했으며 높은 교양에다 상냥한 감정까지 갖추고 있었을 것임에 틀림없다. 그들은 예술과 문학을 논했고 레스비아의 참새**를 읽으며 눈물방울을 떨어뜨렸을 수도 있었다. 다른 한편으로 그들은 사자의 찢어진 성대라든가 망가진 등뼈 그리고 찢겨서 드러난 내장까지 감상하고 있었다. 그들 중의 다수는 살육을 즐겨 행하고 싶어 했을 것 같지 않다. 이 점에 있어서는 대중 잡지에 사자 사냥 이야기를 쓴 그 여인이 예외적이라고 생각해야겠다. 하지만 그녀와 고대 로마 여인들은 서로

---

* 오늘날 로마에 유적으로 남아 있는 콜로세움 같은 원형극장에서는 맹수들과의 격투 등 잔혹한 행위가 연출되었던 것으로 전해지고 있다.

** 여기서 라이크로프트는 카툴루스(Catullus)의 유명한 서정시 중의 한 편을 언급하고 있다.

아주 잘 지낼 수 있었을 것이고 몇 가지 피상적인 차이만 드러낼 것이다. 그녀의 피비린내 나는 회고담이 대중 취향을 염두에 두고 있는 잡지 편집인의 환영을 받았다는 사실은 아마도 편집인이나 독자들에게 비친 것 이상의 의미를 띠고 있을 것이다. 이 여인이 소설을 쓰게 될 공산이 높은데 실제로 소설을 쓴다면 현대인의 용기가 지닌 참모습을 보여 줄 것이다. 물론 그녀의 스타일은 그녀가 선호하는 독서를 통해 형성되어 왔으며 그녀가 생각하고 느끼는 방식 또한 그 독서에서 비롯했을 가능성이 아주 높다. 아직은 아니겠지만, 곧 이런 여인이 전형적인 영국 여인으로 될 것이라 확신한다. 분명히 "이 여인에게서 어이없는 것이라고는 전혀 볼 수 없으며," 이런 여인들이라면 주목할 만한 후손을 낳게 될 터이다.

나는 상당히 찜찜한 기분으로 그 여관을 나왔다. 길을 달리하여 집으로 돌아오던 나는 이내 한 농장과 과수원이 있는 작은 계곡의 가장자리에 이르렀다. 사과나무에는 꽃이 한창이었고, 서서 바라보고 있는 동안, 온종일 빛에 인색하던 태양이 눈부시게 빛을 쏟았다. 거기서 내가 본 것을 어떻게 표현해야 할지 모르겠다. 꽃이 만발한 그 계곡의 고요한 아름다움 앞에서 그저 꿈을 꾸고 있는 기분이었다. 내 곁에서는 벌 한 마리가 붕붕거리는데 멀지 않은 곳에서 뻐꾸기가 울었고 아래쪽 농장 초지에서는 새끼 양들이 매애 하며 울고 있었다.

16

나는 민중의 벗이 되지 못한다. 한 시대의 성격을 좌우하는 세력으로서의 민중은 내게 불신감과 두려움을 불어넣을 뿐이다. 가시적 다중으로서의 민중은 나를 움츠리며 멀찍이 떨어져 있게 하고 흔히 혐오감을 일으키기도 한다. 일생의 대부분을 통해 민중은 나에게 런던의 군중을 의미했다. 그러니 온건한 의미의 어구로는 런던에 사는 그들에 대한 내 생각을 표현할 길이 없다. 시골에서 살고 있는 민중에 대해서는 내가 별로 아는 바가 없다. 그러나 그간 내가 조금씩 살펴본 바에 의하면 그들에 대해서도 더 가까이 사귀고 싶은 생각은 나지 않는다. 나라는 인간의 본능은 철두철미 반민주적이므로 민중 즉 '데모스(Demos)'*가 거역할 수 없는 세력이 되어 나라를 지배하는 시대가 온다면 우리 영국이 어떻게 될 것인지는 생각하기조차 두렵다.

옳건 그르건 이게 바로 나의 기질이다. 그러나 이 점을 근거로 해서 마치 내가 나보다 계층이 낮은 사람들을 용납하지 못할 거라고 주장을 하는 사람이 있다면 그는 아주 잘못 생각하고 있다. 개인과 계층

---

* 영어 낱말 democracy(민주주의)는 그리스어에 어원을 둔 말이며 '민중(dem-os)의 지배'라는 뜻이다.

사이에는 넓은 차이가 있다는 생각만큼 내 마음속에 깊이 뿌리내리고 있는 것은 없다. 한 개인을 떼어놓고 생각할 경우에는 일반적으로 그에게서 이성 및 선을 행하려는 성향을 찾아볼 수 있다. 그러나 사회라는 조직체 속에서 그 개인이 동료 시민과 한 무리를 짓게 되면 십중팔구 그는 뻔뻔스러운 인간으로 변해 자신의 생각이라고는 하나도 없이 악에 쉽게 감염된다. 인류의 발전이 이토록 더딘 것은 바로 세계만방의 백성들이 우매함과 야비함 쪽으로 쏠리고 있기 때문이다. 반면에 인류가 조금이나마 발전할 수 있는 것은 개개인에게 보다 나은 일을 행할 수 있는 능력이 있기 때문이다.

젊은 시절에 나는 이런 사람 저런 사람을 바라보며 어찌하여 인류는 이토록 발전하지 못했을까 놀라워하곤 했다. 그러나 지금은 다수 대중 속에 섞여 있는 개개인들을 바라보면서 인류가 이 정도나마 발전한 것을 놀라워한다.

바보스러울 정도로 오만했던 나는 지적 능력과 성취를 기준으로 한 개인의 값어치를 판단하곤 했다. 나는 논리가 없는 곳에서 선을 볼 수 없었고 배움이 없는 곳에서는 매력도 찾을 수 없었다. 그러나 지금은 내가 인간의 이지력을 두뇌에서 우러나는 것과 가슴에서 우러나는 것으로 나누어 구별해야 한다고 여기며, 후자를 더 중요시하기에 이르렀다. 이지력이 문제되지 않는다고 말하지는 않겠다. 바보들은 언제나 지겨울 뿐만 아니라 해로운 존재이기도 하다. 그러나 내가 알게 된 최고의 사람들이 우매함에서 구원될 수 있었던 것은 지성 덕분이 아니라 감성 덕분이었음이 확실하다. 그런 사람들이 내 앞에 나타나면 나는 그들이 크게 무식하거나 강한 편견을 가지고 있으며 가장 부조리한 사리 판단을 할 수도 있음을 보게 된다. 그러나 그들의 얼굴은 최고의 미덕, 친절, 상냥함, 겸허함 및 너그러움으로 빛나고 있다. 그들은 이런 자질을 소유하고 있을 뿐만 아니라 그것을 활용하는 법도 알고 있다. 그들이 바로 가슴에서 우러나는 이지력을 소유하고 있는 것이다.

우리 집에서 나를 위해 수고하고 있는 가난한 여인이 바로 그런 사람이다. 처음부터 나는 그녀를 보기 드물게 훌륭한 하인이라고 생각했다. 알게 된 지 3년이 지난 지금 보아도 그녀는 '탁월하다'는 칭찬을 받아서 손색이 없는 내가 아는 소수 여인들 중의 한 사람이다. 그녀는 글을 읽고 쓸 줄 아는데 그게 모두다. 더 이상의 교육은 그녀에게 해가 되었을 것임을 나는 확신한다. 왜냐하면 그 교육은 그녀를 정신적으로 인도할 분명한 빛이 되는 대신에 그녀의 선천적 동기만 혼란케 했을 것이기 때문이다. 그녀는 자기의 타고난 직무를 수행하는데 그것도 만족하는 데서 우러나는 우아함과 양심의 기쁨을 가지고 수행한다. 바로 이 점은 그녀로 하여금 문명인들 가운데서도 높은 위치를 차지하게 한다. 그녀의 즐거움은 질서와 평온 속에 있다. 인간의 자식에게 무슨 칭찬을 더 할 수 있겠는가?

며칠 전에 그녀는 지난날의 이야기를 나에게 들려주었다. 그녀의 모친은 열두 살 때 하녀 생활을 시작했는데, 그 고용 조건이 참으로 기상천외였다. 정직한 노동자였던 그녀의 부친은 자기 딸이 장차 수행하고자 하는 직무에 대한 교육을 부탁하면서 집주인에게 1주일에

1실링의 돈을 지불했다는 것이었다. 오늘날의 노동자에게 딸을 위해 그렇게 해 보라는 요청을 한다면 그는 얼마나 험상궂은 표정으로 노려볼 것인가! 그러니 우리 집 가정부가 보통 가정부들과는 달리 아주 비범한 것도 놀라운 일이 아니다.

17

거의 왼종일 비가 내렸지만, 나에게는 즐거운 날이었다. 조반을 든 후 나는 데번 지역 지도를 펴 놓고 마음먹고 있던 탐방 지역을 차례로 짚어 보고 있었다(나만큼 좋은 지도를 사랑하는 사람이 있을까!). 그때 문에서 노크 소리가 들리더니 M 부인이 갈색 종이로 싼 큼직한 소포를 가지고 들어왔는데, 그 속에 책이 들어 있음을 나는 대번에 알 수 있었다. 수일 전에 책 주문서를 런던으로 보냈기에 그처럼 일찍 책이 배달될 줄은 몰랐다. 두근거리는 마음으로 나는 아무것도 놓여 있지 않은 탁자 위에 그 소포를 놓은 후 벽난로의 불을 다독거리면서 그 소포를 유심히 바라보았다. 이윽고 나는 연필 깎는 칼을 끄집어 낸 후 엄숙한 마음으로 신중히 그러나 떨리는 손으로 소포를 뜯기 시작했다.

서적상들의 목록을 펴 놓고 여기저기 살 만한 책들을 골라 표지하는 일은 즐겁다. 책을 살 여유가 없었던 예전에는 그런 목록이 내 눈

봄

에 띄지 않도록 되도록 멀리했다. 그러나 지금은 목록을 한 장씩 음미하듯 살피면서 나 자신에게 과해야 할 분별력이나 기분 좋은 미덕으로 삼고 있을 뿐이다. 그러나 보지도 않고 주문한 책의 포장을 뜯으며 느끼는 행복감은 더 크다. 나는 희귀본이나 뒤지고 다니지는 않으며 초판본이니 호화 장정본이니 하는 것들도 내 알 바 아니다. 내가 돈을 주고 사는 것은 영혼의 양식인 문학이다. 책 보호를 위한 마지막 포장지를 젖히고 책의 장정을 처음으로 보게 될 때의 기분을 무어라 표현해야 할까! 처음 맡는 책 냄새! 처음 눈에 비치는 금박의 제목! 반생 동안 제목을 알고 있었지만 본 적은 없었던 책이 내 앞에 놓여 있는 것이다. 나는 경건하게 그 책을 집어 들고 살며시 펼쳐 본다. 목차에서 장별(章別) 제목을 훑어보면서 닥쳐올 읽기의 즐거움을 상상할 때면 내 눈은 흥분으로 침침해진다. 『예수를 본받아서』에 나오는 다음 구절을 마음속으로 나보다 더 절감한 사람은 없을 것이다. "그동안 나는 어디서나 안식을 찾아보았지만, 책을 들고 한쪽 구석에 앉아 있을 때를 제외하고 안식은 없었다(In omnibus requiem quaesivi, et nusquam inveni nisi in angulo cum libro)."*

나에게는 학자의 됨됨이가 있었다. 내게 여유와 마음의 평정이 있었다면 나는 학문을 쌓을 수 있었을 것이다. 대학 경내에 머물렀다

---

* 이 구절은 정작 『예수를 본받아서(*De Imitatione Christi*)』라는 책에 나오지 않으며, 이 책의 저자 토마스 아 켐피스(Thomas a Kempis, 1380?~1471)의 자전적 논평 중의 하나로 알려져 있다.

면 아주 행복하게 살면서 아무에게도 누를 끼치지 않았을 것이고 내 상상력은 언제나 고대 세계를 연구하느라 바빴을 것이다. 미슐레는 『프랑스사』 서문에서 "나는 세상을 외면해 버렸고 역사를 필생의 업으로 삼았다"고 말한다. 지금 생각하건대 그런 경지는 나의 진정한 이상이었다. 그간 투쟁을 하며 비참하게 살아오면서도 나는 늘 현재보다는 과거 속에 더 빠져 있었다. 런던에서 문자 그대로 굶다시피하며 살 때나, 글을 써서 생계를 유지하는 일이 거의 불가능해 보이던 때에도, 언제나 나는 마치 아무 걱정도 없는 것처럼 초연하게 허구한 나날을 대영박물관에서 보내지 않았던가! 아무것도 바르지 않은 맨 빵으로 아침을 때운 나는 점심으로 먹을 한 조각의 빵을 주머니에 넣은 채 그 넓은 열람실의 책상에 자리 잡고 앉아 당장에는 수입의 원천이 될 것 같지 않은 책을 읽고 있었다. 그런 때이면 나는 고대 철학에 관한 독일 서적들을 탐독했다. 또 그런 때이면 나는 아풀레이우스 및 루키아노스, 페트로니우스 및 그리스 사화집(詞華集), 디오게네스 라에르티우스 같은 온갖 것들을 읽었다. 나는 배고픔을 잊고 있었고, 밤이 되면 돌아가서 쉬어야 할 그 다락방마저 나의 사념을 조금도 어지럽히지 않았다. 대체로 나에게는 그런 생활이 자랑할 만한 무엇으로 보인다. 그 가냘픈 몸매에 창백한 얼굴을 하고 있던 젊은이에 대해서 나는 지금 긍정적인 미소를 짓고 있다. 그게 나였던가? 바로 나 자신이었던가? 아니지, 아니야. 그가 죽은 지는 벌써 서른 해나 되는걸.

높은 의미의 학문은 나에게 허용되지 않았다. 게다가 지금은 너무 늦었다. 그런데도 지금 나는 파우사니아스*를 읽으며 즐거워하고 있으며 그가 쓴 글을 한 자도 빠짐없이 읽겠노라고 스스로 다짐하고 있다. 고대 문학의 세례를 조금이라도 받은 사람치고 파우사니아스로부터의 인용문과 그에 대한 언급 대신에 그가 쓴 문헌을 직접 읽고 싶어 하지 않을 사람이 있을까? 여기 단의 『게르만족의 왕들』이라는 책이 있는데도, 튜턴족 출신의 로마 정복자들에 대해 되도록 많은 것을 알게 되길 바라지 않을 사람이 있을까? 이런 책들은 얼마든지 있다. 나는 죽는 날까지 읽을 것이며 또 읽은 것을 잊어버릴 것이다. 아, 가장 큰 문제는 읽은 것을 잊어버린다는 것이다. 내가 한때 지니고 있던 지식을 아직도 고스란히 거느리고 있다면 나는 스스로 유식한 사람이라고 부를 수 있을 것이다. 오래가는 걱정, 불안 및 공포만큼 기억력에 해로운 것이 없음은 분명하다. 나는 읽은 내용을 몇 조각밖에 기억하지 못하지만 꾸준히 즐겁게 책을 읽을 것이다. 나는 미래의 삶을 위해 지식을 모으고자 하는 것일까? 사실, 읽은 내용을 잊어버리고 있다는 것이 이제는 내게 고통스럽지도 않다. 나는 사라지는 순간순간의 행복을 누리고 있으며, 언젠가는 죽게 되어 있는 인간의 몸으로 그 이상 무엇을 더 바랄 것인가?

---

* 파우사니아스(Pausanias)는 기원 후 2세기의 그리스 지리학자, 철학자.

18

하룻밤 동안 아무 훼방도 받지 않고 휴식한 후 아침에 느긋이 일어나 늙은이처럼 신중히 옷을 차려입고 오늘도 왼종일 조용히 앉아 책을 읽을 수 있겠거니 행복하게 생각하며 아래층으로 내려오고 있는 사람이 바로 나, 헨리 라이크로프트인가? 그 오랜 세월 곤혹스럽게 노역을 치러 왔던 나, 헨리 라이크로프트란 말인가?

나는 잉크 묻은 원고지의 세계 속에 내가 남겨 두고 온 사람들 생각을 차마 할 수가 없다. 그런 생각을 해도 비참해지기만 할 뿐 아무 소용도 없을 것이다. 하지만 일단 그쪽을 돌아다보았으니 그 사람들 생각을 하지 않을 수 없다. 오, 무거운 짐을 지고 있는 그대들이여! 지금 이 시간에도 책상에 앉아서 펜을 잡고 저주받을 고역을 치르고 있겠지. 마음속에 혹은 가슴속에 꼭 해야 할 말이 있어서가 아니고, 오직 펜만이 그대들이 다룰 수 있는 유일한 연장이고 그대들의 유일한 밥벌이 수단이기 때문이지. 해마다 그대들의 수는 늘어난다. 그대들은 서로 밀거니 잡거니 저주를 주고받거니 하면서 출판업자들과 편집인들의 문간을 혼잡하게 한다. 오, 그 딱한 광경은 괴이해서 이 가슴을 찢는구나.

오늘날 밥벌이를 위해서 글을 쓰는 남녀의 수는 셀 수 없이 많지만, 그들이 그 일에서 항구적 생계책을 찾아낼 가망성은 조금도 없다. 그런데도 그들이 글쓰기에 매달리는 것은 다른 생계책을 모르고 있기 때문이거나 아니면 문필업의 독립성과 눈부신 포상이 그들을 유혹하기 때문이다. 그들은 그 구저분한 직업에 매달리며 모자라는 돈은 구걸하거나 빌려 쓰다가 결국은 너무 늦어 다른 직업으로 바꾸지 못하고 만다. 그러면 어떻게 되는가? 일생 동안 그 무서운 체험을 해 본 나로서는 '문학'에서 생계책을 찾아보라고 젊은이들을 격려하는 사람은 죄를 저지르는 셈이라고 말하겠다. 만약에 내 목소리가 조금이나마 권위 있다면, 나는 사람들이 들을 수 있는 곳이면 어디서나 이 진실을 외치고 싶다. 모든 형태의 생존경쟁은 지긋지긋하지만, 내가 보기에 이 문필업이라는 투기장에서 벌어지는 난투극이야말로 다른 어떤 경쟁보다도 더 추잡하고 타락적이다. 1천 단어에 얼마씩이라고 그대들의 값을 매기다니! 그대들이 쓰는 교양 잡문들이나 회견 기사들은 또 어떤가! 게다가 그 싸움에서 패배하여 짓밟히게 되는 사람들에게는 얼마나 암담한 절망이 기다리고 있는가!

지난 한여름에 나는 어떤 직업 타이피스트로부터 나의 애고(愛顧)를 간청하는 광고문을 받은 적이 있다. 누군가가 어디서 내 이름을 주워 듣고 내가 아직도 글쓰기라는 지옥에 갇혀 있다고 생각했던 것이다. 그 광고 문안은 다음과 같이 되어 있었다. "크리스마스철의 업무 압력 때문에 도움이 필요하시다면, 원컨대, 제가……"

이야말로 상점 주인에게나 보낼 수 있을 만한 광고문이 아닌가. '크리스마스철의 업무 압력'이라니! 나는 너무 진저리가 나서 웃을 수조차 없다.

19

보아하니 누군가가 징병제도를 찬양하며 달콤한 목청을 높이고 있다.* 우리는 오래간만에 한 번씩 평론지나 신문에서 이런 종류의 기사를 읽을 수 있을 뿐이지만, 대부분의 영국 사람들이 이런 기사를 읽으면 나만큼이나 지긋지긋하게 두려움과 역겨움을 느끼리라고 믿고 싶다. 징병제도가 영국에서는 있을 수 없다고 누가 감히 장담할 것인가? 도대체 생각할 능력이 있는 사람이라면 특권 민족이 서서히 애를 쓰며 억제해 온 인간의 야만적 힘에 대한 우리의 방비책이 얼마나 허술한가를 잘 알고 있다. 민주주의는 문명 세계의 모든 아름다운 희망에 대한 위협으로 가득하다. 그리고 군국주의를 근거로 한 군주 세력이 부자연스럽지 않게 민주주의와 결탁하여 부활하고 있다는 사실은 앞으로의 전망을 더욱 어둡게 한다. 살육을 일삼는 군주가 대두하기만 하면 여러 민족들은 서로의 목을 쥐어뜯게 될 것이다. 만약 영국이 위기에 처한다면 영국인들은 싸울 것이다. 이런 극단적인 경우에는 별 도리가 없다. 그러나 당장 아무 위험이 없는데도 영국인들이 국민 개병제도라는 저주 아래 굴복해야 한다면 우리 섬나라 사람들의 삶은

---

* 19세기 말엽 영국에서는 군비 강화와 징병제도 도입에 대한 격론이 있었다.

얼마나 황량해질 것인가! 나는 영국인들이 신중함의 정도를 넘어서라도 인간됨의 자유만은 지킬 것이라고 생각하고 싶다.

한 유식한 독일인이 언젠가 한번 나에게 자기의 군대 복무 시절 이야기를 하면서 그 기간이 한두 달만 더 길었더라면 자살을 해서라도 거기서 해방되려고 했을 거라고 했다. 나 자신의 용기로는 단 1년 동안도 버티지 못했을 것임을 나는 잘 알고 있다. 모욕감, 분노 및 혐오감 등이 나를 자극하여 거의 미칠 지경에 이르게 했을 것이다. 학창 시절에 우리는 1주일에 한 차례씩 운동장에서 '훈련'을 받곤 했다. 40년이 지난 지금까지도 그때의 일을 생각하면 그 당시 자주 나를 아프게 하던 그 혹심한 비참함에 다시 몸이 떨린다. 그 기계적 훈련의 무의미한 과정 그 자체가 나에게는 거의 견딜 수 없었다. 나는 줄을 선다든지 신호에 따라 팔다리를 내민다든지 동작의 일치를 강요받으며 발을 탕탕 구르는 소리 따위가 싫었다. 개성의 상실이 나에게는 그저 창피한 일이었다. 그리고 내가 흔히 당했듯이 훈련하사관이 줄을 서고 있는 나에게 뭔가 서툴다는 지적을 하며 꾸지람을 할 때라든지, 혹은 나를 "7번!"이라고 부를 때면, 나는 수치심과 분노로 불타곤 했다. 그럴 때면 나는 더 이상 인간이 아니라 기계의 일부가 되었으며 내 이름도 '7번'이었다. 내 동료 학생이 열렬히 정력적으로 즐겁게 훈련을 받는 것을 볼 때마다 나는 놀라곤 했다. 나는 그런 소년을 물끄러미 바라보면서 어찌하여 그와 나는 교련을 받는 느낌이 그처럼 다를까 의아해했다. 확실히 거의 모든 동료들은 교련을 즐기고 있었거나 아니면 어떤 경우에나 별 생각 없이 교련을 받고 있었다. 그들은 훈련하사관과 친하게 지냈으며, 더러는 '한계를 넘어서기'까지 하면서 그 하사관과 함께 쏘다녔다고 자랑하기도 했다. 좌로, 우로! 좌로, 우로! 나는 그 어깨가 딱 벌어지고 얼굴이 험상궂으며 금속성 목소리를 가진 녀석을 미워했던 것만큼 사람을 미워해 본 적이 없다고 생각한다. 그가 나에게 하는 말을 나는 모조리 모욕으로 받아들였다. 먼 곳에 그의 모습이 보이면 나는 돌아서서 도망치곤 했는데, 그에게 경례하는 의무를 회피하기 위해서이기도 했지만 그보다 더 큰 이유는 나를 고통스럽게 하던 그 신경의 전율을 모면하자는 데 있었다. 일찍이 나에게 해를 끼친 사람이 있다면, 그 훈련하사관이 바로 그였다. 육체적·정신적 피해였다. 내가 소년 시절부터 시달려 온 신경불안 증세의 일부 원인은 그 저주받을 교련 시간에 있었다고 나는 진심으로 믿는다. 그리고 내 성격에서 가장 말썽거리가 되는 격렬한 자존심도 그 원천이 바로 그 참혹했던 교련 시간에 있다고 장담한다. 물론 나에게 그런 성향은 처음부터 있었다. 그러나 그 성향은 마땅히 고쳐져야만 했고, 결코 교련 시간을 통해 악화되는 일은 없어야 했다.

좀 더 젊은 시절이었다면 학교의 연병장에서 나만이 예리한 고통을 당할 정도의 감수성을 지니고 있었다는 생각을 하며 자랑스러워했을 것이다. 하지만 지금 나는 동료 학생들도 나와 똑같은 반항심을 느꼈지만 그걸 억제하고 있었다고 확신한다. 철없는 소년처럼 교련을 즐기던 학생들도 장년기에 이르러서는 자기 자신들이나 동포들에게 병역이 부과되는 것을 환영할 사람이 거의 없을 것이라 믿는다. 어떤 관점에서 보면, 영국인들이 열렬히 혹은 조심성 없이 징병제도를 받아

봄

들임으로써 외세에 의한 정복을 모면하는 것보다는 차라리 정복당하고 피를 흘리는 것이 훨씬 더 나을지도 모른다. 물론 영국인들은 이런 견해를 지지하지 않을 것이다. 그러나 영국을 사랑하는 사람들 중에 이런 생각을 해 보는 사람이 하나도 없는 날이 다가온다면 그야말로 영국을 위해서는 불행한 일이 될 것이다.

20

'예술'을 두고 "삶의 흥취를 만족스럽게 지속적으로 표현한 것"이라고 정의할 수 있겠다는 생각이 떠올랐다. 이 정의는 인간이 고안해 낸 모든 형태의 예술에 적용될 수 있다. 왜냐하면, 위대한 연극을 제작하든 아니면 나무로 한 조각의 잎을 깎아내든, 모든 예술가는 창작의 순간에 자기 주변 세계의 특정 양상을 최고로 즐기는 데서 감동과 영감을 받기 때문이다. 그의 즐김 자체는 다른 사람의 체험에 비해 더 첨예하며, 희귀한 활력 넘치는 정서를 가시적(可視的)이거나 가청적(可聽的)인 형태로 기록하는 능력—우리는 어떻게 예술가들이 그런 능력을 가지게 되는지를 모른다—으로 인해 더 치열해지고 또 확장된다. 어느 정도까지는 예술이 모든 사람들의 능력 범위 속에 들어 있다. 이를테면 겨우 농부에 불과한 사람이라 하더라도 해가 뜰 무렵에 들에서 몇 마디의 곡조랍시고 지어 부를 수 있을 것인데 이는 그의 건강과 체력이 빚어내는 결실일 뿐이다. 그는 자기가 존재한다는 데 대한 비상한 흥취에 자극받고 노래하거나 노래하려고 하는데 그 노래는 조잡하지만 그 스스로 지어낸 것이다. 또 다른 예를 든다면 역시 농부인데 데이지와 들쥐를 노래하고 탐 오 샨터(Tam o' Shanter)에 대한 운문 이야기를 지은 사람*이다. 그가 느끼는 삶의 흥취는 보통 농부의 영혼을 떨리게 하는 흥취보다도 한없이 더 강하고 더 절묘했다. 뿐만 아니라 그는 인류의 심금을 울리고 여러 시대에 걸쳐 마술적 힘을 지니고 있는 가사와 곡조로 그 흥취를 표현했다.

지난 몇 년 동안 우리 나라에서는 예술에 대한 많은 논의가 있었다. 빅토리아 시대의 진정한 예술적 충동력이 그 기세를 잃게 되자, 그리고 한 위대한 시대의 에너지가 거의 소진되자, 그 논의가 시작되지 않았나 싶다. 실천력이 퇴조할 때면 언제나 원칙 문제가 활발히 토의되는 법이다. 우리는 깊은 사색을 한다고 해서 예술가가 될 수 있거나 예술가가 되는 방향으로 한 치라도 성장할 수 있는 것은 아니다. 하지만 이 말은 예술가의 자질을 가진 사람이 의식적 노력을 통해 득을 볼 수는 없다는 뜻이 아니다. 괴테는 모든 인간적 면에서 그를 닮지도 않은 모방자들에 의해 자주 본보기로 내세워지곤 하거니와, 그는 파우

---

* 스코틀랜드의 민족시인 로버트 번스(Robert Burns, 1759~1796)를 가리킨다. 탐 오 샨터는 번즈가 지은 동명의 서사시에 나오는 주인공 이름이지만 오늘날에는 스코틀랜드 사람들이 쓰는 둥근 모직물 모자를 가리키기도 한다.

스트에 대해서 참으로 깊은 생각을 했다. 하지만 그가 젊었던 시절에 쓴 서정시에 대해서는 우리가 어떻게 생각해야 할까? 그의 문학적 성취 중에서 결코 가장 덜 소중한 부분이라고 할 수 없는 이 서정시들을 그는 원고지를 바로 놓을 겨를도 없이 펜이 움직일 수 있는 한 최대한의 속필로 비스듬히 갈겨쓰지 않았던가? 예술가는 태어나는 것이지 만들어지는 것이 아니라고 하는 오래된 진리*를 오직 나 혼자 보기 위해서라도 한번 적어 볼까? 스콧에 대한 경멸 어린 비판의 소리가 심심찮게 들리는 오늘날 그 진리를 들먹이는 일이 결코 부질없지는 않을 듯하다. 예술가적 양심이 없다는 이유로, 스타일 생각은 조금도 하지 않고 갈겨썼다는 이유로, 또 쓰기 전에, 널리 알려진 대로 플로베르가 어김없이 그랬던 것처럼, 창작 계획을 꼼꼼히 세운 적이 없다는 이유로 스콧은 비난받고 있다. 다른 예는 고사하고, 윌리엄 셰익스피어라는 작가가 소위 예술작품이라는 것을 만들어 낼 때 거의 범죄 수준으로 부주의했다는 말은 어찌하여 들리지 않을까? 세르반테스라는 이름의 실수투성이 작가가 자기의 '예술'에 대해서 너무 불성실했던 나머지 소설의 한 장에서 산초의 당나귀가 도난당하는 장면을 그리고 나서 얼마 후에는 그것을 까맣게 잊고 마치 아무 일도 없었던 것처럼 산초가 대플을 타고 가는 장면을 그리고 있는 것도 하나의 엄연한 사실이 아닌가? 또 새커리라는 이름의 작가는 한 조잡한 '주관

---

*   "시인은 태어나는 것이지 만들어지는 것이 아니다(poeta nascitur non fit)"라는
     라틴 격언 참조.

적' 소설의 마지막 페이지에서 자기가 앞서 한 대목에서 패린토시 경의 모친을 죽이고 나서 다른 대목에서는 그녀를 되살렸다는 말을 염치없이 고백하고 있지 않은가? 이들은 '예술'을 배반한 죄인들이었음에도 불구하고 세계 최고의 예술가들 중에 든다. 왜냐하면 그들은 어떤 의미에서 또 어느 정도까지 그들의 비판자들이 이해하지 못하는 '삶'을 살았으며 그들의 작품은 곧 그 삶의 흥취를 만족스럽게 지속적으로 표현하고 있기 때문이다.

누군가가 이미 오래전에 예술에 대한 나의 정의를 생각해 냈을 것임에 틀림없다. 하지만 그건 문제가 되지 않는다. 그런 이유로 이 정의가 나에게 덜 독창적이 되지는 않는다. 그리 오래되지 않은 과거에는 내가 그럴 가능성 때문에 조바심했을 것이다. 왜냐하면 나는 겉보기에 조금이나마 표절로 보이는 것은 피해야만 생계를 유지할 수 있었기 때문이다. 하지만 지금은 내가 포핑턴 경과 의견을 같이하고 있다. 그래서 나는 일찍이 나와 똑같은 생각을 한 사람이 있었느냐에 신경을 쓰지 않으며 오직 나 자신의 이지력에서 자연스럽게 싹이 트는 것을 즐기고 싶은 심경일 뿐이다.* 가령 유클리드를 전혀 모르던 내가 그의 기하학적 증명 중 가장 간단한 것이라도 한 가지 발견해 냈다

---

* 존 밴브루(John Vanbrugh)의 극 「재타락(*The Relapse*)」(1696)에서 포핑턴 경은 "책을 읽고 그 내용에 마음을 쓴다는 것은 다른 사람의 두뇌에서 억지로 짜낸 산물을 가지고 즐기는 것을 말한다. 이제 나는 능력 있고 교양 있는 사람이라면 자기 자신의 두뇌에서 싹튼 산물을 가지고서 크게 즐거워할 수 있지 않을까고 생각한다"고 말한다.

고 가정해 보자. 누군가가 그 증명은 유클리드의 책에 이미 나와 있다는 것을 나에게 지적한다고 해서 내가 기죽을 필요가 있을까? 이처럼 자연스럽게 싹트는 생각이야말로 우리의 삶이 빚어낼 수 있는 최선의 산물이다. 그 산물이 이 세상 장바닥에서 아무런 값이 나가지 않는다는 것은 단순한 우연일 뿐이다. 이제 자유롭게 살 수 있게 된 요즈음 나의 의식적 노력 중의 하나는 독자적으로 지적 생활을 하자는 것이다. 이전에는 책을 읽다가 감명이나 기쁨을 주는 구절을 마주치면 나는 그것을 훗날 '써먹기' 위해 공책 속에 베껴 두곤 했다. 주목할 만한 시구나 산문 구절을 읽을 때에도 으레 장차 쓰게 될지 모르는 글에서 그 구절을 적절히 인용할 생각을 하곤 했다. 그야말로 문필업에 의존하는 삶이 빚어낸 나쁜 결과 중의 하나였다. 이런 사고 습성을 배격하려고 노력하는 오늘날 나는 "그렇다면 무슨 목적으로 읽고 기억하는가"라고 묻는다. 인간이 스스로에게 던진 물음치고 이처럼 바보스러운 물음이 있었을까? 우리는 우리 자신의 즐거움을 위해서 그리고 자신을 위안하고 강건하게 하기 위해서 책을 읽는 것이다. 그렇다면 그 즐거움은 순전히 이기적인 것인가? 그 위안은 한 시간 동안만 지속되고 말 것이며, 싸울 일도 없는데 스스로를 강건하게 하자는 것인가? 그렇다. 하지만 나는 알고 있다. 알고 있고 말고. 겉보기에는 부질없어 보이는 독서 시간이라도 있으니 망정이지 그것이 없다면 내가 이 집에서 살면서 인생의 종말이나 기다리고 있는 심경이 어떠할 것인가?

나는 이따금 어떤 구절을 낭독하고 싶을 때 내 옆에서 그걸 들어 줄 사람이 있다면 얼마나 좋을까고 생각한다. 그렇다. 하지만 내가 공감의 이해를 어김없이 기대할 수 있는 사람이, 아니, 나의 감상(感賞)에 일반적으로 공감할 사람이 이 세상에 있을까? 그런 지성의 화합은 찾기가 지극히 어렵다. 우리는 일생 내내 그런 화합을 갈망한다. 그런 욕구는 마치 악마처럼 우리를 황야로 몰고 가며, 너무 흔히 우리를 진창에 빠뜨린다. 그리고 결국 우리는 그런 비전이 환상임을 알게 된다. 모든 사람에게 "그대는 홀로 살지어다"라는 운명이 점지되어 있다. 자기만은 이 공동의 운명에서 벗어났다고 상상하는 사람은 행복하다. 그런 상상을 하는 동안만은 행복하다는 뜻이다. 이런 행복을 허용받지 못한 사람들은 적어도 가장 쓰라린 환멸은 모면한다. 아무리 괴로운 진실이라도 우리가 당당하게 그 진실과 맞서는 것이 언제나 좋지 않을까? 헛된 희망을 한 번에 딱 잘라 버릴 수 있는 사람은 점점 더 커지는 마음의 평정을 누리는 데서 보상을 받는다.

21

오늘 우리 집 정원에서는 온통 새들이 요란하다. 끊임없는 피리 소리, 휘파람 소리 및 떨리는 소리의 제창(齊唱)이 순간마다 하늘로 울려 퍼지며 야성의 조화를 이루는 것을 들으면서 허공에 새들의 노래가 가득하다고만 말한다는 것은 부적절하다. 이따금 비교적 작은 노래꾼 중의 한 마리가 다른 모든 새들보다도 더 높이 노래하기 위해서 미친 듯이 명랑하게 애를 쓰며 목청을 돋우는 것을 귀담아 듣는다. 그것은 일종의 찬양의 합창으로서 이 지구상의 다른 어떤 창조물도 그런 찬양의 노래를 할 목청과 감정을 가지고 있지 않다. 그 노래를 들으면서 나는 화려한 감격에 넋을 잃게 되고, 나의 존재는 열정적 환희의 부드러움 속으로 녹아들며, 나의 눈은 영문도 모르는 심오한 겸허함에 젖어 흐려진다.

22

문예 잡지만 보고 우리 시대에 대한 판단을 내려 본다면, 문명이 참으로 크게 견고한 발전을 이루었으며 이 세상이 아주 희망찬 계몽 단계에 있다고 믿기 쉬울 것이다. 매주 나는 그 혼잡한 광고 페이지를 훑어본다. 수많은 출판사에서 온갖 종류의 신간 및 구간 서적들을 내느라 아주 열심히 뛰고 있는 것을 볼 수 있다. 갖가지 문학 분야의 저자 이름도 수없이 볼 수 있다. 광고된 책 중의 많은 것들이 일시적 의미밖에 없거나 전혀 아무 의미조차 없음을 당장 드러내고 있다. 그러나 사색적이거나 학구적인 사람들의 주목을 끄는 책도 얼마나 많은

가! 아름다운 장정에 최저의 가격이 매겨진 고전 작가들의 작품도 무수히 독자 대중에게 제공되고 있다. 이런 주옥같은 작품들이 그 가치를 알아주는 사람들 앞에 이처럼 값이 싸게 아름다운 장정으로 제공된 적은 일찍이 없었다. 부유한 사람들을 위해 화려하게 장정된 책이 있고, 품위 있는 판본(版本)이 있는가 하면, 또 세심한 주의와 인쇄 기술에다 한없는 경비까지 쏟아 넣고 만든 예술품도 있다. 온 세계와 온 시대의 학문이 전시되고 있다. 우리의 연구가 어떤 분야이든 우리는 관심을 끄는 책들을 이들 광고란에서 수시로 찾아볼 수 있다. 학문 영역에 드는 온갖 주제를 놓고 학자들이 기울인 노력의 성과가 여기에 있는 것이다. 과학은 지구와 천체의 최신 발견을 보여 준다. 과학은 홀로 사색에 잠긴 철학자와 항간의 대중을 상대로 말하고 있다. 한가한 마음에서 호기심으로 추구한 내용들이 무수한 출판물 속에 실려 있다. 이지적인 맛을 띤 시시콜콜하고 기이한 사항들 및 인간적 관심의 곁길에서 주워 모은 것들도 있다. 좀 다른 기분을 찾는 사람들을 위해서는 허황한 이야기꾼들이 있는데, 사실, 이 다채로운 목록 중에서 이런 이야기꾼들이 가장 명예로운 지위를 차지하고 있다. 누가 그 저자들의 수를 모두 셀 수 있을까. 누가 그 독자들의 수를 모두 계산할 수 있을까. 시를 짓는 사람들도 많다. 그러나 우리 시대의 시인들은 대중 취향의 지수(指數)에서 눈에 띄지 않는 위치에만 있다는 것을 관찰할 수 있다. 반면에 여행기는 크게 부각되고 있다. 먼 나라에 대한 정보를 원하는 일반 대중의 욕구를 능가하는 것이라고는 로맨스풍의 모험담밖에 없다.

이런 책 광고로 가득한 페이지들을 눈앞에 펼쳐 놓은 사람들이라면 누구나 정신세계에 관계되는 것들이야말로 우리 시대의 최대 관심사라고 필경 믿게 되지 않을까? 인쇄소에서 쏟아져 나오는 이 책들을 누가 모두 구입하고 있을까? 지적 영역에서 국민이 보이는 열의의 결과가 아니라면 어떻게 그처럼 큰 책 거래가 번창할 수 있을 것인가? 물론 도시냐 시골이냐를 막론하고 전국적으로 개인의 장서 규모가 급속히 커진다든가, 일반 대중들이 독서에 막대한 시간을 들인다든가, 문학적 야심이 인간의 노력에 가해지는 가장 흔한 박차(拍車) 중의 하나로 되었다는 사실 등을 우리는 인정해야 한다.

이게 모두 사실이다. 우리 시대의 영국에 대해서 이런 말을 모두 할 수 있겠다. 그러나 우리 문명의 장래를 내다보면서 우리가 마음을 놓아도 좋을까?

두 가지 것들을 기억해 두어야 한다. 이 문예 상품의 거래가 그 자체로는 상당한 규모라고 할 수 있지만 상대적으로는 소규모일 뿐이다. 그리고 다음으로, 문예 활동이 참된 문명임을 가리키는 정신적 자세의 항구적 징표가 될 수는 없는 법이다.

1주일에 한 번씩 간행되는 이른바 '문예 기관지'는 제쳐 두고 매일 아침저녁으로 간행되는 신문을 살펴보자. 이 신문에서 우리는 문학이 차지하는 진정한 비중을 알 수 있다. 1부에 3페니씩 하거나 혹은 반 페니씩 하는 일간신문을 읽은 후 거기서 받은 인상을 놓고 생각해 보자. 몇 권의 책이 출판되었음을 알리는 짧은 통지가 혹시 보일 수는 있을 것이다. 이런 '통지'가 더러 독자들의 눈에 띈다 치고 그 통지가 차지하는 지면과 삶의 물질적 관심사에 할애되는 지면을 비교해 볼 필요가 있다. 그러면 지적 노력이 일반 대중에게 어느 정도로 실질적 중요성을 띠고 있는지를 쉽게 가늠할 수 있을 것이다. 아니, 읽는다는 말을 해서 아무 손색이 없는 그런 진정한 의미의 읽기를 하고 있는 대중의 수는 너무나 적다. 반면에 모든 서적 출판이 내일 중단된다고 하더라도 아무런 아쉬움을 느끼지 않을 대중의 수는 너무나 많다. 유식한 저술의 출판을 알리는 이 안내문들이 우리에게 아주 고무적으로 비치지만 실은 전세계의 영어권 지역에 산재해 있는 몇천 명의 독자들만을 대상으로 삼고 있는 것이다. 가장 소중한 책들 중에서 많은 것이 서서히 몇백 권 팔리고 있을 뿐이다. 진지한 내용의 문헌 구입을 당연한 일로 여기거나 공공 도서관에 들러 그런 문헌을 습관적으로 찾는 사람들, 다시 말해, 그런 문헌을 생활필수품처럼 여기는 사람들을 대영제국의 구석구석에서 모두 불러 모은다 하더라도 앨버트 홀*을 가득 채우기가 어려울 것이라고 말해서 큰 오류가 없을 것이라고 나는 장담한다.

이런 사정을 인정한다 하더라도, 지적인 것들에 대한 애호에서 볼 수 있듯이 우리 시대가 계명(啓明)된 정신적 습관을 지향하고 있는 것이 명백하지 않은가? 인간의 지식과 정서 생활에 관계되는 문헌이 이처럼 광범위하게 배포된 적이 있었던가? 참으로 이지적인 소수의 사

---

* 빅토리아 여왕의 부군 앨버트 공을 기려 런던에 건립한 로열 앨버트 홀은 수천 명의 관중을 수용할 수 있다.

람들이 광범위하게 심오한 영향을 끼치고 있지 않은가? 다수 대중이 아무리 느리게 갈팡질팡 따라온다 하더라도, 사실 이 소수의 지성인들이 길을 인도하고 있지 않은가?

나는 그렇게 믿고 싶다. 암담한 증거들이 나에게 들이닥칠 때마다 나는 흔히 나 자신에게, "이성적인 인간들을 빈번히 만날 수 있다는 사실을 생각하자. 그런 사람들이 어디서나 빛을 전파하려고 애쓰고 있다고 생각하자. 인류가 이만큼 발전한 오늘날 그 노력이 맹목적 야만 세력에게 압도당하고 만다는 것이 있을 수 있는 일인가?"라고 말한다. 그렇다, 그렇고말고. 하지만 내가 보기에 이성적이고 계명되었고 또 남을 계명케 할 수도 있는 사람이라고 여겨져서 사랑하게 된 사람들, 이를테면 내가 코트 자락을 붙잡고 싶은 저술가, 탐구자, 강사 혹은 학구적인 신사 같은 사람들이 각각 정의와 평화, 단아한 예절, 순수한 삶 및 기타 참된 문명을 이루는 데 들어가는 모든 것들을 언제나 대변하고 있는 것일까? 바로 이 점에 책만 읽고 생각하는 사람이 범하는 오류가 있다. 한 인격체의 정력적인 정신 생활은 한 면에 불과하며 다른 면은 도덕적 야만주의로 되어 있다는 증거를 우리는 체험을 통해 어디서나 볼 수 있다. 가령 한 인간이 훌륭한 고고학자이면서도 인간의 이상에 대한 공감이 전혀 없을 수도 있다. 역사가, 전기 작가, 심지어는 시인까지도 금융 시장의 도박사이거나 사회적 알랑쇠이거나 요란한 국수주의자이거나 혹은 파렴치한 막후 조종자일지 모른다. 소위 '과학계의 지도자들'에 대해서도, 세상의 어떤 낙천주의자가 그들이야말로 온화한 미덕 편이라고 단언하려 할 것인가? 남을 가르치거나 영감을 주겠다고 앞으로 나서는 사람들에 대해서 우리가 이런 식으로밖에 생각할 수 없다면 그들에게 귀를 기울이기만 하는 일반 대중에 대해서는 어떻게 생각해야 할 것인가? 독서 대중이라니, 오, 그런 게 있긴 있지! 신중한 통계학자라면 좋은 책을 실제로 읽는 독자 스무 명 중에서 그 저자를 이해하면서 읽는 사람이 한 사람은 있을 거라는 말을 감히 하지 못할 것이다. 품위 있고 읽기에 즐거운 작품들로 구성된 그 멋진 총서들이 보기에는 널리 판매되고 있는 듯하지만, 그 구입자들이 진정으로 그 책을 읽고 감상하고 있음을 그 사실이 보증해 준다고 생각을 할 수 있을까? 시대의 유행을 뒤쫓기 위해, 이웃 사람들에게 으스대기 위해, 심지어 자기아부를 위해, 그런 총서를 사는 사람들이 있음을 기억하도록 하자. 책으로 값싼 선물을 하려는 사람들이 있는가 하면 단순히 책의 외모에 끌려서 사는 사람들도 있음을 생각하자. 그러나 무엇보다 명심해 두어야 할 것은 지식이나 신념과는 상관없이 책에 열의를 보이기에 바쁜 무리들인데, 이 어설픈 교육밖에 못 받은 사람들은 우리 시대의 특징이요 위험이기도 하다. 사실 이런 사람들은 책을 사되 많이 산다. 이들 중의 극소수는 두뇌와 양심의 성향이 서적 구입열을 정당화하기도 한다는 사실까지 내가 인정하지 않는다면 이는 부당한 일이다. 이런 사람은 1만 명 중에서 열 명이나 될까 말까 하지만 이들에게 모든 도움과 우애 어린 위안이 돌아가게 해야 한다. 그러나 말만 매끄럽게 하는 다수의 사람들, 책 제목과 저자 이름을 잘못 발음하고도 부끄러운 줄 모르는 사람들, 글을 읽으며 그 리듬을 망치는 사람들, 6페니씩 더 내고 책장을 자르지 않은 채 장정된 호화판 책*을 사서는 훼손하는 사람들, 책값을 할인해서 구입할 생각이나 재빨리 하는 사람들, 이런 사람들에게서 닥쳐올 20세기에 대한 내 희망의 증거를 찾아볼 수 있을 것인가?

이런 사람들이 받는 어설픈 교육이 결국은 온전해질 것이라는 말도 들린다. 지금 우리는 소수의 사람들만이 학문적 특전을 누리던 그 나쁜 옛날과 만민이 높은 교양교육을 받을 수 있게 될 복된 미래 사이의 과도기에 있다는 것이다. 이런 주장을 하는 사람들에게는 불행한 일이지만 교육은 소수의 사람들만 받을 능력이 있다. 우리가 아무리 열심히 가르친다고 해도 그 덕을 보는 사람들은 극히 일부 사람들이다. 박토에서 풍작을 기대한다는 것은 부질없는 일이다. 보통 사람은 언제나 보통 사람일 뿐이다. 이 보통 사람이 권력을 의식하게 되고 목청을 높이며 자기주장이나 하고 자기 나라의 모든 물질적 자원을 손아귀에 넣게 된다면 오늘날, 축복인지 저주인지, 어떤 비대중적 정신의 세례를 받고 있는 모든 영국인들 앞에 위협적으로 떠오르고 있는 상황이 끝내 벌어지고 말 것이다.

---

* 과거에 유럽 제국에서는 전지(全紙)를 인쇄하여 접은 것을 제본한 후 아래위와 옆을 절단(裁斷)하지 않은 채 서점에 내어놓는 경우가 있었다. 영국에서는 호화 장정판을 더러 이런 식으로 제본하곤 했다. 이런 책을 산 사람은 칼로 접힌 부분을 잘라서 읽어야 한다.

23

아침마다 잠이 깨면 나는 주위가 고요한 데 대해 하늘에 감사한다. 이 감사는 나의 기도이다. 지금 기억하건대 런던 시절에 나는 물체가 부딪치고 깨지는 소리라든가 함성이나 비명 소리를 들으며 잠을 깼으며 정신을 차리고 느끼는 첫 감정은 내 주위의 삶에 대한 증오였다. 목재나 금속이 내는 소음, 덜커덕거리는 바퀴 소리, 연장으로 두드리는 소리, 딸랑거리는 방울 소리―이 모든 것에 무척 속이 상했지만 이보다 더 나쁜 것은 요란한 인간의 목소리이다. 이 세상의 그 어느 소리도 사람들이 백치처럼 즐거워하며 지르는 고함이나 절규만큼 내 귀에 거슬리지는 않으며, 야수 같은 분노의 함성이나 비명만큼 밉살스러운 것도 없다. 만약 가능만 하다면, 나는 내게 정다운 몇몇 사람들을 제외하고 그 어느 누구의 말소리도 다시는 듣지 않으리라.

이곳에서는 잠이 늦게 깨든 일찍 깨든 나는 언제나 포근한 정적에 싸여 누워 있다. 어쩌면 길에서 율동적인 말발굽 소리가 들려올 테고, 또 어쩌면 이웃 농장에서 개 짖는 소리도 들려올 테고, 엑스강 건너편 먼 곳에서 기차가 조용히 속삭이듯 지나가는 소리가 들릴 수도 있다. 하지만 내 귀에 들이닥치는 소리는 이게 거의 전부다. 하루 내내 사람의 목소리를 듣는 일이 아주 드물다.

하지만 아침 미풍에 나뭇가지들이 살랑거리는 소리가 들린다. 소나기가 낭랑하게 창을 두드리며 내는 음악 소리가 들린다. 새들의 아침 노래도 있다. 근자에 나는 잠이 깨어 누워 있다가 종달새의 첫 노래를 들은 적이 몇 차례나 된다. 밤잠을 설친 덕분이라는 생각이 들어 기분이 좋아질 지경이다. 이런 순간에 나를 고통스럽게 하는 것이 있다면 그것은 인간 세상의 무의미한 소음 속에 싸여 사느라 낭비해 버린 내 긴 일생에 대한 생각뿐이다. 해마다 이곳은 똑같은 정적을 누려 왔다. 실제로 나에게 허용되었던 것보다 아주 조금만 더 많은 돈이 있었고 조금만 더 지혜로웠더라면, 나는 고요한 삶의 축복을 받으며 성년 시절을 보낼 수 있었을 것이고 내 만년에 이르러서는 아늑히 누린 평화로운 삶에 대한 긴 추억거리를 마련할 수 있었을 것이다. 실제로는 이 아름다운 가락들이 섞인 정적도 우리 모두를 감싸기 위해 기다리고 있는 더 깊은 정적의 서곡일 뿐이라는 생각을 명심하고 있기 때문에 나는 삶을 누리면서도 어쩐지 슬픔을 느낀다.

24

근자에 아침마다 나는 어린 낙엽송 조림 지역을 바라보기 위해 같은 방향으로 산책을 한다. 낙엽송들이 지금 입고 있는 색깔보다 더 아름다운 색깔은 이 지상에 없다. 그 색깔은 눈을 즐겁게 할 뿐만 아니라 시원하게도 하고, 그 영향은 내 가슴속 깊이 가라앉는다. 얼마 후면 그 색채도 변할 것이다. 빛나던 최초의 연두색이 어느새 여름철의 그 차분한 녹색으로 바뀌기 시작한 것 같다. 낙엽송은 비할 데 없이 아름다운 순간이 있는데 해마다 봄철에 그 순간을 즐길 기회를 가지는 사람에게는 좋은 일이다.

이곳에서 나는 날마다 한가로이 산책을 나가 낙엽송을 바라볼 수 있을뿐더러 그런 즐거움을 위해서는 꼭 필요한 마음의 평정까지도 누리고 있으니, 이보다 더 경이로운 일이 세상에 있을 수 있을까? 봄 햇살이 내리비치는 아침에 하늘과 땅의 영광을 즐기는 일에만 전념할 수 있을 만큼 마음의 평화를 푸짐하게 누리는 사람들이 이 세상에 몇 사람이나 있을까? 5만 명 중에 한 명이나 있을까? 대엿새 동안 잇달아서 아무 근심이나 집념의 방해를 받지 않으며 명상적 사색을 할 수 있으려면 얼마나 비범한 운명의 은혜를 입어야 할지 생각해 보시라! 호사다마라는 믿음이 우리 마음속에 너무 깊이 뿌리를 내리고 있고, 그것도 아주 근거가 있으므로, 나는 지금 이 신성한 평정의 시간을 누리고 있는 대가로 모종의 재앙을 겪게 되는 것이나 아니냐고 자문(自問)한다. 1주일 남짓 지나도록 나는 운명의 최고 축복을 받아 전 인류 중에서 선발된 소수의 사람들 중의 하나로 지내 왔다. 이런 축복이 모든 사람들에게 차례로 찾아올지 모른다. 그러나 대부분의 사람들에게는 일생 동안 이 축복이 한 번만 찾아오며 그것도 아주 잠시 동안이다. 내 운명이 보통 사람들의 운명에 비해 훨씬 더 낫다고 하는 사실이 이따금 나를 불안하게 한다.

25

오늘 나는 좋아하는 오솔길을 거닐다가 산사나무 꽃잎이 길을 덮고 있는 것을 보았다. 흔히 '5월의 영광'이라고 일컬어지는 크림색의 하얀 꽃잎들이 떨어진 후에도 향기를 잃지 않고 길에 흩어져 있었다. 그것을 보고 나는 봄이 끝났음을 알았다.

나는 미련이 남지 않을 만큼 이번 봄을 향유했던가? 내가 해방되던 그날 이래로 나는 새봄의 탄생을 네 차례나 겪었지만, 제비꽃이 지고 장미가 필 무렵이 되면 늘 봄과 함께하는 동안 내가 이 하늘이 내린 은혜를 충분히 상찬하지 못하고 말았다는 두려움을 느끼곤 했다. 초원에 나가 있어도 좋았을 때에 나는 책 속에 묻혀서 많은 시간을 보내곤 했다. 책에서 얻은 이득이 초원에서 얻었을 이득과 대등했던가? 나는 정신이 주장하는 것에 귀를 기울이면서도 의혹과 낙담을 느낀다.

나는 낱낱의 꽃이 필 때마다 그게 무슨 꽃인지 알아맞힌다든가 또는 움트는 가지들이 밤사이에 녹색 옷을 입은 것을 보고 놀랄 때 같은 그런 환희의 순간들을 회고해 본다. 산사나무를 덮은 하얀 꽃이 눈처럼 휘황하던 첫 순간도 나는 놓치지 않고 보았다. 봄이면 앵초꽃이 늘 보이던 그 둑에서 첫 꽃이 피는 것을 지켜보았고, 그 군락지 속에서 바람꽃도 보았다. 초원에서 빛나던 미나리아재비꽃이며 움푹 파인 땅을 햇빛처럼 환하게 비추던 동이나물꽃과 마주치면 나는 오랫동안 걸음을 멈추고 바라보았다. 은빛 솜털 개지에 금빛 꽃가루를 화려히 띠고 번뜩이던 갯버들도 보았다. 이 흔한 것을 바라볼 때면 해마다 나는 더 큰 찬탄과 경이를 느끼게 된다. 이런 것들이 다시 한 번 사라진다. 여름을 맞이하려니 일종의 불안감이 내 환희에 섞인다.

여름

Summer

영국인이 숭상하는 미덕은 통이
크고 온정이 있는 부자의 미덕이
다. 반면에 그의 약점은 아주 고
통스럽고 모멸적인 열등감에서
나오는데, 영국인의 마음속에서
는 이 열등감이 돈을 쓰거나 나
눠 줄 능력이 없는 사람과 관련
되어 있다. 대부분의 경우 영국
인의 악덕은 안정적 지위를 잃고
나서 자존심까지 상실하게 된 데
에서 비롯된다.

1

    오늘 정원에서 책을 읽고 있는데 여름 향기가 확 풍겨 오더니 나를 학창 시절의 휴가철로 데리고 갔다. 내가 읽고 있던 책의 내용에서 모종의 숨은 연상의 고리가 있었던 것 같으나 그 경위는 모르겠다. 학과 공부로부터 오랫동안 해방되어 바다로 갈 수 있게 되었을 때의 그 가벼운 기분은 어린 시절에 우리가 누릴 수 있는 축복 중의 하나이거니와, 나는 그 기분을 신기하리만큼 강렬하게 되찾았다. 나는 기차를 타고 있었는데, 승객들을 먼 곳까지 싣고 가는 그런 급행열차가 아니었다. 별로 중요하지도 않은 곳으로 느긋이 달려가는 그 완행열차를 타고 있으면 앞쪽 기관차에서 나온 하얀 증기가 지나가는 초원 위에서 떴다 가라앉았다 했다. 착하고 슬기로웠던 아버지 덕택에 우리 어린 것들은 많은 피서객들이 몰려드는 혼잡한 해변을 보지 못했다. 지금 나는 40년이 더 지난 옛 이야기를 하고 있는데 그 시절만 해도 북부 잉글랜드의 동서 해안에서는 아름답고 한적한 곳을 사랑하던 사람들에게만 알려져 있던 해변들을 찾아볼 수 있었다. 기차는 정거장마다 멎었다. 화단 장식이 되고 햇빛을 받아 후끈한 냄새가 나던 작은 정거장에서는 시골 사람들이 바구니를 들고 기차에 올라 귀에 익지 않은 사투리로 말했는데 그 영어는 우리에게 거의 외국어처럼 들렸다. 이

으고 바다가 힐끗 보였다. 조수가 높은지 낮은지를 살핀다든가 펼쳐져 있는 모래와 잡초가 자라는 웅덩이, 그리고 메꽃이 별처럼 피어 있는 둔덕 아래로 저 멀리 물보라를 일으키고 있는 잔잔한 물결을 바라보며 우리는 흥분했다. 그러자 갑자기 나타난 우리 정거장!

아, 어린이의 입술이 느끼던 그 짠맛! 지금은 내가 원할 때 언제나 휴가를 갈 수 있고 마음 내키는 곳을 어디나 찾아갈 수 있다. 하지만 바다 바람과의 그 짠맛 나는 키스를 다시는 할 수 없다. 이제는 내 감각이 무뎌져서 이전처럼 자연을 가까이할 수가 없다. 딱하게도 나는 구름이며 바람을 두려워하게 되었고, 한때는 기고만장하게 뛰놀던 곳을 지금은 지루하게 조심조심 걸어 다녀야 한다. 오직 반 시간만이라도 좋으니, 다시 한 번 햇빛 비치는 파도 속에 뛰어들어 볕을 쬔다든지, 은빛 모래 언덕에서 뒹군다든지, 반짝이는 해초 위의 바위를 이곳저곳 건너뛰다가 그만 미끄러져서 불가사리와 말미잘이 사는 얕은 물속에 빠진다 해도 좋아라고 웃을 수 있다면 얼마나 좋을까! 나는 정신보다도 육체가 훨씬 더 늙었다. 그러니 한때 누렸던 것들을 지금은 오직 바라볼 수 있을 뿐이다.

2

나는 서머셋에서 1주일째 지내고 있다. 알맞은 6월 기후 덕분에 떠돌고 싶은 마음이 생기자 세번강 앞바다 생각이 났던 것이다. 나는 글래스턴베리와 웰스로 갔다가 체더로 나아갔으며 클리브던에서 브리스톨 해협의 해안에 이르기까지 15년 전의 휴가를 회고했고, 너무나 빈번히 그때의 나와 지금의 나를 비교하는 데에 골몰하곤 했다. 그 오래된 잉글랜드의 한구석은 형언하기 어려울 정도로 아름답다. 습하고 안개가 많은 겨울 기후가 두렵지만 않았더라도 나는 맨딥스 산록 아래의 한 곳을 내 거처요 안식처로 삼았을 것이다. 그 옛 지명들이 내 귀에는 말할 수 없이 매혹적으로 들린다. 작은 고을들의 고요함도 기가 막히다. 그곳은 경작지와 목초지 속에 묻혀 있어서 아직도 현대인의 삶을 특징짓는 소란에 물들지 않았고 오래된 안식처들이 고귀한 수목과 꽃이 덮인 생울타리의 보호를 받고 있다. 글래스턴베리의 홀리손 언덕에서 내다볼 수 있는 풍경보다도 더 아름답고 더 다채로운 풍경은 온 영국을 통해서 찾아볼 수 없다. 웰스 대사원의 주교관 해자 곁의 잎이 우거진 산책길보다 더 아름다운 명상처는 온 영국을 통해 찾아볼 수 없다. 내가 거기서 보냈던 황금 같은 시간을 생각할 때면 뭐라 말할 수 없는 열정이 나를 사로잡고 심장은 뭐라 단정하기 어려운 황홀감에 떨린다.

내 일생에서 해외 여행을 하고 싶은 욕망으로 온몸이 불타던 시기가 있었다. 나는 눈에 익은 모든 사물들이 견디기 어려워 사시사철 안절부절못하고 있었다. 내가 탈출할 기회를 끝내 가지지 못했더라면, 그리고 나의 영혼이 갈망하던 풍경들을 영영 보지 못하고 말았더라면, 나는 아마도 괴로워 죽었을 것이다. 그런 방랑을 나보다 더 즐긴 사람은 없을 것이고, 나보다 더 큰 환희 더 깊은 갈망으로 그 방랑의 기억을 되살리는 사람도 없을 것이라 믿는다. 하지만 만물이 무르익는 가을에 내가 포도와 올리브를 생각하며 그 어떤 유혹을 받는다 해도, 지금은 내가 다시 영불해협을 건널 것 같지 않다. 내 삶과 체력에서 남은 것이 너무 적어서 이 정다운 섬나라 영국에 대해 내가 알고 있거나 알고 싶은 모든 것을 향유하기에도 모자란다.

어린 시절에 내가 자던 방에는 영국 풍경화가들의 작품을 모사한 판화들이 사방에 걸려 있었다. 50년 전에 아주 흔히 볼 수 있었던 강철 판화들인데 '버논 화랑 소장품을 모사함'이라는 제명(題銘)이 붙어 있었다. 이 그림들은 그 당시에 내가 알고 있던 것 이상으로 많은 감명을 나에게 주었다. 반은 호기심이요 반은 몽상으로 된 아이다운 집중력으로 나는 그 그림들을 곰곰이 보고 또 보았고 결국은 그림의 모든 선이 내 마음속에 새겨지게 되었다. 지금 이 순간에도 그 흑백 풍경화들은 마치 내 앞의 벽에 걸려 있는 것처럼 눈에 선하다. 내가 어려서 받은 이 상상력의 훈련—그것은 실로 훈련이었다—은 농촌 풍경에 대한 내 열렬한 애착과 상당한 관련이 있으리라는 생각을 나는 자주 했다. 그 애착은 내가 알지 못하고 있던 순간에도 내 마음속에 이미 도사리고 있었으며 벌써 여러 해 동안 내 삶을 인도해 주는 몇 가지 정서 중의 하나였다. 오늘날 내가 훌륭한 유화보다도 훌륭한 흑백 판화를 더 좋아하는 것도 그 어린 시절의 기억 때문이라고 설명될 수 있을 것이다. 그리고 또 하나의 추측을 해 보건대, 내 청년 시절과 초기 성년 시절을 통해 내가 자연 자체에서보다도 예술 속에 표현된 자연에서 더 많은 즐거움을 찾았다는 사실*도 그 연유를 같은 데서 찾을 수 있을 것이다. 고난과 열정에 사로잡힌 채 내가 꽃 피는 대지에서 멀리 격리되어 살아야 했던 그 이상한 시절에도 나는 가장 수수한 농촌 풍경을 그린 그림만 보면 감동을, 그것도 아주 깊은 감동을 받았다. 드문 일이었지만 혹시 운이 좋아 내셔널 갤러리에 가게 되면 나는 〈계곡의 농장〉〈곡식 심은 들〉〈마우스홀드 히스〉** 등의 제목이 붙은 그림 앞에서 오랫동안 서 있곤 했다. 내 마음이 처해 있던 그 암담한 혼란 속에서도 내가 제외당한 채 미처 생각해 본 일도 없었던 평화롭고 아름다운 세계의 비전들이 나를 감동시켜 심오한 정서를 느끼게 했다. 그러나 나에게 그런 기분을 일깨우는 데에는 대가의 마력적 그림 솜씨까지 필요하지는 않았고 오늘날도 마찬가지다. 가장 초라하

---

* 자연 자체보다도 예술작품 속에 표상화된 자연을 더 애호하는 것은 심미주의자들의 성향 중의 하나이다. 그러므로 이 구절은 기싱이 젊은 시절 당대의 지배적 문예사조였던 심미주의에 경도하고 있었을 거라는 추측을 하게 한다.

** 처음 두 그림은 존 콘스터블(John Constable, 1776~1837)의 것이고 나머지 그림은 존 크롬(John Crome, 1768~1821)의 것이다.

고 작은 목판화라든가 가장 값싼 양각 사진 제판 삽화에 초가집이나
오솔길 혹은 들판이 그려져 있는 것을 보면, 나는 그 음악이 속삭이기
시작하는 것을 듣는다. 참으로 다행히도, 이 열정은 나이가 들수록 점
점 더 커진다. 내가 임종의 자리에 누워 있을 때 내 머릿속에 떠오를
마지막 생각은 한 영국 초원에 쏟아지는 햇빛일 것이다.

3

　장미의 초저녁 향기가 가득한 정원에 앉아 나는 월턴*의『후커의 일
생』을 독파했다. 이 책을 읽는 데 더 적합한 장소와 시간이 있을 수 있
을까? 정원에서는 헤비트리 교회의 종탑도 거의 눈에 들어오는데, 그
고장은 후커의 출생지이다. 영국의 다른 지역에 살면서 후커는 엑스
강의 녹색 골짜기 쪽으로 비스듬히 비탈진 초원 및 홀던의 소나무 숲
너머로 떨어지는 태양을 빈번히 생각했으리라. 후커는 시골을 사랑
했다. 그는 런던에서 살면서 "하느님의 축복이 대지에서 솟는 것을 볼

---

*　아이자크 월턴(Izaak Walton, 1593~1683)은 리처드 후커의 전기 이외에도 존
　단 및 조지 허버트의 전기를 썼다. 리처드 후커(Richard Hooker, 1554~1600)
　는 영국 성공회의 신학자.

수 있는" 시골로 전직시켜 달라는 요청을 했다는데, 나에게는 기분 좋고 무한히 감동적인 이야기다. 그리고 그가 한 권의 호라티우스를 손에 들고 양을 치고 있는 광경을 엿보았다는 이야기도 있다. 그가 그 힘찬 산문 리듬을 생각해낸 것도 전원적인 고독 속에서였다. 그 여드름투성이의 가엾은 사람은 잔소리 심한 아내에게 시달렸다지만 그의 귀에는 얼마나 황홀한 천상의 음악이 들리고 있었을까!

달이 뜰 때까지는 저녁노을이 책을 읽기에 충분했었고, 책의 마지막 몇 페이지는 만월의 달빛으로 읽었다. 나는 오랫동안 글을 써 왔는데 어찌하여 성실한 아이자크가 쓴 전기 중의 한 권 같은 그런 짧으나 완벽한 책을 쓰는 행운이 내게는 허용되지 않았단 말인가! 생각해 보면 바로 이런 것이 참다운 문학이지, 내가 쓰는 '문예 작품'은, 보아하니, 문학이 아니다. 나에게 이런 문학을 즐기고 또 그 위대한 문학적 가치를 이해하고 음미까지 할 수 있는 마음이 있는 데 대해서나 감사해야겠다.

4

일요일 아침이다. 이번 여름 들어 우리에게 가장 반가운 맑고 화창한 하늘이 아름다운 대지 위에서 빛나고 있다. 내 창문은 활짝 열려 있다. 밖을 내다보니 정원의 잎과 꽃에 햇빛이 번쩍인다. 늘 나에게 노래해 주던 새들의 소리도 들린다. 내 처마 밑에 집을 지은 흰털발제비가 수시로 소리 없이 휘익 지나간다. 교회의 차임벨들이 이미 울리기 시작했다. 멀리 혹은 가까이에서 종이 만들어 내는 음악을 나는 알고 있다.

영국의 일요일 풍습을 즐겨 풍자하던 시절이 있었다. 1주일에 한 차례씩 노동과 소란을 그만두고 휴식하는 풍습에서 나는 고리타분한 우매함과 현대적 위선만을 보았던 것이다. 지금은 내가 이 풍습이야말로 한량없는 축복이라고 소중히 여기면서 행여나 이 안식으로 가득한 정적을 해치는 일이라도 있게 될까 두려워한다. 안식일을 엄격히 지키는 풍습을 비웃긴 했으나 일요일이 될 때마다 나는 늘 반가워하지 않았던가? 런던의 교회와 예배당에서 울리는 종소리가 귀를 무마해 주지는 못한다. 그러나 지금 기억하건대, 가장 거슬리는 바리새인 같은 비국교도들의 집회 장소에서 볼 수 있는 그런 추(錘)가 하나뿐인 요란한 종이 내는 소리마저도 안식과 자유의 느낌을 연상시킨다. 나는 한 주일 중의 이 하루를 내 수호정령에게 바치곤 했다. 하던 일을 제쳐 두었고, 형편이 허락한다면, 골치 아픈 일도 잊어버렸다.

영국을 떠나 있을 때면 나는 늘 이 일요일의 정적이 아쉬웠고 생활 분위기 자체를 바꾸어 놓는 듯하던 그 평일과의 차이가 아쉬웠다. 사람들이 교회에 간다든지 가게들이 문을 닫는다든지 일터가 조용하다는 것만으로는 충분치 않다. 이런 휴일의 특징들만으로 일요일이 일요일다워질 수는 없다. 일요일의 의미에 대해서 우리가 어떻게 생각하든, 이 '안식의 날'에는 고유의 신성함이 있으며, 마을 젊은이들이 크리켓 시합을 하고 읍내의 극장도 문을 열기를 바라는 사람들마저 이 신성함만은 다소 막연하게나마 느끼리라 생각한다. 일요일을 지키자는 생각은 무거운 짐을 지고 세상살이를 해야 하는 인류에게 떠오른 최상의 생각임이 분명하다. 매주 하루씩을 이 세상의 일상생활에서 떼어 내어 평범한 근심거리뿐만 아니라 평범한 기쁨까지도 초월할 수 있게 하자는 생각이다. 광신(狂信)으로 인해 이날이 남용되었음에도 불구하고 일요일을 지키자는 생각은 늘 충분히 축복받아 왔다. 언제나 일요일은 일반 대중에게 좋은 것을 많이 가져다 주었고, 선택된 사람들에게는 바로 영혼의 삶 자체이기도 했는데 물론 그들 중의 몇몇은 '영혼의 삶'이라는 말을 무척 이단적으로 이해하기는 했었다. 이 오래된 일요일 풍습이 우리들에게서 사라진다면 우리 나라를 위해서는 그만큼 불행한 일이 될 것이다. 그런데 이 풍습은 결국 사라지고 말 것이다. 이미 여러 변화가 일어나서 다수 대중에게 이날은 덜 성스럽게 되었고, 오직 이 전원의 정적 속에서만 우리는 그 변화들을 잊을 수 있다. 이 풍습이 사라지면 주기적으로 찾던 고요한 생활 습성 또한 사라지게 될 터인데 이 습성이야말로, 그 의식적 의미를 크게 상실했음에도, 여전히 한 민족에게 일찍이 부여된 최고의 정신적 혜택이라고 말해서 어폐가 없을 것이다. 이런 고요한 생활은 세상에서 가장 달성하기 어렵고 가장 보전하기 어려우나 가장 고귀한 정신이 누리는 최고 축복인데, 한때는 한 주일의 고된 일이 끝났음을 알리는 시각이 울릴 때마다 이 고요함이 온 영국인들에게 만끽되곤 했었다. 토요일 저녁이 되면 고요함과 위안의 시간이 시작되었다. 하지만 옛 신앙이 쇠퇴함에 따라 일요일도 그 권능을 상실할 수밖에 없다. 우리가 이미 겪고 있는 무수한 상실 중의 그 어느 것도 일요일의 상실만큼 대중의 저속화(低俗化)에 심각한 영향을 끼치지는 못할 것이다. 일요일을 다른 날과 구별되게 했던 그 권능이 더 이상 인정받지 못하는데 이날의 도덕적 아름다움을 지키는 일을 어찌 바랄 수 있을 것인가? 1주일에 하루씩 아무 성스러움도 느낄 수 없는 단순한 휴일을 가지게 될 날이 다가올 것이라고 상상해 보시라.

5

일요일이면 나는 평일보다도 더 늦게 아래층으로 내려온다. 나는 옷도 갈아입는다. 왜냐하면 이 정신적 안식일에는 한 주일 동안 일하며 입고 다니던 옷을 벗어 버려야 마땅하기 때문이다. 사실 나에게는 어느 때이든 힘든 일이 없다. 그럼에도 불구하고 일요일은 나에게 휴식을 가져다 준다. 나는 사람들이 함께 누리는 정적에 동참한다. 일요일에는 내 생각이 다른 날보다도 더 철저히 일상 세계를 피하게 된다.

내가 사는 이 집으로 말하자면 언제나 거의 아무 소리도 들리지 않는데 일요일이라고 해서 어떻게 따로 정적을 자아낼 수 있는지를 알기란 쉽지 않다. 그런데도 일요일이 되면 나는 평일과의 차이를 느낀다. 가정부는 그녀 자신의 일요일 미소를 보이며 방으로 들어온다. 그녀는 일요일이기에 더 행복해하며, 그녀가 행복해하는 모습이 내게는 즐겁다. 그녀는 되도록이면 평일보다 더 조용히 말하고, 그녀가 입고 있는 옷을 보면 가장 쉽고 깨끗한 집안일만 하면 된다는 것을 알 수 있다. 그녀는 아침저녁으로 교회에 갈 것이고, 그러니까 그녀가 더 나은 사람임을 나는 안다. 그녀가 집을 비운 사이에 이따금 나는 평소에 들어가지 않는 방을 들여다본다. 그러면 그녀의 영역에서 어김없이 보게 되는 그 반질반질한 청결과 완벽한 정돈에 내 눈이 즐거워질 뿐이다. 그 흠잡을 데 없이 향기롭기만 한 부엌이 없다면 내가 책을 정돈하고 그림을 걸어 둔다 한들 무슨 소용이 있을 것인가? 내가 살면서 누리는 정적도 모두 눈에 띄지 않게 살면서 일하는 이 여인의 정성스러운 돌봄 덕분에 가능하다. 내가 그녀에게 주는 보수는 그녀가 받는 보답에서 가장 적은 부분일 뿐이라고 나는 믿는다. 그녀는 아주 구식 여인이기 때문에 자기가 임무라고 여기는 것을 그저 수행하는 것 자체가 그녀에게는 하나의 목표가 될 수 있고 그녀가 손수 하는 일 자체가 하나의 만족이요 자랑일 수 있다.

어린 시절에 나는 몇 권의 책을 특별히 일요일에만 만져 봐도 좋다는 허락을 받곤 했다. 평일의 들뜬 기분으로 아무렇게나 만져서는 안 될 소중한 책들이었는데, 멋진 삽화가 들어 있는 책이거나 잘 알려진 작가들의 호화 장정본이거나 아니면 단순히 부피가 크기 때문에 특별히 조심해서 만져야 할 책들이었다. 다행히 그 모든 책들이 문학에서 비교적 높은 위치를 차지하고 있었기 때문에, 내 마음속에는 시나 산문 세계의 가장 위대한 작가들의 이름과 이 안식일 사이에 일종의 연상이 생기게 되었다. 일요일에 위대한 작가들의 책을 만지는 버릇을 나는 일생 동안 버리지 않았다. 그간 나는 보통 때에는 제쳐놓기 쉬운 책들을 읽으며 고요한 일요일의 일부를 보내고 싶어 했다. 그런 책은 우리가 평소에 아주 잘 알고 있고 또 사랑하는 편이므로 그것을 구실 삼아 우리는 평일에 이 책들을 소홀히 하며 그 대신 참신성이라는 매력을 지닌 신간들을 즐겨 읽게 된다. 호메로스와 베르길리우스 그리고 밀턴과 셰익스피어 같은 작가들로 말하자면, 내가 이들 중의 한두 작가를 펼쳐 보지 않고 그냥 지나 버린 일요일이 많지 않다. 그런 일요일이 많지 않다고 했던가? 아니다, 그런 말은 우리의 버릇대로 과장해서 한 말이다. 차라리 많은 안식의 날에 이런 대작가들을 읽고 싶은 마음가짐과 기회를 가졌었노라고 말해야겠다. 오늘날은 그런 마음가짐과 기회가 나에게 언제나 허용된다. 마음만 먹으면 언제든 내 호메로스와 내 셰익스피어를 집어 들 수 있다. 하지만 이 대가들과 벗삼는 특전을 찾기에 가장 어울린다고 느껴지는 날은 아무래도 일요일이다. 왜냐하면 불멸의 문학이라는 관을 쓰고 있는 이 위대한 작가들은 세속적 근심으로 인해 마치 쫓기듯이 접근해 오는 독자들에게는 응답을 하지 않기 때문이다. 그들을 읽는 데에는 엄숙한 여가라는 겉차림과 화평스러움에 걸맞은 생각이 어울린다. 나는 어느 정도 격식을 갖추고 한 권을 펼쳐 든다. 만약에 '성스럽다'는 말에 조금이나마 의미가 있다면 바로 그런 자세야말로 성스러운 것이 아니겠는가? 그리고 내가 읽고 있는 동안 방해받을 일은 하나도 없다. 내가 숨어 사는 이 안식처 주위에서는 홍방울새의 노래라든가 벌이 웅얼대는 소리가 들릴 뿐이다. 책장을 넘길 때 바스락 소리마저 나지 않는다.

6

한 지붕 아래서 성난 목소리가 전혀 들리지 않고 함께 사는 사람들 사이에 불편한 감정이 전혀 없다고 할 수 있는 집이 대체 이 세상에 몇이나 될까? 대부분의 사람들의 체험은 사람 사는 세상에 그런 집은 한 곳도 없다는 주장을 정당화해 줄 것이다. 어쨌든 그런 집이 한 곳은 있음을 알고 있는 나로서는 혹시 더 있을 가능성을 인정하겠다. 하지만 그건 위험한 추측을 무릅쓰는 것으로 느껴진다. 나는 다른 사례를 자신 있게 가리킬 수 없으며, 내 세속적 삶을 통해서도—나는 지금 세속을 버리고 나온 사람의 자격으로 말하고 있다—단 하나의 사례도 들 수 없었을 것이다.

인간이 함께 산다는 것은 너무 어렵다. 아니, 아무리 일시적으로 아주 좋은 조건에서 산다 하더라도, 사람들이 어울려 살면서 서로 불쾌한 감정의 그늘을 짓지 않는다는 것은 너무나 어려운 일이다. 어떤 사람들이든 둘이 우연한 접촉 이상으로 사귀게 될 경우 대번에 드러나게 되는 취미와 습관의 차이, 편견의 갈등 그리고, 아마 같은 말이겠지만, 의견의 엇갈림 등을 생각해 보자. 그 두 사람이 한두 시간이 지나도록 겉으로는 조화롭게 지내고 있는 듯이 보일 경우에도 사실은 은연중에 얼마나 많은 자제를 하고 있을 것인지를 생각해 보자. 인간은 태생부터 동료 시민들과 평화롭게 사귀도록 되어 있지 않다. 인간은 천성적으로 자기주장만 하고 흔히 공격적이며 자기에게 낯설어 보이는 특성에 대해서는 언제나 적대적 정신으로 비판한다. 인간에게는 깊은 애정이 가능하다는 사실도 오직 인간의 타고난 경쟁심을 완화하거나 그것이 표출되지 않도록 진정시킬 수 있을 뿐이다. 가장 넓고 가장 순수한 의미의 사랑마저도 인간의 천성 속에 내재하는 그 위태로운 분노와 과민성을 막아 내지는 못한다. 그러니 습관적인 강한 연대가 없다면 사랑의 지속성인들 무슨 의미가 있을 것인가?

인간의 천부적 청각이 아주 예민해서 한 고을의 모든 지붕 아래서 이루어지는 모든 대화를 언제라도 분명히 들을 수 있다고 가정해 보자. 그러면 그 대화의 지배적 특성은 우울, 격분 및 의견 대립일 것이다. 가장 우호적인 몽상가가 아니고야 누가 이 점을 의심할 수 있을 것인가? 물론 이 말은 분노의 감정이 인간 생활의 지배적 세력이라는 말과 같지는 않다. 오히려 우리의 문명에서 볼 수 있는 여러 사실들이 그런 말과 반대되는 것을 증명하고 있다. 인간의 타고난 갈등 정신이 너무 자주 발로되기 때문에, 오직 그 이유 때문에, 인간 사회는 서로 결속하게 되고 대체로 평화로운 외양을 보인다. 얼마나 많은 시대인지는 모르나 여러 시대가 흐르는 동안 인간은 괄목할 수준의 자제력을 익혀 왔다. 암담한 체험이 인간에게 타협의 필요성을 강요했고, 습관은 인간 개개인에게 조용하고 질서 있는 삶을 선호하게 했다. 그러나 인간은 여전히 본능적으로 싸움을 좋아하는 동물이다. 이 싸움의 충동이 인간의 계산된 이해관계와 양립할 수 있는 한도 내에서 그는 그 충동을 발산하고 있으며, 그 한도가 존중되지 않는 경우도 흔히 있음이 분명하다. 일반적으로 남녀를 가릴 것 없이 인간은 언제나 누군가와 터놓고 불화 관계에 있다. 그래서 대다수의 사람들은 빈발하는 분쟁 없이 살 수가 없다. 좋아하는 사람 누구에게든 사사로이 말을 걸고 친구나 친척들 사이에서 냉정한 태도, 소외 혹은 명백한 적대감정을 겪은 적이 몇 번이나 기억나는지 말하게 해 보자. 그러면 그 숫자는 상당할 것이고, 그보다 훨씬 더 많은 일상생활의 오해도 있었을 거라는 추리까지 할 수 있을 것이다. 물론 말다툼은 편안하게 살고 있는 교양인 계층보다도 가난하고 저속한 계층 사람들 사이에 더 흔하다. 그러나 나는 사회 계층이 상대적으로 낮은 사람들이 그들 위에 있는 세련된 소수의 사람들보다도 개인적 인간관계에서 더 어려움을 겪고 있을 것이라고는 생각하지 않는다. 높은 교양이 자제력에는 도움이 될지 모르나 거슬리는 접촉 기회를 배가시키기도 한다. 누추한 오두막에서처럼 고대광실에서도 부부간에, 부모와 자식 간에, 온갖 촌수의 친척 간에, 고용주와 고용인 간에 삶의 긴장은 항구적으로 감지된다. 사람들은 논쟁하고, 따지고, 말싸움하고, 감정을 폭발시킨다. 그러다가도 곤두선 신경이 가라앉기도 하고 이내 다시 다툼을 시작할 태세를 갖춘다. 집 밖에 나오면 겉으로 덜 드러날 뿐 싸움은 온통 우리 주변에서 계속되고 있다. 매일 아침 집으로 배달되는 편지 중에서 불쾌감, 울화 및 분노의 감정으로 쓰인 것들이 얼마나 될까? 우편배달부의 가방에서도 모욕적인 절규가 들리고 억눌린 악의가 터져 나온다. 그러니 인간의 삶이 공적 사적으로 이만큼이나마 높은 수준의 조직체를 이룰 수 있었다는 것이 놀랍지 않은가. 아니, 기적 중의 기적이 아닌가?

그런데도 점잖은 이상주의자들은 전쟁이 계속되는 데 대해 분노의 놀라움을 표한다. 하지만 여러 나라가 어떻게 서로 평화롭게 지낼 수 있는지를 설명하는 것은 우리의 이지력을 넘어서는 일이다. 왜냐하면 아주 운이 좋아서 혹시 개개인은 조화롭게 살 수 있을지 모르나, 서로 다른 국민들 간에는 상호 이해와 선의의 관계가 이루어질 가능성이 훨씬 더 희박해 보이기 때문이다. 사실, '우호적'이라는 말이 서로 진정으로 사랑하는 것을 의미한다면, 이 세상의 어느 두 국민도 일찍이 우호적으로 지낸 적이 없다. 국가 간의 상호 비판에는 언제나 적대 감정이 섞여 있다. 라틴어로 hostis라는 말은 본래 '낯선 사람'을 뜻했을 뿐이다. 그런데 낯선 사람이자 이방인이기도 한 사람이 보통 사람들에게 반감을 불러일으키지 않는 경우가 있다면 그것은 아주 신기한 예외가 될 것이다.* 이 사실에 덧붙여서, 나라마다 국제적 혐오감의

---

* 영어에서 '적대적(敵對的)'이라는 뜻을 가진 낱말 hostile 및 hostility의 어원은 라틴어의 hostis이다.

촉발을 일삼으며 그것을 즐기는 사람들이 무수히 많다는 사실을 염두에 두자. 그러니 상식이라고는 흔적조차 갖추지 못한 사람만이 끊임없는 전쟁 논의와 그 빈번한 선포를 보고 놀랄 것이다. 지난날에는 국가 간의 거리와 통신수단이 희귀했던 덕분에 많은 나라 간의 평화가 보장될 수 있었다. 그러나 모든 나라가 서로 가까이 살 수 있게 된 오늘날에는 저널리스트와 정치가의 입에 꾸준히 오르내리는 불신, 공포 및 증오에 대해서 공들여 해명할 필요가 있을까. 서로 근접해짐으로써 모든 나라가 자연스럽게 분쟁 상태로 들어가게 된 셈이다. 그들에게 분쟁거리가 많다는 사실에 대해서도 놀랄 이유는 없다. 앞으로 한 백 년쯤 지나야, 그간 모든 문명인들의 삶에 그처럼 혜택을 베풀어온 법이 결국 국제관계에서도 준수될 것인지, 또 여러 나라가 유혈 없는 논쟁을 통해 자기네 감정을 누그러뜨리고 공동의 선을 위해서 보다 폭력적인 충동을 억누르는 데 만족하게 될 것인지를 알게 될 가능성이 조금이나마 있게 될 것이다. 그러나 그런 결과를 근거 있게 추측이라도 해 보기 위해서는 백 년이라는 세월도 너무 짧지 않을까 싶다. 혹시 신문이 없어지게 된다면 또 몰라도……

전쟁을 이야기하다 보면 우리는 이런 유토피아적인 생각에 잠기게 된다.

7

   나는 평론지에 가끔 실리는 국제정치 예단(豫斷) 기사 중의 한 편을 읽고 있었다. 내가 왜 그런 식으로 귀한 시간을 낭비해야 하는지는 말하기 어렵다. 빈둥거리고 있던 순간에 그만 불쾌감과 공포심에 매혹당하고 만 결과라 여겨진다. 무서울 정도로 통찰력이 있고 정력적이기도 한 그 글의 필자는 유럽에서 대전이 확실히 일어나게 되어 있음을 증명해 보이고 있으며, 이런 것들이 특정한 정신 구조를 가진 사람들에게 유발하는 특유의 만족감을 가지고 그 문제를 보고 있다. 소위 '무서운 재앙'이니 뭐니 하는 것들에 대해 그가 사용하는 어구들은 아무 의미도 없다. 그의 글에 담긴 전체 논지는 전쟁을 유발하려는 세력 중의 하나를 그가 대변하되 그것도 아주 의식적으로 대변하고 있음을 증명해 보이고 있을 뿐이다. 그 일에서 그가 맡고 있는 역할은 유창하게 무책임한 말을 하는 것이며, 그것은 소위 '불가피하다'는 것 앞에서도 일단은 망설이고 있는 모든 사람들을 능멸하는 짓이다. 어떤 일에 대한 끈질긴 예언은 그 일이 어김없이 일어나게 하기 위해 이용하는 비근한 방법이다.

   그러나 이따위 기사를 다시는 읽지 않겠다. 나는 이 결심을 하는 바이며 그것을 지킬 것이다. 좋은 결과가 나오지 않을 텐데 무엇 때문에 내 신경을 분노로 곤두서게 하고 또 온종일 마음의 안정을 망쳐야 한단 말인가? 여러 나라 사람들이 서로 살육을 일삼고 있다 한들 그게 나와 무슨 상관이란 말인가? 바보들이 전쟁을 하게 내버려 두자. 그들이 마음 내키는 대로 하지 못하게 할 이유가 있는가. 어차피 평화는 소수의 사람들만이 희구한다. 과거에도 늘 그러했고 장래에도 언제나 그럴 것이다. 하지만 '무서운 재앙'에 대한 구역질 나는 언사는 그만두면 좋겠다. 지도자들과 대중은 이런 견해를 가지고 있지 않다. 그들은 전쟁에서 직접적이고 가시적인 이윤을 찾고 있거나, 아니면 그들의 마음속에 도사린 야수성으로 인해 무분별하게 전쟁으로 몰리고 있다. 그들이 서로 찢고 찢기게 내버려 두자. 그들이 피와 창자가 엉킨 곳에서 허우적거리게 내버려 두자. 그러다 보면, 혹시 아는가, 그들 역시 구역질을 하게 될지도 모른다. 그들은 곡식밭과 과수원을 시들게 하고 집에 불을 지르기도 하겠지. 그 모든 비행에도 불구하고 늘 말없는 소수의 사람들이 남아 고요한 초원에서 제 길을 가며 꽃을 들여다보거나 지는 해를 바라볼 것이다. 이들만이 일고의 가치가 있는 사람들이다.

8

이런 더운 계절이면 나는 이따금 이글거리는 햇볕 속에 산책을 즐긴다. 우리 섬나라에서는 해가 견디기 어려울 정도로 뜨거울 때가 없으며 기승을 부리는 한여름 속에도 일종의 장엄함이 있어서 우리의 마음을 고양시켜 준다. 도시의 거리에서는 더위를 참기가 어렵지만 그런 거리에서조차도, 안목 있는 사람들이 보기에는, 하늘의 화려함이 그 자체로는 천박하고 흉측해 보이는 것들에게 아름다움을 나누어준다. 어느 해 8월의 은행 휴일*이 생각난다. 그날 나는 무슨 이유에서였던지 온 런던을 걸어 다녀야 했는데, 신기하게도 한길에 사람의 자취가 드문 것을 보며 나 자신은 뜻밖에 즐거워하고 있었다. 그리고 그 저속한 풍경과 침침한 건물들 속에서 내가 일찍이 겪어 보지 못한 매력이라고 할까 무언가 아름다운 것을 느끼게 되자 나의 즐거움은 놀람으로 바뀌었다. 여름철에도 오직 며칠밖에 볼 수 없는 그 깊고 선명한 그림자들은 그 자체로 아주 인상적이지만 사람의 자취가 없는 한길에서는 한층 더 인상적으로 보인다. 지금 기억

---

* 은행이 합법적으로 문을 닫는 평일. 영국에는 이런 휴일이 1년에 닷새 있다. 8월의 마지막 월요일은 그중의 하루이다.

하건대, 그날 나는 눈에 익은 건물이며 첨탑이며 기념탑 같은 것들의 형상을 마치 무언가 새로운 것처럼 관찰하고 있었다. 이윽고 나는 임뱅크먼트 거리 어디엔가에서 앉게 되었는데 휴식보다는 한가로이 풍경을 바라보기 위해서였다. 나는 전혀 피로하지 않았고, 내게 한낮의 볕을 쏟고 있던 태양은 내 핏줄 속에 생명력을 가득 채워 주는 듯했다.

그날 그 느낌을 나는 다시 맛볼 수 없을 것이다. 자연은 나에게 위안과 감격을 주지만 이제는 활력소가 되지 못한다. 태양은 여전히 나를 살아 있게 하나 옛날처럼 내 존재를 일신해 주지는 않는다. 이제는 되돌아보는 일 대신에 즐기는 법이나 흔쾌히 배우리라.

그 황금빛 시간에 산책을 하다가 커다란 마로니에나무에 이르니 무성한 잎 그늘 속에서 그 뿌리가 편리한 좌석이 된다. 그 휴식처에서는 넓은 풍경을 볼 수 없다. 눈에 보이는 것은 곡식밭 가장자리에 양귀비와 들갓 꽃으로 온통 뒤덮인 황무지의 한구석뿐이지만 그것이면 내게는 족하다. 불타는 듯한 빨간 꽃과 노란 꽃이 화려한 햇빛과 조화를 이루고 있다. 근처에는 크고 하얀 메꽃이 덮인 생울타리도 있다. 눈이 쉽게 지치지 않는다.

내가 무척 좋아하는 작은 식물로 레스트해로라는 잡초가 있다. 태양이 뜨겁게 내리쬐면 그 꽃이 풍기는 이상하게 향긋한 냄새에 기분이 좋아진다. 그 특이한 기쁨의 유래를 나는 안다. 이 레스트해로는 이따금 바닷가의 모래밭에서도 자란다. 어린 시절 나는 이글거리는 태양 아래서 그런 해변 풀밭에 여러 차례 누워 있었다. 그 작은 장미색 분홍 꽃이 내 얼굴에 스칠 때 나는, 비록 의식하지는 못했지만, 그 향내를 맡고 있었던 것이다. 그래서 지금은 그 냄새를 맡기만 해도 그 시절이 생각난다. 북쪽으로 세인트 비즈 헤드까지 뻗어 있던 그 컴벌랜드의 해변이 눈에 선하다. 수평선 위로 희미하게 보이는 형상은 아일 오브 맨이라는 섬이다. 내륙 쪽으로는 산이 보였는데 그 당시 나에게는 그 산이 어떤 알려지지 않은 경이의 땅을 지키고 있는 듯했다. 아, 얼마나 오래전 이야기인가!

9

요즈음 나는 이전에 비해 책을 훨씬 덜 읽고 생각은 더 많이 한다. 하지만 삶의 방향을 인도하는 데 도움이 되지 않는 생각을 한들 무슨 소용이 있을까? 아마도 꾸준히 책을 읽고 읽어 다른 사람들의 정신세계 속에 부질없는 자아를 몰입시키는 것이 더 나을 것이다.

올여름에는 새 책을 손에 잡지 않았다. 그 대신 여러 해 동안 펼쳐보지 않은 몇 권의 헌책들과 새로 사귀었다. 그중의 한두 권은 나이든 사람들이 거의 읽지 않는 책인데, 우리는 그런 책을 '이미 읽은 것으로 치부하는' 버릇이 있고 또 거론할 수 있을 만큼 충분히 알고 있다고 여기면서 결코 펴 보지 않는다. 그런데 어느 날『아나바시스』*에 손이 가게 되었다. 이 작은 옥스퍼드판은 내가 학창 시절에 읽던 책인데 그 첫 장에 내 소년 티 나는 자필 서명이 있고 잉크가 번진 자국이라든가 밑줄이라든가 여백의 낙서 따위도 그대로 남아 있다. 부끄럽게도 내게는 이 책의 다른 판이 없지만, 이 책이야말로 호화 장정판을 가지고 싶다. 나는 책을 펴서 읽기 시작했는데 소년 시절의 망령이 가슴속에서 꿈틀거렸다. 한 장씩 읽다 보니 며칠 만에 다 읽었다.

여름철에 이 책을 읽은 것이 기쁘다. 나는 아동 시절을 최근의 나날과 연관짓고 싶은데, 그러기 위해서는 학창 시절에 비록 교과서로나마 나에게 큰 기쁨이 되었던 책들을 다시 찾아서 읽은 것보다 더 좋은 방법이 없을 것이다.

기억이 부리는 장난 때문이겠지만, 나는 학생 시절의 고전 공부를 회고할 때마다 늘 덥고 화창한 날들의 느낌을 연상하게 된다. 비가 오거나 음울하거나 싸늘한 분위기가 훨씬 더 흔한 기상 조건이었겠지만 그런 것들은 모두 잊어버렸다. 오랫동안 지녀온 리델과 스콧 공편 (共編)의 그리스어 사전은 아직도 내게 쓸모가 있다. 이 사전을 펴면서 얼굴을 숙여 책장 냄새라도 맡게 되면 나는 새 책을 사서 처음으로 뒤져 보던 소년 시절의 그날로 되돌아가게 된다. 그 사전의 첫 장에는 이미 오래전에 이 세상에서 사라져 버린 소년의 손으로 적은 날짜가

---

* 크세노폰이 쓴 역사책으로 기원전 401년에 그리스군이 페르시아까지 원정했다가 퇴각한 이야기를 다루고 있다.

보이는데 그것은 어느 여름날이었다. 소년답게 반은 불안감 또 반은 환희로 떨면서 펴 보던 그 생소한 페이지에 아마도 무르녹은 햇빛이 비치고 있었을 테고 그 후 그 빛은 영원히 내 마음속에서 머물러 있게 되어 있었다.

하지만 지금은 내가『아나바시스』생각을 하고 있다. 오늘날 그리스어로 쓴 책이 이 한 권밖에 남아 있지 않다고 해도 이 책을 읽기 위한 그리스어 공부는 충분히 보람 있는 일이 될 것이다.『아나바시스』는 간결하고 템포 빠른 이야기에 색채와 회화성(繪畵性)이 독특하게 결합된 찬양할 만한 예술작품이다. 헤로도토스는 한 편의 산문 서사시를 썼고, 그 속에서 저자의 인격이 언제나 독자들에게 드러난다. 크세노폰에게도 헤로도토스와 같은 종족임을 특징적으로 말해 주는 호기심과 모험심은 있지만 새로운 예술적 가치를 추구하는 데 몰입한 나머지 그는 그만 한 편의 역사 로맨스를 창작하게 되었다. 이 작은 책에는 실로 여러 가지 경이로운 이야기들이 실려 있는데, 그 모든 것들이 야심, 갈등 및 이방(異邦)의 놀라운 일들로 불타는 듯하고, 위험과 구원의 이야기들이 가득하며, 산과 바다 공기가 싱그럽게 느껴진다. 잠시 동안 카이사르의『전기(戰記)』를 곁에 두고 이『아나바시스』를 생각해 보자. 서로 비교할 수 없는 것들을 비교하기 위해서가 아니고, 크세노폰의 거장다운 언어 구사력을 통해서 빛을 내고 있는 그 완벽한 예술성을 감상하기 위해서이다. 그의 문체가 지닌 간결함은 카이사르의 글에서도 볼 수 있는 비슷한 특성과는 다른 결과를 빚어내고 있다. 카이사르의 간명함은 힘과 오만에서 나오는 데 비해 크세노폰의 간명함은 생기 있는 상상력에서 나온다. 『아나바시스』의 많은 구절은 우리의 정서를 깊이 흔드는 그림들을 그려내고 있다. 좋은 예를 든다면, 제4권에 나오는 빼어난 설화 속의 한 기분 좋은 구절은 그리스 군인들이 위험한 지역에서 길을 인도해 준 사람에게 사례를 하고 놓아 주는 이야기를 하고 있다. 그 사람 스스로 목숨이 위태로운 상태에 있었다. 군인들이 그에게 감사의 표시로 준 귀중품들을 몸에 지닌 채 그는 돌아서서 적대적인 지역으로 들어갔다. "저녁이 되자 그는 우리와 하직하고 야음을 틈타 자기 길을 갔다."(Επει ἑσπερα ἑγενετο, ὤχετο τής νυκτὸς ἀπιων.) 이는 내가 보기에는 놀라운 암시성을 지닌 어구들이다. 해가 막 떨어진 동방의 거친 땅이 눈에 보이는 듯하다. 긴 행군을 하던 도중에 당장은 안전을 확보한 그리스 군인들이 있고, 산지족 출신으로 그들에게 도움이 되었던 그 이방인이 누구나 탐을 낼 사례품을 몸에 지닌 채 위험한 야음 속으로 외로이 떠나가는 모습이 그려져 있다.

역시 제4권에 나오는 또 하나의 그림 같은 이야기가 다른 면에서 우리를 감동시킨다. 카르두키아 구릉지대에서 두 남자가 붙잡혔는데 그리스군은 그들에게 길을 가리켜 달라는 요구를 했다. "그중의 한 사람은 아무 말도 하려 하지 않았고 갖은 협박에도 침묵을 지켰다. 그는 동료 앞에서 살해되었다. 그러자 살아남은 사람은 그의 죽은 동료가 말하기를 거부한 이유를 밝혔다. 그리스인들이 가야 할 방향에는 그의 딸이 시집가서 살고 있었던 것이다."

이 몇 마디 구절이 전달하는 것보다 더 많은 페이소스를 표현하기는 쉽지 않을 것이다. 크세노폰 자신은 그 일에 대해 우리들과 똑같이 느끼지 않았으리라고 믿는다. 그러나 그는 그 사건 자체를 기록해서 보존했고, 시대를 초월하여 늘 의미 있는 인간애와 희생 정신의 한 면이 그 한두 줄의 글 속에서 빛을 발하고 있다.

10

이따금 나는 1년 열두 달 중 햇빛이 좋은 절반 정도는 영국 각지를 방랑하며 보내겠다는 생각을 해 본다. 내가 아직 가 보지 않은 아름답고 흥미 있는 곳이 너무나 많은데, 내 사랑하는 모국의 어느 구석이건 찾지 않고 남겨 둔 채 눈을 감기가 싫다. 나는 아는 곳들을 자주 모두 마음속으로 헤매고 다니는데, 지명들이 귀에 익기만 할 뿐 아무 기억도 떠올려 주지 않을 때 그곳을 찾아가고 싶은 욕구로 안달한다. 나는 카운티별(別) 여행 안내서를 서점에서 볼 때마다 사지 않고는 못 배기는데, 방에 진열되어 있는 안내서들을 보면 떠돌아다니고 싶어진다. 그중에서 재미없는 페이지는 공업 지대에 관한 부분뿐이다. 하지만 나는 그 순례길에 나서지 못할 것이다. 나는 너무 늙었고 일상생활 습관에 너무 매여 있으며, 기차 타기가 싫고 호텔에서 자기도 싫다. 집을 떠나게 되면 나의 서재며 정원이며 창에서 내다보는 풍경이 그리워 못 견디게 될 것이다. 게다가 내 집이 아닌 다른 어떤 곳에서 객사하는 데 대한 두려움도 크다.

일반적으로, 우리를 크게 매혹했거나 매혹했던 것처럼 회고되는 곳들을 다시 찾고 싶을 때는 마음속으로만 찾아가는 것이 더 나은 법이다. 방금 나는 '매혹했던 것처럼'이라고 말했는데 그 이유는 우리가 한때 머물렀던 곳에 대해 가지게 되는 기억은 일정한 시간이 흐르고 나면 현장에서 받았던 인상과는 무척 다를 경우가 흔하기 때문이다. 실제로는 아주 평범하게 누렸거나 안팎의 사정으로 인해 크게 어지럽혀졌던 즐거움도 시간이 흐르고 나면 짜릿한 즐거움이나 깊고 고요한 행복으로 비치는 법이다. 한편, 우리의 기억이 환상을 만들어 낸 것이 아니고 어떤 지명이 일생 중의 한 황금기와 연상된다 하더라도, 그곳을 다시 찾아갈 때 지난날의 체험을 반복할 수 있으리라 희망한다면 그야말로 경솔한 짓이 될 것이다. 왜냐하면 환희와 평안의 원인이 되었던 것들이 우리가 바라본 경치뿐만은 아니었기 때문이다. 그곳이 아무리 아름다웠고 그날 하늘이 아무리 맑았다 하더라도, 당시의 우리 삶에서 본질적 요소이던 정신, 감정 및 혈기가 기여해 주지 않았다면 그런 외면적인 것들만으로는 아무 소용도 없었을 것이다.

오늘 오후에 책을 읽고 있는데 생각이 헤매기 시작하더니 어느새 나는 서퍽 지방의 한 언덕을 회고하고 있었다. 20년 전 어느 한여름 날 그곳에서 나는 긴 산책 끝에 졸음에 겨워 휴식하고 있었다. 강한 그리움이 나를 사로잡았고, 나는 당장 집을 나서서 그 높다란 느티나무 아래의 휴식처를 다시 찾아내고 싶은 유혹을 받았다. 거기서 내가 맛있게 파이프 담배를 피우고 있을 때 한낮의 눈부신 햇볕 속에서 금작화의 씨방들이 톡톡 터지는 소리가 사방에서 들려왔다. 그 충동을 받고 내가 만약 나섰다면 내 기억이 아직도 소중히 간직하고 있는 그 즐거운 시간을 내가 다시 체험했을 가능성은 얼마나 되었을까? 아니야, 그럴 가능성은 없었을 거야. 내가 기억하고 있는 것은 그 '장소'가 아니니까. 오히려 내 일생에 있어서의 그 시기와 그때의 상황 그리고 그때의 기분이 어쩌다 그날 서로 잘 맞아떨어졌던 것을 지금 기억하고 있는 거야. 다시 그 언덕을 찾아가 그날처럼 이글거리는 태양 아래서 파이프 담배를 피운다면 그 맛이 예전과 똑같고 그 위안 또한 예전 같으리라고 꿈이나마 꿀 수 있을까? 앉아 있는 잔디밭이 예전처럼 푹신하게 느껴질까? 그 큰 느티나무 가지들이 내리쬐는 한낮의 뙤약볕을 예전처럼 시원하게 막아 줄까? 그러다 휴식 시간이 끝나면 내가 예전처럼 벌떡 일어나서 다시 힘을 내며 걸으려 할 것인가? 아니야, 아니지. 내가 지금 기억하고 있는 것은 어쩌다 그 서쪽 지방의 풍경과 연상된 내 젊었던 시절의 한순간일 뿐이니까. 그곳은 더 이상 있지도 않아. 그 옛날의 나를 위해서만 있었을 뿐이니까. 왜냐하면 우리 주변의 세계를 만들어 내는 것은 우리의 마음이기 때문이지. 그러므로 우리가 같은 초원에 가서 나란히 선다고 해도, 내 눈은 그대의 눈이 바라보고 있는 것을 보지 못할 수가 있고 내 마음은 그대의 마음을 감동시킨 정서를 느끼지 못할 수도 있는 거야.

11

네 시가 조금 지나 잠이 깼다. 블라인드에는 햇빛이 비치고 있었는데 그 첫 햇살의 순수한 황금빛은 언제나 나에게 단테의 천사들을 생각하게 한다. 여느 때와 달리 꿈 하나 꾸지 않고 잘 잤기 때문에 온몸에서 안식의 축복을 느낄 수 있었다. 머리는 맑았고 맥박도 순조로웠다. 몇 분 동안 누워서 머리맡의 책꽂이에서 무슨 책을 뽑을까 생각하고 있는데 문득 자리에서 일어나 이른 아침 바깥에 나가고 싶은 욕구가 솟았다. 그 순간 나는 벌떡 일어났다. 블라인드를 걷어 올리고 창문을 여니까 나가고 싶은 열의가 커졌다. 정원으로 나가 한길로 들어서니 발걸음이 가벼웠고 어디로 가느냐에는 마음이 쓰이지 않았다.

여름철 해 뜰 무렵에 밖으로 나가 본 것이 얼마 만인가? 이런 외출은 보통 수준으로 건강한 사람이면 누구나 스스로 누릴 수 있는 최고의 육체적·정신적 기쁨 중의 하나이다. 하지만 기분과 환경이 어우러져서 이런 외출을 가능하게 해 주는 날은 한 해에 하루나 될까 말까이다. 생각해 보건대, 날이 밝은 후 여러 시간이 지나도록 잠자리에 누워 있는 버릇은 참으로 이상하며 전적으로 나쁜 버릇이다. 오늘날보다 더 건강하던 예전 사람들의 삶에 현대적인 체계가 들어오면서 빚어진 가장 바보 같은 변화 중의 하나가 바로 그런 버릇이다. 내 체력이 일찍 자고 일찍 일어나는 것 같은 그런 대혁신을 감당할 수만 있다면 나는 해가 질 때 자리에 들었다가 첫 햇살이 비칠 때 일어나도록 하겠다. 십중팔구 그런 버릇은 내 건강을 아주 좋아지게 할 것이고 삶의 기쁨에도 큰 보탬이 될 것이다.

여행을 할 때 이따금 해 뜨는 광경을 지켜보면 자연의 다른 풍경들이 자아내는 그 어떤 감흥과도 다른 환희를 느낀다. 지중해에서 동이 트던 광경이 생각난다. 섬들의 형상이 시시각각 변하는 부드러운 빛을 받으며 차츰 선명해지다가 이윽고 화려한 햇살이 비치는 바다에 뜨게 된다. 그리고 산속에서는 높이 솟은 봉우리가 한순간 싸늘하게 창백한 빛을 띠었다가 다음 순간 여신*의 장밋빛 손가락이 닿으면 부드럽게 이글거리기 시작한다. 이런 광경들을 다시는 볼 수 없겠지만, 내 기억 속에 너무나 선명하게 남아 있기 때문에 다시 이런 광경을 체험해 보려다가 혹시 이전의 기억이 흐려질까 두렵다. 내 감각이 너무 무뎌져서 한때는 보여 주던 것을 이제는 보여 주지도 않는다.

지금 생각하면 참으로 학창 시절이 멀어 보인다. 기숙사에서 다른 사생들이 아직 잠을 자고 있는 시간에 나는 자리에서 벌떡 일어나 도망치듯 나오곤 했다. 오직 학과 공부를 하기 위해서 일찍 일어났으니까 내 목적은 아주 순박했다. 첫 햇살을 받고 있던 그 긴 교실이 눈에 선하다. 책, 슬레이트 칠판, 벽걸이 지도 같은 것들이 뒤섞여 있는 학교 교실 냄새를 맡고 있는 듯하다. 나는 아침 다섯 시에만 기분 좋게

---

* 그리스 신화 속의 새벽의 여신 에오스 또는 로마 신화 속의 오로라.

수학 공부에 열중할 수 있었고 종일 다른 시간에는 수학이 내게 혐오스럽기만 했으니 내 정신 구조는 참으로 특이했다. 늘 나에게 겁을 주던 교과서의 한 부분을 펴 놓고 나는 혼자 중얼거렸다. "자, 한번 해 보자. 오늘 아침에는 이 문제를 풀고야 말리라. 다른 애들이 이걸 이해하는데 내가 이해하지 못하란 법이 있나!" 그렇게 해서 나는 어느 정도까지 성공했다. 그러나 일정한 한도 내에서였다. 내가 아무리 애를 써도 내 능력이 넘어서지 못하는 한계가 있었다.

내가 다락방에서 살던 시절에는 일찍 일어나는 일이 드물었다. 그러나 예외는 있었다. 한 해 동안, 아니 거의 한 해 동안 나는 다섯 시 반에 규칙적으로 일어났는데 특별한 사유가 있었다. 나는 런던대학의 입학 시험을 준비하고 있던 사람의 학습 지도를 했는데, 사업을 하고 있던 그가 공부하기에 편리한 시간은 조반을 들기 전밖에 없었던 것이다. 그 당시 나는 햄스테드 로드에서 하숙하고 있었고, 내 생도는 나이츠브리지에 살았다. 나는 매일 아침 여섯 시 반에 그를 만나기로 약속했는데 그의 집까지는 빨리 걸어서 한 시간쯤 걸렸다. 그 이른 시간의 약속이 내게는 조금도 고통스럽지 않았다. 오히려 나는 수수한 사례금을 받아 굶주림 걱정 없이 하루 종일 글을 쓸 수 있게 되어 즐겁기만 했다. 그러나 그런 약속에 한 가지 불편이 있었다. 나에게는 시계가 없어 시간을 알 수 있는 유일한 방법은 이웃에서 시계 치는 소리를 듣는 것이었다. 대체로 나는 일어나야 할 시간에 잠을 깼고 시계가 다섯 시를 치면 나는 벌떡 일어났다. 하지만 아침 시간이 어두워지는 겨울철에는 간혹 시간 지키기 버릇이 나를 배반할 때가 있었다. 시계가 매시 15분이나 30분을 알리는 소리만 듣고는 잠이 너무 일찍 깼는지 아니면 너무 늦었는지 알 수 없는 때가 있었다. 시간을 어기면 안 된다는 두려움이 늘 나를 미치게 했기 때문에 그런 경우 나는 누운 채로 다음 시보가 울리기까지 기다릴 수 없었다. 그래서 옷을 입고 거리로 뛰쳐나가 내가 할 수 있는 최선의 수단으로 시간을 알아낸 적이 한두 번이 아니었다. 지금도 잘 기억하는데 한번은 안개가 끼고 비가 내리는 아침 두 시와 세 시 사이에 그런 외출을 했다.

　나이츠브리지에 있는 그의 집에 이르렀을 때 ○○씨가 너무 피곤해서 일어날 수 없다는 말을 듣는 경우도 종종 있었다. 수업을 하지 않았다고 해서 내 보수가 깎이지는 않았으므로 내게는 조금도 문제가 되지 않았다. 나는 두 시간 동안 걸을 수 있었고 그래서 기분이 그만큼 더 상쾌하기만 했다. 수업을 했건 하지 않았건 조반상에 앉으면 식욕이 얼마나 좋았던가. 조반이래야 버터를 바른 빵과 커피—그 커피 맛은 또 어떻고!—뿐이었지만 나는 공사장 인부처럼 맛있게 먹었지. 기분은 날아갈 듯했고. 집으로 돌아오는 길에서는 그날 하루 해야 할 일을 생각했고. 그 활발한 아침 운동과 건강한 식욕 덕택에 맑아지고 활기를 얻은 내 오전 두뇌는 최선의 결과를 빚어냈었지. 마지막 한 입의 빵을 삼키고 나면 서탁에 앉았고. 그래, 그렇게 앉은 나는 잠시 요기를 하는 시간을 포함해서 일곱 시간 혹은 여덟 시간 내리 기쁨, 열의 및 희망을 가지고 일을 했었지. 아마 온 런던에서 나처럼 일한 사람은 거의 없었을걸.

　그래, 그 시절은 참 좋았어. 하지만 길게 가지는 않았지. 그 이전이

나 이후는 여러 형태의 근심, 불행 및 인고뿐이었고. 그러니 한 해 동안이나마 나에게 건강과 마음의 평화를 허용해 준 나이츠브리지의 ○○씨를 나는 언제나 고맙게 여겼지.

12

어제는 무턱대고 종일 걸어 다녔다. 몇 시간이고 길게 쏘다녔지만 즐겁기만 했다. 산책은 톱섬에서 끝났다. 거기서 나는 작은 둔덕의 묘역에 앉아 넓은 강어귀로 저녁 조수가 밀려드는 것을 바라보고 있었다. 톱섬이 아주 마음에 든다. 바다도 아니요 강이라고 하기에는 너무 넓은 하구를 내려다볼 수 있는 묘역이야말로 내가 아는 몇몇 최고 안식처 중의 한 곳이다. 물론 톱섬의 선원들에 대해 이야기하는 초서*가 연상되어 내 기분이 고조된다. 아주 지쳐서 집으로 돌아왔다. 그러나 아직 나는 노쇠한 폐인이 아니니 그걸 고맙게 여겨야겠다.

'내 집'을 가진다는 것이야말로 형언하기 어려운 축복이 아닌가! 내 상상력이 30년간이나 그 축복에 대해 연연해 왔지만, 영원히 '내 집'

---

* 제프리 초서(Geoffrey Chaucer, 1340~1400)는 『캔터베리 이야기들』을 남긴 영국의 문호.

에서 살 수 있다는 보장 속에 얼마나 깊고 아기자기한 즐거움이 있을 수 있는지는 미처 모르고 있었다. 이제 죽음 말고는 그 어느 것도 이 불변의 거처에서 나를 몰아낼 수 없다는 생각을 하고 또 한다. 그런데 죽음은 내가 지금 즐기고 있는 이 평화를 더 심화해 줄 것이므로 죽음을 친구처럼 여기는 법이나 기꺼이 배우리라.

우리가 '내 집'에서 살고 있을 때는 이웃의 모든 것들에 대한 애정이 얼마나 커지는가! 나는 언제나 데번의 이 지역을 좋게 여겼지만, 지금 내 마음속에서 나날이 커지고 있는 이 애착에 비하면 지난날의 애착은 아무것도 아니었다. 우선 내가 사는 집부터 생각해 보면 막대기 하나 돌멩이 하나까지 나에게는 마치 내 심장의 피처럼 정답다. 나는 정원의 문 쪽으로 나가다가 지나는 문기둥을 애정 어린 손으로 쓰다듬어 본다. 정원에 서 있는 한 그루의 나무 한 떨기의 꽃이 모두 내 정다운 친구들이다. 그런 것들을 만져야 할 경우에는 혹시 부주의해서 고통을 주거나 거칠게 다루어 다치기라도 할까 두려워 아주 부드럽게 만진다. 통로에서 잡초를 한 포기 뽑게 되면 그것을 버리기 전에 약간은 슬픈 마음으로 살펴보곤 한다. 그것도 내 집 소속이기 때문이다.

다음으로는 나의 집 주위에 있는 시골 지방에 대해 생각해 보자. 여러 마을들이 있는데 어쩌면 그 지명들이 내 귀에는 이토록 기분 좋게 들릴까. 나는 엑서터 신문에 나오는 모든 지방 소식을 흥미 있게 읽게 되었다. 이 지방 사람들에 대해 관심이 있다는 뜻은 아니다. 겨우 한두 사람을 예외로 하고 이 지방 사람들이 나에게는 아무 의미도 없으며, 이 사람들이 눈에 띄지 않으면 않을수록 더 좋다. 그러나 이곳저

곳이 나에게는 점점 더 정다워진다. 나는 헤비트리라든가 브램퍼드 스피크라든가 뉴턴 세인트 사이리스 같은 곳에서 일어나는 일이면 무엇이건 다 알고 싶다. 주위의 몇 마일에 걸쳐 나 있는 크고 작은 길과 말을 타거나 걸어 다닐 수 있는 오솔길들을 내가 모조리 알고 있다는 것이 자랑스러워지기 시작했다. 모든 농장과 들의 이름을 익히고 싶다. 이 모든 것도 다 이곳이 내가 오래 살 곳이요 내가 지금 내 집에서 살고 있기 때문이다.

내가 보기에는 우리 집 위를 지나가는 구름이 다른 곳을 지나는 구름보다도 더 재미있고 더 아름다운 것 같다.

한때 내 스스로 사회주의자니 공산주의자니 뭐 그런 혁명적 성격의 인물로 자처한 적이 있는데 생각하면 어이가 없다. 물론 오랫동안 그러지는 않았다. 오히려 그런 명칭들을 입에 올릴 때마다 마음속으로는 무언가가 비웃고 있지 않았나 싶다. 무엇보다, 이 세상에 살고 있는 어느 누구도 나만큼 사유재산에 대한 의식을 깊이 하고 있지는 않을 것이다. 그리고 체질적으로도 나만큼 열렬한 개인주의자는 일찍이 없었을 것이다.

13

이 한여름에도 자유의지의 선택에 따라 밤낮을 도시에서 보내거나, 응접실 모임에 몰려가서 재잘거리거나, 대중음식점에서 잔치를 벌이거나, 휘황찬란한 극장 불빛 아래서 땀을 흘리는 사람들이 있다고 생각하니 기이한 느낌이 든다. 그들은 그게 바로 사는 것이요 그게 삶의 향유라고 말한다. 그들에게는 삶이 바로 그런 것이겠지. 그렇게 살도록 태어난 사람들이니까. 그들은 타고난 운명을 실현하고 있는데 그걸 보고 이상하게 여긴다면 바보스러운 것은 내 쪽이 아니겠는가.

하지만 그 좋은 모자에 좋은 옷을 차려입은 무리들과는 다시 어울리지 않겠노라고 스스로 다짐하면서 나는 지금 얼마나 조용히 깊은 감사를 드리고 있는가! 다행히 나는 그런 사람들을 많이 만나지는 않았다. 그 사람들을 만나볼 필요가 있다는 생각에서 몇 차례 그들의 살벌한 영역으로 들어갔던 적이 있다. 그때를 회고하면 머리가 지끈거리고 팔다리에 힘이 빠진 듯이 온몸에 나른함이 엄습해 온다. 모든 일이 끝나고 다시 한길로 나오면 나는 안도의 한숨을 쉬지 않았던가! 그러면 가난도 나에게는 정답게 느껴졌다. 그 순간만은 가난이 나를 자유인으로 만들어 주는 듯했기 때문이다. 내가 책상에 앉아서 해야 하는 그 고역도 내게는 정답게 느껴졌다. 상대적으로 그 일이 나에게는 자존심을 가지게 하기 때문이다.

　나는 진정한 친구가 아니라면 그 어느 남녀와도 다시는 악수를 하지 않으리라. 내가 아는 사람이라도 친분이 없으면 다시는 만나러 가지 않으리라. 모든 사람이 내 형제라고?* 어림도 없는 소리! 내 형제가 아니니 얼마나 다행인가! 피할 수만 있다면 다른 사람들에게 피해가 되는 짓을 하지 않겠다. 나는 모든 사람들의 행운을 빌고 싶다. 하지만 일의 성질상 내가 개인적 친절을 도저히 느낄 수 없는 경우에는 그런 친절을 베푸는 척도 하지 않을 것이다. 그간 나는 많은 사람들을 경멸하거나 마음속으로 혐오하면서도 그들에게 억지 미소를 지어 보였고 본의 아닌 말을 하곤 했다. 내가 그렇게 한 것은 달리 할 용기가 없었기 때문이다. 이런 약점을 의식하고 있는 사람에게 최선의 길은 속세를 멀리하며 사는 데 있다. 훌륭한 새뮤얼 존슨! 존슨처럼 진실을 말하는 사람 한 명은 일찍이 인류를 인간답게 만들기 위해 노력해 온 모든 도덕론자들이나 설교가들만큼 값어치가 나간다. 그 같은 사람이 만약 고독한 자기 세계로 물러섰다면 그야말로 국가적 손실이 되었을 것이다. 그가 겁도 없이 던진 무뚝뚝한 말 한마디 한마디는 소심하게 착하기만 한 사람들이 입에 올리는 모든 복음보다도 더 큰 가치가 있다. 서민들은 옷을 아무리 잘 차려입는다 하더라도 서민으로 대접되

＊　이 구절은 독일 문호 프리드리히 실러의 "모든 사람은 형제가 된다(Alle Menschen werden Brüder)"라는 시구를 연상시킨다. 기싱은 독문학을 탐독한 것으로 알려져 있다.

어야 마땅하다. 하지만 바보나 악당이 고급 옷을 입고 있으면 그들에게 합당한 이름으로 호칭되는 일이 아주 드물다. 그리고 바보나 악당을 바보나 악당이라고 부를 권리가 있는 사람도 찾아보기 어렵다. 모욕적인 언사를 주고받는다고 해서 우리에게 이득이 되지는 않는다. 우리가 사람들을 비난했다가 '너도 그래(tu quoque)!'라는 반격을 당한다면 그 비난은 아무 쓸모가 없다. 하지만 세상이 이 모양 이 꼴이니 정직하고 현명한 사람들은 마땅히 독설가라야 한다. 그런 사람들이 가차 없이 말할 수 있게 해주자.

14

   영국의 기후에 대해 험담을 하는 것은 바보 같은 짓이다. 건강한 사람을 위해서는 영국의 기후보다 더 좋은 기후가 없다. 그리고 기후에 대한 판단은 언제나 건강한 상태에 있는 평균적인 토착인을 기준으로 해야 한다. 병약자들은 일기가 자연스럽게 변화하는 데 대해 성난 불평을 할 권리가 전혀 없다. 자연은 병약자들을 안중에 두지 않는다. 병약자들은 가능한 한 자기네의 예외적 건강 상태에 알맞은 예외적 기상 조건을 찾아가고, 수천만 명의 건강하고 활기 있는 남녀가 계절의 변화를 받아들이면서 그 변화에서 차례로 득을 볼 수 있게 해야 한다. 우리 섬나라 날씨는 극단적인 데가 없고 일반적으로 온화하며 최악으로 변덕스러운 경우에도 곧 좋아지리라는 희망을 가지게 하므로 다른 어떤 나라의 날씨에 비해서도 손색이 없다. 봄, 여름, 가을, 겨울을 가리지 않고 영국인만큼 좋은 날씨를 즐기는 국민이 있을까? 영국인이 부단히 날씨 이야기를 하는 것은 날씨가 그에게 제공하는 것을 그가 대부분 지극히 즐기고 있다는 증거이다. 한 해 동안 단조롭게 푸른 하늘을 볼 수 있는 곳에서는, 기상 조건이 명백히 나쁜 곳에서처럼, 사람들이 그렇게 날씨 이야기를 하지 않는다. 그러므로 우리 나라에서는 날씨가 좋지 않은 날이 적지 않다든지, 동녘 바람이 불어와 우리를 고통스럽게 한다든지, 안개가 끼어 우리의 뼈마디가 쑤신다든지, 태양이 그 영광스러운 빛을 너무 자주 너무 오랫동안 감추기도 한다는 사실을 인정한다 하더라도, 그 모든 조건의 결과는 좋으며 또 가장 다양한 기상 조건 아래서도 날씨는 늘 열정적 기분을 자아내고 야외 생활에 대한 욕구를 돋우어 주고 있음이 명백하다.

물론 나는 약골 중의 한 사람이므로, 날씨에 대한 불평을 해 보았자 사람들의 동정이나 받게 될 뿐이다. 올해는 7월인데도 이 데번에서마저 자주 구름이 끼고 바람이 불어 아주 기분이 나지 않는다. 그래서 나는 조바심하거나 몸을 떨면서 남쪽 하늘 아래라면 이렇진 않겠지 하며 중얼대기도 한다. 쳇! 당치도 않는 소리! 만약에 내가 내 또래의 평균적인 사람이라면, 홀던 일대를 활보하고 다니면서 찌푸린 날씨를 조금도 개의치 않고 햇빛이 없는 데 대한 보상을 얼마든지 찾아내고 있지 않을까. 그러니 내가 좀 참을 수 없을까? 그러다 보면 어느 날 아침 동녘 하늘이 마치 꽃봉오리처럼 터져서 따뜻하고 화사한 날씨를 꽃피울 것이고 깊고 푸른 하늘이 날씨에 대한 오랜 실망 때문에 굶주렸던 이 내 몸에 그간 굶주린 만큼 더 많은 위안을 주지 않을까?

15

나는 해변에 있었다. 즐겁기는 했지만 늙은이처럼 휘청거리고 있지 않았던가! 한때는 강한 해풍을 포도주처럼 들이마시거니, 젖은 모래를 따라 기분 좋게 뛰어다니거니, 미끄러운 해초 위의 바위를 맨발로 이리저리 뛰며 놀거니, 솟구치는 파도를 가슴으로 맞다가 번뜩이는 물보라에 파묻히면 좋아라고 고함지르거니 했었는데, 그때의 나는 지금은 어디 갔단 말인가? 그 당시 해변에서 나에게 나쁜 날씨라는 것은 없었다. 열렬한 기분 전환이 있었고 혈기왕성한 삶이 있었을 뿐이다. 지금은 바람이 거칠게 불거나 소나기가 거세게 몰아치면 나는 피신처를 찾아야 하고 온몸에 외투를 두른 채 앉아 있어야 한다. 이런 것은 이제 내가 집에서만 지내면서 여행도 추억 속에서만 하는 것이 최선이라는 것을 새삼스럽게 상기시켜 줄 뿐이다.

웨이머스에서 나는 한바탕 실컷 웃었다. 웃음은 중년기를 지난 사람이 쉽게 얻을 수 없는 좋은 것 중의 하나이다. 해안을 오가는 여객

선 광고였는데, 그 기선에는 "세면실 및 부인들을 위한 살롱이 완비"
되어 있다면서 추천하는 내용이었다. 이런 것을 읽고서 웃지 않을 사
람이 얼마나 될까?

16

지난 10년 동안 나는 영국 여러 지역의 여관에 가 보았는데 너무 변
변찮아서 놀랐다. 내가 조금이나마 편안했던 여관—원한다면, 호텔
이라 불러도 좋다—을 만났던 것은 한두 차례뿐이다. 대부분의 경우
침대마저 불만스러웠다. 허세를 부리듯 크기만 한 침대의 드레이퍼리
에 숨이 막힐 지경이거나 아니면 딱딱한 침대에 매트리스 등이 너무
얇았다. 비품들도 하나같이 꼴불견이었다. 장식을 하려는 노력이 전
혀 보이지 않거나—어쩌면 그게 가장 나을 수도 있겠다—아니면 저
속한 취향이 사방에서 눈에 거슬리기만 했다. 음식은 대체로 조잡하
거나 저질이었으며 시중도 지나치게 단정하지 못했다.

자전거로 여행하는 사람들로 인해 길가의 여관들이 다시 생겨나게
되었다는 말을 흔히 듣는다. 그럴 수도 있겠는데 자전거를 타는 사람
들은 아주 쉽게 만족하는 모양이다. 옛 작가들이 써 놓은 글이 독자를
속이지 않는다면, 과거의 영국 여관은 아주 편히 지낼 수 있고 최고의

음식을 제공받을 수도 있는 곳이어서 아주 기분 좋은 휴양처였고 손님들은 어김없이 정답고도 정중한 환영을 받았다. 하지만 오늘날 시골 도회지나 마을에서 볼 수 있는 여관들은 좋은 의미에 있어서의 여관이 아니고 그저 술집일 뿐이다. 주인의 주된 관심은 술을 파는 데 있다. 원한다면 물론 그의 집에서 먹고 잘 수도 있다. 하지만 주인은 우리가 술을 마셔 주기를 바란다. 또 술을 마시려 해도 편안하게 마실 곳이 없다. 소위 '바'라고 하는 공간이 있으나 답답하고 더러운 방에 낡고 삐걱거리는 의자가 놓여 있어서 그런 곳에서는 오직 멍청한 술꾼들이나 편안하다고 여길 것이다. 혹시 편지라도 한 장 쓰려고 하면 주인은 최악의 펜과 가장 저질의 잉크를 내어놓는다. 여행을 자주 하는 상인들을 고객으로 삼는 많은 여관의 '상용 업무실'조차 사정이 그러하다. 사실, 여관업 전체가 믿을 수 없을 정도로 잘못 운영되고 있다. 특히 집이 그림같이 아름다운 고가(古家)여서 최고의 전통을 생각나게 하고, 그래서 마음만 먹는다면 가장 편안한 휴식과 기쁨을 누릴 수 있는 안락한 곳으로 만들 수도 있을 경우에는, 그런 서툰 마구잡이 여관 경영이 우리를 격분케 한다.

술집에서는 우리가 술집 예절이나 기대한다. 그러므로 대부분의 여관이니 호텔이니 하는 곳에서도 우리는 술집 예절 이상의 것을 볼 수 없다. 거짓으로나마 예의바른 척하는 사례조차 찾아볼 수 없게 되었다는 생각을 하면 놀라지 않을 수 없다. 일반적으로 여관의 바깥주인이나 안주인은 멸시하는 얼굴로 잘난 척하거나 아니면 촌뜨기답게 친근하게 군다. 웨이터들과 하녀들은 우리에게 아무 관심도 없이 일하다가 우리가 여관을 떠날 때가 되면 자세를 낮추어 관심을 보이지만 팁이 적다고 여기면 빈정대거나 모욕적으로 투덜거리므로 우리는 떠나는 발길을 재촉하지 않을 수 없게 된다. 어느 날 아침 나는 어떤 여관에서 서너 차례 들락거리려야 했는데 매번 몸집이 뚱뚱한 두 여인이 출입문을 막고 있었다. 안주인과 하녀가 서서 잡담을 하며 한길을 바라보고 있었던 것이다. 여관에서 나올 때마다 나는 좀 비켜 달라고 요청하지 않을 수 없었는데, 그들은 아주 천천히 비켜 주면서 미안하다는 말은 한마디도 없었다. 그런데도 그곳은 서식스의 어느 장이 서는 고을에서 가장 좋은 '호텔'이었다.

그리고 음식 이야기도 해야겠다. 음식에서도 심각한 타락상이 보인다. 예전에 마차를 타고 여행하던 사람들이 오늘날 시골 호텔의 식탁에서 우리가 먹는 음식을 대접받고 만족했으리라고 상상하기 어렵다. 조리는 으레 형편없고 육류와 야채도 보통 수준 이하로 저질이다. 이럴 수는 없다. 영국의 여관에서는 제맛이 나는 찹이나 스테이크를 청해 보아야 허사란 말인가! 질기고 맛없는 고기가 나오는 통에 내가 입맛을 버린 적이 한두 번이 아니다. 점심 값으로 5실링이나 내야 하는 호텔 식당에서 나는 진득진득한 감자와 질긴 양배추 때문에 식상해하곤 했다. 갈비냐 등심이냐 다리살이냐 어깨살이냐를 가릴 것 없이 모든 고깃덩이는 으레 저질이거나 비쩍 말라 육즙도 없는 것을 오븐에서 태우다시피 구워 낸다. 홍두깨살로 말하자면 요즈음은 거의 사라진 것이나 다름없는데 아마도 소금을 치는 데 너무 많은 기술을 요하기 때문일 것이다. 또 조반상에 나오는 베이컨은 어떤가. 월트셔산

(産)의 최고급 훈제 베이컨이라도 살 만한 돈을 내고 주문했는데도 내 앞에 놓인 것은 초석(硝石) 냄새가 나는 참으로 형편없는 고기 조각이 아닌가! 지독한 홍차와 묽은 커피 이야기까지 해 보아야 또 불평이나 한다는 소리를 듣게 될 뿐이다. 이런 음료들을 이제 공공 식탁에서는 마실 수가 없다는 것을 누구나 알고 있다. 하지만 우리가 마시는 한 파인트의 에일에 대해서도 불평할 진짜 근거가 있을 경우에는 어떻게 해야 할까? 아직도 지방 양조장의 생맥주는 건전하고 마시면 기분이 좋은 경우가 흔하다. 그러나 개탄할 만한 예외도 있다. 바로 이 맥주의 경우에도, 다른 사례에서처럼, 딱히 장삿속의 속임수까지는 아니라 하더라도 어딘지 솜씨가 떨어지고 아무렇게나 빚는 경향이 있음이 분명하다. 우리 영국인들이 맥주 빚는 법까지도 잊어버리고 마는 날을 예견할 수 있다. 그날이 오면 우리가 마음 놓고 마실 수 있는 유일한 길은 뮌헨에서 생맥주를 수입하는 데 있을 것이다.

17

언젠가 한번 나는 한 런던 식당에서 식사를 하고 있었다. 사람들이 자주 찾는 큰 음식점이 아니라 조용한 동네에 같은 모델로 설립되는 작은 식당이었다. 노동계층의 젊은 사내가 들어오더니 바로 옆 식탁에 앉았는데 옷차림을 보니 휴가 중이었다. 쳐다보니 그의 마음이 편하지 않음을 대번에 알 수 있었다. 그 길쭉한 방과 앞에 놓인 식탁을 두리번 거리면서 그는 속으로 불안해하고 있었다. 웨이터가 와서 메뉴를 내밀 자 그는 겁을 먹고 어쩔 줄 모르면서 멍한 눈초리를 하고 있었다. 모종 의 기이한 사연으로 횡재를 하게 된 그가 평생 처음 그런 식당에서 식 사를 한번 해 봐야겠다고 대담하게 마음먹었음이 분명했다. 그런데 일 단 그 식당에 들어오자 그는 다시 거리로 뛰쳐나가고 싶다는 생각을 진심으로 하고 있었을 것이다. 하지만 그는 웨이터의 조언을 받아 비 프스테이크와 야채를 주문했다. 음식이 나오자 그 가엾은 친구는 식사 를 시작하지 못했다. 식탁에 배열되어 있는 나이프와 포크 및 여러 개 의 접시들, 소스병과 양념병 받침대, 그리고 무엇보다도 자기와는 계 층이 다른 사람들이 모인 곳에 오게 된 것, 또 격식 있게 양복을 차려 입은 웨이터의 시중을 난생 처음으로 받아 보는 일―이 모든 것들이 그를 어리둥절케 했던 것이다. 그의 얼굴은 새빨갛게 되었다. 그는 고 기를 자기 접시로 옮겨 놓으려고 아주 서툴게 애를 썼지만 헛되었다. 앞에 음식이 놓여 있었지만, 신화에 나오는 탄탈로스*처럼 그는 먹지 못하도록 금지당하고 있었던 것이다. 내가 아주 조심해서 지켜보고 있 자니 끝내 그는 주머니에서 손수건을 끄집어내어 식탁에 펴 놓더니 별 안간 힘을 내어 접시에 놓인 고기를 포크로 찍어 손수건에 담는 것이

---

* 그리스 신화에 나오는 인물. 제우스를 노엽게 한 죄로 목이 마른데도 가까이
   에 있는 물을 마시지 못하는 벌을 받았다.

아닌가. 이쯤 해서 손님이 처한 곤경을 눈치챈 웨이터가 다가오더니 한마디 했다. 무안해서 화가 난 젊은이는 웨이터에게 밥값이 얼마냐고 무례하게 물었다. 결국 웨이터는 신문지 한 장을 가져와서 고기와 야채를 싸도록 도와주었다. 이 빗나간 야망의 희생자는 돈을 내던진 후 좀 덜 낯선 환경에서 요기를 하기 위해서 서둘러 식당을 나갔다.

이는 사회계층 간의 차이를 극명하게 보여주는 불쾌한 사례였다. 영국 아닌 다른 나라에서도 이런 일이 있을 수 있을까? 없을 것이라 생각한다. 그 수난자는 점잖은 외모였으므로 평상적인 자제력만 있었던들 그 식당에서 다른 사람들처럼 눈에 띄지 않게 식사를 할 수 있었을 것이다. 그러나 그가 속한 계층은 타고 난 촌뜨기 근성에다 새 환경의 적응력 부족으로 인해 이 세상의 모든 계층 중에서 별나게 눈에 띈다. 영국의 하류 계층을 위해서는 그들의 결함을 보상해 줄 그들 고유의 덕성을 다른 여러 면에서 찾아 줄 필요가 있다.

18

영국 국민에 대한 외국인들의 일반적 판단을 이해하기는 쉽다. 이방인이 되어 영국 각지를 돌아다니면서 기차를 타거나 호텔에 머물거나 널리 공공연하게 드러나는 사물의 외양만 살펴보시라. 그러면 영국인이 이기적이고 무뚝뚝하고 시무룩하며, 사회생활이나 시민 생활의 이상(理想)과는 대척적인 모습을 보인다는 인상을 받게 될 것이다. 그렇지만 실제로는 이 세상의 어느 국민도 높은 수준의 사회적·시민적 덕성을 영국인만큼 갖추고 있지는 않다. 영국인이 비사교적이라고? 아니, 이 세상의 어느 나라 국민이 공동 이익과 관계되는 목표의 달성을 위해 각계각층의 영국인들만큼, 특히 지성인들 사이에서만큼, 다방면으로 정력적이고 정성 어린 협조를 할 수 있을까? 비사교적이라니! 영국에서는 어디를 가든, 거의 모든 남자들은 학구적 목적이나 스포츠를 위해 또는 자기 고장이나 국가의 이익을 위해 어떤 단체에든 속해 있을 것이며 또 여가가 있을 때에는 한 사회적 존재로서 늘 최선을 다하고 있는 것을 볼 수 있을 것이다. 뿐만 아니라 오늘날에는 거의 모든 교육받은 여성들도 남자들처럼 사회적 활동을 하고 있다. 예를 들어, 소위 졸음이 올 정도로 한가롭다는 시골의 장이 서는 고을까지도 온갖 종류의 협회 활동으로 들끓고 있을 것이다. 그 모든 것은 자발적 활동이며 이른바 뛰어나게 '사교적'이라고 알려진 나라에서는 꿈조차 꾸기 어려운 여러 형태의 열렬히 단합된 활동이기도 하다. 사교성이라는 말이 처음 만나는 사람들과도 터놓고 이야기하려는 마음가짐을 뜻하지는 않는다. 또 대인관계에서 타고난 우아함이나 상냥함을 보인다고 해서 사교성이 있다고 할 수도 없다. 사실, 사교성은 철저히 어색해하거나 거의 무례해 보이는 태도와도 양립할 수 있다. 지난 2백여 년간 영국인들은 그 어떤 경우에도 순수히 의례(儀禮)적이거나 유쾌한 형태의 사교성에 경도했던 적이 없다. 그러나 육신과 영혼의 건강, 평안 및 웰빙 같은 지역사회 최대의 관심사에 있어서는 영국인들의 사회적 본능이 최고로 발휘되고 있다.

이 논란의 여지가 없는 사실을 다른 하나의 명백한 사실 즉 외국인이 흔히 만나게 되는 영국인은 도대체 정다워 보이지 않는다는 사실과 화해시키기는 아주 어렵다. 어떤 관점에서는 내가 동포들을 찬양하고 칭송할 수도 있다. 그러나 다른 관점에서는 내가 동포들을 진심으로 싫어하고 되도록 그들을 만나고 싶지 않을 때도 있다. 사람들은 영국인을 상냥한 백성이라고 여기는 데 익숙해 있다. 그런데 영국인들이 이런 면에서 이전보다 못해졌단 말인가? 한 세기에 걸친 과학적 탐구와 돈벌이가 영국의 국민성에 눈에 띄는 악영향을 끼쳤단 말인가? 나는 언제나 영국의 여관에서 겪는 일을 생각한다. 여관에 가 보면 삶의 인간적 면면에 대한 야만적 무관심을 느끼지 않을 수가 없고, 음식을 아무렇게나 먹고 술은 습관으로 들이켜며, 선의의 환대조차 너무 희귀해서 어쩌다 접하게 되면 눈에 번쩍 띌 지경이다.

우리는 두 가지 것을 염두에 두어야 한다. 세련된 영국인과 저속한 영국인 사이에서 볼 수 있는 놀랄 만한 격차가 그 첫째요, 가장 우호적인 환경이 아니고는 영국인이 참된 자아를 드러내는 것을 선천적으로 어려워한다는 사실이 그 둘째이다.

계층 사이에 드러나는 태도의 차이가 너무 두드러지기 때문에 성급한 관찰자라면 이 차이에 상응하는 근본적 차이가 마음과 성격에도 있을 것이라고 생각할 것이다. 내가 생각하기에, 러시아에서도 사회 계층간의 극단적 차이가 꽤 크게 벌어져 있다. 그러나 러시아를 유력한 예외로 제쳐 놓는다면 영국의 신사*와 시골뜨기 사이에서 드러나는 것 같은 그런 큰 계층적 간격을 보이는 나라가 유럽에는 없다고 생각한다. 물론 시골뜨기들이 다수 대중이므로 해외에서 온 여행자에게는 시골뜨기들이 인상을 남기게 된다. 우리는 시골뜨기들 앞에서 벗어나 있을 때 그들에 대해 공정한 판단을 할 수 있다. 그리고 우리는 그들의 덕성이, 비록 초보적인 것이어서 엄격한 지도를 받아야 할 필요는 있지만, 교양인의 덕성과는 광범위하게 동일한 것임을 기억해낼 수도 있다. 겉으로 보기에는 시골뜨기들이 별도의 국민을 형성하고 있는 것처럼 보일지도 모르나 실은 그렇지가 않다. 이 시골뜨기라는 다수 대중을 이해하기 위해서는 우리가 그들의 짜증나는 예절의 저변으로 들어가서 아주 훌륭한 시민적 자질이 온통 혐오스럽기만 한 개인적 태도와도 양립할 수 있다는 사실을 알아내야 한다.

그리고 교육받은 영국인의 끈질긴 과묵으로 말하자면, 나 자신의 경우를 살펴보기만 하면 되겠다. 내가 대표적인 영국인이 될 수 없다는 것은 사실이다. 나의 자의식과 나의 명상적 습성은 나의 민족적·사회적 특성을 상당히 흐리게 한다. 하지만 다수 대중을 대표하는 사람들 사이에 나를 두어 보시라. 그러면 나도 대번에 본능적 반감, 자기 내면으로의 위축, 멸시 비슷한 감정 따위를 의식하고 있을 텐데,

---

* 영국에서는 원래 '신사(gentleman)'라는 말이 '신사 계층(gentry)'의 구성원이라는 뜻이었고 사회계층적 함의를 지니고 있었다. 신사 계층은 귀족을 제외하고 사회적 상위 계층으로 간주되고 있었다.

외국인들이 우연히 알게 된 영국인을 규탄하는 것도 바로 이런 성격 때문이 아닌가? 나에게 특유한 점이 있다면 이런 최초의 충동을 극복하려고 노력하는 것이고 이 노력에서 나는 자주 성공하는 편이다. 내가 자신을 바로 알고 있는지는 모르겠으나, 나도 정답지 않은 사람은 아니다. 그러나 나를 우연히 알게 된 많은 사람들이 내 결함은 정다움의 부족이라고 말할 것임을 나는 잘 알고 있다. 나의 참된 자아를 보여 주기 위해서는, 우선 내가 알맞은 기분으로 알맞은 분위기에 있어야 한다. 이는 무엇보다 나 또한 결정적으로 영국인답다고 말하는 것이나 마찬가지이다.

19

내 조반 식탁에 꿀이 한 통 놓여 있다. 가게에서 꿀이라는 이름으로 팔리고 있는 그런 제조된 식품이 아니라 벌통에서 얻은 꿀이다. 우리집 정원에서 자주 붕붕거리던 벌들의 주인인 이웃 사람이 나에게 보내 준 것이다. 꿀은 나의 미각보다도 시각에 더 큰 즐거움을 준다고 고백해 두겠다. 하지만 그게 바로 꿀이니까 맛을 보고 싶다.

존슨은 유식한 사람과 무식한 사람 사이의 차이는 산 사람과 죽은 사람 사이만큼 크다고 말했다. 그런데 어떻게 생각하면 이 말은 과장이 아니다. 다른 예는 그만두고, 평범한 사물에 대한 우리의 견해가 문학적 연상으로 인해 어떻게 영향을 받는지를 생각해 보자. 내가 히메투스와 히블라*에 대해서 아무것도 모른다면, 그리고 마음속에 저장된 시(詩)가 없고 로맨스 문학에 대한 기억이 없다면, 꿀인들 나에게 무슨 의미가 있을 것인가? 만약에 내가 지금 도시 속에 갇혀서 살고 있다면, 꿀이라는 이름이 나에게 약간의 상쾌한 시골 향기를 가져다 줄지도 모른다. 그러나 책을 읽은 적이 없고 또 읽고 싶어 하지도 않는 사람들에게 그렇듯이 시골이 나에게도 단순히 풀과 곡식과 채소만을 의미한다면 그 약간의 시골 향기인들 무슨 의미가 있을 것인가? 참으로 시인은 창조자이다. 속박받는 인간들이 밟고 사는 이 감각의 세계를 초월하여 시인은 자기 고유의 세계를 구축한 후 속박받지 않는 정신을 그 세계로 불러들인다. 땅거미가 들 무렵 내 창 앞을 날아다니는 박쥐를 바라본다든지 사위가 어두워졌을 때 부엉이 소리를 듣는 것이 나를 기쁘게 하는 이유는 무엇일까? 내가 박쥐를 불쾌하게 바라볼 수도 있고, 부엉이 소리를 막연한 미신을 가지고 듣거나 또는 전혀 무관심하게 대할 수도 있다. 하지만 이런 동물들은 시인의 세계에서 한 자리씩 차지하고 있으며 따라서 나를 이 부질없는 현실 세계 너머로 데리고 갈 수도 있다.

---

*   히메투스(Hymettus)는 아테네 근처의 언덕 이름이고, 히블라(Hybla)는 시칠리아섬의 마을 이름인데, 꿀로 유명해진 이 두 곳은 문학작품 속에서 흔히 언급된다.

언젠가 한번 나는 어떤 장이 서는 고을에서 하룻밤을 보냈는데 피로 탓에 일찍 자리에 들었다. 이내 잠에 빠진 나는 얼마 후 어떤 영문 모를 일로 잠이 깼다. 어둠 속에서 일종의 음악 소리가 울리고 있었는데, 머리가 좀 맑아지자 그게 교회의 부드러운 차임벨 소리임을 알게 되었다. 도대체 몇 시나 된 걸까? 나는 성냥을 그어 내 회중시계를 보았다. 자정이었다. 그러자 마음속에 불이 비쳐 왔다. "셀로 도련님, 우리는 막 자정을 알리는 차임벨 소리를 들었답니다!"* 그때까지 나는 그 시간에 울리는 차임벨 소리를 들어 본 적이 없었다. 내가 자고 있던 고을은 스트랫퍼드 온 에이번**에서 불과 몇 마일 떨어진 이브섬이었다. 만약 그 한밤의 종소리가 나에게 여느 종소리와 다름없었고 그래서 내 단잠을 깨웠다고 그 소리를 나무라기만 했다면 어떻게 되었을까? 존슨의 말은 별로 과장되지 않았다.

---

*   셰익스피어의 『헨리 4세』 제2부, 4막 3장, 231.
**   셰익스피어의 탄생지.

20

빅토리아 여왕 재위 60주년을 축하하는 행사가 있는 날*이다. 언덕
마다 모닥불이 타고 있어서 아가멤논의 성채 위에 나타난 파수꾼**이
생각난다(그 장면과 관련해서는 엘리자베스 여왕과 스페인의 무적함
대를 생각하는 편이 더 나을 수도 있겠다). 나는 이 소동이 무사히 끝
나기를 바라는 편이지만, 다른 사람들 못지않게 이 행사의 좋은 면도
알고 있다. 우리가 알기에 영국의 군주제도는 영국인의 상식이 거둔
승리이다. 인간이 군주 없이는 살아갈 수 없다고 치자. 국민적·개인
적 차원에서 실제로 최대한의 자유를 보장하는 일과 군주제도를 어떻
게 양립시키느냐 하는 문제가 생긴다. 어떤 경우에나 우리는 일정 기
간 동안 그 문제를 해결해 왔다. 물론 일정 기간에 한해서였다. 그렇
지만 유럽의 역사를 고려한다면 우리가 벌이는 이 축제도 아마 정당
화될 수 있을 것이다.

60년간 '대영공화국'은 한 사람의 '대통령' 아래서 제 길을 걸어온

---

*   1897년 6월 22일.
**   아이스킬로스의 비극 「아가멤논」의 서두에는 궁성의 지붕 위에서 파수꾼이
     트로이 소식을 전해 줄 봉화를 기다리는 장면이 나온다.

셈이다. 대통령을 더 빈번히 바꾸는 다른 공화국들이 국민에게 훨씬 적은 비용을 부담시키면서도 군주제도와 비슷한 통치를 해 오지 않았냐면서 반대하는 것은 정곡을 벗어나는 일이다. 지금 당장은 영국인들이 자기네 국가 원수를 왕이나 여왕으로 호칭하겠다고 마음먹고 있다. 이 호칭이 그들에게는 기분 좋게 들릴 뿐만 아니라 충성이라고 하는, 어렴풋이 이해되나 여전히 효력이 있는 대중 감정과도 일맥상통한다. 다수의 국민이 이렇게 생각하고 있고 또 이 제도가 꽤 잘 작동하고 있음이 분명한데 '새 제도'를 시도한다고 해서 무슨 소용에 닿을 것인가? 국민은 군주제도의 비용을 기꺼이 치를 용의를 가지고 있고 이는 국민이 해결해야 할 문제이다. 더욱이 통상적인 공화주의 형태 중의 하나로 정치제도를 바꾼다면 국민에게 널리 이익이 될 것이라는 확신을 조금이나마 가진 사람이 있을까? 공화주의 정치제도를 시험해 온 나라들이 안정적이고 평화로운 정부 및 국민 복지 면에서 우리나라보다 더 잘 살고 있다고 할 수 있는가? 존재 의미를 상실한 후에도 여전히 존속하고 있는 형식, 검토해 보면 그 부당함이 드러나게 되는 특전, 우스꽝스럽게 보이는 타협, 경멸해야 할 것처럼 보이는 굴종 등을 보면 이론가들은 조소한다. 하지만 그들에게 모든 사람을 합리적이고 절도 있고 정당하게 만들기 위한 실용적 방안이 있으면 제시하라고 해 보라. 내가 생각하기에, 영국인들에게 이런 자질이 비범할 정도로 부여되어 있지는 않다. 정치적으로 말해서 영국인의 강점은 기정사실에 대한 존중으로 보완되는 편의를 인정하는 데 있다. 그들에게 특별히 분명한 사실 중의 하나는 이 바다로 둘러싸인 섬나라에서 여러 세대에 걸쳐 서서히 노력해서 확립한 정치제도가 그들의 정신, 기질 및 습성에 적합하다고 하는 것이다. 영국인들은 정치적 이상(理想)에 관심이 없다. 그들은 소위 '인간의 권리'에 대해서도 애써 생각하려 하지 않는다. 만약에 사람들이 충분한 시간을 들여서 영국인들을 상대로 가게 주인의 권리, 농부의 권리, 저질 육류 판매상의 권리에 관한 이야기를 하려 든다면 영국인들은 귀담아들어 줄 것이고, 경우마다 사실 검토가 끝나면 그 사실들을 다루는 방안을 찾게 될 것이다. 그들은 자기네의 이런 특성을 상식이라 부른다. 뭐니 뭐니 해도 그간 영국인들에게는 상식이 광범위하게 쓸모 있었다. 그리고 이 세상의 다른 나라들도 그 덕을 적잖게 보았다고 말할 수 있다. 때로는 '비상식'이 영국인들에게 더 나은 대안이 되었을지도 모른다고 한다면 그것은 전혀 맞지 않은 말이다. 영국인은 사물을 있는 그대로 다루며 무엇보다 앞서 자기 스스로의 현존재부터 받아들인다.

이번 축제는 보통 사람들의 흐뭇한 마음을 만방에 선언하고 있다. 지난 60년을 되돌아볼 때 영국 국민의 물질 생활에서 이루어진 많은 개선이 이 기간의 특징임을 의심할 사람이 있을까? 영국인들끼리 사이가 틀어진 적이 자주 있었으나 그들이 서로 사생결단 싸운 적은 없었고 중대한 분쟁이 있을 때마다 결과적으로는 늘 약간의 실질적 진전이 있었다. 이전에 비해 사람들은 더욱 깨끗해졌고 더욱 차분해졌다. 모든 계층에서 난폭함이 줄어들었고, 교육도 그 목표와는 상관없이 눈에 띄게 신장했다. 몇 가지 형태의 폭압적 제도는 철폐되었고 무관심이나 무지함에 기인하는 몇 가지 고통도 덜 겪게 되었다. 물론 이런 것들은 몇 가지의 세부적 발전 사례에 불과하다. 이런 것들이 영국 문명에 있어서의 견고한 발전을 나타낸다고 아직은 단정할 수 없다. 그러나 평균적인 영국인이 이번 축제를 벌일 이유는 있다. 왜냐하면 이 시기의 발전 양상에 대해서는 그가 이해하고 찬동할 수 있지만 그 발전의 윤리적 양상을 두고 제기될 수 있는 의혹은 그에게 실재하지 않거나 이해될 수 없는 것이기 때문이다. 그러니 모든 언덕에서 화톳불 통으로 밤을 밝히도록 하자. 이번 축제는 돈을 주고 산 행사가 아니요 비굴한 아첨을 위한 것도 아니다. 국민은 그들 스스로를 찬양하고 있지만 나라의 영광과 권력을 대표하는 여왕에 대한 진정한 감사와 애정도 없지 않다. 헌법상의 약정은 그간 잘 지켜지고 있었다. 역사에서 여러 왕국에 대한 기록을 살펴보시라. 그리고 군주와 국민이 무혈 승리를 두고 함께 즐거워했던 적이 몇 번이나 있었던가를 말해 보시라.

21

언젠가 한번 나는 북부 지방의 어느 여관에서 세 사내가 조반 식탁에 앉아 식이법(食餌法)에 대해 이야기하는 것을 엿들었다. 대부분의 사람들이 고기를 너무 많이 먹는다는 데에 그들은 동의했는데, 그중의 한 사내가 자기는 고기보다는 야채와 과일을 더 선호한다고 공언하기까지 했다. "이봐," 그가 말했다. "이따금 나는 조반으로 사과만 먹는데 자네들은 믿겠는가?" 나머지 두 사람은 잠자코 듣고만 있었는데, 그 말을 어떻게 생각해야 할지 모르고 있음이 분명했다. 그러자 그 사내는 휘몰아치는 듯한 어조로, "그래, 사과도 두세 파운드를 먹으면 훌륭한 조반이 될 수 있어"라고 소리를 질렀다.

재미있지 않은가? 특징적이지 않은가? 이 정직한 영국인은 솔직해도 지나치게 솔직했다. 야채와 과일을 어느 정도까지 선호한다는 것은 아주 좋은 일이다. 하지만 사과로만 조반을 삼다니! 그의 친구들이 잠자코 있었던 것은 그 친구를 약간은 수치스럽게 여겼다는 증거이다. 그의 고백에서 가난과 야비함의 냄새가 났던 것이다. 친구들이 자기를 나쁘게 생각할까 두려워지자 이미 한 말을 바로잡기 위해서 그가 떠올린 생각은 기껏 사과를 먹되 한두 개씩 먹는 것이 아니라 파운드 단위로 푸짐하게 먹는다는 것이었다. 나는 그 녀석을 비웃었지만 그를 철저히 이해할 수는 있었다. 영국인이라면 누구나 이해했을 것이다. 왜냐하면 우리 삶의 근저에는 인색함에 대한 증오가 깔려 있기 때문이다. 이 증오는 온갖 종류의 어이없고 경멸할 만한 형태로 발로되지만, 한편 가장 훌륭한 자질의 근원이기도 하다. 영국인은 무엇보다 통 크게 살고 싶어 한다. 그렇기 때문에 영국인은 빈곤을 두려워할 뿐만 아니라 증오하고 경멸하기까지 한다. 영국인이 숭상하는 미덕은 통이 크고 온정이 있는 부자의 미덕이다. 반면에 그의 약점은 아주 고통스럽고 모멸적인 열등감에서 나오는데, 영국인의 마음속에서는 이 열등감이 돈을 쓰거나 나눠 줄 능력이 없는 사람과 관련되어 있다. 대

부분의 경우 영국인의 악덕은 안정적 지위를 잃고 나서 자존심까지
상실하게 된 데에서 비롯된다.

22

　이런 기질을 가진 국민에게는 민주주의 운동이 특유한 위험들로 가
득하다. 영국인은 귀족적인 것에 깊이 공감하기 때문에 언제나 귀족
계층에게서 사회적 우월성뿐만 아니라 도덕적 우월성까지 보고 있다.
그가 보기에 귀족 혈통을 지닌 사람은 값진 삶의 이상을 형성하는 모
든 권능과 덕성의 살아 있는 대표자이다. 고대부터 귀족과 평민 사이
에 형성되어 온 정중한 연대 관계는 아주 의미심장하다. 귀족층에서
용맹스럽게 왕권을 수호하고 나서면 평민층에서는 자유롭고 자랑스
러운 충성으로 화답하고, 이 두 계층은 자유라는 명분을 위해서 함께
노력한다. 귀족들의 권세와 영광을 유지하기 위한 평민들의 희생이
아무리 크다고 해도 그 희생은 기꺼이 바쳐진다. 이는 영국인의 종교
요 그의 경건한 행동 신념이기도 하다. 가장 우둔한 사람의 영혼 깊은
곳에서도 귀족 통치에 수반되는 윤리적 의미에 대한 인식이 작용하고
있다. 귀족은 특전을 누리는 존재로서 관용의 본능을 세습적으로 부
여받고 있을 뿐만 아니라 그 본능을 행동으로 보여 줄 수단까지 소유

하고 있다. '가난한 귀족'이라는 어구는 그 자체가 모순되는 말이다. 만약 그런 귀족이 있다면 사람들은 그를 자연의 변덕이 빚은 희생자로 여기면서 어쩌다 저렇게 되었을까 슬픈 마음으로 대할 것이다. 귀족의 이름 앞에는 그 지위에 합당한 여러 경칭들을 붙여서 부르며, 그의 행동과 언사는 온 국민의 삶에 기준이 되는 명예 강령을 구성한다.

대서양 건너의 신세계에서는 영국인의 후예들로 구성된 한 새로운 국민이 등장하여 세습적 군주제도의 원리를 무시하며 살고 있다. 시간이 흐르는 사이 이 기고만장한 공화국*은 모국의 정치적 이상을 흔들기 시작했다. 그 문명은 영국의 문명과 피상적으로 유사함에도 불구하고 영국적이 아니다. 그 문명이 월등하다고 생각하려는 사람이 있다면 그렇게 생각하게 내버려 두자. 우리가 하고 싶은 말은 영국인의 기질이 오래된 군주제도 숭배에서 벗어나게 될 경우에 자연히 드러나게 될 경향들을 그 공화국에서 이미 폭넓게 나타내기 시작했다는 것뿐이다. 그 거대한 공화국의 영향 속에서 나쁜 면밖에 보지 못하는 사람들이 있다는 것이 쉽게 이해된다. 혹시 그 공화국에서 우리에게 좋은 영향도 끼쳤는지 모르나 아직은 그 점을 증명할 수 없음이 분명하다. 오래된 영국에서는 민주주의가 우리의 전통이나 뿌리 깊은 감정과는 너무나 이질적이기 때문에 그 발전 노선도 지금까지는 파멸의 길에 불과했던 것처럼 보인다. 민주주의라는 낱말 속에는 우리를 움츠리게 하는 무엇이 들어 있다. 이 낱말은 적어도 국민적 배교(背敎)

---

* 북미합중국을 가리킴.

즉 우리에게 영광을 찾을 수 있게 해 준 믿음의 부인을 의미하는 것처럼 보인다. 민주적인 영국인은 그 자신의 천성적 법칙으로 인해 위태로움에 처하게 된다. 그간 자기의 거칠고 방탕하고 지배적인 본능을 올바로 인도해 온 이상을 상실해 버렸기 때문이다. 그는 고귀한 일을 하도록 태어난 귀족들이 있어야 할 자리에 십중팔구 모든 종류의 간악한 짓이나 하도록 태어난 평민들을 데려다 놓았다. 그러므로 그 요란한 자신감의 표명에도 불구하고 그 사람은 불안감으로 시달리게 된다.

우리 앞에 놓인 과업은 경미하지 않다. 우리가 귀족계층을 상실하고서도 그 계층이 구현하고 있던 이념을 보전할 수 있을까? 언제나 실질적인 것에 매여 있던 우리 영국인들이 귀족계층과의 오랜 교섭에서 벗어나고서도 정신적인 영역에서 그 계층의 의미를 지킬 수 있을까? 낡아빠진 상징들을 이제는 존경 어린 눈으로 보지 않게 된 우리가 평범한 옷을 입고 있는 다수 대중 가운데서 "전지전능한 하느님으로부터 직접 귀족의 특성을 허여받은" 사람*을 뽑아서 이전의 군주보다 더 높이 받드는 법을 배울 수 있을까? 바로 여기에 영국의 장래가 달려 있다. 지난날 우리 사회의 속물**은 야비함에 대한 우리의 경멸을 자기네 나름으로 증언하고 있었다. 어떤 경우에나 그는 추잡

---

*   로버트 번스의 작품에 나오는 "자기에게 명예가 되는 것들을 전능하신 하느님으로부터 직접 허여받은 신사"라는 구절을 연상시킨다.
**   여기서 '속물'로 번역된 영어 낱말 snob은 자기보다 지위나 신분이 높은 사람의 생활 습속을 모방하는 사람을 가리킨다.

한 거래와 서민적 굴종을 할 수 없는 사람들을 스스로 모방하고 있다고 자부했다. 그러나 오늘날에는 이 속물이 타락하고 있음을 알 수 있다. 그는 새 모방 대상을 가지고 있으며 전보다 더 무례한 말을 쓰고 있다. 확실히 우리 주변에는 언제나 이런저런 속물이 있을 텐데, 그의 습성을 살펴보면 시대의 기본적 성격을 알 수 있다. 만약 그의 침침한 마음 구석에서 그 우매함에 고매한 의미를 할애해 줄 살아 있는 이상이 없다면, 그때야말로 진정코 "집정관들이 보게 하라(videant consules)"*라는 말이 나오게 될 것이다.

23

N**이 찾아왔다. 그는 우리 집에 이틀 동안 머물다 갔는데 하루만 더 머물렀으면 좋았겠다고 생각했다. (사흘이 지나면 그 어느 누구도

---

* 로마의 변론가 키케로(Cicero)의 저술에 나오는 말. 여기서는 민주주의를 흉내 내다가 귀족 통치 속에 함축된 높은 이념마저 상실하게 될 바에야 차라리 귀족 정치를 계속하는 편이 낫지 않겠느냐는 뜻으로 인용된 듯하다.

** N은 당대의 소설가요 평론가 H.G. 웰스라는 설이 있다. 웰스는 1896년에 기싱을 처음 만난 후 빈번히 방문과 서신 교환을 했고 기싱에게 자전거 타는 법을 가르친 것으로 알려져 있다.

진정한 환대를 받을까 싶다. 아무리 즐거운 이야기라 하더라도 나의 체력은 일정한 양의 대화만을 감내할 수 있으므로 오래잖아 혼자 있기를 바라게 될 것이고 그건 곧 휴식을 뜻한다.)

N과 나눈 대화는 말할 것 없고 그의 모습을 본 것만으로도 내게는 흐뭇했다. 사람의 외양을 믿고 판단할 수 있다면 이 세상에서 N만큼 삶을 즐기고 있는 사람도 없을 것이다. 그는 지나치게 많은 고생을 한 적이 없고, 고생으로 인해 건강이나 기백이 손상된 적도 없다. 아마도 그의 말대로 "쓰라린 체험을 했기에" 그는 모든 면에서 더 나은 사람이 되었을 것이다. 그에게도 5파운드짜리 지폐 한 장을 벌기 위해 열심히 글을 쓰면서 그 돈을 손에 넣게 될 거라는 확신이 없었던 시절이 있었는데, 그 시절에 대한 회고는 그가 지금 누리는 삶에 맛을 더해 주고 있을 것임이 분명하다. 나는 그를 설득해서 그의 성공담이며 그 성공을 현금으로 환산하면 얼마나 되는지를 말해 달라고 했다. 지난 6월 24일의 4분기 결제일 현재로 그가 12개월간 받은 돈은 도합 2천 파운드가 넘는다고 했다. 물론 몇몇 작가들이 글을 써서 버는 돈과 비교한다면 놀라울 정도의 액수는 아니다. 하지만 비교적 저급한 독자층은 상대하지 않으며 글을 쓰는 작가에게는 아주 많은 수입이다. 1년에 2천 파운드라니! 나는 경이와 찬탄을 금치 못하면서 그를 바라보았다.

나는 잘사는 문인을 거의 본 적이 없다. 그러므로 내가 보기에 N이야말로 문필계에서 볼 수 있는 가장 멋지고 가장 밝은 성공 사례를 대표하고 있다. 일생 동안 환멸을 겪은 뒤에야 무슨 말을 못할까마는,

정직하고 유능한 집필의 성과로 큰돈을 벌고 있는 작가야말로 소수의 부러워할 만한 사람들 축에 들어간다. N이라는 작가의 존재를 생각해 보자. 그가 하고 있는 일을 다른 사람은 누구도 할 수 없을 것이다. 그런데도 그는 그 일을 수월하게 해내고 있다. 하루에 두 시간 혹은 기껏해야 세 시간씩만 일하고, 그나마 매일 하는 것도 아닌데, 그것이면 그에게는 충분하다. 글을 쓰는 사람들이 모두 그렇지만 그에게도 성과가 없거나 정신적 우려에 시달리거나 실망하는 시간이야 있겠지만, 이런 시간은 그가 행복하게 효과적으로 일하는 시간에 비하면 아주 미미하다. 내가 그를 만날 때마다 그의 건강은 더 좋아 보인다. 근년에 그는 운동도 더 많이 하고 여행도 자주 한다. 그는 아내 및 자녀들과 행복하게 지내며, 자기가 그들에게 즐겁고 안락한 삶을 베풀 수 있다고 생각하면서 한없이 즐거워하고 있을 것이다. 그가 지금 죽는다고 해도 그의 가족이 빈곤해질 걱정이 없다. 그에게는 원하는 만큼의 친구와 친지도 있다. 그는 마음에 드는 사람들을 자기 집 식탁으로 초대할 수 있고, 멀고 가까운 곳에서 벌어지는 즐거운 파티에서도 늘 환영받는다. 그를 칭찬하는 소리가 많은 사람들의 입에서 나오는데, 모두 값진 칭찬뿐이다. 이 모든 것에도 불구하고 그에게는 명백한 위험을 회피하는 양식(良識)이 있다. 그는 생활의 사사로움을 포기한 적이 없으며, 행운으로 인해 타락할 위험에 빠진 것 같지도 않다. 그에게 일은 단순한 돈벌이의 수단 이상의 것을 의미한다. 읽은 책에 대한 그의 논평은 한 해에 2백 파운드도 벌지 못하던 예전에 쓴 서평에 비해 손색없이 참신하고 예리하다. 내가 보기에, 그가 당대의 출판물 속에만 파묻혀 여가를 보내고 있는 것 같지는 않다. 여전히 그는 신간서적에 못지않게 구간서적도 읽고 있으며, 이전에 자기가 열렬히 추구하던 것들 중의 많은 것을 지금도 버리지 않고 있다.

그는 내가 진심으로 좋아하는 사람들 중의 하나다. 그가 나에게 커다란 관심을 가지고 있다고는 생각되지 않지만 이건 내가 그를 좋아하는 것과 상관없는 일이다. 나를 보기 위해 특별히 데번까지 내려올 정도로 그가 나와 사귀고 싶어 한다면 그것으로 내게는 족하다. 물론 그에게는 내가 지난날이나 떠올려 줄 테지만 바로 그 시절 때문에 그도 언제나 나에게 흥미를 느낄 것이다. 나보다는 열 살이나 아래인 그는 당연히 나를 늙은이로 보고 있을 것이다. 사실, 이따금 그가 조금은 지나치게 존경 어린 태도로 나를 대하는 것을 볼 수 있다. 그는 내 몇몇 작품을 어느 정도 존중하지만, 필경 내가 너무 일찍 글쓰기를 중단한 것은 아니라고 생각하고 있을 것이고 그건 아주 옳은 생각이다. 만약 내가 지금처럼 운이 좋은 사람이 되지 못했더라면, 그래서 이 순간까지도 여전히 밥벌이를 위해 끙끙대고 있었더라면, 아마도 그와 내가 만나는 일은 거의 없을 것이다. N은 세세한 점까지 신경을 쓰는 사람이므로 가난한 문사의 꾀죄죄하고 음울한 모습 앞에 자기의 기백 있는 풍족한 삶을 내세우려 하지 않았을 것이기 때문이다. 그리고 나 역시 그가 단순히 인사치레로만 나를 계속 만나고 있을 뿐이라고 생각하며 언짢았을 것이다. 그러나 지금 형편으로는 우리가 전혀 스스럼없이 좋은 친구로 지낼 수 있고 이틀 동안 서로 얼굴을 쳐다보며 즐겁게 이야기를 나눌 수도 있다. 내가 그에게 편안한 잠자리와 괜찮은 음식을 제공할 수 있었다는 것이 내 자존심을 부추겨 준다. 그래서 이제는 내가 그의 따뜻한 초대를 받아들이겠다고 마음먹는다 해도 아무 도의적 가책 없이 그렇게 할 수 있다.

2천 파운드라니! 내가 만약 N의 나이 때 그만한 수입을 올릴 수 있었다면 나에게 어떤 결과가 미쳤을까? 물론 좋은 결과뿐이었을 테지만 그 결과가 어떤 형태를 띠고 있었을까? 내가 사교적인 사람으로 변해서 만찬회를 자주 열고 여러 클럽의 회원이 되었을 것인가? 아니면 지금 살고 있는 이런 삶이나 10년 일찍 시작했을까? 후자의 가능성이 더 크다.

나이가 20대였던 시절 나는 늘 "내가 1천 파운드의 돈을 가지게 되는 날이 있다면 얼마나 멋질까!"라고 혼잣말을 했다. 하지만 지금까지도 나는 그만한 돈이나 그 비슷한 돈을 가져 본 적이 없고 앞으로도 영영 그런 일은 없을 것이다. 하지만 생각건대 그것이 세상물정을 모르고 하는 소리이긴 했어도 결코 과도한 야심은 아니었다.

땅거미가 들 무렵 우리가 파이프 담배 냄새와 장미꽃 향내를 뒤섞으며 정원에 앉아 있을 때 N이 나에게 웃는 투로 말했다. "자, 그 유산 소식을 처음 들었을 때의 기분 좀 말해 주시겠어요?" 그런데 나는 그에게 그 기분을 말할 수 없었다. 할 말이 없었고 그 순간에 대한 생생한 기억이 전혀 떠오르지 않았기 때문이다. N은 재빨리 화제를 다른쪽으로 돌렸는데, 혹시 신중하지 못한 질문을 했구나 하고 자책이라도 했을까 두렵다. 지금 그 순간을 되돌아보건대, 물론 나는 생애 최고의 그 순간에 느낀 바를 말로 표현하기는 불가능할 거라는 생각이 든다. 그때 나를 사로잡은 것이 기쁨은 아니었다. 나는 기뻐서 날 뛰지 않았고 그 어떤 면으로도 자제력을 잃지 않았다. 그러나 내가 갑자기 무거운 짐이나 속박에서 벗어나기라도 한 것처럼 한두 차례 깊은숨을 내쉬었던 기억은 난다. 내가 조금이나마 마음의 격동을 느끼기 시작했던 것은 오직 몇 시간이 지나고 나서였다. 그날 밤 나는 눈을 감지 못했다. 하지만 이튿날 밤에는 내가 그때까지 20년간 겪어 보지 못한 깊은 잠을 오랫동안 잤다. 그 후 처음 한 주일간 나는 한두 차례 히스테리를 느끼며 흐르는 눈물을 어쩌지 못할 지경이기도 했다. 그런데 기이한 것은 그 일이 아주 오래전에 있었던 것처럼 보이는 것이다. 지난 한두 해가 아니라 아주 여러 해 동안 내가 자유인이었던 것처럼 보인다. 사실, 내가 진정한 행복의 형식에 대해서 자주 생각해 온 것도 바로 그런 것이다. 짧은 행복도 길게 지속되는 행복 못지않게 만족스럽다. 나는 죽기 전에 근심걱정으로부터의 해방을 누리다가 내가 좋아하는 곳에서 쉴 수 있게 되기를 바랐었다. 그 소원이 성취되었으니, 오직 1년간만 그 행복을 누릴 수 있다고 하더라도 내 행복의 총화는 10년간 누리는 경우에 비해 조금도 못지않게 클 것이다.

24

    우리 집 정원을 돌보는 사람은 성실하지만 내 별난 취향을 이해하지 못해 어리둥절해한다. 그가 내 쪽으로 얼굴을 돌릴 때면 나는 자주 그 눈에서 왜 저러실까 하는 기색을 읽는다. 그는 화단을 흔히 볼 수 있는 방식으로 배치하고 앞마당의 한 뙈기를 참으로 깔끔하게 꾸미려 하지만 내가 그걸 허용하지 않기 때문이다. 처음에 그는 나의 고집을 쩨쩨한 성미 탓으로 돌렸지만, 지금은 물론 그것으로는 설명이 되지 않는다는 것을 알고 있다. 온 동네 사람들이 수치스럽게 여길 정도로 보잘것없고 수수한 정원을 내가 선호한다는 사실을 그는 믿기 어려워하지만, 물론 나는 오래전에 변명하려다 포기했다. 그 착한 정원사는 아마도 내가 너무 많은 책을 읽고 너무 고독하게 사는 사이에 그만 그가 생각하는 나의 '이유'까지도 그 영향을 받게 되었을 거라고 단정하게 되었을 것이다.

    내가 정원에 심고 싶은 꽃은 기껏 예전에 유행하던 장미, 해바라기, 접시꽃, 백합 같은 것들뿐인데, 이런 꽃들이 되도록 들꽃처럼 자라기를 바란다. 잘 손질된 대칭 배열의 화단을 나는 싫어하고, 사람들이 그런 화단에 심는 '존시아'니 '스눅시아'*니 하는 괴상한 이름을 가진

*   '존시아'니 '스눅시아'니 하는 들꽃은 없다. 여기서 기싱은 새로 육종된 낯선

잡종 꽃들은 눈에 거슬릴 뿐이다. 한편 정원은 어디까지나 정원이어야 한다. 그러므로 내 산책길이나 들판에서 나에게 위안을 주는 들꽃들을 내 정원에다 옮겨 심지는 않겠다. 예를 들어 디기탈리스를 정원에 이식해 놓은 것을 보게 된다면 내게는 고통이 될 것이다.

지금 디기탈리스가 한창이기 때문에 나는 그 꽃을 생각한다. 어제 나는 해마다 이맘때 찾아가던 길에 가 보았다. 수레바퀴 자국이 깊이 나 있는 그 길을 따라 거대한 고사리과 식물이 덮여 있고 느릅나무와 개암나무가 굽어보는 둔덕 사이를 내려가면 시원하게 풀이 무성한 구석에 이르게 되는데 바로 그곳에서 거의 내 키 높이의 꽃대에 고귀한 꽃들이 매달려 있었다. 그곳에서보다 더 화려하게 핀 디기탈리스를 다른 곳에서는 본 적이 없다. 내가 그 꽃을 보고 그토록 좋아한 것은 어린 시절의 기억 때문이다. 아이들에게는 그 꽃만큼 인상적인 들꽃이 없다. 나는 물가에 핀 큰까치수영이나 고요한 연못에 떠 있는 하얀 수련을 보기 위해서 몇 마일이건 걸어가듯이 디기탈리스의 멋진 군락지를 보기 위해서라면 언제든 여러 마일이라도 걸어가겠다.

하지만 정원사와 내가 뒤꼍 채소밭에 들어가면 대번에 서로를 이해한다. 채소밭에서는 정원사가 내 견해를 나무랄 데 없이 건전하다고 여긴다. 그런데 나에게는 채소밭이 화단보다도 더 즐거운 곳이 아닌지 모르겠다. 매일 아침 조반을 들기 전에 나는 뒤로 돌아가서 채소들이 잘 자라고 있는지 살핀다. 콩꼬투리가 통통하게 부풀어 오른다든

___

이름의 원예화들을 가리키는 가공적인 속명(屬名)으로 쓰고 있지 않나 싶다.

가, 감자가 건강하게 자란다든가, 심지어는 무와 갓의 싹이 올라오는 것을 보면 행복해진다. 올해는 예루살렘 아티초크를 한 뙈기 심었다. 이미 7, 8피트가 되게 자랐는데 그 둥치라고 해도 좋을 만한 줄기와 크고 아름다운 잎을 바라보면 내 몸에 힘이 뻗히는 것 같다. 주홍강낭 콩도 바라보면 즐거운데, 그 덩굴을 거듭 받쳐 주어야지 그러지 않으면 많은 열매가 달릴 때 허물어지고 만다. 바구니를 들고 들어가서 채소를 거두는 일은 즐겁다. 나는 자연이 이처럼 풍성한 음식물을 나에게 주면서 친절을 베푼다고 느낀다. 또 그 채소 냄새가 얼마나 신선하고 얼마나 몸에 좋은가! 특히 소나기라도 내린 후에는 더욱 그렇다.

올해에는 약간의 멋진 당근도 심었는데 미끈하고 깨끗한 원추형 뿌리의 색깔을 바라보면 환희를 느낀다.

25

두 가지의 이유로 내 생각은 이따금 런던을 향한다. 나는 거장이 켜는 바이올린 곡이나 기막힌 목소리가 만들어내는 흠잡을 데 없는 가락을 듣고 싶다. 그리고 그림도 관람하고 싶다. 음악과 회화는 늘 나에게 많은 것을 의미했는데 이곳에서는 그런 것을 기억 속에서나 즐길 수 있을 뿐이다.

물론 콘서트홀과 전시장은 편안치가 않은 곳들이다. 좌우에서 바보 같은 인간들이 떠드는 가운데 청중 속에 앉아 있어야 하므로 아무리 좋은 음악도 듣는 즐거움이 크게 손상되고 만다. 그리고 그림 관람도 15분만 지나면 두통이 생긴다. "지금의 나는 과거의 내가 아니다(Non sum qualis eram)"*라는 말이 생각난다. 과거에는 파티**의 노래를 듣기 위해서 맨 위층 싸구려 관람석 입구에서 몇 시간이고 기다렸지만 연주회가 끝날 때까지 한순간도 피로를 느끼지 않았다. 또 아카데미 전시장에서 그림을 구경하다가 오후 네 시가 된 것을 알고는 깜짝 놀라며 그제야 조반을 든 후 아무것도 먹지 않았다는 생각이 들기도 했다. 그런데 요즈음은 내가 혼자서 즐길 수 있는 것이 아니면 그 어느 것도 오래 즐길 수 없다는 것이 엄연한 사실이다. 이 말은 침울하게 들릴 것이다. 선남선녀들이 이런 고백을 엿듣는다면 어떻게 논평할지를 상상해 본다. 참으로 나는 이런 고백을 수치스럽게 여겨야 할까?

나는 그림 전시에 대한 신문기사는 빠짐없이 읽는데 풍경화 전시일 경우에는 가장 즐겁게 읽는다. 내 마음에 해변, 강변, 황무지 및 숲을 떠올려 주는 그림들은 제목만 생각해도 하루 종일 기분 좋을 때가 종종 있다. 그 글의 내용이 아무리 변변찮다고 하더라도 그것을 쓴 저널리스트는 일반적으로 그런 주제에 대한 감상력을 가지고 쓴다. 그의

---

*   호라티우스의 구절.
** 아델리나 파티(Adelina Patti, 1843~1919)는 마드리드 태생의 이탈리아 소프라노.

설명은 내 육안으로 다시는 보지 못할 온갖 곳으로 나를 데리고 간다. 그러면 그가 부지불식간에 나에게 그런 마술을 베풀어 준 데 대해 나는 고맙게 여긴다. 그러므로 뭐니 뭐니 해도 런던에 가서 그 그림들을 몸소 보는 것보다는 이렇게 평문을 통해 감상하는 편이 훨씬 더 낫다. 물론 그 그림들을 직접 보고 실망하는 일은 없을 것이다. 나는 영국의 풍경화가라면 가장 명성이 낮은 화가의 그림까지도 사랑하고 존중한다. 그러나 한꺼번에 너무 많은 그림을 보려고 할 것이고 그 결과 지친 나머지 현대인의 생활 조건에 대한 불평이나 늘어놓고 싶은 고질적 기분에 빠지게 될 것이다. 지난 한두 해 동안 나는 불평을 별로 하지 않고 살아왔는데, 나를 위해서는 그만큼 더 잘된 것이 아니겠는가.

26

최근에 음악이 듣고 싶었는데 우연한 기회에 내 욕구가 충족되었다.

어제 나는 엑서터에 가야만 했다. 해가 질 무렵에 그곳에 도착해서 볼일을 보고 난 후 더운 저녁노을 속에 집으로 걸어오고 있었다. 서던헤이에서 어느 집을 지나는데 창이 열려 있던 아래층에서 피아노곡이 울려 나왔다. 솜씨 있게 치는 소리였다. 내가 희망을 걸며 걸음을 멈추고 있으니 1, 2분이 지나자 연주가는 내가 가장 좋아하는 쇼팽의 야상곡을 연주하기 시작했다. 그걸 무어라고 해야 할까. 내 가슴이 뛰었다. 그 화려한 곡이 짙어 가는 땅거미 속에 서 있는 내 주위를 감돌았다. 나는 곡을 즐기며 황홀해서 몸을 떨었다. 피아노 소리가 멎자 나는 또 한 곡을 기대하며 기다렸다. 그러나 더 이상의 연주는 없었고 나는 다시 걷기 시작했다.

들고 싶을 때마다 음악을 들을 수 없다는 것이 오히려 내게는 잘된 일이다. 늘 음악을 들을 수 있다면 이따금 우연한 기회에 음악을 들고 얻게 되는 이런 강렬한 쾌감을 느끼지 못할 것임이 분명하다. 나는 걸으면서도 그 먼 길을 잊고 있었고 의식하지 못하는 사이에 집에 도착해서는 그 미지의 은인에게 고마움을 느꼈다. 오래된 옛 시절에도 나는 이런 심경을 자주 겪었다. 내가 가장 어렵게 살던 시절이 아니라 가난해도 형편이 좀 낫던 시절에는 이따금 하숙집에서 누군가가 피아노를 치기도 했는데 그런 일이 있을 때마다 나는 얼마나 기뻐했던가! '피아노를 친다'고 했지만 이 말이 의미하는 바는 넓다. 나는 웬만한 연주면 관대하게 들어 준다. 나는 가장 넓은 의미로 해석해서 음악이라고 할 수 있는 것이면 무엇이건 반가웠고 또 고맙게 여겼다. 심지어는 '다섯 손가락 연습' 같은 것도 때로는 없는 것보다 나았다. 그 악기가 빚는 곡조가 나에게 고맙고 또 도움이 될 수 있었던 것은 내가 책상에 앉아서 끙끙대며 글을 쓰고 있을 때였기 때문이다. 어떤 사람들은 그런 처지에서 피아노 소리를 들으면 미칠 듯한 느낌에 빠질 수도 있겠지만, 나에게는 음악 소리와 비슷한 것이면 무엇이건 하늘이 내린 선물로 여겨졌다. 그 소리는 내 생각을 조율해 주었고 내 글이 술술 쓰이게 했다. 심지어는 길거리 악사가 연주하는 오르간 소리까지도 나로 하여금 행복한 기분에 젖게 했다. 나는 그런 음악 덕택에 많은 페이지의 글을 쓸 수 있었는데, 그 음악이 없었더라면 내가 침통한 기분에나 빠져 있었을 시간에 쓴 글이었다.

주머니에 돈 한 푼 없이 참담하게 런던의 밤거리를 걷고 있을 때 어제처럼 열려 있는 창에서 들려오는 음악 소리가 내 걸음을 멈추게 했던 적이 한두 번이 아니었다. 지금도 잘 기억하는데, 어느 날 저녁 피로, 허기 및 좌절해 버린 열정 때문에 괴로워하며 첼시로 돌아가던 도중에 나는 이튼 스퀘어에서 그런 순간을 겪은 적이 있었다. 그날 나는 몸을 지치게 해서라도 밤에 잠이나 잘 자며 모든 걸 잊어야겠다는 바람에서 정처 없이 여러 마일을 걷고 있었다. 문득 피아노곡이 들려왔고, 보아하니 그 집에서는 잔치가 벌어지고 있었다. 나는 한 시간쯤 음악을 즐기고 있었는데 아마 그 집에 초대된 손님 중의 어느 누구도 나만큼 즐거워하지는 않았을 것이다. 초라한 하숙으로 돌아왔을 때 나는 그 어느 누구를 부러워하거나 욕망 때문에 미칠 듯하지도 않았다. 오히려 잠이 들면서 나는 그 음악을 연주해서 나에게 마음의 평정을 준 그 미지의 사람에게 감사하고 있었다.

27

　오늘 나는 「템페스트」를 읽었다. 아마 이 작품은 내가 가장 좋아하는 희곡이지만, 전집을 펼 때는 내 스스로 이 작품을 너무 잘 알고 있다고 여기기 때문에 흔히 지나쳐 버린다. 그러나 셰익스피어를 대할 때면 늘 그렇듯이 이 희곡도 다시 읽어 보면 내가 알고 있다고 생각하던 것이 실제로는 불완전했다는 것을 알게 된다. 우리가 아무리 오래 살아도 우리의 지식은 늘 이처럼 불완전할 것이고, 우리에게 책장을 넘길 힘이 있고 책을 읽을 마음이 남아 있는 동안 언제나 우리 지식은 불완전한 상태에 있을 것이다.

　나는 이 희곡이 셰익스피어의 마지막 작품이며, 그가 스트랫퍼드의 자기 집에서 어린 시절 자기에게 잉글랜드의 농촌을 사랑하도록 가르쳐 준 들판을 매일 거닐면서 이 작품을 썼으리라고 믿고 싶다. 이 희곡은 최고의 상상력과 거장의 완벽한 솜씨가 맺어 낸 원숙한 결실이다. 영어 연구를 일생의 업으로 삼아 온 사람에게는, 셰익스피어가 단순히 어휘 구사력에 있어서도 다른 많은 작가들 즉 셰익스피어만 제쳐 놓는다면 그 나름으로 위대하다 할 수 있는 작가들의 업적을 아주 수월하게 능가하는 것을 보는 기쁨에 필적한 기쁨은 없다. 「템페스트」

를 쓸 때 셰익스피어는 자기의 수호 정령인 에어리얼*이 흉내 낼 수 없을 만큼 술술 나오는 낱말과 비할 데 없는 선율을 가진 어구를 자기에게 속삭여 주는 것을 듣고 미소 지으면서 자기의 언어 능력에 대한 특별한 의식을 하고 있었으리라고 나는 상상한다. 그는 언어를 가지고 희롱하고 언어의 활용 가능성을 새로이 발견하고 즐거워하는 듯하다. 왕에서 거지에 이르기까지 모든 계층 모든 형태의 정신 구조를 가진 사람들이 그의 입을 빌려 말하고 그는 요정들의 땅에 전승된 풍습을 말한다. 그러다 마음이 내키자 그는 인간도 아니요 요정도 아닌 존재 즉 반은 짐승 같고 반은 사람 같은 인물을 창조하여 그가 뜻하는 바를 표현할 수 있도록 말까지 가르친다.** 이런 말에서는 만물이 번식하는 습한 대지의 맛이라든지 흙에서 영영 벗어날 수 없는 미물들의 생명이 풍기는 맛이 어쩌면 그처럼 물씬 우러나고 있을까! 우리는 이 점에 대해 충분히 생각하지 않는다. 우리에게는 그것을 충분히 감상할 능력이 모자라고 따라서 우리는 경탄을 아낀다. 눈앞에서 기적이 일어나고 있는데도 우리는 그것을 주목하지 않고 있다. 자연 속의 다른 많은 경이로움에 대해서도 우리는 좀처럼 곰곰이 생각해보려 하지 않거니와, 우리가 무관심한 사이에 그 기적도 우리의 마음속에서는 익숙한 것이 되고 만다.

* 에어리얼(Ariel)은 「템페스트」에 등장하는 요정의 이름.
** 「템페스트」에는 프로스페로가 흉측한 야만인 캘리번에게 말을 가르쳐서 의사소통을 할 수 있게 했다고 말하는 장면이 나온다(1막 2장 357~358 참조).

「템페스트」에는 모든 희곡 중에서 가장 고귀한 명상적 구절이 들어 있다. 그 구절은 셰익스피어의 궁극적 인생관을 구현하고 있으며 철학의 가르침을 요약하고자 하는 모든 사람들에게 어김없이 인용된다. 그 구절은 그의 가장 기막힌 서정시와 가장 정겨운 사랑의 표현을 포함하고 있으며 요정들의 세계까지 엿볼 수 있게 하는데, 『한여름 밤의 꿈』에서 볼 수 있는 그 지극한 아름다움도 그 구절 앞에서는 무색해진다고 생각하지 않을 수 없다. 프로스페로가 "언덕, 개울, 고요한 호수 그리고 숲의 요정들"*에게 하직을 고하는 장면이 바로 그것이다. 또한 번의 기적이다. 이런 대목은 아무리 반복해서 읽어도 그 맛이 떨어지지 않는다. 아무리 자주 펼쳐 본다 해도 마치 시인의 두뇌에서 갓 빚어진 것처럼 신선하게 읽힌다. 이런 대목은 완벽하므로 결함을 알게 되는 데서 나오는 싫증 때문에 시들해지는 일이 없다. 그리고 이런 대목의 아름다움은 완벽히 음미될 수가 없으므로 다음에 다시 읽을 때를 위한 짜릿한 맛은 언제나 남아 있는 법이다.

내가 영국에서 태어나 다행이라는 생각을 하는 데에는 여러 이유가 있지만 그 으뜸 이유 중의 하나는 셰익스피어를 내 모국어로 읽을 수 있다는 것이다. 가령 내가 셰익스피어와 직접 대면할 수 없는 사람이라면, 그래서 그의 말을 멀리 떨어져서 들을 수밖에 없고 그나마 힘든 지적 노력을 들여야 겨우 그의 말이 살아 있는 영혼에 와 닿을 수 있다고 가상해 본다면, 나는 냉혹한 실망과 살벌한 박탈감을 느끼게 될

* 「템페스트」5막 1장 33.

것이다. 나는 늘 호메로스를 읽을 능력이 있다고 자부해 왔다. 그리고 이 세상에 호메로스를 즐겨 읽는 사람이 있다면 그건 바로 나 자신임이 확실하다. 하지만 호메로스가 나에게 그 모든 음악적 효과를 듣게 해 주고 또 그의 말이 고대 그리스의 해안을 거닐던 그리스인들 귀에 들렸던 것과 똑같이 나에게도 들릴 것이라는 꿈을 잠시나마 꿀 수 있는가? 호메로스와 나 사이의 광대한 시간적 간격 때문에 그의 말이 나에게는 희미하고 단속적(斷續的)인 메아리로만 전달될 뿐임을 나는 알고 있다. 이 세상 태초의 영광이 번뜩이는 것 같은 내 젊은 시절의 기억과 그 메아리가 뒤섞여 있으니 망정이지 만약 그렇지 않다면 그 메아리마저 더욱 희미할 것임을 나는 알고 있다. 이 세상 만방이 각기 고유의 시인을 즐겨 읽게 하자. 시인이야말로 나라 자체요, 나라의 모든 위대함이요 감미로움이며 다른 나라에서 전수될 수 없는 유산이어서 사람들은 그 유산을 위해 생사를 걸기도 한다. 내가 셰익스피어 전집을 덮자 사랑과 외경심이 나를 사로잡는다. 내 벅찬 가슴이 그 위대한 매혹자 셰익스피어를 향한 것인지 아니면 그가 주술을 걸어 매혹시킨 이 섬나라를 향한 것인지 나로서는 알 수 없는 일이다. 나는 셰익스피어와 나라를 떼어서 생각할 수 없다. 이 목소리 중의 목소리라고 할 수 있는 셰익스피어의 작품이 일깨워 준 사랑과 외경심 속에서는 셰익스피어와 영국이 오직 하나일 뿐이다.

가을

Autumn

내 생각이 방황하고 있을 때면
나에게 그런 순간들이 참으로 많
이 되살아난다. 도시 뒷골목의
작고 초라한 식당이라든지, 또
는 잊힌 골짜기나 산록 혹은 미
세기가 없는 바닷가에서 태양 냄
새를 풍기고 있던 여인숙 같은
곳에서는 포도가 그 붉은 피를
나에게 나누어 주었고 내 삶을
하나의 감격이 되게 했다.

1

올해는 오랫동안 햇빛을 볼 수 있었다. 잇달아 여러 달 동안 험상궂은 하늘이 별로 없었다. 7월이 8월로, 8월이 9월로 바뀌는데도 나는 거의 눈치채지 못하고 있었다. 오솔길이 가을꽃으로 노랗게 장식되지 않았던들 여전히 여름인 줄 알고 있었을 것이다.

나는 각종 조밥나물(hawkweed)로 인해 바쁘다. 말인즉, 되도록 여러 가지의 조밥나물을 구별해서 그 이름들을 익히고 있다는 뜻이다. 과학적 분류는 나의 관심사가 아니다. 그런 것은 내 사고 습성에 적합하지도 않다. 하지만 나는 산책길에서 마주치는 모든 꽃의 이름을 부르되 가급적이면 학명이 아니라 속명(俗名)으로 불러 줄 수 있기를 바란다. "오, 이건 일종의 조밥나물이군"이라고 말하고는 만족해서야 되겠는가? 그건 내가 노란색 설상화(舌狀花)를 볼 때마다 '민들레'라고 부르고 마는 것에 비해서나 조금 덜 불미스러울 뿐이다. 내가 꽃의 개성을 인정해 주면 꽃도 기뻐할 것처럼 느껴진다. 내가 모든 꽃들에게 하나같이 빚을 지고 있다는 사실을 염두에 둔다면, 적어도 낱낱의 꽃을 구별해서 반길 수는 있어야 한다. 똑같은 이유에서 개별적 이름을 모를 경우에도 '히에라키움(hieracium)'이라는 라틴어 속명(屬名)보다는 hawkweed라는 영어 이름으로 불러주고 싶다. 친근한 이름이 더 다정하게 들리는 법이다.

2

어떤 책을 읽고 싶은 생각이 엄습해 올 때가 가끔 있는데, 그 영문
을 전혀 모를 경우도 있고 아니면 아마 아주 사소한 암시를 받은 결과
이기도 할 것이다. 어제 어두워질 무렵 나는 산책을 하고 있었다. 한
오래된 농가에 이르니 정원 출입문에 마차가 한 대 서 있었는데 보아
하니 동네 의사의 이륜마차였다. 나는 그 마차를 지나고 나서 되돌아
보았다. 굴뚝 저편 하늘에 희미한 노을이 비쳤고 농가 2층의 한쪽 창
에서는 불이 반짝이고 있었다. "『트리스트럼 샌디』*다!"라고 혼잣말을
하면서 나는 집으로 걸음을 재촉했고 그간 족히 20년간은 펴 보지 않
았을 책 속으로 빠져들었다.

얼마 전에 아침에 잠이 깨자 문득 괴테와 실러가 주고받은 서간문
생각이 났다. 그 책이 보고 싶어 조바심이 난 나는 평소보다 한 시간
이나 일찍 일어났다. 잠을 설치고 일어나서라도 읽어야 할 책이다. 존

---

* 『트리스트럼 샌디(*Tristram Shandy*)』는 18세기 영국 작가 로런스 스턴(Laurence
Sterne)의 장편소설.

슨을 잠자리에서 끌어냈다고 하는 버턴의 책*보다도 훨씬 더 값지다. 우리 주위 어디서나 들리는 부질없고 독살스러운 지껄임을 잊어버리는 데 도움이 될 뿐만 아니라 "이런 멋진 사람들이 있다니!"** 싶어 세상에 대한 희망을 품게 하는 책이기도 하다.

이런 책들을 나는 가까이 두고 있었다. 읽고 싶은 생각이 날 때마다 곧장 책꽂이에서 그 책들을 집어 들 수도 있었다. 그러나 마음에 떠오른 책을 손에 넣기가 어렵거나 지체될 때도 종종 있다. 이럴 때는 미련의 한숨을 쉬면서 책 생각을 버린다. 아, 다시는 읽지 못하고 말 책들이 얼마나 많은가! 그 책들은 환희를 주었고, 어쩌면 그 이상의 것도 주었으리라. 그 책들은 내 기억 속에 향기를 남겼지만 내 삶은 이제 그 책들과 영원히 헤어지고 만 것이다. 가만히 생각해 보면 그 책들이 한 권 한 권씩 마음속에 떠오른다. 부드럽게 마음을 가라앉히는 책인가 하면, 고귀하게 영감을 고취하는 책이고, 한 번이 아니라 여러 번씩 꼼꼼히 읽어 볼 가치가 있는 책이기도 하다. 하지만 나는 영영 그 책들을 다시 손에 들게 되지 못하리라. 세월은 빠르게 흐르는데 내게는 남은 시간이 별로 없다. 내가 임종의 자리에서 죽음을 기다리고 있을 때면, 그 사라진 책 중의 몇몇 권이 내 헤매는 사념 속에 떠오르

---

* 　18세기 영국 작가 리처드 버턴(Richard Burton)의 대표작 『우울의 분석(*The Anatomy of Melancholy*)』을 가리킴.
** 　셰익스피어의 「템페스트」에서 프로스페로의 딸 미란다는 "오, 놀라워라!/어찌하여 이곳엔 좋은 사람들이 이렇게 많을까!/인류는 아름답구나! 멋진 새 세상이로다./이런 사람들이 살고 있다니!"(5막 1장 215~218)라고 말한다.

177　　　　　　　　　　　　　　　　　　　　　　　　　가을

겠지. 그러면 한때 내가 신세를 졌던 친구들이나 어쩌다 지나치게 된 친구들을 기억하듯이 그 책들을 기억하리라. 그 책들에게 마지막 하직을 고하자면 얼마나 마음이 아플까!

.

3

누구나 마음이 빚어내는 장난을 겪어 보았겠지만 나도 그런 장난 때문에 어리둥절할 때가 흔히 있다. 책을 읽거나 생각에 잠겨 있을 때, 이렇다 할 연상이나 암시가 없는데도 문득 내가 알고 있는 곳의 비전이 순간적으로 마음속에 떠오른다. 어쩌다 그 특정한 곳이 내 마음의 눈에 나타나게 되었는지를 설명할 길은 없다. 두뇌의 충동은 너무 미묘해서 아무리 찾아도 그 근원을 알아낼 수 없다. 혹시 내가 책을 읽고 있을 때면, 펴 놓은 책 위에 나타난 생각이나 구절 또는 겨우 낱말 한 개가 기억을 일깨우는 노릇을 한다. 독서가 아닌 다른 일을 하고 있을 때면, 보이는 물체나, 냄새나 감촉, 그리고 아마도 특정한 신체적 자세까지도 지난날에 있었던 일들을 회상하게 하는 충분한 계기가 될 수 있다. 그 비전이 이내 사라지고 그것으로 끝나는 때도 있겠지만, 기억은 도대체 우리의 의지와는 상관없이 작용하기 때문에 후속 비전으로 이어지는데도 장면과 장면 사이에 아무런 연관 고리가 나타나지 않을 때도 있다.

10분 전에 나는 정원사와 이야기를 하고 있었다. 화제는 토양의 성질이었고 정원의 흙이 특정 채소를 심기에 적당한가에 관한 것이었다. 그때 갑자기 나는 마음속으로 아블로나만(灣)*을 응시하고 있었다. 내 생각이 그쪽으로 빗나간 것이 아님은 확실하다. 내 눈앞에 떠오른 그 풍경은 나에게 놀라운 충격이었다. 그래서 어떤 경위로 그 풍경을 떠올리게 되었는지를 알아내려고 하지만 여전히 허사이다.

내가 아블로나를 보았던 것은 우연한 행운 덕분이었다. 나는 코르푸에서 브린디시**로 가고 있었다. 기선은 오후 늦게 출항했고 약간의 바람이 불고 있었다. 12월의 밤 공기가 싸늘해서 나는 이내 자리에 들었다. 이튿날 첫 햇살이 비쳤을 때 나는 이탈리아 항구에 가까워졌으리라 기대하며 갑판 위로 올라갔다. 놀랍게도 내 눈에는 산으로 둘러싸인 해안이 보였고, 배는 그쪽을 향해 전 속력으로 항진하고 있었다. 거기가 어디냐고 물으니 알바니아의 해안이라고 했다. 우리 배의 항해 능력이 그리 좋지 못했기 때문에, 비록 승객들을 불편하게 할 정도의 바람은 아니었지만 약간의 바람이 계속해서 불고 있는 것을 보고, 아드리아해를 거의 반쯤 건넌 지점에서 선장이 회항(回航)을 결정했으며 지금은 눈이 덮인 산으로 둘러싸인 항구에서 정박할 곳을 찾고

---

* 아블로나(Avlona) 혹은 블로레(Vlore)는 아드리아해(海)에 접해 있는 알바니아의 항구도시.

** 코르푸(Corfu)는 이오니아해에 있는 그리스 섬 케르키라의 영어 명칭이고, 브린디시(Brindisi)는 아드리아해에 접한 이탈리아의 항구도시이다.

있다는 것이었다. 이윽고 우리 배는 널따란 만으로 들어갔는데 그 좁은 입구에는 섬이 하나 있었다. 내 지도가 우리의 위치를 확인해 주었다. 길게 늘어서서 만을 지키고 있는 산들이 남쪽으로 아크로세로니아곶을 이루고 있는 것을 보고 나는 적잖은 흥미를 느꼈다. 안쪽 해안 위로 높다랗게 보이는 작은 고을은 고대에 아울론이라고 부르던 도시였다.

거기서 우리 배는 닻을 내리고 종일 정박했다. 식량이 부족해서 보트 한 척을 육지로 보냈다. 선원들이 사 온 식품 중에는 맛이 별나게 고약한 빵이 있었는데, 선원들에 의하면, '코토 알 솔레'*라고 했다. 하늘에는 구름 한 점 없었고 저녁이 될 때까지 머리 위에서 바람이 윙윙 울었지만 주위의 바다는 파랗고 잔잔했다. 나는 따뜻한 태양을 쬐며 앉아서 아름다운 절벽과 숲이 무성한 바닷가 골짜기를 바라보며 눈요기를 했다. 그러자 고귀한 일몰 시간이 되었다. 어느새 아주 깊고 진한 녹색으로 변해 있는 언덕 사이사이로 우묵히 들어간 곳마다 땅거미가 조용히 기어들었다. 한 작은 등대가 빛을 번쩍이기 시작했다. 나는 사방에 내린 완벽한 정적 속에서 파도가 해변에서 조용히 속삭이는 소리를 듣고 있었다.

이튿날 아침 해가 뜰 무렵 우리는 브린디시 항으로 들어갔다.

---

* '태양으로 구운' 빵이라는 뜻이라고 한다.

4

    영시(英詩)의 특징적 모티브는 자연 특히 영국 농촌 풍경 속에서 볼 수 있는 자연에 대한 사랑이다. 근대 영어 초기에 씌어진 「뻐꾸기 노래」로부터 시작하여 테니슨의 최고 걸작에서 볼 수 있는 완벽히 아름다운 구절에 이르기까지 자연에 대한 사랑의 기조는 언제나 울리고 있다. 이 기조는 최고 극작품 속에서도 끈질기게 나타나고 있다. 셰익스피어의 작품에서 자연을 묘사하는 대목들이라든가 농촌의 삶과 정경에 대한 우연한 언급들을 모두 제거해 버린다면 얼마나 많은 것들이 상실되고 말 것인가! 영시를 지배하고 있는 약강보격(弱强步格)의 연구(聯句)*가 토속적 음악을 제한하기는 했으나 억제하지는 못했다. 포프 같은 시인이 있었음에도 불구하고, 그의 당대에 「저녁에 부치는 노래」라든가 「엘리지」** 같은 작품이 나왔다. 영국 서정시의 보고(寶庫) 중에서도 생각의 아름다움이나 표현의 고귀함에 있어 다른 시의 추

---

*   영시의 프로소디에서 이른바 iambic couplet라는 것으로서, 약강5보격의 리듬에 각운(脚韻)을 맞춰서 쓴 두 행의 시구.

**   전자는 윌리엄 콜린스(William Collins)의 시이고 후자는 토머스 그레이(Thomas Gray)의 시이다. 약강5분격 연구로 엄격한 정형시를 쓴 알렉산더 포프(Alexsander Pope)와 함께 모두 18세기 영국의 대표적 시인들이다.

종을 불허하는 이 두 편의 시는 아마도 지금까지 쓰인 서정시 중 가장 본질적으로 영국적인 시라고 할 수 있을 것이다.

이처럼 자연을 사랑하는 민족적 심성은 회화(繪畫)에 있어서의 영국 파(派)가 일어나게 하는 데에 도움이 되었다. 이 유파는 뒤늦게 등장 했으나 등장할 수 있었다는 것 자체가 주목할 만하다. 이런 종류의 성취를 위한 적성이 영국인만도 못했던 민족은 일찍이 없었다. 하지만 초원과 시내와 언덕 같은 자연에서 영국인들은 너무 심오한 환희를 느꼈기 때문에 그것을 말로만 표현하는 데에 만족하지 못하고 드디어 화필, 연필 및 에칭 도구를 집어 들고 한 새로운 형식의 예술을 창작하기 시작했다. 내셔널 갤러리의 소장품도 영국 풍경화의 풍부함과 다양함을 완벽하게 대표하지는 못한다. 만약에 모든 기법을 망라하는 영국 풍경화 중 최고 걸작들을 수집해서 적절히 전시할 수 있다면, 영국인들이 마음속으로 느끼게 될 긍지와 감격 중 어느 쪽 정서가 더 강렬할 것인지 나로서는 알 수 없다.

터너* 같은 화가가 오랫동안 소홀한 대접을 받은 명백한 이유는 그의 천재성이 진정으로 영국적인 것으로 보이지 않았다는 사실에 있다. 터너의 풍경화는 눈에 익은 풍경을 그리면서도 눈에 익어 보이게 하지 않는다. 그러므로 화가나 이지적인 문외한이 모두 터너의 그림을 흡족히 여기지 않는다. 그는 우리에게 장려한 비전을 제공하고 우리는 그 장려함을 인정하지만 풍경화에서 본질적이라고 여겨지는 것

---

*   Joseph Mallord William Turner(1775~1851)는 영국의 대표적 인상파 풍경화가.

이 결여되어 있다며 아쉬워한다. 터너가 영국의 농촌을 제대로 음미하고 있었는지 의심스럽다. 그에게 영시의 정신이 있었는지 의심스럽다. 우리가 아름답다고 부르는 평범한 사물의 본질적 의미가 그의 영혼에 현시되었는지 의심스럽다. 이런 의심이 색채와 형식의 시인으로서의 그의 위대함을 다치지는 못한다. 그러나 영국인들이 터너를 사랑할 수 없었던 이유가 바로 이 의심에 있지 않았을까 싶다. 만약 내가 알기에 지적 판단력이 있는 것으로 여겨지는 사람이 터너보다도 버케트 포스터*가 더 좋다고 고백한다면, 나는 그러냐며 미소를 짓겠지만 그의 심경을 이해할 것이다.

5

이 공책에 글을 쓴 지 오래되었다. 9월에 감기가 든 후 3주간이나 앓아야 했다.

감기로 많은 고통을 당했던 것은 아니고 그저 열이 나고 기운이 없어서 하루 한두 시간씩의 가벼운 독서 외에 아무것도 할 마음이 생기지 않았을 뿐이다. 축축한 바람이 자주 불었고 햇빛은 별로 볼 수 없

---

* Birket Foster(1825~1899)는 명성이 별로 없는 영국의 풍경화가.

었으므로 날씨도 나의 회복에 도움이 되지는 못했다. 나는 자리에 누워 하늘을 쳐다보며 구름을 곰곰이 살피고 있었다. 쓰다가 버린 잿빛 수증기가 아니고 진짜 구름일 경우, 구름은 늘 제 나름의 아름다움을 지니고 있다. 책을 읽을 수 없게 된다는 것은 언제나 나에게 무서운 일이었다. 언젠가 한번 눈병이 났을 때 나는 실명하게 될까 두려워 거의 미칠 뻔했다. 그러나 지금 형편에서는 누가 불쑥 찾아와서 괴롭힐까 두려워하지 않고 또 마음을 졸이게 하는 일거리나 걱정거리도 없이 내가 내 집에서 조용히 살 수 있으므로 책의 도움 없이도 그리 나쁘지 않게 소일할 수가 있다. 가난이라는 굴레를 쓰고 있던 시절에는 생각조차 할 수 없었던 몽상이 지금은 나에게 위안을 준다. 이런 몽상 덕택에 내가 조금은 더 슬기로워졌기 바란다.

사색하려고 신중히 노력한다고 해서 인간이 슬기로워지지 않음은 분명하다. 삶의 진실들은 우리가 발견해 낼 수 있는 것이 아니다. 예상하지 못한 순간에 모종의 은혜로운 힘이 내려와 우리의 영혼을 건드려 정서를 환기하면 우리의 마음이, 그 경로는 알 수는 없으나, 그 정서를 사상으로 바꾸어 놓는다. 이런 일은 우리의 감각이 평정 상태에 있을 때, 즉 우리가 자신의 전 존재를 차분한 사색에 내어 맡길 때에 한해서 일어날 수 있다. 나는 이제 정적주의자(靜寂主義者)*의 이지적 기분을 이해할 수 있다.

---

*   정적주의(Quietism)는 일종의 종교적 신비주의로서 외면적으로 드러나는 신앙 행위보다는 수동적 명상과 의지의 소멸을 선호한다.

물론 그간 나의 착한 가정부는 필요 없는 말을 최소한으로 줄이면서 완벽하게 나를 보살펴 주었다. 참으로 놀라운 여인이다.

일생을 훌륭하게 보냈다는 증거를 꼭 "명예, 사랑, 복종 및 많은 친구들"* 속에서만 찾으려 한다면, 나의 일생은 보통 수준의 이상적 삶에 미치지 못했음이 분명하다. 나에게는 친구들이 있었고 지금도 있지만, 그 수는 아주 적다. 명예와 복종으로 말하자면, 글쎄, 아무리 확대해서 생각한다 해도, 가정부 M 부인이 혹시 그런 축복을 대표할 수 있을지 모르겠다. 사랑으로 말하자면, ……?

나 자신에게 솔직히 말해야겠다. 일생을 통해 그 어느 시절이건 내가 남의 애정을 누릴 만한 사람이 된 적이 있었다고 진정으로 확신하는가? 그리 생각하지 않는다. 나는 늘 너무 자기몰입적이었고, 주변의 모든 것들에 대해 너무 비판적이었으며, 사리에 맞지 않게 오만했다. 나 같은 사람들은, 겉보기에 아무리 친구가 많아도, 결국 외로이 살다가 외로이 죽는다. 나는 그것을 한탄하지 않는다. 날마다 고독과 침묵 속에 있으면서도 나는 내 처지가 이러한 데 대해 오히려 다행이라 여겨 왔다. 적어도 나는 그 어느 누구도 괴롭히지는 않는데, 이건 상당히 중요하다. 나는 말년에 긴 병고가 기다리고 있지 않기를 아주 엄숙히 바란다. 지금처럼 고요한 삶을 누리다가 단숨에 마지막 안식으로 건너가기를 기원한다. 그리 하여 나에 대해서 고통스러운 연민을 느끼거나 지겹게 여기는 사람이 하나도 없게 되기를 바란다. 내가

* 셰익스피어의 『맥베스』 5막 3장 25.

어떤 식으로 죽든, 아마도 나의 죽음에 대해 마음 아프게 생각하는 사람이 한두 사람, 아니, 세 사람쯤 있을지 모른다. 하지만 그들에게 내가 어쩌다 한 번씩 따뜻한 생각을 베풀어 줄 상대 이상의 존재였을 거라고 자부하면서 좋아하지는 않겠다. 그 정도로 충분하다. 그건 내가 이 세상에서 전적으로 잘못 살지는 않았다는 것을 의미한다. 게다가 내 나날의 삶은 내가 일찍이 꿈조차 꾸지 못했던 은혜를 나에게 베풀어 준 분의 호의 어린 조처를 증언하고 있으니, 이걸 생각하면서 나는 단순한 만족 이상의 것을 느껴도 좋지 않을까?

6

나는 체험이라는 이름의 매질을 당하지 않고도 분별력을 갖추게 된 사람들이 얼마나 부러운지 모르겠다. 그런 사람들이 드물지 않은 듯하다. 내가 의미하는 사람은, 삶의 여러 가능성 속에서 이해득실만 냉혹하게 따지는 사람이 아니요, 사람들의 왕래로 인해 안전하게 다져진 길이나 걸으며 한 번쯤 대담하게 그 길에서 벗어나 볼 만큼의 상상력이 없는 노력형의 바보도 아니다. 내가 부러워하는 사람은 머리가 좋고 도량이 넓은 사람으로서 늘 상식의 인도를 받는 듯하고, 삶의 단계를 하나씩 꾸준히 거치면서 늘 의롭고 사려 깊은 행동을 하고, 변덕을 부리지 않으며, 자연스럽게 나아감으로써 존경을 받고, 남의 도움을 받기커녕 오히려 남을 자주 도와주고, 또 그 모든 과정을 통해서 늘 착하고 신중하고 행복하기만 한 사람이다. 이런 사람이 내게는 얼마나 부러운가!

나 자신에 대해서는 돈 없는 사람이 저지를 수 있는 어리석은 짓들을 이런저런 경우에 모조리 저질렀다는 말을 할 수 있을 것이다. 내 천성 속에는 합리적인 자기인도의 능력이 전혀 없는 듯했다. 소년 시절과 성년 시절에 나는 시야에 들어온 도랑이나 수렁에 어김없이 빠졌다. 일찍이 그 어느 바보도 그런 체험을 나만큼 많이 한 적이 없고, 또 그런 체험을 하느라 나만큼 많은 상처를 입은 사람도 없을 것이다. 찰싹, 찰싹! 이렇게 실컷 매를 맞고 나서 겨우 회복이 될 만하면 나는 이내 또 매 맞을 짓을 했다. 나의 이런 꼴을 보고 말을 점잖게 하는 사람들은 "세상 물정을 모른다"고 했고, 입이 좀 더 험한 사람들은 "백치"라고 했을 것이라 믿는다. 내가 걸어 온 그 긴 굴곡진 길을 지금 되돌아볼 때마다 나는 자신이 백치였다고 생각한다. 처음부터 분명히 나에게는 무언가가 결여되어 있었는데, 그것은 모든 사람들에게 정도의 차이는 있으나 고루 부여되어 있는 일종의 균형 원칙이었다. 나에게는 재주가 있었지만 일상적인 생활 환경에서 그 재주는 아무 도움도 되지 않았다. 내가 처해 있던 미로에서 나를 건져 내어 이 낙원에서 살게 해 준 그 행운이 없었더라면, 나는 아마도 죽는 날까지 갈팡질팡 살아가고 있었을 것임에 틀림없다. 마침내 내가 참으로 분별력 있는 사람이 되고 있는 바로 그 순간에 이미 체험의 마지막 매는 나를

가을

때려눕히고 말았을 것이다.

7

오늘 아침에 보이던 햇빛이 천천히 모여든 구름 속으로 사라졌지만, 그 빛의 얼마가 아직도 허공에 머뭇거리면서 조용히 내리고 있는 비를 건드리고 있는 듯했다. 정원의 나뭇잎에 비 듣는 소리가 들린다. 그 소리는 내 마음을 무마하여 조용한 사색에 잠기게 한다.

오늘은 독일에 있는 옛 친구 E.B.*로부터 편지를 받았다. 허구한 세월 이런 편지를 받는 일은 나의 삶에서 즐거운 일이었다. 뿐만 아니라 이 편지들은 자주 나에게 도움과 위안을 주었다. 20년 동안 서로 두 번도 만나지 못한 외국인끼리 일생의 대부분에 걸쳐 우정의 편지를 줄곧 주고받았다는 것은 희귀한 일임에 틀림없으리라. 런던에서 처음 만났을 때 우리는 젊었었고 가난하게 살아가느라 끙끙대고 있었지만 가슴에는 희망과 이상이 넘치고 있었다. 지금은 인생의 황혼기를 맞아 그 옛날에 있었던 일들을 회고하고 있는 것이다. B.는 오늘 조용히 만족하는 어조로 편지를 써 보냈는데 그게 나를 흐뭇하게 한다. 그는

---

* E.B.는 기싱의 독일인 친구 Eduard Bertz를 가리킨다.

괴테의 구절을 인용하고 있다. "인간은 젊은 시절에 원하던 것을 노년 기에 실컷 누린다(Was man in der Jugend begehrt hat man im Alter die Fülle)."*

이 괴테의 구절이 한때는 나에게 희망이었으나 훗날 나는 이 구절에 대해 믿을 수 없다는 듯이 고개를 흔들었다. 지금은 내 경우에 이 말이 진실이었구나 싶어 나는 미소를 짓는다. 그러나 이 구절은 정확히 무엇을 의미할까? 낙관적 기질의 표현에 불과한 것일까? 만약 그렇다면 낙관론은 진실성이 꽤 수상쩍은 일반원리에 만족하는 수밖에 없을 것이다. 대부분의 사람들이 젊은 시절의 소망을 노년기에는 충족시키게 된다고 우리는 진정으로 말할 수 있을까? 10년 전이었다면 나는 그 말의 진실성을 전적으로 부정하면서 그 근거로 충분한 증거를 내놓았을 것이다. 그리고 나 자신의 경우로 말하자면, 내가 한때 원하던 것들을 모두 이토록 누리면서 만년을 보내게 된 것이 오직 우연한 행운 덕분이 아닌가? 우연이라고 했지만 사실 그런 것은 없다. 그게 우연이라면, 내가 지금 쓰고 있는 이 돈을 내 손수 버는 데 성공했다 하더라도 그것 또한 우연이라고 불러야 했을 테니까.

성년기가 시작될 때부터 나는 책이나 읽으면서 느긋이 사는 생활을 갈망했다. 그런 생활이 젊은이들의 마음속 욕구 중의 하나로 되는 일은 거의 없다. 그러나 아마도 그것은 훗날 가장 무리 없이 충족될 수 있는 욕구 중의 하나일 것이다. 하지만 재산과 재산이 대표하는 권세

---

* 괴테의 『시와 진실』 제2부에 나오는 구절.

와 긍지와 물질적 쾌락만을 목표로 삼는 많은 사람들에 대해서는 어떻게 생각해야 할까? 우리는 그런 목표에서 성공을 거둔 사람이 아주 적다는 것을 알고 있다. 그런데 그런 사람들은 그 목표를 놓칠 때 다른 모든 것까지 놓치게 되는 셈이 아닐까? 그들에게는 괴테의 구절이 단순한 조롱으로만 들리지 않을까?

괴테의 말을 인류 전반에 적용해 보자. 그러면 아마 그 말은 결국 진실일 것이다. 국민이 번영하고 만족한다는 사실은 곧 그 국민을 구성하는 개인들 중의 다수가 번영과 만족을 누린다는 뜻을 필연적으로 함축한다. 바꾸어 말하면, 중년기가 지난 보통 사람이 젊을 때 성취하기 위해 분투하던 것 즉 자기 직업에서의 성공을 획득했다는 뜻이다. 젊은 시절에 그는 아마도 자기의 소망을 그처럼 소박하게 설정하려고 하지 않았을 테지만, 실제로는 그 정도로만 성취한 것이 아닐까? 낙관적 견해를 옹호하기 위해 우리는 연세가 지긋한 사람치고 아직도 불만을 품고 있는 사람을 찾아보기는 어렵지 않으냐는 주장을 할 수도 있을 것이다. 그건 사실이다. 그러나 인간에게는 자기가 처한 삶의 조건에 스스로를 굴종시켜 나갈 능력이 있으며, 나는 언제나 이런 능력이 무한한 비감을 자아낸다고 여겨왔다. 만족이 체념을 의미하고 금지된 성싶은 희망의 포기를 의미하는 경우가 너무 흔하다.

나는 이런 의심을 해소할 수 없다.

8

나는 생트뵈브의 『포르루아얄』을 읽고 있었다. 과거에도 이 책을 읽
어 보았으면 좋겠다는 생각을 자주 했지만, 너무 긴 데다 저자가 다루
는 시대에 대한 관심이 미미했기 때문에 늘 멀리했다. 다행히도 이 책
을 읽을 기회와 기분이 맞아떨어져 결국은 읽게 되었고, 읽고 나니 얻
을 가치가 있는 지식을 얼마쯤 얻게 되어 내가 더 부유해진 기분이다.
이런 종류의 책은 우리를 교화시키는 편이라고 말해서 무리가 없을
것이다. '포르루아얄의 어른들'*과 잠시나마 함께 산다면 우리는 그만
큼 더 나은 사람이 된다. 그중에서도 가장 훌륭한 분들은 천국에서 그
리 멀지 않은 곳에서 살고 있었음이 확실하다.

　그분들의 기독교는 초기 기독교가 아니다. 독자들은 신학자들과 어
울리게 되는데 교리의 그늘이 초기의 그 거룩한 색깔을 흐려 버렸다.
그러나 이따금 한 번씩 시원하고 향기로운 바람이 불어오는데, 인간
의 일상 세계에서 일찍이 분 적이 없는 바람인 듯하며 인간은 언젠가

---

*　17세기에 베르사유 근처의 포르루아얄 데샹에 있는 어느 수도원을 본거지로
　삼고 있던 얀센(Jansen)파 공동체의 구성원들을 가리킨다. 생트뵈브(Sainte-
　Beuve)는 이들의 삶을 그리는 책 『포르루아얄』(1867)을 간행한 바 있다.

191

반드시 죽는다는 기미를 조금도 보이지 않는다.

　감명적이고 감동적인 초상화들이 책 속에 진열되어 있다. 복원된 그리스도의 비전을 지닌 위대한 영혼의 드 생시랑, 화려한 경력이 절정에 달했을 때 속세를 버리고 명상과 참회의 길로 들어간 르메트르, 타고난 천재로 화려한 업적을 쌓고도 영혼과 육체적 순교 사이의 갈등을 겪은 파스칼, 이상적인 학교 교사이면서 문법책을 쓰고 고전을 편집했던 훌륭한 랑슬로, 성자답다기보다는 학자다웠으나 마음속의 신앙으로 인해 오랫동안 괴로워했던 정력적인 아르노, 그 밖에 명성이 좀 떨어지는 왈롱 드보퓌, 니콜, 아몽 등은 모두 기막히게 겸허하고 아름다운 인물들이며 그들에 대한 부분을 읽노라면 책장에서 향기가 물씬 솟는다. 그러나 내가 가장 좋아하는 인물은 무슈 드 티유몽이다. 그는 침묵과 정적에 싸인 채 조용히 기도하고 열심히 공부하며 살았는데 나도 그런 삶을 살아 보기를 원했을 것이다. 그는 열네 살 때부터 자기의 이지력을 한 주제에만 쏟았는데 그것은 교회사 연구였다고 말했다. 새벽 네 시에 일어나서 저녁 아홉 시 반까지 책을 읽고 글을 쓰는 일에 열중했던 그는 교회의 성무일과를 암송하고 정오경에 두어 시간 바람을 쏘이기 위해서만 연구를 중단했다는 것이다. 그가 자리를 비우는 일은 거의 없었다. 혹시 여행을 해야 할 경우에 그는 지팡이를 짚고 도보로 나섰으며 성가나 찬미가를 부르며 발걸음을 가볍게 했다. 이 학식이 심오했던 분은 일찍이 인간에게서 그 유례를 찾기 어려울 정도로 순수하고 순박한 마음을 가지고 있었다. 그는 가던 길을 멈추고 아이들과 즐겨 이야기를 나누었으며, 아이들에게 교훈을 주면서도 그들의 주의력을 다잡는 법을 알고 있었다. 소를 돌보고 있는 소년 소녀를 볼 때마다 그는 "너는 어린이인데 너보다 훨씬 더 크고 힘이 더 센 짐승을 어떻게 다스릴 수 있단 말이냐?"고 묻곤 했다. 그러고는 그 이유를 설명하며 인간의 영혼에 대해 말했다. 티유몽에 대한 이 모든 이야기들이 내게는 새로운 것이었다. 나는 기번의 책을 읽다가 그의 이름을 알게 되었지만, 그에 대해서는 심혈을 기울여 역사 자료를 정확히 편찬한 사람으로만 알고 있었던 것이다. 그의 업적도 찬양할 만하지만 그것을 성취한 정신이야말로 곰곰이 생각해 볼 가치가 있다. 그는 공부를 위한 공부를 했고 오직 진실만을 목표로 삼았다. 자기의 학식이 사람들에게 알려지게 될 것인가에 대해서 그는 전적으로 무관심했지만 자기 노력의 결실을 활용할 능력이 있는 사람에게는 언제든 그것을 할애해 주려 했을 것이다.

얀센파(派) 신학자들*이 살았던 세상을 생각해 보자. 그 세상은 프롱드당(黨)의 세상이요, 리슐리외와 마자랭의 세상이며, 그 빛나던 군주 루이 14세의 세상이기도 했다. 포르루아얄을 베르사유 궁과 대비시켜 보자. 그러면, 이분들의 종교적·교회적 목표에 대해 우리가 어떻게 판단하든, 이분들이 위엄 있게 살았다는 것만은 인정하지 않을 수 없다. 이분들과 비교할 때 '위대한 군주' 루이 14세는 초라하고 누

---

* 네덜란드의 가톨릭 신학자 얀센(Cornelis Jansen, 1585~1642)의 교리를 따르던 신학자들로서 운명예정론을 믿고 자유의지를 부인하는 한편 인간이 신의 은총을 거역할 수 없다고 믿었다.

추한 인간에 불과하다. 여기서 우리는 몰리에르가 죽은 후에 격식을 갖춘 장례를 거부당했던 일을 상기하게 된다. 왕이 더 이상 자기를 즐겁게 해 주지 못하는 몰리에르에 대해서 보였던 그 경멸 어린 무관심은 곧 왕권의 위대함이라는 것이 기실 어떤 것인지를 가늠할 수 있게 한다. 베르사유 궁에 살던 그 모든 인간들은, 이 엄숙하고 경건한 분들 중에서 가장 격이 떨어지는 분들과 맞세워 놓고 비교한다 해도, 참으로 변변찮고 불결해 보인다. 우리가 존엄함을 볼 수 있는 곳은 궁전의 그 많은 방이나 화려한 정원이 아니라 포르루아얄의 은둔자들이 기도하고 공부하고 가르치던 그 초라한 방이다. 그분들의 삶은, 인류의 이상이 될 수 있느냐 없느냐와 상관없이, 인간다운 삶이었다. 이런 칭송을 받을 수 있는 삶보다도 더 희귀한 삶이 있을까?

9

과학적 실증주의에 대한 피상적 형태의 반응들을 살펴보면 재미있다. 다윈*의 승리는 '불가지론자'**라는 각광받은 낱말의 발명으로 인

---

*　『종의 기원』의 저자 찰스 다윈(Charles Darwin).

**　'불가지론자(agnostic)'라는 말은 토머스 헉슬리(Thomas Huxley)가 처음으로

해 확연해졌고, 이 말은 크게 유행했다. 그러나 불가지론은 너무 합리적이어서 한 유행 사상으로는 오래가지 못했다. 참으로 세상일은 돌고 돌며 거듭되는 것인지, 동양적 마력에 대한 소문이 돌았고 이내 할일 없는 사람들은 밀교(密敎, esoteric Buddhism)를 떠들기 시작했는데, '비밀(esoteric)'이라는 매력 있는 형용사가 거실의 한담에 올리기에는 아주 그럴듯했다. 하지만 신기한 것을 즐겨 찾는 사람들 사이에서마저 이 말은 오랫동안 유행하지 못했다. 왜냐하면 이 밀교적인 것이 영국인의 취향에는 너무 이국적으로 들렸기 때문이다. 우리들에게 편안하게 연상되는 신통술(神通術)이나 강신술(降神術)도 과학적인 견지에서 재고될 수 있지 않겠느냐는 의견을 낸 사람이 있었고, 사람들은 그런 생각을 놓치지 않고 덤벼들었다. 미신이 대학교수의 안경을 통해 위세를 떨쳤고 실험실을 차리는가 하면 진지한 보고서를 내기도 했다. 나날이 미신의 영역은 확대되었다. 경이로운 일들을 떠들고 다니는 사람들에게 최면술은 화젯거리를 제공했고, 그 끝에 어색한 그리스어로 만든 술어들이 줄지어 등장했지만 이런 용어들은 좀 어려운 편이라 연습을 해야만 완벽히 쓸 수가 있었다. 또 하나의 운 좋은 용어 창시자는 '심령적(psychical)'이라는 용어를 만들어 냈고, 읽는 이의 취향과 기분에 따라 첫머리의 p자는 발음할 수도 있고 하지 않을 수도 있는 모양인데 과학 시대의 총아들은 이 말을 아주 편안히 여기고 있었다. "무언가 있을 것임에 틀림없어. 무언가 있어야 한다는 걸 늘

썼다고 한다.

느꼈다구"라는 말을 흔히 들을 수 있다. 그러다가, 신문이나 잡지의 기사를 근거로 판단해 보건대, 지금은 소위 심령 '과학'이 중세의 마술과 편안하게 손을 잡고 있다. 무엇을 들여다보거나 무어라 지절거리는 마술사*들을 위해서는 오늘날이 돈벌이가 잘 되는 시대라고 할 수 있겠다. 점쟁이 단속법을 빈민굴이나 한촌에서만 수시로 시행할 것이 아니라 상류사회에서도 엄격히 시행한다면, 정말 재미있는 구경을 할 수 있을 것이다. 하지만 영신감응술(靈神感應術) 교수를 기소하기는 어렵다. 만약 기소한다면 그 교수는 자기를 광고해 주는 것을 얼마나 달가워할 것인가!

물론 이런 낱말들을 사용하는 사람들을 모두 똑같은 사람들로 여겨서는 안 된다는 것을 나는 잘 안다. 건강 및 질병과 관련하여 인간의 정신을 연구하는 학문이 있고, 그런 학문은 양심적으로 유능하게 행해지는 다른 어떤 학문에 비해서도 못지않게 존중되어야 한다. 경망한 인간들과 주책없는 녀석들에게 빌미를 주게 된다는 이유로 그 어떤 정직한 사상의 경향을 반대해서도 안 된다. 우리들이 존경해 마지않는 사람들이 심령 탐구에 깊이 개입하고 있는데, 그들은 흔히 받아들여지고 있는 삶의 법칙으로는 설명되지 않는 현상을 자기네가 접하게 되었다고 확신하고 있다. 그건 그렇다고 해 두자. 그들은 감각적 인지를 초월하는 세계에서 새 발견의 직전 단계에 와 있을지도 모른다. 하지만 나 자신으로 말하자면 이런 종류의 것들은 무엇이건 흥밋

---

* 구약 「이사야」 8장 19절 참조.

거리가 될 수 없으며, 오히려 나는 이런 것을 보면 강한 불쾌감을 느끼면서 외면하게 된다. 심령협회의 검토를 거친 경이담(驚異談)들을 그 진실성에 대한 거역할 수 없는 증거와 함께 내 앞에 제시한다 하더라도, 나의 감정—아니, 차라리 나의 편견이라고 하자—은 전혀 변하지 않을 것이다. 또 다른 묶음의 경이담들을 내 앞에 제시한다 해도 나는 권태의 하품을 조금도 덜 하지는 않을 것이며, 오히려 그 이야기들을 불쾌하게 여기며 제쳐 버리고 말 것이다. "착한 약사여, 한 온스의 영묘향을 주게!"*라고 말하는 리어 왕의 심경이랄까. 내가 왜 이런지 나도 모르겠다. 심령론에 나오는 사실 및 공상에 대해서 나는 가령 전기를 기계에 응용한 최신 사례에 대해서만큼이나 무관심하다. 에디슨과 마르코니 같은 발명가들이 놀라운 새 발명으로 세계를 흥분시킨다 해도, 나는 다른 사람들처럼 놀라기는 하겠지만 이내 그 놀라움을 잊어버리고 어떤 면으로도 전혀 변하지 않은 나 자신으로 돌아간다. 그런 일은 내 관삼사가 될 수 없을 뿐이며, 오늘 발표된 새 발견이 내일 신문기자들의 오보나 날조된 이야기로 판명된다 해도 나는 조금도 상관치 않겠다.

그렇다면 나라고 하는 사람은 융통성 없는 유물론자인가? 내가 아는 한 나 자신이 그렇지는 않다. 언젠가 한번 G.A.**와 대화하던 중 나

는 그의 불가지론자로서의 입장을 언급한 적이 있었다. 그는 내 말을 수정해 주면서 다음과 같이 말했다. "불가지론자는 인간의 인식 범위를 넘어서는 무엇이 있을지도 모른다는 것을 인정한다네. 나는 그런 것을 인정하지 않아. 나에게는 이른바 알 수 없는 것은 오직 존재하지도 않아. 우리는 있는 것을 보며 우리가 보는 것은 그게 모두야." 그 말에 나는 일종의 충격을 받았다. 그처럼 대단한 지성을 갖춘 사람이 이런 견해를 가지고 있다는 것은 내게 믿을 수 없는 일로 보였다. 나 자신이나 내 주위의 세계에 대해서 누가 과학적 설명이나 다른 어떤 설명을 해 주어도 나는 전혀 만족하지 못하지만 우주의 신비로움을 앞에서는 내가 경탄하지 않는 날이 단 하루도 없다. 인간 지식이 거둔 승리니 뭐니 하면서 떠들어 대는 것은 유치하다 못해 어리석은 짓이다. 예나 지금이나 우리는 한 가지밖에 아는 것이 없고, 그것은 우리가 아무것도 모른다는 것이다.* 가령, 길가의 꽃을 따서 그것을 바라볼 때, 내가 그 꽃과 관련된 조직학적·형태학적 가르침을 모두 알게 된다면 그 꽃이 의미하는 바에 대해서는 더 알아볼 것이 없다고 느낄 수 있을까? 그게 모두 말, 말, 말**이 아니고 무엇이겠는가? 물론 관찰 거리로는 흥미롭지만 흥미로울수록 그만큼 더 우리의 경탄을 유발하고 또 해답 없는 물음들을 던지게 한다. 우리가 손에 쥐고 있는 꽃을

픽션을 빙자하는 이 라이크로프트의 수기에서는 이름의 두문자(頭文字)로 노출되었다.

* 이는 물론 소크라테스가 했던 말이다.

** 셰익스피어의 「햄릿」 2막 2장 196("words, words, words") 참조.

곰곰이 바라보며 생각하다 보면 결국은 머리가 빙빙 돌게 되고 그 꽃은 하늘의 태양 못지않게 압도적인 기적처럼 느껴지게 된다. 더 알아보아야 할 것이 아무것도 없다고? 꽃은 그저 꽃일 뿐 그것으로 끝난다고? 인간은 오직 진화 법칙의 산물에 불과하며 인간의 감각과 지성도 그 자신이 일부분을 구성하는 자연 체계를 설명하는 데에만 소용이 있을 뿐이라는 것인가? 나는 그 어떤 인간이 마음속에 이런 신념을 가지고 있다는 것을 믿기 어렵다. 오히려 나는 해결될 수 없는 문제 앞에서 절망한다든지 또는 그 문제를 해결하겠다고 나서는 사람들에 대해 참지 못하는 것이야말로 물리적 사실을 초월하는 것이면 무엇이건 단호히 무시하고 결국은 우매함으로 보이는 자기기만이나 초래하게 된다고 생각하겠다.

10

우리가 '알 수 없는 것'이라고 부르는 것들은 영원히 '알 수 없는 것'으로 남을 수도 있다. 그런 생각 속에는 형언할 수 없는 페이소스가 있지 않은가? 인류는 살다가 사라질지도 모른다. 이 세상의 여명기에 무서운 마음에서 인간의 삶을 주재하는 하나님의 형상을 처음으로 만들어 낸 인간으로부터 시작하여 말세의 어둑한 황혼 속에서 돌이나 나무로 만든 신의 형상 앞에 웅크리고 있을 마지막 인간에 이르기까지 대대로 긴 세월을 살아오면서도 누구 하나 자기 존재의 이유를 터득한 사람이 없을 것이다. 헛되이 무의미하게 고귀한 고통을 당했던 예언가들과 순교자들, 영원을 추구하던 사상이 한갓 부질없는 꿈으로만 끝나 버린 현자들, 살아 있는 하느님의 모습을 보여 주며 살던 마음이 청결했던 사람들,* 다가올 세상에서나 위안을 찾겠다며 고통을 당하는 사람들과 슬픔에 잠긴 사람들, 불의의 희생자가 되어 최고의 심판자이신 하나님을 향해 울부짖던 이들—이 모든 사람들이 침묵의 세계로 사라졌는데 그들이 살던 지구는 소리 없는 허공 속에서 죽은 듯이 싸늘하게 돌고 있다. 이런 비극에서도 가장 비극적인 것은 그것이 '생각할 수 없는 것'이라는 점이다. 영혼은 항거하지만 그 항거 속에서 감히 보다 높은 운명의 보장을 찾으려 하지는 않는다. 이런 각도에서 우리의 삶을 바라보노라면, 이 비극이 관객도 없이 연출되고 있다는 생각을 하기가 더 쉽지 않겠는가? 진정코, 정녕 진정코, 무슨 관객이 있을 수 있겠는가? 살고 있는 모든 사람들에게 '이름 중의 이름'인 하느님이 속 빈 상징으로 전락하여 이성과 신앙으로부터 배격당하는 날이 다가올지 모른다. 그러나 그 비극은 계속 연출될 것이다.

나는 그것이 생각할 수도 없는 것은 아니라고 말하겠다. 그러나 이 말은 삶이 인간의 이지력으로 알 수 있는 의미 이상으로는 아무런 의미도 지니지 않는다는 말과 같지는 않다. 인간의 이지력 자체가 그런

* 「마태복음」 5장 8절 참조.

가정을 배격하고 있다. 내 경우에는 그런 가정이 참을 수 없고 경멸할 만한 것이다. 내가 알게 되었던 이 세상의 어느 이론도 나에게는 단 한 순간도 납득되지 않았다. 내 마음을 편안하게 해 주었을 만한 해명의 가능성은 나에게 생각할 수도 없다. 그렇다고 해서 '만물을 주재하는 이성'이 있다는 나의 확신이 조금이나마 흔들리는 것은 아니다. 그 이성은 나의 이해를 초월하며 그 정체가 나에게는 어렴풋이도 파악되지 않는다. 그 이성은 필경 창조적인 힘을 내포하고 있을 테고, 그렇기 때문에 내 사고의 필수 요건인 동시에 바로 그 사고에 의해 아무것도 아닌 것으로 비판되기도 한다. 시간과 공간의 무한함에 대한 우리의 개념을 좌우하는 것과 비슷한 이율배반이다. 그 합리적 과정이 최종 발전 단계에 도달했는지 아닌지를 누가 단정해서 말할 수 있겠는가? 어쩌면 우리에게 돌파할 수 없는 사고의 한계로 보이는 것도 실은 인류 역사의 초기 단계의 상황에 불과할지도 모른다. 이 상황을 '미래 상태'의 증거로 삼고자 하는 사람들은 그 미래로의 점진적 단계를 반드시 상정해야 한다. 야수 상태를 별로 벗어나지 못한 야만인들도 최고의 문명을 누리는 인간들과 똑같은 '새 생활'을 하게 될 것인가? 이런 문제들을 마음으로 모색하다 보면 우리의 무지가 확인된다. 이상한 것은 누구나 이런 모색을 하다 보면 결국 우리의 무지가 궁극적 앎임을 증명하게 된다는 것이다.

11

그러나 아마도 그것은 닥쳐올 시대의 인간의 마음일 것이다. 인간의 지적 발달이 거둔 궁극적 성취는 아니더라도, 어떤 경우든 궁극적인 것으로 가정되는 자기만족 상태가 오랜 기간 지속될 수는 있다. 우리는 '항상 희구(希求)하는 영혼'에 대해 말하므로 한 종교가 사라지면 필연적으로 다른 종교가 대두하는 것을 당연하게 여긴다. 하지만 인간에게 이윽고 정신적 요구가 없어지게 된다면 어떻게 될까? 인간 존재의 이런 변모가 불가능할 것으로 여길 수는 없다. 오늘날 우리 삶의 여러 징후들이 그런 변모를 지향하고 있는 듯하다. 만약 물질과학이 선호하는 사고의 습성이 깊이 자리 잡기만 한다면, 그리고 어떤 커다란 재앙이 일어나서 물질적 만족을 향한 인간의 전진에 제동을 걸지 않는다면, 진정한 실증주의의 시대가 등장하게 될지도 모른다. 그렇게 되면 "사물의 원인을 알아내는 일(rerum cognescere causas)"*이 보편적인 특권이 될 것이다. '초자연적'이라는 낱말은 아무 의미도 없게 될 것이고, 미신은 초기 인류의 특성으로만 희미하게 이해될 것이다.

---

* 베르길리우스는 『농사(*Georgics*)』 i. 490에서 "사물의 원인을 알아낼 수 있는 사람은 행복하다"고 말한 바 있다.

오늘날 우리가 끔찍한 미스터리라고 생각하는 분야에서도 모든 문제들이 기하학적 증명처럼 시원히 해명될 것이다. 이런 '이성'의 시대는 이 세상이 가질 수 있는 최고로 행복한 시대일 수도 있다. 그런데, 사실은, 그런 시대가 올 수도 있고 영영 닥쳐오지 않을 수도 있다. 왜냐하면 고통과 슬픔이야말로 인간에게는 형이상학을 가르치는 위대한 스승이기 때문이다. 바로 이 점을 기억한다면, 우리는 이성을 주창하는 사람들이 내세우는 천년성에 대해서 아주 확실한 기대를 걸기 어려울 것이다.

12

자유인은 그 무엇보다도 죽음 생각을 덜 한다고 스피노자는 말한다. 자유라는 말을 스피노자의 의미로 쓴다면, 나는 나 자신을 자유롭다고 할 수 없다. 나는 죽음을 아주 빈번히 생각하며, 사실 죽음 생각은 늘 내 마음의 뒷전에 도사리고 있다. 그러나 나는 좀 다른 의미에서는 확실히 자유롭다. 왜냐하면 죽음이 내게 아무런 두려움도 고취하지 않기 때문이다. 내가 죽음을 두려워하던 시절이 있었는데 그것은 내가 일을 해서 부양하던 사람들에게 내 죽음이 재앙을 의미했기 때문이다. 내 존재의 종말이 그 자체로 나를 괴롭힐 수는 없었다. 나는 고통을 잘 견디지 못하므로 오랫동안 임종의 자리에서 고통의 시련을 겪게 될까 생각하면 두렵다. 일생 동안 고난과 시련을 겪으면서도 인간다운 침착함으로 운명과 맞서 왔던 사람이 죽음에 가까워졌을 때 한갓 질병이라는 약점으로 인해 불명예를 당한다는 것은 딱한 일이다. 그러나 다행히도 나는 그런 어두운 예감 때문에 자주 시달리지는 않는다.

나는 늘 길에서 벗어나 시골 교회의 묘역을 산책하곤 한다. 도시의 공동묘지는 불쾌감을 주지만, 이 농촌 지역의 안식처들은 나에게 매혹적이다. 나는 묘석에 새겨진 이름들을 읽으면서, 이 모든 사람들에게는 삶의 조바심과 두려움이 다 끝났겠다고 여기며 깊은 위안을 받는다. 나는 조금도 슬픈 감정에 젖지 않으며, 거기 묻힌 사람이 어린이건 노인이건 나는 똑같이 행복한 성취감을 느낀다. 그들은 찾아온 종말을 맞았고 그 종말과 더불어 영원한 평화를 누리게 되었는데, 그 종말이 일찍 찾아왔건 늦게 찾아왔건 그게 무슨 문제가 되겠는가? "여기 아무개가 누워 있다(Hic jacet)"라는 묘비명에 비할 만한 칭송은 없다. 죽음의 존엄함에 비할 만한 존엄함은 없다. 일찍이 가장 고귀한 인간들도 걸어간 길을 이들이 따라간 것이다. 모든 살아 있는 사람들에게 요구되는 최상의 과업을 이들은 성취한 셈이다. 나는 이들 때문에 슬퍼할 수 없지만, 이들의 사라진 삶을 생각하면 따뜻한 우애를 느낀다. 이 나뭇잎이 우거진 묘역의 적막함 속에서 죽은 사람들은 아직 죽을 운명이 되지 않아 이 세상에서 머뭇거리는 사람들에게 격려의 말을 속삭이고 있는 듯하다. "그대 또한 우리처럼 되리니 우리가 누리는 이 고요함을 바라보시라!"고.

13

삶이 괴로울 때 나는 자주 스토아 학파* 철학자들을 읽곤 했는데 전
적으로 헛되지는 않았다. 마르쿠스 아우렐리우스**는 내 잠자리에 흔
히 놓여 있었다. 불행 때문에 잠을 이루지 못하고 깨어 있을 때, 또 다
른 책은 읽으려야 읽을 기분이 나지 않을 때, 나는 그의 책을 읽었다.
그는 내 마음의 짐을 덜어 주지 못했고, 세속적 고통은 헛되다며 그
가 내세우는 증거들도 내게는 아무 소용이 없었다. 하지만 그의 사상
속에는 일종의 무마적 조화가 들어 있어서 내 마음을 부분적으로나
마 달래 주었고, 내가 비록 그의 그 높은 본보기를 넘볼 수는 없었지
만 그것을 흉내 낼 수 있었으면 좋겠다는 소망만으로도 삶의 비참함
이 빚어내는 야비한 충동들을 막아 내는 데는 도움이 되었다. 나는 지

---

* 그리스 철학자 제논(Zeno)이 창시한 철학의 한 유파. 스토아파의 철학자들은
  인간이 열정을 멀리해야 하며 모든 일은 신의 뜻이 거역할 수 없게 표명된
  것이므로 조용히 받아들여야 한다고 믿었다.
** 기원후 2세기의 로마 황제요 스토아파 철학자로서 널리 읽히는 『명상록』을
  남겼다.

금도 그를 읽고 있지만 감정적 동요 없이 그의 철학보다 그의 사람됨을 더 생각하며 그의 인간적 이미지를 내 마음속 깊이 정겹게 간직하고 있다.

물론 그의 사상 체계에는 우리 시대의 사상가들에게 용납될 수 없는 지적 가정이 들어 있는데, 그것은 우리 인간이 절대자에 대한 지식을 가지고 있다는 것이다. 인간이 이성을 활용하여 세계의 정수(精髓)인 '이성적 본질'과 영적 교감 상태로 들어갈 수 있다는 믿음은 고귀하다. 그러나 우리는 우리의 내부에서 이런 확실하고 틀림없는 인도자를 찾을 수 없으므로 오늘날 회의주의라고 하는 살벌한 운명을 받아들이고 있다. 이 점만 아니라면, 우주 체계에 있어서의 인간의 종속적 위치 및 만물을 지배하는 운명에 대한 이 스토아 학파 철학자의 생각은 우리 자신의 철학적 견해와 서로 맥이 닿을 수 있다. 그리고 인간의 '사교적' 천성이라든가 살아 있는 모든 사람들 사이의 상호 의무 등에 대한 그의 이론은 우리 시대의 비교적 훌륭한 정신과 전적으로 잘 들어맞는다. 그의 숙명론은 단순한 체념에 그치지 않는다. 우리는 우리의 운명이 어떠하든 그것을 불가피한 것으로 받아들여야 할 뿐만 아니라 즐겁게 찬양하며 받아들여야 한다는 것이다. 우리는 왜 이 세상에 존재하는가? 이 세상에 말(馬)과 포도덩굴이 있게 한 바로 그 이치로 인해 인간도 이 세상에서 자연으로부터 할당받은 역할을 수행하고 있다는 것이다. 만물의 원리를 이해하는 것이 인간의 능력으로 가능하듯이 그 원리에 따라 우리 자신을 인도하는 것 또한 우리에게는 가능하다. 인간의 의지가 환경을 지배하는 데에는 무력하지만 영혼의 습성을 결정하는 일만은 자유로이 할 수 있다. 인간 최초의 임무는 자기기강(自己紀綱)이고, 그것에 상응하는 최초의 특전은 삶의 법칙을 태생적으로 알고 있다는 것이다.

그러나 여기서 우리는 집요하게 의문을 던지는 철학자와 마주하게 되는데 그는 어떤 선험적 가정이 아무리 고귀한 성격과 유익한 경향이 띠고 있어도 그것을 용납하지 않으려 한다. 이 스토아 학파 철학자가 말하는 이성이 세계의 법칙과 조화를 이룬다는 것을 우리는 어떻게 알 수 있는가? 아마도 나는 아주 다른 관점에서 삶을 바라보고 있을지 모른다. 내게는 이성이 극기를 명하지 않고 자기탐닉을 명하고 있을지도 모른다. 나는 내 열정을 거침없이 발산하는 데서 천성의 명령으로 보이는 것과 더 합치되는 삶을 찾는지도 모른다. 내가 오만하다면 천성이 나를 그런 사람으로 만들어 놓았으므로 내 오만이 당당하게 자기정당화를 하게 하자. 내가 강하다면 내 앞에서 굴복하는 것은 약한 자의 운명이므로 내 힘을 내세우도록 하자. 반면에 내가 약한 사람이라서 고통을 겪고 있다면, 내 짓밟힌 운명을 조용히 그리고 기꺼이 받아들이기 위해 '운명은 공정하다'는 주장을 한들 그게 무슨 소용이 있겠는가? 아무 소용도 없다. 왜냐하면 내 영혼 속에는 내가 모르는 어떤 부당한 힘에 대해 거역하고 항변하려는 무엇이 들어 있기 때문이다. 내 의지와는 상관없이 나에게 이래라 저래라 압박을 가하는 사물의 체계가 있다는 것을 인정한다 하더라도, 어찌 내가 묵종 속에 지혜와 도덕적 임무가 있다고 확신할 수 있을 것인가? 그래서 부단히 물음을 던지는 사람이 나오게 되지만, 사실 그는 아무 답도 얻지 못한다. 왜냐하면 우리 시대의 철학은 이제 그 어떤 지고(至高)한 권능도 보지 못하고 우주의 화음도 듣지 못하기 때문이다.

"정의롭지 않은 사람은 경건하지도 않다. 우주의 섭리는 모든 이성적 인간이, 어느 정도 개별적 인격과 경우에 따라, 서로서로를 위해 선을 베풀고 어떤 식으로든 서로 해치지는 못하게 해 놓았다. 이 우주의 의지를 침해하는 사람은 제신(諸神) 중에서도 가장 오래되고 가장 존경받는 신에게 불경죄를 범하고 있음이 명백하다."* 나는 이 말을 진심으로 믿고 싶다. 정의롭지 않음은 경건치 못함이며 그것도 최악으로 경건치 못하다는 믿음을 나는 죽는 날까지 버리지 않겠다. 그러나 만약 내가 이런 논리로 나의 믿음을 지탱하려 한다면 그것은 어떤 고귀한 감정을 거짓으로 내세우는 짓에 불과할 것이다. 나는 정의가 우주의 법칙이라는 강력한 증거를 단 하나도 보지 못했다. 오히려 나는 정의가 우주의 법칙이 아니라는 것을 증명해 보이는 듯한 암시를 무수히 보고 있다. 그래서 나는 인간이 그 최선의 순간에도 이 세상에 두루 나돌고 있는 것으로 알려진 원리와 암암리에 갈등하는 모종의 다른 원리를 불가해한 방식으로 대표하고 있을지도 모른다는 생각을 하지 않을 수 없다. 정의로운 인간이 실제로 가장 오래된 신의 숭배자이기도 하다면, 그는 자기가 숭배하는 대상이 지금은 몰락한 신들의 왕조에 속한다고 생각하거나 아니면, 예로부터 늘 인간이 펑

---

* 　마르쿠스 아우렐리우스의 『명상록』 ix. 1에서 따온 구절(내용이 약간 확장되었음).

계로 삼아 왔듯이, 자기의 몸속에서 타고 있는 성스러운 불길을 "보지 못하는 것들의 증거"*라고나 생각해야 할 것이다. 내가 이 두 가지 생각 중의 어느 한쪽으로도 생각할 수 없다면 어떻게 될까? 그러면 한 가망 없는 명분의 존엄함만 남게 되고, "패자는 카토 장군 편(sed victa Catoni)"**이라는 말이나 되씹어야 할 것이다. 하지만 이런 경우 어찌 찬미의 노래를 부를 수 있을 것인가?

"만물의 보편적 섭리가 각 개체에게 보내는 것이 그 개체를 위해서는 최선의 것이다. 그리고 그 섭리가 그것을 보내는 시기 또한 최선의 시기이다."*** 이것은 필연에 대한 낙관론이고, 아마도 인간이 도달할 수 있는 최고의 지혜일 것이다. "자발적으로 그리고 자유로이 굴종하는 것도 오직 이성적인 창조물에게만 허용된다는 것을 기억하라."**** 이 고귀한 주장이 설득력이 있음을 나만큼 잘 의식하고 있는 사람은 없을 것이다. 이 말이 내 귀에 노래처럼 들리면 저 건너 가을철 낙조(落照) 같은 부드러운 광휘가 내 삶을 비춰 준다. "인간의 삶이 일순간일 뿐임을 생각하라. 그러니 마치 잘 익은 올리브 열매가 땅에 떨어

---

*   신약 「히브리서」 11장 1절의 "믿음은 바라는 것들의 실상이요 보지 못하는 것들의 증거니" 참조.

** 기원후 1세기의 로마 문호 루카누스(Lucanus)의 저작에서 따온 구절. 루카누스는 기원전 46년에 율리우스 카이사르와 싸워 패한 후 자결한 카토 장군의 고사를 거론하면서 "승자가 신(神)들을 자기 편으로 삼았다면 패자들은 카토 장군 편이다"라고 말한다.

***『명상록』 x. 20.

****『명상록』 x. 28(약간 잘라 낸 인용문).

지며 자기를 있게 해 준 대지를 찬양하고 자기를 맺어 준 나무에게 감사하듯이 온유하고 흡족한 마음으로 세상을 떠나도록 하라."* 임종의 순간이 되면 나는 기꺼이 그렇게 생각하리라. 그것은 치열한 노력을 들이는 기분이겠지만 또한 평온한 기분이기도 할 것이다. 그 기분은 공들여 성취한 무관심—인간에게 그런 무관심이 가능할지 모르겠으나—이 빚은 기분보다 더 낫고, 내세의 환희를 명상하며 현세의 고통을 경멸하는 종교적 황홀경보다도 더 낫다. 그러나 그런 기분은 아무리 노력해도 도달할 수가 없다. 그것은 미지의 힘에서 흘러나오며 마치 저녁 이슬처럼 인간의 영혼 위에 내리는 평온함이기도 하다.

14

나는 지독한 두통을 겪곤 하는데 이번에도 한바탕 시달렸다. 하루 낮 하루 밤 동안 나는 속절없이 고통에 빠져 있었다. 그런 고통에는 극기적 처방으로 대처해야 한다. 육신의 병은 악이 아니다. 마음을 약간 단단히 먹고 병은 특정한 자연 과정이 빚어낸 자연스러운 결과라고 여긴다면 고통을 잘 견뎌 낼 수 있을 것이다. 한 가지 위안이 있다

---

* 『명상록』 iv. 48(약간 내용을 바꾼 인용문).

면, 그것은 고통이 영원한 자연의 일부인 영혼에 영향을 줄 수 없다는 것을 기억하는 것이다. 이 육신은 "마음이 입고 있는 옷이요 마음이 거처하는 집"*일 뿐이다. 이 몸이 아무리 고통을 당해도 바로 나는 나 자신을 거느리는 주인으로 멀찍이 떨어져 서 있을 것이다.

그러는 동안 내 기억, 이성 그리고 내 모든 지적 능력은 진창 같은 망각 속에서 압도당하고 있다. 영혼은 마음과는 별개의 것일까? 만약에 그렇다면, 나는 영혼의 존재에 대한 의식을 깡그리 상실해 버렸다. 지금 나에게 영혼과 마음은 하나이며, 내가 지금 이 순간 너무 절감하고 있는 것처럼, 내 존재의 요인은 바로 '여기에' 즉 두뇌가 욱신거리면서 고통을 주고 있는 이 육신 속에 있다. 이런 고통을 조금만 더 겪는다면 나는 더 이상 나 자신이 될 수 없을 지경이었다. 나를 대표하는 이 육신은 몸짓하며 소리 지를 테지만 나는 그 동기와 그 환상에 대해 아무것도 모를 것이다. 바로 나 자신은 건강이라고 일컬어지는 육체적 요소들의 균형 상태와 일치하고 있음이 너무 명백하다. 처음에 두통이 가볍게 시작될 무렵부터 나는 이미 나 자신이 아니었고, 내 생각들은 정상적인 과정을 따르지 않았으며, 나는 그 비정상적 상태를 의식하고 있었다. 몇 시간 뒤에 나는 걸어 다니는 병마에 불과했고, 마음이라는 낱말을 써도 괜찮을지 모르겠으나, 내 마음은 부질없는 음악의 한두 소절을 끊임없이 반복하며 긁어 내는 손풍금처럼 되어 있었다.

* 『명상록』 xii. 2.

나를 이런 식으로밖에 받들지 못하는 영혼을 내가 어찌 신임할 수 있을 것인가? 기껏해야 내가 내 오관(五官)을 신임하는 만큼만 영혼을 신임할 뿐이라고 말하고 싶다. 나는 이 오관을 통해 내가 사는 세상에 대해 알 수 있는 모든 것을 알게 되는데, 내가 알기로는, 내가 오관을 검증할 수 있는 특정 경우보다도 평상적인 경우에 오관은 더 심하게 나를 속일지도 모른다. 만약 마음과 영혼은 육신의 미묘한 기능에 불과하다는 나의 결론이 옳다면, 나는 나의 오관을 신임할 수 있는 만큼만 내 영혼을 신임할 뿐 그 이상의 신임을 하지는 않겠다. 혹시 내 육체적 기능 중 그 어느 한 부분에 탈이 난다면 곧장 나의 지능에도 탈이 나며, 그 결과 이른바 '영원성을 띠고 있다는' 나 속의 그 무엇이 나를 충동하여 무한한 지혜의 맛은 조금도 나지 않는 농간이나 부리게 하는 것을 보게 된다. 무엇이 정상적인 상태인지는 단정하기 어렵지만, 정상적인 상태에 있는 마음도 사소한 우연에 의해 좌우되는 노예임이 분명하다. 가령 내가 입맛에 맞지 않는 것을 먹으면 삶의 모습은 온통 변해 버리고, 지금까지의 충동은 힘을 잃고 이전에 내가 잠시 동안도 지녀 본 적이 없는 다른 충동이 온통 나를 지배하게 된다. 요컨대, 나는 '영원한 본질'에 대해서 아는 것이 없는 것처럼 나 자신에 대해서도 아는 것이 별로 없다. 그러므로 나 자신은 한갓 한 자동인형에 불과하며 나를 부리면서 속이고 있는 어떤 힘이 내 모든 생각과 행동을 좌우하고 있는 것이 아닐까 하는 의혹에 시달리게 된다.

　한 이틀 전만 해도 나는 나 자신 및 주위의 세계와 화평한 관계를 유지하면서 한 자연인의 삶을 즐기고 있었는데, 지금은 어찌하여 내가 그러지 못하고 이렇게 명상만 하고 있는가? 오직 내 건강이 일시적 난조를 겪었기 때문임이 분명하다. 그 난조는 끝났고, 그 덕에 나는 평소에 생각할 수 없었던 것들에 대해서 넉넉히 생각할 수 있었다. 지금 나는 평정이 나에게 되돌아오는 것을 느낄 수 있다. 내가 다시 건강을 찾은 것이 나 자신의 공덕일까? 내가 의지를 가지고 노력했다면 이번 함정을 피할 수 있었을까?

15

생울타리에 푸짐하게 달려 있는 블랙베리가 오래전에 있었던 일을 생각나게 한다. 그날 나는 어쩌다 시골에 나와 있었고 긴 산책을 하다가 정오경에 시장기를 느꼈다. 길가의 블랙베리 나무가 열매를 맺고 있었다. 줄곧 그 열매를 따서 먹고 있는데 점심을 먹을 수 있을 만한 여관이 눈에 들어왔다. 하지만 시장기는 이미 가셨고 아무것도 더 먹을 필요가 없었다. 그렇게 생각하고 있는데 일종의 당혹감이랄까 놀라운 느낌이 기이하게 엄습해 왔다. 세상에! 이렇게 먹었는데, 그것도 아주 배불리 먹었는데, 그 값을 치르지 않아도 된단 말인가? 그게 내게는 아주 별난 일로 느껴졌다. 그 당시 나의 끊임없는 집념은 연명하는 데 필요한 돈을 어떻게 버느냐에 있었다. 가지고 있던 동전 몇 닢을 차마 쓸 수 없어서 굶주려야 했던 날이 많았다. 내가 사 먹을 수 있었던 음식도 어떤 경우에나 부실했고 또 늘 그게 그거였다. 하지만 그 날 자연은 나에게 맛이 있어 보이는 잔치를 베풀어 주었고 나는 실컷 먹을 수가 있었다. 그 경이로움이 오랫동안 나를 사로잡았고, 오늘까지도 나는 그 일을 회상할 수 있고 또 이해한다.

대도시에서 가난하게 산다는 것이 어떤 것인지를 보여 주는 사례로 이보다 나은 것이 없으리라 생각한다. 내가 그 어려웠던 시절을 끝낼 수 있어서 다행이다. 내가 지금 누리는 이 만족감도 대부분 그 옛날 내가 비참한 생활을 해 보았기 때문에 생긴 것이다. 그 시절과 오늘날을 대조시켜 보니까 그렇다는 뜻이 아니고, 나날의 삶을 조건짓는 요소들에 대해 내가 대부분의 사람들보다는 더 잘 배울 수 있었기 때문에 그렇다는 뜻이다. 교육을 받은 보통 사람에게는 어떻게 벌어서 먹고 입을 것이냐 하는 걱정이 당연히 없다. 그에게 물어본다면, 그는 자기의 형편이 만족스럽다는 것을 인정할 것이다. 하지만 그런 만족스러운 삶이 그에게 의식적으로 기뻐할 이유는 될 수는 없으며, 이는 튼튼한 사람에게 육신의 건강이 의식적으로 기뻐해야 할 이유가 될 수 없는 것이나 마찬가지이다. 그러나 내가 앞으로 50년을 더 산다고 하더라도, 나에게는 지금 누리는 이런 생활 보장이 날이면 날마다 기분 좋은 경이로움으로 재삼 확인될 것이다. 나 같은 체험을 해 본 사람만이 알 수 있겠지만, 생계의 수단을 가지고 있다는 것과 관계되는 모든 것의 의미를 나는 잘 안다. 일반적으로 교육을 받은 사람이 몸에 걸친 옷밖에 가진 것이 없이, 자기가 죽거나 말거나 상관하지 않는 세상을 상대로 다음 끼니를 앗아내야 하는 문제를 안고, 외로이 참으로 외로이, 서 있었던 적이 일찍이 없었다. 정치경제학을 그처럼 제대로 가르치는 학교는 없다. 그런 교육과정을 거쳐 보시라. 그러면 그 딱한 정치경제학 분야에서 다루는 기본 용어의 의미를 혼동하는 일이 다시는 없을 것이다.

다른 사람들의 노동에 내가 얼마나 크게 빚지고 있는지를 나는 대부분의 사람들보다 더 잘 안다. 내가 매년 4분기 지불일마다 은행에서 '인출'하는 돈은 어떤 의미에서 하늘에서 떨어진 것이라 할 수 있다. 그러나 그 돈 한 푼 한 푼에 누군가의 땀이 맺혀 있음을 나는 잘 알고 있다. 다행히도 가장 야비한 자본주의의 공공연한 포악함으로 번 돈은 아니다. 나는 오직 이 돈이 인간 노동의 산물이라 말하고자 할 뿐이다. 건전한 노동이었지만 의무적으로 해야 했던 노동이었다. 좀 더 시야를 넓혀 생각하면, 이 돈은 우리 삶의 복잡한 구조를 지탱하고 있는 천한 하층민이 근육 노동으로 애써 일했음을 의미한다. 그 민중의 한 사람에 대해 이렇게 생각할 때, 나는 당연히 그에게 감사를 드려야 한다. 하지만 내가 멀찍이 떨어진 곳에서 그 감사를 보낸다는 사실, 그리고 나에게 민주적 열망이 과거에도 없었고 미래에도 있을 수 없다는 사실은 곧 내 정신의 특성이기도 한데, 나는 오래전부터 이 특성을 최종적인 것이라며 받아들였다. 나는 부유층의 특전에 대해 반발해 왔다. 런던 곳곳에서 부유한 사람들이 오가는 것을 바라보고 나 자신의 비참함에 분노하며 서 있던 일이 기억난다. 그러나 런던의 가난한 토박이들 사이에 섞여 살면서도 나는 결코 그들과의 일체감을 느낄 수는 없었다. 그 이유는 아주 단순했다. 내가 그들을 너무나 잘 알게 된 탓이었다. 삶의 은혜와 안락을 누리면서 열정을 기르는 사람이 있다면 그는 일생 동안 자기 아래 계층에 대해 환상을 품게 될지 모른다. 나는 그가 그럴 수 있어서 그만큼 더 잘되었다는 것을 부인하지 않겠다. 하지만 나에게는 어떤 환상도 불가능하다. 나는 가난한 사람들을 잘 알고 있었고 그들의 목표가 나의 목표로 될 수 없음도 알았다. 내가 이상적인 삶으로 손색이 없다며 받아들였을 만한 삶은 아주 수수한 삶인데, 가난한 사람들에게 그런 삶을 설명해서 이해시킬 수는 있겠지만 그들에게 그 삶은 필경 지겹고 경멸할 만한 삶이 될 것이다. 만약에 내가 그들과 연대하여 이른바 '상류사회'를 반대하고 나선다면, 그것은 나에게 한갓 정직하지 못한 짓이요 절망적인 짓이 되고 말 것이다. 그들이 마음속으로 갈망하는 것은 내가 보기에 보잘것없고, 반면에 내가 탐내는 삶은 그들에게 영원히 이해되지 않았을 것이다.

나 자신의 목표가 모든 사람들이 추구해야 할 최선의 이상을 가리킨다고 주장하지는 않겠다. 그럴 수도 있고 또 그렇지 않을 수도 있다. 나는 오래전부터 개인적 선호를 근거로 사회 개혁을 옹호하는 것이야말로 부질없는 일임을 알고 있었다. 이 세상을 위한 새로운 경제 질서를 생각해 내겠다고 덤비지 말고 나 자신의 생각이나 정돈하면 그것으로 충분하다. 하지만 자기 자신의 관점에서 분명하게 본다는 것은 아주 중요하며, 바로 이 점에 있어서는 내가 그간 소중히 여겨 온 불행했던 시절이 나에게 적잖은 도움이 된다. 만약에 내가 알고 있는 것이 '주관적'일 뿐이라고 해도, 그건 나 자신에게만 관계되는 문제이다. 나는 내가 알고 있는 것을 그 누구에게도 설교하지 않는다. 출신 계층과 받은 교육이 나와 유사한 사람에게 내가 겪은 고난의 체험은 전혀 다른 영향을 줄 수도 있다. 그래서 그는 가난한 사람들과 한편이 되어 죽는 날까지 고귀한 인도주의 정신을 불태울지도 모른다. 나는 그런 사람에 대해서 "나와 다른 안목을 가지고 있다"고 말할 뿐 그 이상의 비판을 해서는 안 된다. 어쩌면 그의 비전이 내 비전보다 더 넓고 더 정당할지도 모른다. 그러나 한 가지 면에 있어서 그는 나와 유사하다. 혹시 그런 사람이 나타나거든 그에게 물어보시라. 그 또한 언젠가 한번은 블랙베리로 한 끼를 때운 후 나처럼 곰곰이 생각해 본 적이 있음이 밝혀질 것이다.

16

오늘 농부들이 수확하는 광경을 지켜보고 있는데, 바보스럽게도 일종의 부러움이 나를 사로잡았다. 나도 목덜미가 갈색으로 그을린 저런 건장한 농부처럼 동이 터서 해가 질 때까지 근육 노동을 한 후 아픈 데 없이 집으로 돌아가 잠을 푹 자고 이튿날 아침 가뿐한 몸으로 다시 일하러 나갈 수 있다면 얼마나 좋을까! 나는 중년의 사내로서 사지가 다른 사람처럼 멀쩡하고 중병으로 누워 있는 것도 아니지만 가장 가벼운 농사일을 단 반 시간이라도 감당할 수 있을지 의심스럽다. 이런데도 사람이라 할 수 있을까? 그 건장한 농부 중의 한 사람이 나를 향해 선의로 멸시의 표정을 짓는다고 내가 놀랄 수 있을 것인가? 그는 내가 자기를 부러워한다는 생각을 꿈에도 하지 않을 것이다. 오히려 그는 나 같은 사람은 농가의 말 한 마리만도 못한 존재라고 비교 평가하는 것이 더 그럴듯하겠다는 생각이나 할 것이다.

정신과 육신 간의 균형 상태 즉 완벽한 육체적 건강과 풍만한 지적 활력의 결합이라는 부질없는 옛 꿈 하나가 생각난다. 농사일이 그렇게나 부럽다면 들에 나가 일을 하면서도 사색적인 생활을 소홀히 하지 않으면 될 텐데 왜 그렇게 하지 않는가? 많은 이론가들은 그게 가능하다고 여기면서 세상이 좋아지면 그런 날이 올 것이라는 기대를 하고 있다. 그러자면 우선 두 가지의 변화가 선행되어야 할 것이다. 문학이라는 직업이 없어질 것이고, 보편적으로 국보급이라고 인정되는 몇 권의 책을 제외한 도서가 거의 모두 폐기될 것이다. 그렇게 되어야만 비로소 육신과 정신 간의 균형이라는 이상이 실현될 수 있을 것이다.

우리들에게 '고대 그리스인들' 이야기를 한다는 것은 부질없는 짓이다. 우리가 오늘날 그리스인이라고 부르는 사람들은 몇몇 작은 공동체를 형성하여 아주 별난 상황에서 살았고 지극히 예외적인 특성을 타고났던 사람들이다. 우리는 그리스 문명을 눈부시면서도 안정되어 있었다고 여기는 버릇이 있지만 실은 에게해(海) 연안부터 서부 지중해의 연안에 이르는 지역 여기저기에서 극히 짧은 기간 산발적으로 빛을 발휘했다가 사라진 일련의 화려한 문명으로 구성되어 있을 뿐이다. 우리가 물려받은 그리스 문학과 예술은 지극히 값지다. 그러나 그리스인들의 삶의 본보기는 우리들에게 조금도 가치가 없다. 그리스인들에게는 연구해야 할 외래 문화가 없었고 배울 만한 외국어나 사어(死語)*도 없었다. 그들은 책을 별로 읽지 않았고 남의 말이나 즐겨 경청하는 편이었다. 그들은 노예를 거느리고 있는 민족으로 사회적 환락에 깊이 빠지는가 하면 이른바 근면이라고 것을 거의 모르고 있었다. 그들의 무식은 광범위했고 그들의 지혜는 제신(諸神)이 내린 은총이었다. 그들에게는 쓸 만한 지능이 있었던 반면에 중대한 도덕적 약점도 있었다. 만약 오늘날 우리가 페리클레스 시대의 보통 아테네인을 만나 이야기할 수 있다면 그는 우리를 적잖게 실망시킬 것이다. 그에게서 우리는 애초에 예상한 것 이상으로 심각한 야만성뿐만 아니라 퇴폐성까지 보게 될 것이다. 십중팔구 그의 체격마저 우리에게는 환멸을 일으킬 것이다. 그러니 그리스인들을 그들의 고대 세계에 버려두기로 하자. 그 세계는 몇몇 사람이 상상력을 펴는 데는 소중하지만 현대를 사는 다수 대중의 관심사나 정서를 위해서는 멤피스나 바빌론만큼이나 무의미하다.

우리가 오늘날 알고 있는 사상가는 거의 어김없이 건강에 결함이 있다. 드문 예외가 있다면 그는 필경 지능이 탁월한 혈통이면서도 그

---

* 이를테면 라틴어, 고대 그리스어 그리고 동아시아권의 한문 등.

구성원 모두가 학구적이고 명상적인 생활보다는 활동적인 생활을 하고 있는 집안에서 태어난 사람일 것이다. 한편 이런 운 좋은 사상가들의 자녀들은 활동적인 삶으로 되돌아가든지 아니면 흔히 볼 수 있듯이 정신적 생활을 위해 육신을 희생할 것임이 확실하다. 나는 물론 "건전한 육신에 건전한 정신(mens sana in corpore sano)"*의 가능성을 부인하지 않지만 그것은 별개의 문제이다. 건강하면서도 머리가 명석하고 책을 좋아하는 사람들이 다행히도 아직은 많이 있지만 나는 그런 사람들에 대해서도 말하지 않겠다. 내가 염두에 두고 있는 사람은 열정을 가지고 정신적인 것을 추구하는 사람, 자기의 신성한 시간을 침범하는 모든 일상적 이해관계와 걱정거리를 참지 못하고 외면하는 사람, 늘 사상과 학문은 무한하다는 느낌에 사로잡혀 있는 사람, 자기의 정신적 활력을 지탱해 주는 육체적 조건들을 딱하게 의식하고 있으면서도 시시각각 그것을 무시하려는 유혹을 물리치지 못하는 사람이다. 이런 선천적 성격에다 이 사람들이 자기의 지적 성과를 상품화해야 한다든지 끊임없이 궁핍의 위협을 받으며 고되게 일해야 하는 경우가 허다하다는 사실까지 아울러 생각해 보자. 그러면 그의 몸에서 피가 정상적으로 맥박 치고, 그의 신경이 천성의 의도대로 작용하고, 그의 근육이 과격한 노역의 긴장을 견디어 낼 거라는 희망을 할수 있을까? 그런 사람은 "땡볕에서 땀 흘리며 일하는"** 사람들을 부러

* 유베날리스(Decimus Junius Juvenalis)의 『풍자』 10권 356.
** 셰익스피어의 『헨리 5세』 4막 1장 293.

운 눈으로 바라볼 테지만 자기에게는 그 어떤 선택의 여지도 없음을 알고 있다. 그러니 그동안 삶이 그에게 조용히 공부할 시간을 자주 허용해 줄 정도로 호의적이었다면 그가 곡식을 거두는 농부들로부터 황금의 들판 쪽으로 눈을 돌리고 감사하는 마음으로 살아가는 것이 좋겠다.

17

들에서 농사를 짓는 사람이 자기와 함께 일하는 가축과 같은 수준의 삶을 살아야 한다는 것은 바람직하지 않으며 필요하지도 않다. 그런데 사실은 농부들이 가축의 수준에서 살고 있다. 듣건대 오늘날에는 가장 우둔한 소농(小農)만이 농군 생활에 동의한다고 한다. 그의 자식들은 신문을 읽을 정도의 교육만 받으면 능력껏 서둘러 장래성이 있는 곳으로 즉 신문이 인쇄되는 도시로 진출한다. 바로 이 점에 있어서 무언가가 전적으로 잘못되었다는 사실을 알기 위해서는 전도사의 설교까지 필요하지 않다. 그리고 아직껏 그 잘못을 시정할 방안을 제시하는 예언가가 없다. 우리 시대에 농사는 웅변적으로 찬미되어 왔다. 하지만 그 찬미는 농사꾼의 삶이야말로 그 자체가 우아한 정서와 감미로운 사색과 그 밖의 모든 인간적 덕성의 함양에 유리하다는 거짓말을 마치 진실인 양 증명하려고 하므로 대부분 헛될 수밖에 없다. 농업은 인간을 가장 지치게 하는 노동의 일종이고 그 자체로는 도저히 정신적 발달에 기여할 수 없다. 세계의 역사를 통해 농사가 계명(啓明) 역할을 한 적이 있다면 그것은 오직 부의 창출을 통해 일부 사람들을 쟁기 잡는 노역으로부터 해방시킬 수 있었기에 가능했다. 열광적 사상가들이 스스로 농사꾼이 되어 보는 실험을 한 적이 있는데, 그중의 한 사람은 자기 체험에 대해 다음과 같이 주목할 만한 말을 한다.

"오, 노동은 이 세상의 저줏거리이다. 노동에 관여하는 사람은 누구나 그 관여의 정도에 비례하여 짐승의 경지로 전락하게 된다. 내가 소나 말을 먹이는 일을 하며 금쪽같은 시간을 다섯 달이나 보냈다는 사실은 찬양받을 만한가? 그렇지 않다."

너새니얼 호손이 브루크 농장에서 한 말이다.* 쓰라린 환멸 때문인지 그의 언사가 과했다. 노동은 저주받을 만하고 인간을 짐승의 경지로 전락시킬지도 모르며 또 흔히 전락시키기도 했지만, 그것이 이 세상의 저줏거리가 아님은 확실하다. 아니, 오히려 노동은 이 세상의 최고 축복이다. 호손은 바보 같은 짓을 저질렀고 끝내 그 대가로 정신적 균형을 상실했다. 그에게 소나 말을 먹이는 일은 적합하지 않았음이

---

* 미국 소설가 호손(Nathaniel Hawthorn, 1804~1864)은 당대의 사회주의 사상에 젖어 매사추세츠주의 브루크 농장에서 이상적인 농촌 마을 건설을 실험했지만 실패하고 말았다.

명백하다. 그러나 그 일이 인류를 위한 식량 제공을 의미하므로 많은 사람들은 농업에서 보다 고귀한 측면을 볼 것이다. 위 인용문이 흥미로운 것은 호손 같은 이지적인 사람이 시골 생활에 반발하다가 무의식적으로 농사꾼의 정신 상태로 영락하고 말았기 때문이다. 그의 지성은 정지했고 그의 정서마저 참된 길잡이 노릇을 하지 못했던 것이다. 오늘날 시골 사람들의 마음에서 볼 수 있는 최악의 모습은 무지함이나 야비함이 아니고 반발심으로 가득한 불만이다. 다른 모든 악처럼 이 불만도 오늘의 상황에서 불가피하게 빚어진 결과이며 우리는 그것을 너무 잘 안다. 시골 사람들은 자기네 처지를 '개선'하고 싶어 한다. 그들은 소나 말을 먹이는 일에 진저리를 내며 런던의 거리로 나간다면 자기가 보다 더 사나이답게 활보하게 되리라고 상상한다.

아르카디아*의 비전을 떠올려 보아야 아무 도움이 되지 않는다. 하지만 지난날에는 소농 계층 사람들이 여전히 쟁기를 잡고 있는 우리 시대 농사꾼들에 비해 삶에 대해 더 견딜 만하다고 여겼고 그러면서도 더 이지적이었다. 그들에게는 민요도 있었지만 오늘날에는 완전히 잊히고 말았다. 그들에게는 옛날이야기와 요정 이야기가 있었지만 그들의 후손은 테오크리토스**의 목가가 좋은 줄을 모르듯이 그 이야기

<hr />

* 아르카디아(Arcadia)는 그리스의 펠로폰네소스 지방에 있는 산악 지대인데 흔히 전원시의 무대로 등장했고 순박한 농촌 생활을 상징하는 곳으로 간주되기도 한다.
** 테오크리토스(Theocritos)는 기원전 300년경에 태어나서 360년에 죽은 그리스의 전원시인.

들이 좋다는 것도 모른다. 그리고 여기서 기억해 두어야 할 것은 그들에게 '가정'이 있었다는 사실인데 이 낱말은 우리에 무언가를 비춰 준다. 만약에 농부들이 자기네의 식량을 생산하는 농지를 사랑한다면 그들은 거기서 일하면서도 고되다고 여기지 않을 것이다. 그의 노역도 더 이상 가축이 하는 일처럼 고통스럽게 여겨지지 않을 것이고, 오히려 늘 높은 데를 향하면서 눈에 보이는 하늘의 빛이 아닌 다른 빛을 보고 있을 것이다. 농촌 생활이 고되고 지루하다는 것을 못 본 척해야 소용없다. 오히려 그런 부정적인 면들을 부각시킴으로써 땅에서 이윤을 얻어내는 지주들이 자기네 땅에서 많은 열매를 맺게 하려고 일하는 농민들의 삶에 대해 항구적으로 인간적 관심을 가질 수 있게 해야 한다. 이런 관심은 오늘날 농촌이 불안정해지는 추세를 상쇄하는 데에 어느 정도 도움이 될 것이다. 쾌적한 농가에서 살고 있는 농부라면 누추한 오두막에서 비바람이나 가리며 살아야 하는 농부만큼 농촌을 떠나고 싶어 하지 않을 것이다. 농촌이 잘되기를 바라는 사람들은 일삼아 농부들을 교육시킴으로써 농촌에 대한 애착을 일깨워야 한다는 말을 하는데, 그런 방향에서 문제가 해결될 가망이 있을까? 그런다고 해서 예전의 그 모든 영어 꽃 이름들이 그것을 처음 입에 올린 시골 사람들에 의해 회자되던 그 옛날로의 복귀를 기약할 수 있을 것 같은가? 노래 및 요정 이야기와 더불어 새와 꽃마저 거의 잊히고 말았다는 사실은 우리 농촌의 타락이 얼마나 심각한지를 여실히 보여 주고 있다. 지금은 사라진 사회적 미덕이 부활하기를 희망하는 것은 바보 같은 짓이 될 공산이 높다. 장래의 농사꾼은 좋은 보수를 받으며 엔진을 운전하는 기계공일 거라고 장담하겠다. 그는 자기 일에 종사하면서 음악회에서 들은 유행가의 마지막 후렴을 노래할 것이고, 자주 누리게 될 휴가를 근처에 있는 대도시에서 보내게 될 것이다. 소위 '시골에서 흔히 볼 수 있는 것들'이 소중하다며 아무리 듣기 좋게 떠들어보아야 그에게는 아무 매력도 없을 것임을 상상할 수 있다. 아마 꽃들도 특히 경작지나 목초지에서 흔히 볼 수 있던 꽃들은 쓸모없는 것으로 여겨져서 거의 제거되고 없을 것이다. 그리고 십중팔구, '가정'이라는 낱말도 특정한 의미만 가지게 되어 기껏 노령 연금을 받아서 생활하는 은퇴한 노동자들을 위한 공동 주거지나 가리키게 될 것이다.

18

오늘 있었던 일을 얼마쯤 기록해 두지 않고는 하루를 마감하고 눈을 감을 수 없다. 하지만 정작 기록하려니 우둔한 언어의 한계를 느낀다. 해 뜰 무렵에 밖을 내다보니 사람의 손바닥만 한 작은 구름*조차 볼 수 없었다. 이슬 위에서 영롱하게 빛나는 신성한 아침에 잎새들은 마치 환희에 겨운 듯이 조용히 떨리고 있었다. 해가 질 무렵 우리

---

*   구약『열왕기 상』18장 44절 참조.

집 위쪽 초원에 서서 자줏빛 저녁 안개 속으로 떨어지고 있는 빨간 해를 지켜보는 동안 등 뒤의 보랏빛 하늘에 동그란 달이 떠올랐다. 해가 떠서 지기까지 해시계의 그림자가 조용히 도는 동안 낮 시간은 형언할 수 없이 아름답고 조용하기만 했다. 생각해 보니 일찍이 가을이 느티나무와 너도밤나무에 이처럼 화려한 옷을 입혔던 적이 없었다. 우리 집 벽을 덮고 있는 잎이 이토록 고귀한 진홍색으로 불탔던 적도 없었다. 오늘 같은 날은 반드시 밖에서 방랑하고 다녀야만 하는 것은 아니다. 파란 하늘 혹은 황금빛 하늘 아래서 어디를 보나 아름다운 것만 눈에 띄므로 이런 곳에서는 꿈결 같은 휴식을 하며 자연과 일체가 되기만 해도 족하다. 수확이 끝나 그루터기만 남은 들판에서 까마귀들이 길게 까옥거리는 소리가 들렸고, 이따금 졸음에 겨운 수탉의 울음이 근처에 농가가 있음을 말해 주는가 하면, 우리 집 비둘기들은 자기네 집에 앉아 구욱구욱 울고 있었다. 노랑나비 한 마리가 반짝이는 정원에서 미미하게 떨리는 공기에 이리저리 밀리는 듯이 날아다니는 것을 지켜보기 시작한 지가 5분쯤 되었을까 아니면 한 시간이나 되었을까? 해마다 가을이 되면 오늘같이 흠잡을 수 없는 날이 하루쯤은 있다. 일찍이 내가 알던 그 어느 것도 이처럼 내 마음을 즐겁게 하고 평안의 기약을 실현해 준 적이 없다.

19

    오솔길을 이리저리 배회하고 있을 때 어디선가 멀리서 시골 사람의 목소리가 들려왔는데 기이하게도 그것은 노랫소리였다. 그 곡이 분명치는 않았으나 한순간의 음악적 슬픔을 띠고 내 귀에 와 닿았고, 갑자기 어떤 기억이 내 마음을 엄습해 왔는데 너무 예리해서 나로서는 고통인지 환희인지 분간하기조차 어려웠다. 그 소리는 언젠가 한번 내가 파에스툼*의 유적지에 앉아서 들었던 한 소작농의 노래처럼 들렸던 것이다. 그 순간 영국의 풍경은 내 눈에서 사라졌다. 그 대신 금빛 꿀 색깔의 석회석으로 세운 커다란 도리아식 돌기둥들이 내 눈에 나타났다. 한쪽으로는 돌기둥들 사이로 한 조각의 깊은 바다가 길쭉하게 보였고, 고개를 돌리니 아펜니노 산맥의 자줏빛 협곡들이 눈에 들어왔다. 내가 외로이 앉아 있던 사원 주위는 온통 죽은 듯이 고요한 황무지였는데 들려오는 소리라고는 울부짖는 듯한 그 긴 멜로디뿐이었다. 지금 나는 내 사랑하는 집에서 원한이나 욕망을 거의 모르고 살므로 머나먼 옛 생각 때문에 마음이 이토록 어지러워질 수도 있으리라고는 상상조차 해 본 적이 없다. 고개를 숙인 채 산책에서 돌아오는

---

*   남부 이탈리아에 있는 고대 도시로서 그리스 및 로마 시대의 유적이 많은 곳.

데 그 노랫소리는 여전히 내 기억 속에서 울리고 있었다. 내가 이탈리아를 여행하며 체험했던 그 모든 기쁨들이 가슴속에서 다시 불타올랐다. 그 오래된 마력은 아직도 효능을 잃지 않고 있었다. 물론 그 마력에 이끌려 다시 영국을 떠나 해외로 나가는 일은 없을 것이다. 그러나 그 남쪽 나라의 햇빛은 내 상상 속에서 사라질 수 없으며 지금도 옛 유적에서 이글거리던 햇빛을 꿈꾸게 되면 한때 나에게 고통이기까지 했던 그 말없는 욕망이 되살아난다.

『이탈리아 기행』에서 괴테는 자기 일생의 어느 한 시기에 이탈리아에 가 보고 싶은 욕망이 거의 견딜 수 없을 정도로 고통스러웠다고 말한다. 결국 그는 이탈리아에 관계되는 것은 차마 들을 수도 읽을 수도 없는 지경에 이르렀고 라틴어 책을 보면 고통스러워서 눈을 돌려야 했다고 한다. 그러던 어느 날 그는 이탈리아를 동경하는 마음의 병에 굴복한 나머지 여러 가지 애로에도 불구하고 몰래 남쪽으로 내려갔다. 내가 그 구절을 처음 읽었을 때 그것은 내 심경을 정확히 그려 내고 있었다. 이탈리아를 생각할 때면, 이따금 나에게 문자 그대로 병이 되다시피 했던 그 동경심 때문에 나는 고통을 당해야 했다. 나 또한 라틴어 책을 치워 버렸는데 그것은 물론 그 책들이 일으키는 내 상상의 고통을 견디기 어려웠기 때문이었다. 그러나 내가 그 욕구를 달랠 가망성이라고는 거의 없었다. 아니, 그 꿈을 실현할 수 있는 합리적 가망성이라고는 여러 해 동안 그 그림자조차 보이지 않았다. 나는 이탈리아어 읽는 법을 자습했는데 그것은 상당한 일이었다. 또 마음이 별로 내키지 않았으나 나는 구어체(口語體) 이탈리아 어구집도

익혔다. 그러나 내 마음의 병은 점점 깊어져서 절망에 가까워지고 있었다.

그러자 내가 쓴 한 권의 책에서 얼마의 돈이 들어왔는데,* 참으로 얼마 되지 않는 돈이었다. 때는 마침 초가을이었다. 누군가가 나폴리 이야기를 하는 것을 우연히 듣게 되자 그만 나는 만사를 제쳐 두고 이탈리아를 향해 떠났다.

20

정말이지 나는 늙어 가고 있다. 이제는 포도주를 마셔도 그리 즐겁지 않다.

하지만 이전에도 이탈리아산 포도주 말고는 그 어떤 포도주도 나에게 큰 즐거움을 주지 못했다. 도대체 영국에서는 포도주 마시는 습성도 자기기만 행위에 불과해서 기껏 이국 정취나 고취하며 노닥거리는 짓에 불과하다. 테니슨은 포르투갈산 적포도주를 즐겨 마셨는데 거기에는 오래된 전통이 있다. 또 스페인산 셰리 포도주는 우리 시대보다 한층 더 고답적인 시대에 유행했었다. 그러나 이런 포도주들은

---

*   1888년에 기싱은 『밑바닥 세상(*The Nether World*)』이라는 책을 써서 출판사로부터 150파운드를 받은 적이 있다.

우리에게 맞지 않는다. 수상쩍은 부르고뉴산이나 보르도산 포도주를 마시고 싶은 사람들은 마셔도 좋다. 그 포도주의 참맛을 알려면 나이가 서른 안쪽이라야 한다. 그런 포도주가 나를 절망 상태에서 건져 준 적이 두어 번 있었다. 그러므로 포도주라는 위대한 이름을 지니고 있는 것이면 통 속에 든 것이든 병 속에 든 것이든 나쁘게 말하지는 않겠다. 하지만 그것도 나에게는 이미 과거지사가 되었다. 나는 "장미가 여왕처럼 군림하고 머릿단을 향기롭게 적시던(cum regnat rosa, cum madent capilli)"* 그 달콤하게 무르녹는 시간을 영영 다시는 알지 못할 것이다. 하지만 기억 속에서는 그 시간이 얼마나 생생히 살아 있는가!

"이 포도주는 이름이 무엇인가요?" 파에스툼에서 사원지기로부터 갈증을 달래주는 포도주를 얻어 마시며 내가 물었다. 그는 "칼라브리아 포도주"라고 대답했는데 얼마나 빛나는 이름인가! 거기서 나는 포세이돈 신전의 돌기둥에 기대앉아 포도주를 마셨다. 거기서 나는 아칸서스 풀**에 발을 올려놓고 바다와 산으로 눈을 두리번거리거나 혹은 성전 건축에 쓰인 석재의 헐린 표면에 끼어 있는 작은 조개껍데기를 곰곰이 들여다보면서 포도주를 마셨다. 가을날이 저물고 있었다. 인적이 없는 바닷가에서 초저녁 미풍이 속삭였다. 먼 산꼭대기에 고요한 구름이 길게 걸려 있었는데 내가 마시던 칼라브리아 포도

---

*   로마 시인 마르티알리스(Marcus Valerius Martialis)의 『경구집(*Epigrams*)』, X. ix. 20.

**   원전에 acanthus라고 나오는 이 풀은 지중해 연안에서 자라는 쥐꼬리망초과 식물인데 흔히 코린트식 석주의 머리 부분이 그 잎 모양으로 장식되었다.

주 색이었다.

내 생각이 방황하고 있을 때면 나에게 그런 순간들이 참으로 많이 되살아난다. 도시 뒷골목의 작고 초라한 식당이라든지, 또는 잊힌 골짜기나 산록 혹은 미세기가 없는 바닷가에서 태양 냄새를 풍기고 있던 여인숙 같은 곳에서는 포도가 그 붉은 피를 나에게 나누어 주었고 내 삶을 하나의 감격이 되게 했다. 진짜 금주론의 광신자가 아니라면 누가 그 화려한 보상의 시간들을 나에게 허용하지 않으려 할 것인가? 보랏빛 하늘 아래 오래된 무덤 사이에서 마신 한 모금의 포도주는 그 즉시 나를 더 나은 인간, 머리가 더 트인 인간, 더 용기 있고 더 점잖은 인간이 되게 해 주었다. 이런 종류의 열락(悅樂)에 후회가 따라올 리는 만무하다. 이탈리아 포도밭 그늘 속에서 내게 생겨났던 것 같은 그런 사념 및 감정 속에서 영영 살 수 있다면 얼마나 좋을까! 그 그늘 속에서 나는 성스러운 시인들의 목소리에 귀를 기울였고, 거기서 나는 옛 성현들과 함께 거닐었으며, 거기서 신들은 영원한 정밀(靜謐)의 비결을 나에게 드러내 주었다. 촌티 나는 유리잔 속으로 빨간 포도주가 실개울처럼 흘러내리는 소리가 귀에 들린다. 언덕을 비추던 자줏빛이 눈에 선하다. 로마인의 얼굴에 로마 시대의 말이나 거의 다름없는 말을 쓰는 그대여, 다시 이 잔을 채워 주오! 저기서 길게 뻗어 번뜩이는 것은 아피아 공로(公路)*가 아닌가? 불멸의 노래를 옛 가락으로 불러 보자.

* 고대 로마에서 동해안의 브린디시 항까지 뚫려 있던 길 이름.

카피톨 언덕을
사제장이 말없는 성처녀와 함께 오르는 한*
dum Capitolium
Scandet cum tacita virgine pontifex

그렇다, 참으로 오랜 세월 동안 사제장과 성처녀는 영원한 침묵 속
에서 잠자고 있다. 쇠의 신(神)들**을 섬기는 노예가 무슨 말을 지껄이
든, 그를 위해서는 옛 로마인들이 즐겨 마시던 팔레르노 포도주가 흘
러내리지 않는다. 그를 위해서는 시신(詩神)들이 미소를 짓지 않고 노
래도 하지 않는다. 태양이 떨어지기 전에, 우리 주위에 어둠이 내리기
전에, 다시 이 잔을 채워 주오!

---

* 　호라티우스의 『부(賦)』 III. xxx. 8~9.
** 　"쇠의 신"은 철기시대의 문명 즉 근대 문명을 가리키는 은유로 쓰인 듯하다.

21

꽤 훌륭한 교육을 받은 스무 살 청년이 재산은 없고 남의 도움도 받지 못하는데 오직 발랄한 두뇌와 꿋꿋한 용기만 가지고 런던의 다락방에 앉아 목숨을 걸고 글을 쓰는 사례를 지금도 볼 수 있을까? 아직도 그런 사람이 있을 것이라고 생각한다. 그러나 근자에 젊은 작가들에 대해서 내가 듣거나 읽은 바에 의하면 오늘날에는 그들이 아주 다른 모습을 하고 있다. 자기네가 쓴 글이 잘 나가게 될 날을 기다리고 있는 소설가나 저널리스트들이 아무도 다락방에서 살지는 않는다. 그들은 인기 있는 식당에서 식사를 하거나 자기네 작품을 논하는 비평가들을 대접한다. 극장에서도 그들은 비싼 좌석에서 눈에 띈다. 그들은 또 우아한 아파트에서 살며, 핑계만 있으면 서슴없이 대중지에 실릴 사진을 찍는다. 최악의 경우에도 그들은 평판 높은 클럽에 가입해 있고, 가든파티나 격식 없는 저녁 리셉션에 나갈 때 입고 가도 남의 불쾌한 주목을 끌지 않을 만한 의복을 갖추고 있다. 오늘날 유행하는 달콤한 말을 빌리건대, 소위 '붐'을 일으키고 있는 책들을 쓴 젊은 남녀 작가들을 사사롭게 소개하는 짤막한 전기적(傳記的) 스케치들을 지난 10년간 나는 무수히 읽어 왔다. 하지만 이 스케치들 중의 어느 하나에도 그들이 혹독한 생존경쟁이나 고통스러운 굶주림이나 추위 때문에 시달렸다는 암시를 찾아볼 수 없었다. 내가 짐작하기로, 이른바 '문학'의 길이 너무 수월해지고 있지 않나 싶다. 오늘날에는 교육 수준으로 보아 상급 중산계층에 속하는 젊은이가 문필업에 일생을 바치기로 마음을 먹을 때 그 희망을 지원해 줄 밑천을 전혀 가지지 못하는 경우가 드물 것임이 분명하다. 그런데 이렇게 된데에는 그 근원이 있다. 문필직도 성직(聖職)이나 법률직 못지않게 하나의 딱 부러진 전문직으로 인식되고 있는 것이다. 그래서 젊은이들은 부모의 철저한 동의 아래 쉽게 호의적 후원을 받으면서 문필업에 뛰어들 수 있게 되었다. 얼마 전에 들은 이야기로는, 한 유명한 법률가가 자기 아들에게 소설 쓰는 법을 가르치기 위해, 그것도 별로 뛰어나지 못한 그 방면의 전문가에게 소설 작법을 배울 수 있도록, 1년에 2백 파운드인가 하는 수업료를 내고 있다고 한다. 사실, 생각해 보면, 놀라운 일이요 아주 크게 의미심장한 일이다. 굶주린다고 해서 반드시 훌륭한 문학을 만들어 낼 수 있는 것이 아님은 확실하다. 하지만 이처럼 고생이라고는 모르고 평탄한 길을 걷는 작가들에 대해서 우리는 불안해진다. 어느 정도의 작가적 양심과 비전을 가진 두세명의 젊은이들에게 내가 바랄 수 있는 최선의 것은 그들이 모종의 재앙을 당하여 고립무원의 상태로 거리를 헤매고 다니는 체험을 하게 했으면 좋겠다는 것이다. 그들은 그 고생을 이기지 못하고 죽을지도 모른다. 하지만 그들이 그렇게 될 가망성에다 그들의 영혼이 지방변성(脂肪變性)을 겪게 될 거라는 거의 확실한 현재의 전망을 대비시켜 본다면, 고생을 이기지 못하고 죽는 편이 그래도 더 받아들일 만하지 않을까?

어제 나는 고귀한 일몰 광경을 서서 지켜보며 그런 생각을 했다. 30년 전 어느 가을날 내가 런던에서 보았던 일몰 광경이 떠올랐던 것이다. 회고해 보건대, 그 광경은 내가 지금까지 보아 온 그 어느 일몰보다도 더 장관이었다. 그런 초저녁에 나는 첼시 구역의 템스 강가에서 서서 하릴없이 배고픔만을 절감하고 있었고 이튿날 아침이 되면 배가 더욱 고파질 거라는 생각을 했다. 나는 배터시 다리, 그러니까 그 그림같이 아름다운 오래된 목조 다리에서 서성이고 있었는데, 바로 거기서 서녘 하늘이 나를 사로잡고 말았던 것이다. 반 시간 뒤에 나는 집으로 달려가고 있었다. 책상에 앉아서 내가 본 일몰 광경을 글로 써서 곧장 어느 석간 신문사로 보냈더니, 그 신문사에서는 놀랍게도 다음 날 그 글을 실어 주었다. 「배터시 다리에서」라는 글이 바로 그것이다. 그 짤막한 글을 내가 얼마나 자랑스럽게 여기고 있었던가! 그러나 지금은 그 글을 다시 읽고 싶은 생각이 별로 없다. 그 당시 내가 그 글을 너무 좋게 여겼기 때문에 지금 다시 읽으면 마음이 불편해질 거라는 생각이 든다. 하지만 내가 그 글을 쓴 것은 배고픔 때문이기도 했지만 그에 못지않게 그런 글쓰기를 즐겼기 때문이다. 그 글의 원고료로 받은 2기니*의 돈은 내가 일찍이 벌어 본 다른 어떤 돈

---

*   기싱은 1883년 9월 30일자 『팰맬 가제트(*Pall Mall Gazette*)』에 「배터시 다리에서」라는 글을 발표한 적이 있고 원고료로 2파운드 5실링을 받았다. '기니 (guinea)'는 원래 금화였고 1960년대까지도 흔히 사용된 영국의 통화 단위로서 그 값은 1.05파운드, 즉 1파운드 1실링 또는 21실링이었다. 이 화폐 단

보다도 더 상쾌하게 쨍그랑 소리를 내고 있었다.

22

앤서니 트롤럽이 죽은 직후에 그와 그의 작품이 독자들로부터 냉대를 받게 된 원인이 어느 정도까지는 그의 자서전 출판에 있다고 하는 주장을 나는 여러 번 읽었는데 그게 사실인지 어쩐지 궁금하다. 나로서는 그 주장을 믿고 싶다. 왜냐하면 어떤 관점에서는 그런 사실이 "그 위대한 바보 대중"*의 입장을 정당화해 줄 것이기 때문이다. 그러나 물론 오직 한 특정한 관점에서 볼 경우에만 그러하다. 트롤럽의 작품들이 지니고 있는 주요 가치들은 작품이 쓰인 과정이 밝혀지게 된다고 해도 아무런 영향을 받지 않는다. 그의 최고 작품을 두고 생각할 때 그는 평범한 소설을 쓰는 훌륭한 작가이고, 요즈음 그의 이름이 독

위가 고상하고 품위 있게 들리기 때문인지 오랫동안 고급 일용품이나 전문직의 봉사료 또는 경매품의 값을 호가할 때 '기니'가 쓰이고 있었다.

* 소설가 새커리(William Makepeace Thackeray, 1811~1863)가 한 말. 트롤럽이 자서전에서 자기 소설들은 대부분 "기계적으로(mechanically)" 씌어졌다는 말을 했고 이런 고백에 그만 그의 독자층이 그를 냉대하게 된 것이 아니냐는 추측이 한때 나돌았다고 한다.

서계에서 사라졌다는 사실이 그가 영영 잊히고 말 것임을 의미하지도 않는다. 다른 저명한 소설가들의 경우와 마찬가지로, 그에게도 두 가지 독자층이 있다. 그가 작품 여기저기에 성취해 놓은 문학적 탁월성을 찾아서 읽은 독자들이 그 첫째요, 그의 작품 속에서 꾸준한 흥밋거리나 찾는 분별력 없는 독서층이 그 둘째이다. 책을 비교적 이지적으로 읽는 독자들에게는 트롤럽이 밝힌 기계적 방법의 소설 쓰기로 인해 그 자서전이 불쾌하거나 아니면 흥미로운 책으로 느껴졌을 테지만, "그 위대한 바보 대중"은 그들의 은밀한 생리로 인해 그런 소설 작법 때문에 실로 속상해했다고 생각하면 고소한 일이 될 수도 있을 것이다. 소설가가 눈앞에다 시계를 두고 매 15분마다 정확히 일정한 수의 낱말을 써 나가는 모습은 뮤디 대본점(貸本店)*에서 가장 꾸준히 책을 빌려다 읽는 독자들의 마음속에서도 자꾸만 불쾌하게 떠올랐을 것이고 또 남녀 독자들과 대본점 카운터 위에 놓인 트롤럽의 작품 사이를 벌려 놓았을 것을 우리는 상상할 수 있다.

아직 아무것도 모르고 있던 독자들에게 그 놀라운 사실이 시니컬하게 툭 튀어나왔던 것이다. 벌써 오래전 일처럼 보이거니와, 그 좋았던 시절에는 일반 독자들 앞에 제시되곤 하던 대부분의 문학 뉴스가 좋은 의미에 있어서의 문학작품을 언급하고 있었고, 오늘날에 있어서처

---

* 런던의 출판업자 찰스 뮤디(Charles Mudie)가 1842년에 시작한 대본점. 일종의 순회 문고로서 책값이 상대적으로 비쌌던 당시에 독서층 확장에 기여했다.

럼 '문예' 작품 제작 과정 및 '문예' 시장의 기복(起伏)에 관한 것은 아니었다. 트롤럽 자신도 연재 소설을 청탁해 온 잡지 편집인에게 그 소설의 길이가 정확히 몇만 단어면 좋겠느냐고 물으니 상대가 놀라더라는 이야기를 하고 있다. 이런 일화에서는 정녕 그 좋았던 옛날 냄새가 난다. 그 후부터는 독자들도 작가들이 밝히는 '문예 창작' 방법에 대해 익숙해졌고 그런 종류의 소식에 충격을 받지도 않는다. 그러자 일단의 저널리스트들이 등장하여 고의로 작가의 됨됨이 및 그것과 관련된 모든 것에 대한 저질 보도를 일삼고 있는 듯하다. 그리고 사악한 글쟁이들—아니, 좀 더 정확히 표현해서, 타이피스트들—은 조바심 많은 우리 시대 작가들이 자기네의 상업적 제안을 너무 쉽게 받아들인다는 사실을 알게 되었다. 정말 그러했다. 작가와 발행인 사이의 관계가 혁신될 필요가 있다는 것을 나는 누구보다도 잘 안다. 과거냐 현재냐 미래냐를 가릴 것 없이 한 대표적인 작가가 한 대표적인 발행인과 맞설 경우 작가가 늘 우스꽝스러울 정도로 불리한 위치에 처하게 된다는 것을 나만큼 잘 알고 있는 사람은 없을 것이다. 사안의 성격이나 범절을 생각할 때, 어떤 묘책을 써서라도 이런 부당한 상황을 시정해야지 그러지 않아야 할 이유는 없다. 덩치가 크고 시끄러우면서도 정다운 짐승을 연상시키는 트롤럽 같은 작가라야 자신의 입장을 그나마 잘 내세울 수 있을 것이고 어떤 경우든 자기 작품의 출판 이익에서 수긍할 만한 몫을 요구할 수 있을 것이다. 디킨스 같은 약삭빠르고 정력적인 사업가는 헌신적인 변호사 친구를 둔 덕분에 더 많은 이익을 챙길 수 있었고 더러는 출판업자보다도 더 많은 이익을 거둠으로써 출판계의 오래된 불공정 관행을 시정할 수 있었다. 하지만 샬럿 브론테의 경우는 어떠했던가? 그녀의 암울하고 쪼들렸던 삶을 생각해 보자. 만년의 그녀가 같은 기간에 출판업자들이 그녀의 책을 팔아서 번 돈 중에서, 가령, 3분의 1만 받았더라도 그녀는 훨씬 더 밝은 삶을 살 수 있었을 것이다. 나는 이 모든 사실을 알고 있다. 아! 나보다 더 잘 알고 있는 사람은 없다. 그럼에도 나는 새 경제 질서의 결과로 여러 가지 저속하고 형언할 수 없이 야비한 것들이 등장하여 우리의 문학적 삶을 고사시키고 있는 것에 대해서도 혐오감과 진저리가 난다. 이런 분위기 속에서 위대하고 고귀한 책들이 어떻게 다시 쓰일 수 있을지 상상하기가 어렵다. 어떤 경위에서건 다수 대중이 다시 한 번 불쾌감을 느끼게 되고, 이렇게 행상인처럼 문학을 팔고 있는 '문예' 뉴스 시장이 장차 낭패를 보게 되는 날이 있기를 바랄 수 있을까?

디킨스는 어떠했던가. 그의 경우에도 문예 창작의 방법은 밝혀져 있다. 포스터*는 디킨스의 작품이 어떻게 창작되었는지 그리고 어떻게 그 제작 흥정이 이루어졌는지를 온갖 부류의 사람들에게 정확히 밝히지 않았던가? 무수한 독자들은 디킨스가 책상에 앉아 있는 모습 훤히 볼 수 있었고, 얼마나 오랫동안 책상에 앉아 있었는지를 알았으며, 작은 장식품 몇 가지를 눈앞에 두지 않고는 그가 글쓰기를 계속하지 못했다든가 청색 잉크와 깃펜은 집필에 필수품이었음을 잘 알고

---

*   존 포스터(John Foster). 변호사로서 디킨스의 친구이기도 했던 그는 디킨스의 창작 방법에도 상당한 영향을 끼친 것으로 알려져 있다.

있었다. 하지만 이런 것을 알게 된 나머지 디킨스를 더 이상 읽지 않게 된 독자가 단 한 사람이라도 있었던가? 물론 책상에 앉아 연재 중인 소설의 한 장을 쓰고 있는 디킨스의 모습과 매 15분당 몇 단어를 쓴다는 식의 기계적 작업을 하고 있는 그 몸집 큰 트롤럽의 모습 사이에는 차이가 있다. 트롤럽이 자기 자신을 망친 것은 자기 회고록의 어조와 서술 양식이 잘못되었기 때문임을 우리는 알고 있다. 그러나 바로 그 어조와 서술 양식은 그의 심사와 천성이 저열했음을 가리키고 있다. 한편 이미 재산이 많았던 디킨스는, 자기 자신을 위해서가 아니라 그의 시대 그의 계층이 그에게 미친 파국적 영향 때문에, 재산을 더 늘려 보겠다고 노력하다가 죽었지만, 트롤럽 같은 작가는 생각하지도 못한 문예 기법과 열의를 가지고서 창작하고 있었던 것이다. 물론 그의 창작 자세는 체계적이었다. 긴 산문 소설 작품치고 체계적인 노력을 들이지 않고 쓰인 것은 없다. 하지만 우리가 알기로 한 시간당 몇 단어라는 식의 창작 기준은 없었다. 서간문 속에서 엿볼 수 있는 그의 집필 모습은 아마도 문학사에서 가장 굳세고 고무적인 모습 중의 하나일 것이다. 그런 모습은 디킨스가 이해심 있는 독자들의 사랑과 존경을 지속적으로 받게 함에 있어서 언제나 커다란 역할을 해 왔고 앞으로도 그럴 것이다.

23

늦가을인데도 따뜻하고 고요했던 오늘, 황금 햇빛 속에 산책하고 있는데 문득 떠오른 생각 때문에 걸음을 멈추었고 한순간 나는 꽤 어리둥절했다. "내 인생은 끝났다"고 혼잣말을 하고 있었던 것이다. 물론 나는 그 뻔한 사실을 당연히 의식하고는 있었다. 분명히 그 사실은 이미 내 사색의 일부를 이루고 있었고 흔히 내 기분을 물들이기도 했다. 하지만 그 생각이 말로 표현될 수 있도록 명확하게 형성된 적은 한 번도 없었다. 내 인생은 끝났다. 나는 이 말을 한두 번 더 중얼거림으로써 내 귀가 그 진실성을 시험해 볼 수 있게 했다. 그 말이 생소하게 들리기는 해도 부인할 수 없는 진실이다. 지난번 생일날 세어 본 내 나이만큼이나 부인할 수 없는 진실이다.

내 나이라고? 많은 사람들은 내 나이가 되어도 새로운 일을 하려고 기운을 내고 있으며, 앞으로 10년 혹 20년간 무언가를 추구해서 달성하겠다는 궁리를 하고 있을 것이다. 나도 앞으로 몇 년 동안은 더 살지 모른다. 그러나 내게는 더 할 일이 없으며 아무런 야망도 없다. 나에게도 기회는 있었지만 그 기회를 어떻게 했던가를 나는 잘 알고 있다.

그런 생각을 하니 한순간 무서워질 지경이었다. 뭐라고? 바로 엊그제까지도 마치 끝없는 행로를 내다보듯이 인생을 내다보며 계획을 세우고 희망을 품던 젊은이였던 내가, 그처럼 정력적으로 세상을 얕보며 살아오던 내가, 오늘은 이렇게 확정된 과거나 회고하는 처지에 이르렀단 말인가? 어떻게 이럴 수가 있단 말인가? 하지만 지금 생각하건대 나는 해 놓은 것이 없다. 시간도 없었다. 나는 겨우 일할 준비만 해 왔으니 삶을 익히는 도제(徒弟)에 불과했다. 지금 내 머리는 농간을 부리고 있다. 그래서 나는 순간적인 망상에 시달리고 있는 것이다. 망상일랑 털어 버리고 상식의 세계로 돌아가야겠다. 내 나름의 계획, 활동 및 정성 어린 향유나 찾아야겠다.

이런 생각에도 불구하고 내 인생은 끝났다.

얼마나 하찮은 일생인가! 나는 철학자들이 어떻게 말해 왔던가를 알고 있었다. 그들이 인간의 일생을 두고 말했던 귀에 솔깃한 어구들을 되뇌면서도 나는 지금까지 그 진실성을 믿지는 않았다. 한데 이게 모두란 말인가? 사람의 일생이 이렇게 짧고 이렇게 허무하단 말인가? 진정한 의미의 삶은 이제 시작되고 있을 뿐이라느니, 고난과 공포의 시절은 도대체 삶이 아니었다느니, 이제 보람 있는 삶을 사는 일은 오직 내 의지에 달려 있다느니 하며 나 자신을 설득해 보려 해도 부질없는 짓이다. 그게 일종의 위안은 될지 모르나, 여러 가지 가망이나 기약이 눈앞에 다시 펼쳐지는 것을 내가 영영 보지 못하고 말 것이라는 진실을 숨길 수는 없다. 나는 이미 '은퇴'한 셈이고 은퇴한 상인의 경우처럼 나에게도 인생은 끝났다. 이제 나는 이미 완결된 내 삶의 과정을 회고할 수 있는데, 참으로 보잘것없는 일생이 아닌가! 허허 웃고 싶어지지만, 미소를 짓는 것으로 그치겠다.

미소를 짓되 멸시의 미소가 아니라 지나친 자기연민을 배제한 채 꾹 참으며 짓는 미소가 가장 좋겠다. 어쨌든 인생이 끝났다는 사실에는 무서운 측면이 있지만 나는 그 사실에 사로잡혀 있지 않다. 나는 별로 노력하지 않고도 그런 측면을 무시할 수 있다. 인생이 끝났지만 그래서 문제란 말인가? 일생을 결산해 볼 때 그것이 고통스러운 것이었는지 즐거운 것이었는지를 지금 나는 단언해서 말할 수 없다. 바로 이 사실 자체가 나로 하여금 너무 심각하게 상실감을 느끼지 않도록 해 준다. 그게 무슨 문제란 말인가? 내가 세상에 태어나서 내 역할을 수행한 후 다시 침묵의 세계로 돌아가도록 얼굴을 숨긴 운명이 점지해 놓았던 것이다. 이 운명에 대해 수긍하거나 거역하는 것이 내가 할 일이란 말인가? 많은 사람들이, 참으로 딱하게도, 견딜 수 없이 부당한 일을 당하고 무서운 육체적 · 정신적 고통을 겪으며 살아야 하는 운명을 타고 났는 데 비해, 나는 그런 일을 겪지 않았으니 감사해야겠다. 내가 삶이라는 여로의 대부분을 이만큼이나마 수월하게 살아 왔다는 것은 상당한 일이 아닌가? 만약 내가 인생이 짧고 무의미한 것을 보고 놀란다면 그것은 나 자신의 잘못이다. 나보다 앞서 세상을 떠난 사람들이 이미 내게 충분히 경고해 준 바 있다. 장차 어느 날 연약해진 내가 삶의 덧없음을 보고 깜짝 놀란 나머지 운명을 상대로 바보스럽게 항변하게 되는 것보다는 삶의 진실을 직시하고 받아들이는 편이 훨씬 낫다. 그러면 내가 언짢아지기보다도 기뻐질 것이고 이 문제를 더 생각하지도 않을 것이다.

24

　새벽 일찍 잠을 깨는 일은 내가 가장 두려워한 것들 중의 하나였다. 이튿날 내가 고된 일을 다시 시작할 수 있게 해 주는 밤잠이 휴식 뒤에 마땅히 따라야 할 마음의 평정을 가져다 주지 않았기 때문이다. 잠이 깨면 나는 극히 암담한 불행을 마음속으로 그려 보았고 동이 트는 시간 내내 혹심한 고뇌 속에 누워 있었던 적이 너무 빈번했다. 그러나 이제 그런 시절은 지나갔다. 이따금 잠이 깨어 의식을 되찾기 전에 내 마음이 비몽사몽간에 마치 어떤 악령을 상대하듯 싸우기도 한다. 그럴 때면 창에 비치는 빛과 벽에 걸린 그림이 나에게 행복한 의식을 되찾아 주고 그런 비참한 꿈을 꾸었기에 그 의식 회복은 더 행복하게 느껴진다. 지금은 자리에 누워 생각에 잠겨 있을 때 나에게 가장 괴로운 것은 인간에게 공통되는 삶을 생각하며 왜 이렇게 살아야 할까 의아해하는 일이다. 내가 보기에 그 삶은 너무 믿기 어려운 것이어서 그것을 생각하면 자꾸만 떠오르는 환영(幻影)에 시달리듯 마음은 압박을 받는다. 인간은 하찮은 문제들을 놓고 조바심하고 광분하고 또 서로 살해까지 한다는 것이 사실일까? 그 문제들은 너무 하찮아서 성인이나 철학자와는 거리가 먼 나 같은 사람마저 그것을 생각하면 놀라지 않을 수 없는데도 말이다. 혼자 조용히 삶으로써 마치 일상 세계는 존재하지 않으며 어떤 건전치 못한 순간에 망상이 빚어낸 것에 불과하다고 여기게 된 사람을 상상해 볼 수 있다. 일찍이 그 어떤 미치광이들 소위 건전하다는 사람들이 모여 사는 모든 공동체에서 시시각각으로 생각되거나 행해지는 것에 비해, 침착한 이성에서 더 어긋나는 것을 꿈에나 생각했을 것인가? 하지만 나는 이런 생각을 되도록 빨리 밀쳐 버리기로 한다. 이런 생각 때문에 마음을 어지럽히는 것은 부질없는 일이다. 그 대신 나는 우리 집 안팎에서 들리는 소리에 귀를 기울인다. 그 소리는 언제나 부드럽고 무마적이어서 내 마음을 조용한 사색으로 이끈다. 가끔 내 귀에 아무것도 들리지 않을 때도 있다. 한 장의 잎이 살랑거리거나 한 마리의 파리가 윙윙거리는 소리도 들리지 않을 때면 나는 완벽한 정적이 모든 것 중에서도 가장 좋다고 생각한다.

오늘 아침에 나는 어떤 잇달아 들려오는 소리에 잠이 깼는데 얼마후 그게 여러 마리의 새들이 요란하게 지저귀는 소리임을 알았다. 나는 그 의미를 알고 있었다. 지난 며칠 동안 제비들이 모여드는 것이 보이더니, 오늘은 그들이 우리 지붕 위에 줄지어 앉아 아마도 먼 여행을 떠나기에 앞서 마지막 의논을 하고 있는가 보다. 나는 동물의 본능에 대해서 말하거나 그 본능이 이성과 유사할 뿐이라고 딱하게 여기지 않겠다. 나는 이 새들이 대부분의 인간 집단보다 훨씬 더 합리적이고 무한히 더 아름다운 삶을 보여 준다는 것을 알고 있다. 그들은 서로 대화하지만 그 대화 속에는 악의가 없고 우매함도 없다. 그들이 그 멀고 위험한 여행을 떠날 준비를 하면서 주고받는 대화를 우리가 해

득할 수 있다면, 그리고 이 순간에 겨울 휴가를 남쪽에서 보낼 계획이나 세우고 있을 많은 존대한 인물들의 대화와 새들의 대화를 비교해 볼 수 있다면 얼마나 흥미로울까.

25

어제 나는 한 아름다운 고가(古家)로 통하는 넓은 느티나무 길을 지나갔다. 양쪽으로 나무가 늘어선 길에 온통 낙엽이 덮여 있어서 마치 창백한 황금 양탄자를 깔아 놓은 듯했다. 더 나아가니까 낙엽송이 주종을 이루는 조림 지대가 나타났다. 그곳은 가장 화려한 금빛을 발하고 있었고, 여기저기 핏빛 붉은 물감을 풀어 놓은 듯한 곳이 보였는데 그것은 때마침 추색(秋色)을 절정으로 과시하고 있는 한 그루씩의 어린 너도밤나무였다.

갈색 개지를 잔뜩 달고 있는 한 그루 오리나무를 바라보니 그 무뚝뚝한 잎이 여러 가지 아름다운 색상으로 물들어 있었다. 그 근처에는 한 그루의 마로니에도 서 있었는데 가지에 아직도 매달려 있는 몇몇 개의 잎은 진한 굴색이었다. 보리수나무는 이미 헐벗고 있었다.

오늘 밤에는 바람이 요란하고 비가 창문을 때리는구나. 내일 아침에 잠이 깨면 겨울 하늘을 보게 되리라.

겨울

Winter

옷을 벗어 버린 나무들의 구도 (構圖)에는 희귀한 아름다움이 있다. 어쩌다 눈이나 서리가 내려 차분한 하늘을 배경으로 그물처럼 엉겨 있는 나뭇가지들을 은빛으로 장식하면, 아무리 쳐다보아도 싫증나지 않는 경이로운 광경이 된다.

1

비구름을 머금은 바람이 영불해협에서 불어 닥치고 산에는 안개가 거품처럼 번지고 있었기 때문에 나는 종일 집 안에 머물렀다. 하지만 한순간도 멍하게 있거나 빈둥거리지는 않았다. 난로의 석탄불이 꺼져 가고 있는 지금 나는 육체적 안락과 정신적 평온을 만끽한 기분이므로 침실로 올라가기 전에 그 기분을 적어 두어야겠다.

물론 오늘 같은 날씨를 무릅쓸 수 있어야 마땅하고, 이런 날씨를 상대로 싸우는 데서 즐거움을 찾을 수 있어야 한다. 육신이 건강하고 마음이 편안한 사람에게는 악천후 같은 것이 없다. 온갖 날씨에는 각각 특유의 아름다움이 있고, 혈맥을 때리는 폭풍우도 몸속의 피가 더욱 활발히 고동치게 할 뿐이다. 비바람이 휘몰아치는 길을 배회하기 위해 기분 좋게 나서려 했던 시절이 생각난다. 오늘날에는 내가 만약 그런 실험을 한다면 아마도 목숨을 걸어야 할 것이다. 그러니 이 든든한 벽을 가진 나의 안식처와 몰아치는 비바람을 빈틈없이 막아 주는 이 출입문이며 창문을 만든 그 올바른 건축 솜씨가 나에게는 그만큼 더 소중하게 느껴진다. 영국이라는 이 편안한 나라에서도 지금 내가 앉아 있는 이 방보다 더 안락한 방은 없다. 육체적 편안에 못지않은 정신적 위안까지 허용해 주니 이 방은 편안이라는 낱말의 전통적 의미

겨울

에서 아무 손색이 없을 만큼 편안하다. 그런데 겨울밤이 되어야 이 방도 가장 안온해 보이고 또 피난처요 안식처라는 생각이 절실해진다.

이 집에서 보낸 첫해 겨울에 나는 장작을 땔 수 있게 벽난로를 고친 후 화목을 지펴 보았다. 그러나 그것은 오산이었다. 작은 방에서는 통나무를 성공적으로 태울 수가 없다. 불을 알맞게 유지하려면 끊임없이 돌보아야 하고 그렇게 하지 않을 때는 기세 좋은 불길이 방을 너무 덥게 한다. 불은 기분 좋은 것이어서 동반자가 되고 영감을 주기도 한다. 파이프에 온수를 통하게 한다든가 공기를 데우는 식의 꼴사나운 현대적 설비로 내 집의 난방을 할 경우, 앉아서 바라보면 경이의 세계로 변하곤 하는 그 아름답게 이글거리는 난로의 연심(燃心)에서 느끼는 감흥과 똑같은 감흥을 느낄 수 있을까? 하늘의 버림을 받은 아파트나 호텔의 거주자들이 과학의 힘을 빌려 효율적이고 경제적으로 난방을 한다면 그렇게 하게 내버려 두자. 만약에 내가 난방법을 선택해야 한다면, 나는 그런 과학적 난방을 하느니 차라리 어떤 이탈리아인이 그랬듯이 외투를 뒤집어쓰고 앉아서 열쇠로 화로에 피운 숯불의 은회색 표면이나 살살 뒤적이고 있겠다. 사람들은 우리가 모든 석탄 자원을 태워 없애고 있으며 그나마 지독히도 낭비하고 있다는 말을 한다. 그건 유감스러운 일이지만 그런 이유에서 어쩌면 내 일생에서 마지막이 될지도 모르는 이 겨울을 아무런 흥도 없이 보낼 수야 없다. 가정의 화덕에서 석탄이 낭비되고 있는지는 모르겠으나, 참으로 지독히 낭비되고 있는 곳은 따로 있으며 그곳이 어딘지는 너무 뻔해서 굳이 지적할 필요조차 없다. 화덕을 만들 때에는 무슨 수를 써서라도 상

식을 활용하도록 하자. 그 좋은 석탄에서 나오는 열량의 반 이상이 굴
뚝을 통해 사라져 버리는 것을 원하는 사람은 없다. 하지만 영국의 다
른 많은 최고 풍습을 보존해야 하듯이 벽난로에 불을 지피는 풍습은
지키도록 하자. 우리의 삶을 보람 있게 해 주는 다른 많은 것들이 그
러하듯 벽난로도 그 성질상 언젠가는 과거의 것이 되겠지만, 바로 그
런 이유에서 벽난로에 불을 지피는 풍습을 되도록 오랫동안 향유하지
않아서야 되겠는가? 머지않은 장래에 인간은 환약 형태로 영양을 섭
취하게 될지 모르지만, 그런 복된 경제 생활이 예견된다고 해서 내가
식탁에 앉아 한 덩이의 고기를 먹으며 가책을 느낄 필요는 없다.

　난롯불과 갓을 씌운 등잔불이 어울리면 얼마나 정겨운가. 이 두 가
지 불은 방을 밝히고 데움에 있어 각기 제몫의 역할을 한다. 난롯불
이 타면서 끄럭거리는 소리나 나직이 톡톡 터지는 소리를 낸다면, 등
불에서는 기름이 심지로 빨려 올라가면서 이따금 작게 쪼르륵 소리
를 낸다. 습관적으로 나에게는 이런 소리가 즐겁다. 이 두 가지 소리
와 섞이는 또 하나의 소리는 조용히 째깍거리는 벽시계 소리이다. 열
병 환자의 맥박처럼 소란하게 째깍거리는 작은 벽시계는 주식 거래
상의 사무실에나 어울릴까 나에게는 견딜 수 없다. 내 방 시계는 아
주 천천히 속삭이므로 마치 나만큼 일 분 일 분을 음미하고 있는 듯하
다. 이 시계는 시각을 알리는 종을 칠 때 그 작은 은빛 소리가 달콤하
고 내 인생에서 또 한 시간이, 그것도 아주 소중한 한 시간이, 셈되었
음을 알려주지만 조금도 슬프지는 않다.

(우리의 나날은) 사라져서 우리의 셈으로 치부될 것이니*

Quae nobis pereunt et imputantur.

등불을 끄고 나서 문간에 이를 때면 나는 늘 돌아서서 뒤돌아보곤 한다. 꺼져 가는 석탄불에 비친 내 방이 너무 유혹적으로 아늑해서 나는 쉽게 문 밖으로 나갈 수가 없다. 그 따뜻한 불은 번쩍이는 목재, 의자, 책상, 책장 그리고 호화 장정본의 금박 제목에서 반사된다. 그 빛이 이쪽 그림을 비추는가 하면 저쪽 그림에는 어둠을 흩어 놓는다. 요정 이야기에서처럼 책들은 저희끼리 이야기를 나누기 위해 내가 방을 나가 주기를 기다리고 있으리라는 생각이 든다. 시들어 가는 석탄불에서 불꽃 하나가 날름거리며 솟아오르자 천장과 벽에 그림자들이 얼른거린다. 나는 아주 흐뭇이 숨을 내쉬면서 밖으로 나가 조용히 문을 닫는다.

---

* 마르티알리스(Marcus Valerius Martialis)의 『경구집』 V. xx. 13. 서양 사람들은 인간이 이 세상에서 사는 동안 남긴 행적이 하늘나라의 장부에 기입되는 것으로 여겨왔다.

2

오늘 오후 나는 저녁노을 무렵에 집으로 돌아왔다. 산책 끝이라 피곤한 데다 약간 춥기도 해서 처음에는 난로 앞에 웅크리고 있다가 이내 난롯가에 깔아 놓은 융단 위에 주저앉아 게으름을 피우고 있었다. 나는 손에 책 한 권을 쥐고 난로 불빛에 비추어 읽기 시작했다. 몇 분후에 일어나니 창백한 바깥 빛으로도 여전히 책을 읽을 수 있었다. 갑자기 바뀐 조명이 나에게는 기이한 효과가 있었다. 뜻밖에도 나는 바깥에 어둠이 내리지 않았다는 것을 잊고 있었던 것이다. 나는 그 사소하지만 신기한 체험 속에서 하나의 지적 상징을 보았다. 들고 있던 책은 시집이었다. 난로에서 나오는 그 따뜻한 불빛은 그 책에 실린 시가 상상력이 풍부하고 친화성이 있는 독자들에게 읽히듯이 읽혀지게 하는 데 반해서, 밖에서 창을 통해 들어오는 그 차갑고도 둔탁한 빛은 그 시집에서 아주 초라한 자의(字義)밖에 찾아내지 못하거나 아무 의미도 찾지 못하는 사람들에게 읽히듯이 읽혀지게 하지 않을까?

3

어떤 일에 푹 빠지고 싶은 욕구가 강하게 엄습해 올 때 겁 없이 약간의 돈을 쓸 수 있다는 것은 아주 즐거운 일이다. 하지만 남에게 돈을 나누어 줄 수 있다면 얼마나 더 즐거울까! 나는 이 경이로운 새 삶을 진정으로 즐기고 있지만 이 새 삶이 가져다준 기쁨도 궁핍에 빠져 있는 다른 사람을 도와주는 기쁨에 비할 수는 없다. 언제나 쪼들리는 처지에 있는 사람은 오직 자기 자신만을 위해 살 수 있을 뿐이다. 도덕적 선을 베푸는 일이 말하기는 아주 쉬우나 실제로 물질적 궁핍 속에서는 그런 선을 베풀 수 있는 여지나 희망이 별로 없다. 오늘 나는 S에게 50파운드짜리 수표를 한 장 보냈다. 이 수표는 그에게 하늘이 내린 은혜가 될 것이고, 받는 사람뿐만 아니라 보내는 사람까지 축복해 줄 것임이 분명하다. 50파운드라면 보잘것없는 액수이므로 부유한 바보라면 부질없고 간악하고 허황한 짓을 하는 데 아낌없이 던져 버리고도 아까워하지 않을 만한 액수이다. 그러나 S에게는 그 돈이 생명이요 빛을 의미할 것이다. 남에게 이런 은혜를 베풀 수 있는 능력이 나에게는 아주 새로운 것이었으므로 나는 떨리는 손으로 그 수표에 서명을 했다. 그처럼 기쁘고 자랑스러웠던 것이다. 지난날에도 나는 이따금 남에게 돈을 주었지만 그때는 다른 이유에서 손이 떨렸다.

캄캄하게 안개 낀 아침 나 자신이 참담한 궁핍 때문에 구걸을 하러 나서게 될 수도 있었기 때문이었다. 그게 바로 가난의 쓰라린 저주 중의 하나이다. 가난은 관대해질 수 있는 권리를 우리에게 전혀 허용하지 않는다. 나에게 풍요로운 것도 부유하게 일상생활을 하는 사람들이 보면 겨우 입에 풀칠하는 것 정도에 불과하겠지만, 나는 나의 풍요에서 얼마를 떼어 남에게 주며 가장 행복한 자유로움을 느낀다. 나는 궁핍한 처지가 가하는 매를 맞기 위해 웅크린 채 등을 내밀고 있는 노예가 아니라 한 사람의 온전한 인간이 되었다고 느낀다. 내가 알기로는, 제신(諸神)에게 당치도 않게 감사를 드리는 사람들*이 있는데, 이런 일은 재산 문제에서 일어나기가 가장 쉽다. 하지만 욕망을 줄이고 그것을 충족시키는 데 필요한 돈보다 약간 더 많은 돈을 가진다는 것은 얼마나 좋은 일인가!

---

* 밀턴의 『코머스(*Comus*)』에 나오는 "그 번창하는 목축과 풍성한 농사에 대해 그들이 경망스럽게 춤을 추며 너그러운 목신을 찬양하고 제신(諸神)에게 당치 않게 감사를 드릴 때"라는 구절 참조.

4

　며칠 동안 비도 없이 잔뜩 찌푸린 하늘에 겨울철답지 않게 날씨가 따뜻해서 마음을 무겁게 하더니 오늘 아침에 깨어 보니 대지에 두터운 안개가 덮여 있었다. 동은 트지도 않았고 밝아질 시간이 훨씬 지났는데도 창에는 창백하고 침울한 빛이 비치고 있을 뿐이었다. 이제 한낮이 되니까 깡마른 나무들이 희미하게 보이기 시작한다. 정원의 흙바닥에 뚝뚝 떨어지는 음산한 물방울 소리는 공중의 수증기가 응고되기 시작했으며 곧 비로 변할 것임을 말해 준다. 오늘 같은 날 난로 불이 없다면 내 기분은 꽤 언짢을 것이다. 불꽃은 노래하듯 소리를 내며 타오르고 유리창에 빨갛게 비쳐 아름답다. 나는 생각을 독서 쪽으로 돌리지 못하고 있다. 내가 아무 일도 하지 않고 앉아 있으면, 내 생각들은 별의별 것들에 우울히 집착할 것이다. 그러니 오래된 습관대로 펜이나 기계적으로 움직여 시간을 낭비하고 있다는 느낌이라도 없애는 것이 좋겠다.*

　런던의 안개가 생각난다. 침침한 황색 안개 혹은 거저 검기만 하던

---

*　앨프리드 테니슨의 장편 추도시 『인 메모리엄(*In Memoriam*)』 V, ii에서 볼 수 있는 "기계적인 시 쓰기가 마약처럼 고통을 잠재워 준다"는 구절 참조.

안개가 끼는 날이면 나는 흔히 아무 일도 하지 못했고 소화불량증에 걸린 부엉이가 되어 맥없이 눈이나 끔벅이며 빈둥거리기만 했다. 언젠가 한번 바로 그런 날 내 방에 석탄과 등잔 기름이 떨어졌는데도 무일푼이라 어느 것도 사지 못했던 적이 있었다. 내가 할 수 있는 일이라고는 하늘이 다시 보이게 될 때까지 침대로 가서 누워 있는 수밖에 없었다. 하지만 이튿날도 안개는 전날처럼 짙었다. 나는 어둠 속에서 일어났고 내 다락방 창가에 서서 길거리가 한밤처럼 조명되어 있는 것을 내다보았다. 가로등과 상점의 앞면이 똑똑히 보였고 사람들은 볼일을 보고 있었다. 사실은 안개가 위로 올라갔지만 여전히 지붕 위에 걸려 있어서 그 어떤 하늘의 빛도 뚫고 들어오지 못했다. 나는 내 고독을 더 이상 견디지 못하고 밖으로 나와 여러 시간 동안 거리를 걸어 다녔다. 내가 돌아왔을 때 내게는 방을 데우고 밝힐 수 있게 해 줄 주화 몇 닢이 마련되어 있었다. 나는 소중히 여기던 책 한 권을 고서점에 내다 팔았고, 그래서 주머니에 든 돈만큼 나는 더 가난해져 있었다.

그 몇 년 후에 다시 한 번 검은 아침을 맞았던 일이 생각난다. 그런 때는 으레 그랬듯이 그날도 나는 지독한 감기를 앓고 있었다. 밤새 잠을 자지 못했던 나는 일종의 무력감에 빠져서 한두 시간 동안 무의식 상태에 있었다. 끔찍한 외침 소리에 나는 정신을 차렸다. 어둠 속에 일어나 앉으니 길에서 사람들이 얼마 전에 있었다는 교수형 소식을 외치며 다니는 소리가 들렸다. "○○ 부인의 처형 뉴스입니다." 그 여자 살인범의 이름이 기억나지 않는다. "교수형장 광경이 보도되었습니다!" 아침 아홉 시가 막 지났는데도 상업적인 신문에서는 재빨리 형 집행 보도판(版)을 내놓았던 것이다. 한겨울 아침 음침한 만장(挽 章) 같은 안개 속에서 지붕과 길에는 검댕투성이의 눈이 덮여 있는데 내가 자리에 누워 있는 동안 그 여인은 끌려 나가 교수형을 당했던 것 이다. 하필이면 교수형을. 하늘에는 "더럽고 지독한 증기의 응결체"* 뿐인데 주택들이 황무지처럼 늘어서 있는 곳에서 내가 그만 진저리를 내며 죽을지도 모른다는 생각을 하니 무서워졌다. 나는 겁에 질린 채 일어나서 움직여 보았다. 블라인드를 걷어 올리고 등잔을 켜고 또 난 로 불을 활활 지핀 후 나는 아늑한 밤중이라고 여기려고 애를 썼다.

5

어두워진 후 길에서 산책을 하는데 문득 런던의 거리들이 생각났 다. 그러자, 마음이 부리는 조화 탓인지, 런던에 가 보았으면 하는 생 각이 들었다. 빛이 환한 상점 진열창, 비에 젖어 누렇게 번질거리는 포장도로, 갈 길이 바쁜 사람들, 마차 및 승합차 같은 것들이 눈에 선 해지자 그만 나는 그 모든 것 속에 다시 섞여 보고 싶어졌다.

* 「햄리트」 2막 2장 315.

이게 모두 내가 다시 젊어지고 싶다는 의미가 아니고 무엇이겠는가? 런던의 거리 모습이 문득 마음속에 떠오르는 일이 종종 있다. 아마도 가장 황량하고 가장 흉측한 거리일 테지만 한순간 나에게 향수를 느끼게 한다. 이슬링턴의 하이 스트리트가 흔히 생각나는데 그 거리에 가 보지 못한 지가 4반세기나 된다. 런던에 있는 거리 중에서 그 거리만큼 매력 없는 곳은 없을 거라고들 말할 것이다. 하지만 나는 지금 그 거리를 걷고 있는 나 자신을 그려 본다. 젊은이의 걸음이라 빠르고 가벼운데 물론 바로 그 점에 매력이 있다. 하루 종일 외로이 일을 한 후 숙소를 나서고 있는 나 자신을 그려 본다. 날씨는 아무래도 상관없다. 비가 오든 바람이 불든 안개가 끼든 무슨 상관이란 말인가! 신선한 공기가 내 허파를 채우고 피는 활기 있게 순환한다. 나는 근육의 힘을 느낄 수 있고 디디고 다니는 포장석이 딱딱해서 좋다. 아마도 주머니에는 돈도 있으리라. 지금은 극장에 가는 길이고 관람이 끝난 후에는 저녁밥을 먹으리라. 소시지와 으깬 감자에 한 파인트의 거품 있는 맥주면 족하다. 나는 얼마나 풍미 있게 그 모든 것을 알뜰히 즐기려 하는가! 극장의 아래층 좌석 출입구에서 나는 관중들에게 이리저리 떠밀리겠지만 그걸 재미있다고 여길 것이다. 나를 지치게 하는 것은 없다. 늦은 밤에 나는 이슬링턴의 숙소까지 내내 걸어가며 십중팔구 노래를 부를 것이다. 내가 행복하기 때문은 아니다. 아니고말고. 나는 행복과 거리가 멀다. 하지만 내 나이가 아직도 스물몇 살밖에 되지 않으며 나는 힘이 있고 건강한 것이다.

이 춥고 습한 겨울밤에 내가 다시 어느 런던 거리에 서 있다면 필경 살벌한 불편을 느끼며 어쩔 줄 몰라 할 것이다. 하지만, 내 기억이 옳다면, 그 옛날에 나는 일기가 나쁜 계절을 더 좋아했다. 사실 나에게는 참된 도시인의 본능이 있었기 때문에 인위적으로 조성된 환경이 자연 조건을 누르고 기세를 떨치는 데서도 기쁨을 찾았고, 도시가 아닌 다른 지역에서라면 오싹한 불만감을 자아냈을 악천후 속에서도 바쁜 삶의 휘황함과 소란을 즐길 수가 있었다. 이럴 때에는 극장이 여느 때보다도 두 배나 더 따뜻하고 밝다. 모든 가게는 아늑한 안식처가 되고, 카운터 뒤에 서 있는 점원이 아주 편안한 자세로 손님들의 시중을 들면서 한담을 나누려 한다. 저녁 식사를 할 수 있는 바(bar)는 그 많은 가스등 아래 구미를 돋우는 음식을 진열해 두고, 술집은 주머니에 용돈이 있는 사람들로 가득하다. 그때 피아노 오르간* 소리가 터져 나온다. 세상에 이보다 더 즐거운 일이 있을 수 있을까?

내가 실로 그처럼 즐거워했다는 것을 지금은 믿기조차 어렵다. 하지만 그 당시 나에게 삶이 어떻게든 견딜 만하게 되지 않았던들 어찌 그 숱한 세월을 살아올 수 있었을 것인가? 인간에게는 궁핍에 적응하는 경이로운 능력이 있다. 만약 지금 내가 다시 그 누추한 런던으로 돌아가서 참으며 일하는 수밖에 별 도리가 없다면, 그렇게 해야 하지 않을까? 약방 출입이 잦을 거라는 생각이 들지만 아마 참으며 일하고 있을 것이다.

---

* 손잡이를 돌려 멜로디를 자아내는 악기.

6

　나의 하루에서 가장 빛나는 순간 중의 하나는 오후 산책을 마치고 약간 지쳐서 돌아온 후 구두를 슬리퍼로 갈아 신고 외출복은 초라하나 몸에 편하고 익숙한 저고리로 갈아입고 팔꿈치를 편하게 놓을 수 있는 안락의자에 푹 빠져 앉아 찻잔 쟁반이 들어오는 것을 기다릴 때이다. 아마도 내가 느긋한 느낌을 가장 즐길 수 있는 것도 바로 차를 마시는 동안일 것이다. 지난날에는 앞에 놓인 일감을 생각하면서 그만 조급해지고 흔히 곤혹스러워진 나머지 다과를 그저 삼키기만 했다. 그래서 마시는 차의 아로마와 풍미를 전혀 느끼지 못하는 때가 허다했다. 지금은 찻종이 나타날 때 내 서재 속으로 부드럽게 스며오는 냄새가 얼마나 향기로운가! 첫 잔이 주는 위안과 다음 잔을 신중하게 조금씩 마시는 즐거움을 어디에 비할 것인가! 싸늘한 빗속에서 산책을 마치고 돌아왔을 때 그 한잔의 차가 몸을 얼마나 후끈하게 해 주는가! 차를 마시는 동안 나는 서가에 꽂힌 책이며 벽에 걸린 그림들을 둘러보고 그것들이 조용히 놓여 있는 것을 보며 행복감을 맛본다. 나는 파이프 쪽으로 눈을 돌리고 아마도 생각에 잠긴 채 파이프에 담배 채울 준비를 할 것이다. 담배는 그 자체로도 안온하게 영감을 고취해 주지만 차를 마신 후에 담배를 피우면 다른 어느 때보다도 우리의 마음을 더 무마해 주고 인간적인 사념을 더 많이 암시해 준다.

오후에 차를 달여 마시는 풍습은 축제라고 해도 손색이 없겠는데, 가정적인 것을 만들어 내는 영국민의 천재성이 이 차 마시는 풍습에서보다도 더 두드러지게 드러난 데는 어디에도 없다. 수수하게 사는 사람들의 집에서도 차를 마시는 시간에는 무언가 신성한 데가 있다. 왜냐하면 그 시간이 하루 동안의 집안일과 걱정거리가 끝나고 안식으로 가득한 사교적인 저녁 시간이 시작됨을 의미하기 때문이다. 찻잔과 접시가 부딪는 소리만 들어도 마음은 행복한 휴식의 기분에 젖어들 수 있다. 나는 사람들이 오후 다섯 시에 최신식 응접실에서 벌이는 다과회에 대해서는 아무 흥미도 없다. 그런 모임은 세상 사람들이 관여하는 다른 모든 일처럼 부질없고 지겹다. 내가 말하는 것은 세속적인 의미와는 전혀 다른 의미에서 우리가 편안함을 느낄 수 있는 그런 다과 모임이다. 다과를 차려 놓은 식탁으로 낯선 이들을 불러들인다는 것은 신성모독이다. 반면에 영국인의 손님 대접 풍습이 가장 정겨운 면모를 드러낼 수 있는 곳도 바로 다과 모임이다. 친구는 한잔의 차를 얻어 마시기 위해 들를 때 가장 반가운 환영을 받는다. 차를 들고 나서 아홉 시에 저녁밥을 먹을 때까지 아무것도 먹지 않기 때문에 오후에 마시는 차가 실로 하나의 끼니가 되다시피 하는 영국에서는 이 오후의 다과가 진정한 의미에서 하루에서도 가장 마음 편한 끼니이다. 중국인들은 수천 년 동안 차를 마셔왔지만, 지난 백여 년 동안 차가 영국인들에게 가져다 준 즐거움이나 행복에 비한다면 중국인들이 그 백만 분의 일이라도 누려 왔다고 생각할 수 있을까?

가정부가 차 쟁반을 들고 들어올 때 나는 그녀를 즐겁게 바라본다. 그녀의 태도에는 잔치 분위기가 감돌지만 마치 자기에게 명예가 되는 역할이라도 수행하고 있듯이 그녀의 미소에는 일정한 엄숙함이 들어 있다. 그녀는 이미 저녁 시간을 보내기 위한 차림을 하고 있다. 이 말은 그녀가 일하는 시간에 입는 그 깨끗하고 단정한 옷을 벗고 난롯가에서 여가를 즐기기에 알맞은 옷으로 갈아입고 있다는 뜻이다. 그녀의 뺨이 상기된 것은 향기로운 토스트를 굽고 있었기 때문이리라. 그녀는 내 방을 훑어보지만, 모든 것이 잘 정돈되어 있다는 것을 확인하고는 즐거워할 뿐이다. 해야 할 중요한 일이 이런 시간에까지 남아 있다는 것은 생각조차 할 수 없다. 내가 편안한 자세를 바꾸지 않고 차를 들 수 있도록 그녀는 벽난롯불이 비치는 곳으로 작은 탁자를 옮겨 놓는다. 혹시 그녀가 입을 연다 해도 한두 마디의 유쾌한 말을 하는 데 그칠 것이다. 혹시 중요한 일을 상의해야 할 경우에도 그녀는 내가 차를 마시고 난 후까지 기다릴 것이고 그전에는 입을 열지 않을 것이다. 그녀는 그렇게 해야 한다는 것을 본능적으로 안다. 그녀는 내가 외출한 사이에 돌보았던 벽난로에 새로 떨어진 재를 안으로 쓸어 넣기 위해 몸을 숙일지도 모른다. 그 일은 재빨리 조용히 끝난다. 그러고 나면 그녀는 여전히 미소를 띤 채 물러난다. 나는 그녀가 그 따뜻하고 아늑하고 향기로운 부엌으로 돌아가서 이제는 자기 몫의 차와 토스트를 들려고 한다는 것을 안다.

7

영국 음식을 헐뜯는 말을 우리는 자주 들어 왔다. 영국의 전형적 조리사들은 솜씨가 조잡하고 상상력이 없는 녀석들이라 기껏 굽고 끓이기밖에 할 줄 모른다는 것이다. 날고기나 꿀꺽 삼키는 육식동물을 제외한 모든 사람들이 영국인의 식탁에 차려진 음식을 지겨워하고 역겨워할 거라는 말도 한다. 우리가 먹는 빵은 소화가 잘 안 되는 가루 반죽 덩이이므로 유럽에서는 최악이라느니, 우리 채소는 맛을 분간하는 인간보다도 굶주린 짐승들의 먹이로 더 알맞을 거라느니, 커피나 차 같은 더운 음료마저도 너무 부주의하게 아무렇게나 달이기 때문에 다른 나라 사람들이 알고 있는 차의 장점을 단 한 가지도 지니고 있지 않다느니 하는 말도 들린다. 분명히 이런 비난의 근거를 설명할 증거는 얼마든지 있다. 우리가 고용하는 하인들의 출신 계층은 저속하고 우둔하다는 것을 부인할 수 없고, 그들이 온갖 분야에서 보이는 솜씨 또한 그 계층 특유의 성격을 그대로 드러내고 있기 일쑤이다. 이 모든 비난에도 불구하고 영국인의 음식물은 그 질에 있어서 세계 최상이고 영국인의 음식 조리법은 온대지방에서 볼 수 있는 다른 어느 조리법보다 더 건전하고 더 구미를 당긴다.

우리 영국의 다른 많은 장점이 그렇듯이 우리는 이 조리법을 무의식적으로 성취해 왔다. 영국의 보통 여인들은 조리를 할 때 아마도 음식을 씹어 먹을 수 있게 해야 한다는 생각밖에 하지 않을 것이다. 그러나 음식이 잘 조리되었을 때 그 결과를 살펴본다면 일종의 조리 원칙이 부각될 것이다. 그 원칙보다 더 단순한 원칙은 없고, 또 더 바르고 합리적인 원칙도 없을 것이다. 영국식 조리법의 목표는 인간에게 영양을 공급하는 식재료를 조리해서 건강한 구미를 가진 사람들이 즐길 수 있도록 그 원료 본연의 즙과 풍미를 끌어내는 데 있다. 조리사에게 일정한 선천적·후천적 조리 기술이 있을 때 이런 요리에서 괄목할 만한 성공을 거둔다. 우리가 먹는 쇠고기는 진짜 쇠고기 맛이 나며, 가장 잘 조리될 경우 이 세상 어느 나라에서도 맛볼 수 없는 그런 쇠고기가 된다. 우리가 먹는 양고기는 양고기의 가장 순수한 본질을 맛보게 한다. 조리된 사우스다운종(種) 면양의 어깨 토막을 카빙 나이프로 자를 때 분출해 나오는 첫 육즙을 생각해 보시라. 우리가 먹는 여러 가지 채소도 각각 특징적 단맛을 낸다. 이처럼 우리는 음식의 진짜 맛을 위장하려는 생각을 결코 하지 않는다. 그런 위장 절차가 필요하다면 그건 이미 그 음식에 무언가 잘못이 있기 때문이다. 안다니로 자처하는 사람들이 우리 영국인에게는 소스가 한 가지밖에 없다고 하며 비웃기도 한다. 그러나 사실 우리에게는 고기의 종류만큼 많은 수의 소스가 있는 셈이다. 모든 고기는 조리 과정에 그 본연의 즙이 나오며, 이 즙이야말로 우리가 생각할 수 있는 소스 중에서도 최상품이다. 오직 영국인만이 '육즙(gravy)'이라는 말의 뜻을 안다. 그러므로 소스 문제에 관해 발언할 자격이 있는 사람은 영국인뿐이다.

물론, 이런 요리 원칙은 최고 품질의 식품을 전제로 한다. 만약 우리가 조리하는 쇠고기와 양고기가 그 고유의 차별적 맛을 거의 가지고 있지 못하다면, 그래서 그 고기들이 송아지 고기로 여겨질 수도 있을 지경이라면, 우리는 전혀 다른 방식으로 요리를 하고 있을 것이다. 그런 경우 요리의 목표는 고기 맛을 가장하고 위장하고 이질적인 맛을 첨가하는 데 있을 것이고, 요컨대, 식품 본연의 맛을 강조하는 것과는 상관없는 다른 조리를 하게 될 것이다. 다행히도 영국인들은 이런 편법에 의존해야 할 지경으로 몰렸던 적이 한 번도 없다. 쇠고기나 돼지고기든 가금류든 생선이든 모든 고기류의 식품은 그 고유의 맛을 분명히 드러내면서 식탁에 오르므로 다른 고기와 혼동될 가능성이 전혀 없다. 영국에서 보통 조리사에게 한 토막의 대구를 주고서 그녀 고유의 방식으로 조리하게 해 보시라. 그 착한 여인은 그 대구 토막을 조심스럽게 삶기만 할 것이고 그것으로 조리를 끝낼 것이다. 그녀가 다른 어떤 기술을 활용하여 조리한다 하더라도 하늘이 대구라는 물고기에게 부여해 준 특별한 맛을 더 두드러지게 하고 더 먹음직하게 할 수는 없었을 것이다. 여러 종류의 고기 토막들이 진열되어 있다고 생각해 보자. 그 토막들은 각기 제 나름의 맛을 아주 당당하게 지니고 있어서 다른 토막의 고기들과는 전혀 다르지 않은가. 양의 다리 하나를 삶아 놓았다고 생각해 보자. 그것은 어디까지나 양고기이고 그것도 최고의 양고기이다. 자연이 인간에게 그것보다 더 맛좋은 것을 준 적이 없다. 그러나 바로 그 양다리를 구워 내면 역시 양고기는 양고기지만 그 맛이 어쩌면 그렇게 거룩하게 달라질까! 중요한 것은 이

맛의 차이가 자연스러운 것이며 그 차이를 이끌어냄에 있어서 우리가 어떤 인간적 변덕이 아니라 영원한 사물의 법칙에 순종한다는 것이다. 이 점에서 인위적 조미는 불필요할 뿐만 아니라 음식 맛을 해치기만 한다.

송아지 고기의 경우에는 우리가 이른바 '스터핑'*을 요구하기도 한다. 송아지 고기는 비교적 맛이 없기 때문에 그 고기에 들어 있는 맛을 끌어내어 돋보이게 하는 최선의 방법을 우리는 체험을 통해 알아낸 것이다. 스터핑은 고기 맛을 위장하거나 위장하려 하지 않으며 오직 그 맛을 강조할 뿐이다. 훌륭한 송아지 고기 스터핑이야말로—생각해 보시라!—그 자체가 영국인의 조리 본능이 거둔 승리라 할 수 있다. 스터핑은 맛이 부드러우나 소화액 분비에는 강력한 작용을 한다.

내가 송아지 고기를 맛이 없다고 했던가? 영국의 쇠고기나 양고기와 비교할 경우에만 그 맛이 뒤처진다는 뜻이었음을 덧붙여 두어야겠다. 사실 멋진 송아지 고기 토막의 가장자리가 갈색을 띠게 조리되어 있는 것을 상상해 본다면, 맛없다는 말을 함부로 할 수 없을 것이다.

---

* 빵가루에 조미료를 섞어서 칠면조 같은 육류 속에 채워 요리하는데 이를 스터핑(stuffing)이라고 한다.

8

영국적인 것들을 찬미하고 나면 흔히 있는 일이거니와, 내가 지나가 버린 옛 시절이나 찬미했구나 싶어서 뒷맛이 개운치 않다. 영국의 육류 문제만 해도 그렇다. 신문 보도에 의하면, '영국산 쇠고기'라고 하는 것은 이제 존재하지 않으며 그런 이름으로 팔리고 있는 최고급 고기도 도살되기 전에 짧은 기간 영국에서 사육된 것뿐이라고 한다. 그거야 그렇다 치고, 아직도 우리가 먹는 육류의 품질이 훌륭하므로 고맙게 여길 수 있을 뿐이다. 진짜 영국 양고기는 아직도 있지 않나 싶다. 내가 어제 먹었던 것 같은 그런 맛좋은 어깨살 양고기는 다른 어떤 나라에서도 생산할 수 없을 것이라고 확신한다.

하지만 누가 알랴? 아마 우리 영국 요리가 그 전성시대를 지났을 수도 있다. 오늘날 다수의 영국민이 제대로 '로스트(roast)'된 살코기를 맛보지 못한다는 것은 슬픈 일이다. 사람들이 이른바 '로스트'한 고기라고 부르는 것은 오븐에서 구운 것인데, 그 맛이 제대로 로스트된 고기와 비교할 때에만 떨어질 뿐 먹을 만하다는 것을 인정은 하지만, 그래도 그것은 제대로 로스트된 고기와는 전혀 다르다. 내가 3, 40년 전에 먹었던 기억이 있는 그 옛날의 '설로인(sirloin)'이 지금은 어디로 갔는가! 그게 바로 영국 쇠고기의 맛이었고 그 점에 오해는 있을 수 없다. 그리고 문명의 역사를 모두 뒤져도 그런 쇠고기에 필적할 만한 고기가 일찍이 인간의 식탁에 올랐던 사례를 찾아볼 수 없을 것이다. 그런 쇠고기 토막을 김이 어린 오븐 속에 처넣어 구워 냈다면 이는 신과 인간의 용서를 모두 받을 수 없는 죄가 될 것이다. 나는 그 고기가 쇠꼬챙이에 꽂힌 채 빙빙 돌고 있는 것을 내가 눈으로 직접 보지 않았던가! 거기서 발산되는 냄새는 그 자체로 소화불량증의 치료제가 될 만했다.

삶은 쇠고기 한 점을 맛본 지도 아주 오래되었다. 삶은 쇠고기도 점점 희귀해지고 있지 않나 싶다. 우리 집 같은 작은 가정에서 큼직한 홍두깨살 토막을 조리한다는 것은 실용성이 없다. 우리의 수요에 비해 그 토막은 필경 너무 크다고 할 수밖에 없다. 하지만 내 마음은 지금 그 큰 고기 토막에 대한 기막힌 기억을 하고 있지 않은가! 조리할 때 홍두깨살의 색깔이 변해가는 것 자체가 얼마나 풍성하고 고우며 또 오묘하게 다채로운가! 그 냄새는 로스트 비프의 냄새와 전혀 다르지만, 논란의 여지가 없는 쇠고기 냄새이다. 물론 당근까지 곁들여서 고기를 뜨겁게 차려 놓으면 제왕이 먹어도 손색이 없는 요리가 된다. 하지만 식혀서 차게 먹을 때 그 맛은 더 고귀해진다. 오, 널찍이 잘라 놓은 얇은 고기 조각 가장자리에 굳은 비계가 붙어 있는 것을 바라보기만 해도 군침이 돌지 않는가!

영국인은 양념을 아끼지만 우리가 쓰는 양념들은 인간이 발명해 낸 양념 중에서 최상의 것들이다. 게다가 우리는 그 사용법까지 알고 있다. 나는 한 참을성 없는 요리 개혁론자가 영국인의 겨자 사용법을 비웃으면서 음식의 성질을 두고 생각할 때 양고기에 겨자를 곁들여 먹어서 안 될 이유가 어디 있느냐고 따지는 것을 들은 적이 있다. 그 물음에 대한 답은 아주 간단하다. 그 법칙은 영국인의 미각이 만들어 냈으며 그건 흠잡을 데 없는 미각이라는 것이다. 교육을 받은 영국인이라면 식탁에 관계되는 모든 문제에서 오류 없는 가이드가 될 수 있다. 테니슨*은 삶은 쇠고기와 햇감자에 대한 자기 기호를 정당화하면서, "탁월한 지성인은 먹어서 좋은 음식이 무엇인지를 안다"고 말한 적이 있다. 그런데 나는 이 말을 우리 나라의 모든 계명된 사람들에게 적용하고 싶다. 우리는 가장 뛰어난 맛, 가장 참된 음식의 결합이 아니면 그 어느 것에도 만족하지 않는다. 우리의 부와 복된 자연 환경은 우리의 타고난 적성에 걸맞은 입맛 교육을 허용해 주었다. 내가 방금 언급한 햇감자만 해도 그렇다. 우리 요리사들은 햇감자를 조리할 때 냄비에 박하 한 줄기를 넣는다. 천재적인 발상이다. 그러지 않고는 감자 맛을 그처럼 완벽하게 그처럼 섬세하게 드러낼 수 없을 것이다. 감자에 박하 맛이 배어 있고 우리는 그걸 알지만, 우리 입은 오직 햇감자로만 알고 먹는 것이다.

---

*   앨프리드 테니슨(Alfred Tennyson, 1809~1892)은 빅토리아 시대의 영국 시인.

9

내가 보기에 채식주의자들의 문헌에는 이상한 페이소스가 들어 있다. 한때는 나도 배고프고 가난한 자의 취향으로 채식주의자들의 정기간행물이나 팸플릿이나 읽으며 육류야말로 전적으로 불필요하고 혐오스럽기까지 한 식품이라고 나 자신을 열심히 설득하려 한 적이 있다. 만약 이런 문헌들이 오늘날 내 눈에 띈다면 가난 때문에 자기네 의지와는 상관없이 이런 화학적 식이관(食餌觀)에 찬동하며 살아야 하는 사람들에 대해 나는 거의 유머러스한 연민을 느끼게 될 것이다. 지금 내 눈에는 몇 군데 채식 전문 식당이 떠오른다. 그런 곳에서 나는 최소한의 지출로 내 갈망하는 위를 만족시키고 있는 척한 적이 여러 번 있었다. 그런 곳에서 나는 "맛좋은 커틀릿"이니 "식물성 스테이크"니 하는 이름이 붙은 음식과 헛배만 불릴 뿐 알차지 못한데도 이름만은 그럴듯하게 붙여놓은 음식을 삼켰다. 회고컨대 6펜스만 내면 완벽한 코스로 정찬을 먹을 수 있는 곳도 있었다. 그 음식 목록을 지금은 기억하고 싶지도 않다. 그러나 그 고객들의 얼굴이 눈에 선하다. 가난한 사무원들과 가게의 심부름 소년들 그리고 핏기 없는 얼굴을 한 온갖 부류의 소녀와 아낙들이 렌틸콩 수프라든가 강낭콩을 이렇게 저렇게 요리했다는 음식물에서 맛을 찾아보려고 무진 노력하고 있었다.

나는 렌틸콩이니 강낭콩이니 하는 명칭이 지독히도 싫다. 그 모두 거짓 외양으로 식욕을 기만하고, 도표로 영양가 따위나 분석해 보이면서 속이고, 인간의 음식물이라 자처하며 품질 증명서까지 내세우는 무미건조한 식품들이 아닌가! 그런 콩 한 파운드면 여러 파운드의 황소 엉덩이살 스테이크와 맞먹는다는 소리도 들린다. 그런 것을 증명해 보인다든가 그런 말을 믿는 사람들의 머릿속에는 겨우 몇 온스의 상식도 들어 있지 않다. 그런 것을 음식이랍시고 골라 먹는 나라도 있지만, 영국에서는 오직 궁핍한 사람만이 어쩔 수 없이 그런 걸 먹는다. 렌틸콩이나 강낭콩은 아무 맛도 없을 뿐만 아니라 자주 먹으면 구역질이 난다. 그 영양가를 도표로 보이며 아무리 설교한다 하더라도, 언제나 최고의 판단자인 영국인의 미각은 그 전분질의 가짜 음식물을 배격한다. 그것은 우리 영국인의 미각이 당연히 있어야 할 육류를 곁들이지 않는 채소를 배격하고, 점심식사로는 오트밀이나 핫케이크를 배격하고, 진짜 맥주 대신에 나오는 레몬에이드나 진저에일을 배격하는 것이나 마찬가지이다.

영양소의 화학적 분석이 자연스러운 맛과 대등할 수 있다고 진심으로 믿고 있는 사람들이 있는데 도대체 그들의 지적 도덕적 상태는 어떠할까? 나는 2, 30킬로그램의 최고급 렌틸콩에서 얻을 수 있는 영양보다는 1인치의 제대로 만든 케임브리지 소시지라든가 한두 온스의 질 좋은 황소 위장에서 영양을 취하고 싶다.

10

    채소 이야기가 나왔으니 말인데, 인간이 사는 이 지구에서 올바로 찐 영국 감자 맛에 필적할 만한 채소를 구할 수 있을까? 감자 찌는 것은 조리법이 거둔 위대한 성과 중의 하나인데, 우리 식탁에서 언제나 혹은 자주 잘 찐 감자를 먹을 수 있다고 말하지는 않겠다. 찐 감자가 앞에 놓이면 우리의 육신과 정신은 얼마나 희열하는가! 수수한 입맛을 가진 사람이라면 점잖은 집에서 매일 식탁에 올리는 삶은 감자에서 순박한 위안 이상의 것을 얻을 것이다. 햇감자든 묵은 감자든 삶은 감자가 우리를 즐겁게 한다는 데 대해서는 논란의 여지가 없다. 이런 감자에 대해서 모르거나 또는 소문으로만 듣고서 멸시하는 문명국가 사람들이 있다는 것을 생각해 보시라. 이런 비난꾼들은, 그 스스로는 잘 모르고 있겠지만, 일생 동안 감자라고는 먹지 않은 셈이다. 그들이 감자라는 이름으로 삼킨 음식물은 그 기막힌 특징적 맛을 저속하게 떨어뜨렸거나 아예 망쳐 버린 채소에 불과했던 것이다. 예전에 주부들이 '가루 공'이라고 부르던 감자가 접시에 놓인 채 지극히 부드럽고 오묘한 냄새를 풍기고 있거나 건드리면 부서져서 거의 녹아 버릴 듯하던 것을 한번 상상해 보시라. 그 맛과 뒷맛이 뜨겁거나 식은 상태로 식탁에 오른 고기 토막의 맛과 어쩌면 그렇게 완벽하게 어울릴 수 있었던가를 회상해 보시라. 그리고 나서 감자를 어떤 다른 방식으로 조리했다고 생각해 보시라. 그러면 우리는 무척 슬퍼질 것이다.

11

식품 가게를 지나다가 진열창에서 수입 버터를 보면 화가 난다. 바로 이런 것이 영국의 장래를 내다보는 우리를 우울하게 한다. 영국산 버터의 품질 저하는 우리 민족이 처해 있는 도덕적 상태를 가리키는 최악의 징조 중 하나이다. 당연히 이 버터라는 품목은 그 제조업자들의 덕성이 타락하고 있음을 드러내고 있다. 버터는 낙농업자들의 정직한 자존심 문제가 되어야 하며, 그렇지 않고는 버터의 질이 좋아질 가망이 전혀 없다. 노동력을 아낀다든지 부정직한 이윤을 노린다든지 하는 일을 혐오하거나 경멸하기 시작하는 순간, 버터 교유기(攪乳器)는 그런 악덕을 모조리 드러내게 된다. 그런데, 영국산 버터 중에서는 좀 먹을 만한 것조차 찾기가 점점 어려워지고 있는 것을 보면 그런 악덕이 이미 널리 번지고 있음이 분명하다. 아니, 우리 영국이 프랑스, 덴마크 및 미국산의 낙농품에 의존하게 되다니! 우리에게 참다운 정치가나 진정한 민중의 지도자가 한 사람이라도 있다면 영국의 지주들과 농부들은 자기네가 바보라는 것을 증명해 보이는 소리를 귀가 따갑도록 듣게 될 것이다.

아무도 관심이 없다. 우리를 파멸하려고 위협하는 겉치레와 허세 부리기를 제외하고는 어느 것에도 관심을 가진 사람이 없다. 얼마 전에는 세계 최고였던 영국 식품의 품질이 지금은 떨어지고 있으며, 우리 민족이 조리하는 재주도 쇠퇴하고 있다. 영국을 아는 사람들에게 이런 사실은 중대한 의미를 띠고 있다. 바보 같은 사람들이 "우리의 섬나라다운 요리"에 대해 불평하면서 대륙을 본보기로 개혁하라고 요구를 해 왔는데, 그들은 자기네의 주장을 경청하는 동조자들을 너무 많이 찾아냈다. 그 결과로 머지않아 우리의 탁월한 조리법은 잊히게 될 것이고 변변찮은 조리법과 그런 조리에 적합한 맛없는 식품들이 함께 도입될 것이다. 하지만 한 진실을 일반론으로 말해 본다면 영국적 식이법(食餌法)은 아주 넓은 의미에서의 영국적 덕성과 불가분의 관계에 있음이 분명하다는 것이다.

이 식탁 문화에서 우리가 차지해 온 우월성은 별로 생각을 들이지 않고 달성되었다. 그러므로 지금 우리가 해야 할 일은 과거에 본능적으로 행하던 것들을 되돌아보고 우리가 탁월했던 이유를 알아내어 그 탁월성을 재확립하는 일에 착수하는 것이다. 물론 우리 나라에서 가장 저열한 조리는 런던에서 찾아볼 수 있는데, 사실 많은 병폐가 온 나라에 번지게 된 것도 런던의 과도한 성장 때문이 아닐까 싶다. 런던이야말로 가정 생활의 이상과는 정반대되는 곳이다. 한 사회개혁가는 그쪽으로 눈길조차 돌리려 하지 않고 온 열정을 소도시와 시골 지방에 쏟고 있다. 혹시 그런 지역에서 사회적 병폐가 저지되고 장차 어느

275   겨울

날 재구성된 국민 생활이 거기서부터 런던이라는 부패의 대중심지에까지 영향을 미치게 되길 바란다. 나는 온 영국이 일반 학교보다는 요리학교로 뒤덮이게 되기를 바란다. 그 결과가 한없이 더 희망적일 것이다. 어린 소녀들에게는 책 읽는 것보다도 요리하고 빵 굽는 일을 더 열심히 가르쳐야 한다. 하지만 언제나 염두에 두어야 할 것이 있으니 그것은 음식이 그 고유의 특징적 맛을 최대한으로 낼 때라야 올바로 조리되었다고 여기는 영국인의 위대한 원칙이다. 육즙으로 만든 천연 소스를 제외하고는 각종 소스를 전적으로 잊어버리도록 하자. 후식의 경우도 마찬가지이다. 흔히 '파이'라고 일컬어지기도 하는 구운 타르트 및 끓여서 만드는 푸딩에 대한 영국인의 지극히 높은 이상도 염두에 두도록 하자. 이런 후식들은 가장 건전한 식품이고 일찍이 인간이 발명해 낸 감미로운 과자 중에서 가장 맛있는 것이기도 하다. 다시 빵 이야기를 한다면, 어느새 우리는 잘못 구운 저질 빵을 먹는 데 익숙해지고 있다. 하지만 과거에 우리가 영국의 어느 마을에서든 구할 수 있었던 극히 잘 구운 영국 빵이야말로 우리의 삶을 지탱해 주는 나무랄 데 없는 식품이다. 사회계층의 높고 낮음을 막론하고 영국의 모든 소녀들이 완벽한 빵을 구울 수 있는 실력을 증명해 보이기까지는 시집을 가지 못하게 하는 법이 제정될 수 있다면 오늘날 이 어지러운 영국에 명예혁명이 일어나게 되지 않을까 한번 생각해 보시라.

12

착한 S가 내게 다정한 편지를 보내왔다. 그는 내가 외로이 지내고 있을 것을 생각하면 마음이 아프다고 했다. 여름철이라면 내가 이런 곳에서 살려고 마음먹는 것도 이해되지만, 겨울철에는 런던 같은 도회지로 오는 것이 더 낫지 않겠느냐는 것이었다. 도대체 음침한 낮과 기나긴 밤을 이런 곳에서 어떻게 지낼 수가 있느냐고도 했다.

착한 S가 표한 동정심에 나는 껄껄 웃었다. 이 살기 좋은 데번에는 음침한 날이 드물고, 혹시 그런 날이 닥쳐와도 나는 잠시도 지루하지 않다. 북녘 지방의 그 길고도 사나운 겨울이라면 내게 상당한 정신적 시련을 줄 테지만 이곳에서는 가을 뒤에 찾아오는 계절이 안식의 계절이며 한 해에 한 차례씩 자연이 잠을 자는 계절일 뿐이다. 그래서 이 안식으로 가득한 겨울의 영향 속으로 나도 빠져든다. 난롯가에서 그저 졸면서 한 시간씩 보낼 때가 아주 흔하고, 생각에 잠기는 데 만족한 나머지 들고 있던 책을 내려놓을 때도 자주 있다. 하지만 이곳은 겨울에도 해가 비치는 날이 자주 있는 편이며, 다사로운 햇빛은 자연이 꿈을 꾸며 짓는 미소처럼 보인다. 나는 밖으로 나가서 멀리 헤매고 다니기도 한다. 나뭇잎이 모두 떨어지고 나면 풍경이 변한 것을 눈여겨보는 일이 즐겁다. 여름 동안 숨어 있던 시내며 연못이 눈에 들어온다. 내가 즐겨 걷는 오솔길들도 낯선 모습을 드러내므로 나는 그 길들과 더 친숙해질 수 있다. 그리고 옷을 벗어 버린 나무들의 구도(構圖)에는 희귀한 아름다움이 있다. 어쩌다 눈이나 서리가 내려 차분한 하늘을 배경으로 그물처럼 엉겨 있는 나뭇가지들을 은빛으로 장식하면, 아무리 쳐다보아도 싫증나지 않는 경이로운 광경이 된다.

날마다 나는 보리수나무의 산호색 싹을 바라본다. 이 싹이 터지기 시작할 때면 내 즐거움에 무언가 아쉬움이 섞인다.

중년 시절, 그러니까 내 생애 최악의 시절, 나는 밤잠을 깨우는 겨울 폭풍 소리가 무서웠다. 집을 후려치던 바람과 비가 내 마음에 비참한 기억과 불안한 생각을 가득 채우곤 했다. 나는 누워서 인간끼리 벌이는 야만적 경쟁을 생각했고, 나 자신은 기껏 삶이라는 진창 속에서 짓밟힐 운명임을 자주 그려 보았다. 울부짖는 바람은 고통 속에 처한 세상의 비명으로 들렸고, 비는 약한 자와 억압받는 자들이 흘리는 눈물 같았다. 그러나 지금은 내가 누워서 밤 폭풍 소리를 들을 때 그 어떤 견디기 어려운 생각도 하지 않는다. 최악의 경우에도 나는 한때 사랑했지만 다시 볼 수 없게 된 사람들이나 기억하면서 연민 어린 슬픔에 빠질 뿐이다. 나 자신은 포효하는 어둠 속에서 안락감까지 느낀다. 왜냐하면 나는 주위를 둘러싸고 있는 튼튼한 벽의 힘을 느낄 수 있고 또 내가 고생하던 시절에 늘 내 뒤를 따라다니던 그 누추하고 위태로운 것들로부터의 안전도 느낄 수 있기 때문이다. "불어라, 불어라, 그대 겨울바람이여!"* 나의 삶을 안전하게 지켜 주는 내 수수한 재산을 그대가 날려 보내지는 못하리라. "지붕에 떨어지는 빗소리"**도 내 영혼으로 하여금 의문을 품게 하지는 못하리라. 왜냐하면 나의 삶은 내가 일찍이 원하던 모든 것을, 아니 내가 희망하던 것보다도 무한히 더 많은 것을 내게 주었고 그래서 내 마음 어느 구석에도 죽음에 대한 겁쟁이의 두려움은 도사리고 있지 않기 때문이다.

13

만약 해외에서 온 이방인이 나에게 영국에서 가장 볼 만한 것이 무엇인지 지적해달라고 한다면 나는 우선 그 사람의 지적 수준을 고려할 것이다. 그가 보통 수준의 사람이라면 나는 그의 경탄이나 찬미를 자아내기 위해서 광역 런던 시나 흑향(黑鄕)***이나 남부 랭커셔 지방이나 기타 우리 문명의 다른 특징들, 이를테면 오늘날 다른 나라와 열심

---

* 셰익스피어의 「마음대로 하세요(As You Like It)」 2막 7장 174.
** 테니슨의 시 「록슬리 홀(Locksley Hall)」 78행 참조.
*** 산업혁명 후에 석탄을 태워 동력을 얻어 쓰던 공장들이 영국의 맨체스터와 버밍업 일대에 들어서자 그 지방은 '흑향(the Black Country)'이라고 불리게 되었다. 한편, 남부 랭커셔 지방은 방적공업의 중심지였다.

히 경합하고 있음에도 불구하고 우리 영국이 여전히 흉측함을 빚어냄에 있어서 월등히 앞서고 있는 문명의 양상들을 가리키면서 그런 것들을 눈여겨보라고 할 것이다. 한편, 그 이방인이 지성인이라면 나는 그를 영국의 중부나 서부 지방에 있는 오래된 마을 중의 한 곳으로 데리고 갈 것이다. 그런 곳은 기차 정거장으로부터 얼마쯤 떨어져 있고 그 외관에 있어서 우리 시대의 비교적 저열한 경향에 아직도 물들지 않고 있다. 이런 곳이라야 영국만이 보여 줄 수 있는 것을 볼 수 있을 것이라고 나는 그에게 말할 것이다. 건축물의 수수한 아름다움이라든지, 건물들이 주변의 자연 경관과 완벽히 조화를 이루고 있다든지, 모든 것이 격식은 없지만 깔끔하다든지, 일반적으로 깨끗하고 잘 수리되어 있다든지, 시골집이지만 정원이 우아하다든지, 바라보는 이의 마음속에 음악을 자아내는 정밀(靜謐)과 안정—바로 이런 것들을 보고 느껴야만 그 이방인이 영국의 진가와 힘을 감상할 수 있을 것이다. 사는 곳을 이렇게 꾸며 놓은 사람들을 차별화하는 특징은 무엇보다도 질서에 대한 애착이다. 영국인은 다른 나라 사람들에 비해 "질서는 하늘의 제1법칙"*이라는 진리를 잘 터득하고 있었다. 질서가 있으면 안정을 찾는 것이 당연하고 영국의 가정 생활에서 볼 수 있는 질서와 안정의 결합은 결과적으로 영국 고유의 산물을 빚어냈는데 그것을 우리는 편안(comfort)이라는 이름으로 부른다. 사실 comfort는 그 산물을 가리키는 말로 아주 부족하지만 다른 나라에서도 이 말을 빌려 쓰고

---

* 알렉산더 포프(Alexander Pope)의 『인간론(*An Essay on Man*)』 iv. 49.

있다.*

영국인에게 '편안'의 필요는 그의 최고 특성 중의 하나이다. 영국인이 이런 면에서 변모하여 육체적 · 정신적 평안이라는 오래된 이상에 대해 무관심해질 가능성이 있는데, 그것이야말로 우리 시대에 드러나고 있는 가장 심각한 위험이다. '편안'은 단순한 육체적인 문제에 그치지 않는다는 것을 알아야 한다. 한 영국인 가정에서 볼 수 있는 아름다움과 질서정연함은 그의 모든 삶의 방향을 인도하는 정신에서 그 가치를, 아니 그 존재 자체를 이끌어낸다. 마을을 벗어나 귀족의 저택으로 걸어가 보시라. 그 저택 또한 저택 종류로는 완벽하다. 거기에는 오랜 세월의 위엄이 보이고, 벽이 아름다우며, 주위의 정원과 공원도 오직 영국에서만 볼 수 있는 것으로 비할 데 없이 아름답다. 이 모든 것은 영국의 시골집에서 볼 수 있는 것과 똑같은 정신적 특성을 나타내고 있으며, 차이가 있다면 귀족의 저택에서는 더 많은 활동과 더 많은 책임을 볼 수 있다는 것이다. 귀족이 자기 저택에서 사는 데 싫증이 나서 천박한 백만장자에게 저택을 세놓은 후 호텔이라든가 전세낸 별장으로 옮겨 가 산다면, 또는 시골집에 살던 평민이 자기 집에 역겨움을 느끼고 쇼어디치**에 있는 공동주택 7층으로 옮겨 간다면,

---

* 영어의 낱말 comfort에 상당하는 불어와 스페인어는 confort이고 독어는 Komfort이다. 그러나 comfort의 어원이 불어의 conforter라는 사실을 고려할 때 불어 같은 로맨스어를 쓰는 사람들이 이 영어 낱말을 차용했다고 보기는 어렵고, 오직 독어의 Komfort만이 영어 comfort와 관계있지 않을까 싶다.
** 런던 동부의 자치구로서 많은 노동자들이 거주하던 곳이다.

우리는 이 두 계층 사람들이 모두 편안에 대한 영국인의 오래된 느낌을 상실했으며 그 상실로 인해 인간으로나 시민으로나 공히 타락했다고 여기지 않을 수 없다. 그것은 단순히 한 종류의 편안을 다른 종류의 편안과 바꾸는 문제가 아니다. 이런 경우에는 영국인을 영국인답게 만들어 주던 그 본능이 사라져 버렸다고 할 수 있다. 어쩌면 그 본능은 새로운 사회적·정치적 조건에 의해 말살된 채 우리들 사이에서 송두리째 사라지고 있는지도 모른다. 새로운 형태의 마을이나, 여러 고을의 노동자 계층 구역이나, 부유한 사람들의 주거지에 솟아오르고 있는 이른바 '아파트'들을 바라보는 사람들이라면 그렇게 생각할 수밖에 없을 것이다. '편안(comfort)'이라는 말이 많은 나라에서 계속 쓰인다 하더라도 그 낱말이 의미하는 것은 그 어느 곳에서도 찾아볼 수 없게 될 날이 곧 다가올지 모른다.

14

만약 그 영리한 외국인이 제조업으로 유명한 랭커셔의 어느 마을로 가게 된다면, 그는 다른 인상을 받게 될 것이다. 그 마을에서 그는 영국의 국력을 얼마쯤 볼 수 있을 테지만 영국의 값어치는 별로 보지 못할 것이다. 어디서나 생경하고 추잡한 것들이 눈에 거슬릴 것이고, 사람들의 얼굴이나 목소리도 그가 보기에는 주위 환경과 철저히 닮아 보일 것이다. 어느 문명국가에서도 이 두 가지 영국 마을 및 주민들 사이에 드러나는 대조만큼 두드러진 대조를 찾아보기는 어려울 것이다.

그러나 랭커셔도 영국이다. 그곳 공장 굴뚝 사이와 흉측하고 좁은 거리에서 사는 사람들도 가정적인 생각에서만은 보다 다사로운 남부지방 시골 사람들과 어김없이 유사성을 보인다. 하지만 그런 악조건 속에서 어떻게 '편안'과 '편안'이란 말 속에 함축된 덕성들이 존속할 수 있는지를 이해하기 위해서는 그곳 가정의 노변(爐邊) 생활 속으로 들어가 보아야 한다. 출입문을 닫고 커튼을 치면 그곳 '가정(home)'이 출입문 안에서만 이루어진다. 어쨌든 인간이 일찍이 생각해 낸 가장 흉측한 집들이 누추하게 줄지어 서 있는 풍경이 수목과 초원 속에 묻혀 있는 아름다운 마을보다도 오늘날의 영국을 더 잘 대표하고 있다. 백 년도 더 지난 과거에 이미 영국의 힘은 남부에서 북부로 옮겨갔다. 트렌트강의 북쪽에 살던 활기찬 백성들은 기계 시대가 시작되고 나서야 비로소 기회를 얻게 되었다. 오랜 지체 끝에 이루어진 그 지역 문명은 보다 오랜 역사를 가진 영국의 다른 지역 문명과 여러 면에서 명백히 다르다. 서식스나 서머싯*에서는 그 전형적 주민이 아무리 우둔하고 촌스러워도 옛 질서에 뚜렷이 속해 있으며 태곳적부터의 종속 상태를 대표하기도 한다. 이 남쪽 사람들과 비교할 때, 북쪽의 조야한 사람들은 이제 막 야만 상태를 벗어난 셈이며 어떤 환경 속에서건

---

* 서식스(Sussex)와 서머싯(Somerset)은 모두 영국의 남부에 있는 군 이름들.

겨울

덜 매끄러운 모습을 보이고 있다. 아주 불행하게도 북쪽 사람들은 근대 세계가 일찍이 겪어 본 지배 체계 중에서도 가장 가혹한 과학적 산업주의의 지배를 받게 되었고, 그들의 활기찬 자질은 가혹하고 흉측하고 더러운 것들에 바탕을 둔 생활 체계에 종속되었다. 물론 그들의 종족적 유산 때문에 그들은 우리 눈에 별나게 보인다. 북쪽 사람들은 농부나 목동까지도 남부의 삼림 지대나 구릉 지대에서 같은 업종에 종사하고 있는 사람들과 두드러지게 다르다. 하지만 북쪽 사람들의 숨김 없는 야만성은 그들의 문명이 전개되는 과정에 경감되기커녕 오히려 더 조장되어 왔다. 그러므로 그쪽 사람들을 존경할 수 있을 만큼 잘 알지 못하는 사람들이 보기에는, 지금까지도 그들이 한 세기 반 전*처럼 그쪽 백성 고유의 반야만성을 그대로 지니고 있는 것처럼 보인다. 그들이 맹렬히 수줍어한다든지 오만한 자존심을 보이는 것도 일종의 원시 상태의 특징이라고 할 수 있다. 사회적 환경뿐만 아니라 기후마저도 삶의 은혜를 누리는 데 불리하므로 그들이 남쪽 사람들 같은 주거 생활을 하는 법을 익히지 못한 것도 당연하다. 그러므로 오늘날 우리는 과거에 힘과 미덕을 전혀 다른 방향으로 발휘하던 그 예전의 참된 영국이 북쪽 사람들의 지배로 인해 침범받는 것을 그저 지켜보고 있을 뿐이다. 사랑스러운 마을들이 있는 이 아름답고 넓은 대지도 골동품 상인과 시인 및 화가들에게나 의미가 있을까 그 밖에

---

* 이 책이 씌어진 것이 19세기 말이므로 "150년 전"이면 18세기 중반, 즉 영국의 산업혁명이 태동할 무렵이다.

는 별 의미를 띠지 못한다. 사실 내가 관찰력 있는 외국인에게 이 땅
의 아름다움과 평화스러움을 보여 준다고 해도 그것은 헛일이다. 그
는 미소를 짓기만 할 것이고, 길에서 다가오는 증기 견인차나 흘낏 바
라보며 자기 생각의 방향이 다른 쪽에 있음을 나타낼 것이다.

15

호메로스의 작품에서 오디세우스의 침실을 묘사하고 있는 구절만
큼 나를 즐겁게 하는 것이 없다. 그 구절을 다음과 같은 영어 시구로
옮겨 보았다.

여기 우리 집 안뜰에 멋진 올리브나무 한 그루,
한창 때엔 고귀한 잎이 무성했고
둥치는 조각한 기둥처럼 솟아 있었지.
나무 주위에 벽을 둘러 방을 만들어
큼직한 돌을 켜켜 쌓아 지붕을 씌우고
입구에 예쁜 문을 다니
튼튼한 돌쩌귀에 꽉 닫혔지.
무성한 올리브의 윗가지는 도끼로 치고
줄기를 반듯하게 네모로 깎아

솜씨 있게 미끈히 다듬어 홈을 내고 구멍을 뚫으니

뿌리내린 둥치가 제자리에서

침상의 한쪽 모서리가 되었지.

잇달아 공을 들여

침대의 뼈대를 만들고

금이니 은이니 상아니 하는

빛나는 것들로써 목재를 장식했지.

끝으로, 곧추선 줄기 사이에

빨갛게 물들인 질긴 가죽 끈을 펼쳐 걸었지.*

『오디세이』 23장 190~201행)

일찍이 이 찬양할 만한 전례를 모방하여 집을 지으려 한 사람이 있었을까? 내가 만약 아직 젊고 대지가 있다면 단연코 지어 볼 것이다. 똑바로 솟은 잘생긴 나무를 한 그루를 선택해서 그 머리 부분과 가지들을 잘라 낼 것이다. 둥치만 깨끗이 남겨 놓은 후 그 주위에다 집을 한 채 짓고, 그 뿌리 있는 나무 꼭대기가 침실 바닥에서 2~3피트 솟아 있게 할 것이다. 그 둥치가 집의 하부 구조에서 뚜렷하게 보일 필요는 없겠지만 그렇게 보이도록 하고 싶을 것이다. 나는 나무 숭배자이다. 그 둥치가 가정을 지켜 주는 신(神)의 가시적 실재처럼 보이게 할 것이다. 가정의 신성함을 그보다 더 고귀하게 상징할 수 있을까?

---

* 『오디세이』 23장에서 20년 만에 고국으로 귀환한 오디세우스가 자기를 알아보지 못하고 낯설어하는 아내 페넬로페에게 손수 신방(新房)을 지었던 일을 추억함으로써 아내의 믿음을 사는 장면이다.

영원할 거라는 느낌이 없다면 가정이 있을 수 없고, 가정이 없다면 문명도 없다. 국민의 대부분이 아파트에 거주하는 유목민처럼 되어 버리는 날이 오면 영국인들은 이 사실을 알게 될 것이다. 이상적인 나라에서는 오디세우스의 침대가 정상적인 가정 비품이 되고 모든 가장(家長)들이 오두막에 사는 사람이건 군주건—어쩌겠는가, 모든 국가에는 군주가 있어야 하니!—자기네 선조들처럼 그런 '나무의 방'에서 누워 쉬고 있을 것임을 우리는 상상할 수 있다. 신혼부부에게는 아무렇게나 할당되는 호텔의 침실보다도 그런 방이 더 적합한 신방이 될 수 있을 것이라고 생각한다. 자기 집을 짓고 있는 오디세우스는 최고로 경건한 행위를 수행하고 있는 사람이다. 모든 시대를 통해서 그가 집을 짓고 있는 모습은 깊은 의미를 지니고 있을 것이다. 올리브라면 아테나 여신에게 신성한 나무이고 평화의 상징이기도 한데 그가 올리브나무를 선택했음에 주목할 필요가 있다. 오디세우스가 슬기로운 아테나 여신을 만나 함께 공자(公子)들을 무찌를 모의를 할 때 그들은 "그 신성한 올리브나무 둥치 곁에(ἱερῆς παρα πυθμέν ἐλαίης)"* 앉아 있었다. 물론, 그들의 대화는 살육과 관련되어 있었다. 그러나 그 대화는 가정의 신성함을 모독해 온 공자들을 처벌하고 정화(淨化)한 후에 가정적 평화와 안정을 되찾자는 것이었다. 자연물을 가지고서 상징을 삼던 풍습이 거의 사라져 버린 것은 현대인의 생활이 보여 주는 황량한 모습 중의 하나이다. 오늘날 우리에게는 신성시되는 나무

---

* 『오디세이』 23장 372행.

가 없다. 한때는 참나무가 영국인들의 마음속에서 한 자리를 차지하고 있었지만 지금이야 누가 참나무를 존중하는가? 우리는 쇠의 신들*을 숭배하고 있다. 크리스마스 때가 되면 감탕나무나 겨우살이를 팔아서 돈벌이를 하지만, 녹색 나뭇가지들을 살 수 없게 된다 한들 장사꾼들을 제외하고 누가 상관할 것인가. 정녕 하나의 상징이 다른 모든 상징들을 무색하게 했으니 그것은 바로 둥그렇게 주조된 금속이다. 돈이 최초로 권세의 상징이 된 이래로 그 많은 시대가 지났지만, 돈을 소유한 대다수의 사람들이 그 속에서 가장 초라한 보답밖에 받지 못하고 있는 시대는 바로 우리 시대라고 말해서 어폐가 없을 것이다.

16

알고 싶은 것은 무척 많지만 실제로 배우게 되기를 바랄 수 있는 것은 너무 적다는 생각이 자꾸만 떠오르는 통에 나는 오늘 종일 멍하게 지냈다. 지식의 범위가 아주 방대해졌다. 나는 거의 모든 물리적 탐구를 이미 제쳐 놓은 바 있다. 내게는 그런 탐구가 아무런 의미도 없거나 아니면 간혹 부질없는 호기심의 대상이 될 뿐이다. 이렇게 과학 분

---

* (쇠로 만든) 기계 및 기계 문명 시대의 은유.

야를 제쳐 놓으면 배우고 싶은 분야가 상당히 줄어들 것처럼 보이지만 실제로는 그 나머지 분야도 무한히 넓다. 내가 좋아하는 분야들, 이를테면 일생 동안 어느 정도 열심히 탐구해 온 것과 지금껏 내 마음속에서 취미라는 위치를 점하고 있는 것들만으로 목록을 작성해서 훑어본다면, 그것은 곧 나에게 지적 절망감을 자아내는 광경을 펼쳐 보는 것이나 마찬가지가 될 것이다. 한 낡은 공책에다 '내가 알고 싶되 훤히 알고 싶은 것들'이라는 제목의 목록을 적어 놓은 적이 있다. 그 당시 내 나이는 스물넷이었다. 이제 쉰넷이 되어 그 목록을 읽으니 웃음이 나온다. '종교개혁까지의 기독교회 역사', '모든 그리스 시', '중세 로맨스 분야', '레싱에서 하이네까지의 독문학', '단테' 같은 수수한 과목들이 보이지 않는가! 이중의 하나를 내가 알되 훤히 알게 되지는 못할 것이다. 어느 하나도 말이다. 그런데도 지금 나는 나 자신을 새로운 유혹이라는 끝없는 길로 인도하는 책들을 사들이고 있다. 내가 이집트를 알아서 어쩌자는 것인가? 그런데도 나는 플린더즈 페트리와 마스페로*에게 현혹되어 있다. 내가 어찌 고대 소아시아 지방의 지리에 대해 이러쿵저러쿵할 수 있단 말인가? 그런데도 나는 램지 교수**의 놀라운 책을 샀고 일종의 심란한 즐거움을 느끼며 많은 페이지

---

* 플린더즈 페트리(Sir William Matthew Flinders Petrie, 1853~1942)와 마스페로(Sir Gaston Camille Charles Maspero, 1846~1916)는 각각 영국과 프랑스의 이집트학자이다.

** 램지(Sir William Mitchell Ramsay, 1851~1939)는 소아시아지방의 지리에 대한 책을 쓴 학자.

를 읽기까지 했다. '심란한' 이유는 내가 조금만 생각해 보아도 이런 종류의 것들은 진지한 지적 노력의 시간이 끝날 때 헛된 지성의 노력으로 끝나고 말 것임을 알고 있기 때문이다.

물론 이 모든 것이 의미하는 것은 나에게 주어진 기회가 온전치 못했던 탓에, 아니, 그보다는 아마도 나의 방법과 지구력이 부족했던 탓에, 나의 잠재적 가능성이 그만 허비되거나 상실되고 말았다는 사실이다. 나의 일생은 헛된 출발 및 가망 없는 새 시작으로 구성된 일련의 단속적(斷續的) 과정이어서 시험적인 것에 불과했다. 내가 만약 나 자신의 기분대로 해 본다면, 아마도 나는 나에게 두 번째 기회를 허용해 주지 않는 운명에 대해 항거하게 될 것이다. "오, 만약 주피터가 나에게 지나가 버린 세월을 되찾아 주기만 한다면!(O mihi praeteritos referat si Jupiter annos!)"* 거기서 얻은 경험만 가지고 내가 다시 출발할 수 있다면! 내 이지적 삶을 새로 시작할 수만 있다면! 다른 것은, 오, 다른 것은 아무것도 바라지 않으리라! 빈곤 속에서도 어떤 명확하고 성취할 가망이 없지 않은 선(善)을 안중에 두고, 또 실행 가능성이 없거나 낭비적인 것은 엄격히 배격하면서, 나는 잘 해낼 수 있을 텐데.

뿐만 아니라 그렇게 하는 동안 나는 부엉이 눈을 한 현학자(衒學者)**가 될 것이고 내가 만년에 누리는 이런 즐거움은 영원히 가망이

---

* 베르길리우스의 『아에네이드』 viii. 560.
** 엄숙하고 슬기로워 보이는 표정을 짓고 밤에 활동하는 부엉이가 서양에서는 흔히 학자의 은유로 쓰이기도 한다.

없는 일이 될 것이다. 하지만 어찌 알랴? 어쩌면 나를 행복하게 해 주는 지금의 이런 정신 상태에 이르게 한 유일한 조건 자체가 바로 지금 내가 몹시 후회하는 그 실수와 과오였는지도 모른다.

17

나는 왜 역사를 읽는 데에 그 많은 시간을 들이는 걸까? 역사가 어떤 의미에서건 나에게 이로울 수 있을까? 인간의 천성에 대해 역사가 무슨 새로운 조명을 해 주리라고 바랄 수 있단 말인가? 몇 해 되지도 않을 여생 동안 내 삶의 방향을 인도해 줄 무슨 새로운 지침을 기대할 수 있단 말인가? 하지만 이런 목적 때문에 내가 이 두툼한 책들을 읽는 것은 아니다. 역사책은 겨우 내 호기심을 충족시켜 주거나 아니면 충족시켜 주는 것처럼 보인다. 게다가 한 권의 역사책을 덮어 버리자마자 읽은 내용의 대부분은 잊히고 만다.

내가 읽은 내용을 모두 기억하지 못한다는 것이 실은 얼마나 다행스러운가! 인간의 삶을 기록한 무서운 역사책을 덮고 영영 밀쳐 낸 후 잊어버려야겠다고 다짐한 적이 여러 번 있다. 어떤 사람은 역사가 악에 대한 선의 승리를 보여 준다고 공언한다. 역사를 보면 선이 더러 이기기도 했음이 분명하다. 하지만 그 승리는 얼마나 국소적이요 일시적이었던가! 만약 역사책이 목소리를 가지고 있다면 그것은 하나의 긴 고통의 신음 소리로 들릴 것이다. 과거에 대해 꾸준히 생각해 볼 때, 오직 상상력이 모자라는 사람만이 그 과거와 인내하며 공존할 수 있다는 것을 알 수 있다. 역사는 끔찍한 일들로 가득한 악몽이다. 그런데도 우리가 역사를 즐겨 읽는 것은 그것이 그려 내는 그림들을 우리가 좋아하기 때문이요 또 인간이 겪은 고통들이 우리에게 풍부한 흥밋거리가 되기 때문이다. 하지만 피로 물든 역사책 페이지마다 제시되는 비전을 마음속으로 생생히 떠올려 보시라. 탐욕적인 정복자나 야만적인 폭군 앞에 서 있다든지, 감옥이나 고문실에서 돌바닥을 디디고 있다든지, 화형장의 장작 더미 위에서 화기를 느끼고 있다든지, 모든 시대 모든 나라에서 무수한 형태의 재난, 압제 및 포악한 불의에 희생된 셀 수 없이 많은 사람들의 비명을 듣고 있다고 생각해 보시라. 역사책 읽기에서 무슨 환희를 얻을 수 있을 것인가? 우리가 역사를 그런 식으로 인식하면서도 그 속에서 즐거움을 얻는다면 우리는 악마로 변해 있어야 할 것이다.

불의—이 불의야말로 이 세상의 기억을 저주하는 혐오스런 범죄이다. 가령 주인의 변덕 때문에 고문을 받으며 죽어야 하는 비운에 처한 노예가 있다고 한다면, 우리는 그것을 무섭고도 견디기 어려운 사례라고 여긴다. 하지만 이는 모든 단계의 문명에서 수백만 번씩 저질러지고 또 감내되어 온 불의를 아주 조잡하게 제시해 본 것에 불과하다. 오, 아무도 귀담아들어 주려 하지 않는 부당한 상황에서 고통받으며 죽어 간 사람들은 마지막으로 무슨 생각을 했을까? 죄 없이 고통을 겪는 이들은 무정하게도 귀가 먹어 버린 하늘을 향해 무어라 호소했을까? 인간의 역사에 그런 사례가 오직 한 번만 있었다고 하더라도, 그 과거를 무서운 망각의 세계로 돌리고 싶어질 것이다. 그런데도 가장 저열하고 포악한 불의의 사례들이 역사를 구성하는 씨줄과 날줄에서 불가분한 요소가 되어 있다. 만약 이런 격분할 만한 일이 이제는 더 일어날 수 없으며 인류는 이런 무시무시한 일을 저지를 가능성을 초월했다고 여기며 자위하는 사람이 있다면, 그야말로 책상물림에 불과해서 인간성에 대해서는 아는 것이 하나도 없다고 해야 할 것이다.

이제는 쓰디쓴 뒷맛을 남기지 않는 책이나 읽으며 시간을 보내는 것이 더 현명하겠다. 내가 사랑하는 위대한 시인들이나 사상가들 그리고 나에게 위안과 안정을 가져다 줄 책을 쓴 정다운 작가들이나 읽겠다. 책꽂이에서 수많은 책들이 마치 원망하듯이 나를 바라보고 있는데 내가 다시는 그 책들을 손에 잡지 않고 말 것인가? 그러나 그 속에 쓰여 있는 말은 황금같이 귀하므로 마음의 기억 속에 소중히 간직하리라. 나에게 영영 고치지 못하고 말 결점이 있다면 아마 그것은 지식 추구를 충동질하는 마음의 습성일 것이다. 어제만 해도 나는 두툼하게 생긴 유식한 책 한 권을 주문할 뻔하지 않았던가. 나는 그 책을 끝까지 읽지도 않았을 테고 읽는답시고 소중한 나날만 허비하고 말았을 것이다. 오늘날 내가 해야 할 일은 '즐기는' 것뿐인데, 이 점을 솔직히 시인하지 못하게 하는 것은 내 피 속에 흐르는 청교도 정신이라 생각된다. 그것을 시인하는 것이 지혜로운 일이다. 이제 지식 습득의 시절은 지나갔다. 나는 새 언어 학습을 시작할 정도로 바보가 아니다.

겨울

지나간 일들에 대한 쓸데없는 지식을 내 기억 속에 저장하려고 애써야 할 이유는 없다.

자아, 그러니 죽기 전에『돈키호테』나 한 번 더 읽어야겠다.

18

누군가의 연설이 신문에 두어 단(段) 길이로 보도되어 있다. 지면이나 낭비하고 있는 그 기사를 훑어보는데 낱말 하나가 여러 번 눈에 띄었다. 그 기사는 온통 '과학'에 관한 것이라 내게는 아무런 흥미도 없다.

'과학'에 대해 나와 똑같은 생각을 하는 사람들이 이 세상에 많은지 궁금하다. 내 생각은 편견으로만 끝나지 않고 두려움의 형태, 심지어는 거의 공포의 형태를 띨 경우가 자주 있다. 내 흥미를 끄는 것들과 관련된 과학 분야들, 이를테면 식물, 동물 및 하늘의 별들을 다루는 분야에 대해서 생각할 때에도 나는 으레 불안해지고 일종의 정신적 불만을 느낀다. 새 발견과 새 이론이 등장하여 아무리 내 지성을 사로잡는다 하더라도 이내 나를 지겹게 하며 어떤 면에서는 나를 우울하게 한다. 다른 종류의 과학, 이를테면 어디서나 시끄럽게 거론되고 사람들을 백만장자로 만들어 주는 과학에 대해서도 나는 성난 적대감이나 분개심 섞인 불안감까지 느낀다. 이것은 나의 타고난 성향임에 틀림없다. 나는 이런 성향의 단초를 내 삶의 환경이나 정신적 성장기의 어느 특정 순간에서 찾을 수는 없다. 내가 소년 시절에 칼라일*을 즐겨 읽은 것이 그런 성미를 키웠음에 틀림없지만, 칼라일이 내게 그처럼 즐거움을 줄 수 있었던 것도 다름 아니라 내 마음에 이미 무언가 선천적인 성향이 있었기 때문이 아닐까 싶다. 젊은 시절에 복잡한 기계를 바라볼 때면 나로서는 물론 이해가 되지도 않는 일종의 불안감을 느끼며 움츠리곤 하던 일이 생각난다. 또 이른바 '시험' 시간에 일종의 심란한 경멸심을 가지고 과학 과목 논설을 포기하던 일도 생각난다. 그때의 그 막연했던 두려움이 지금은 나에게 충분히 이해된다. 내 반감의 근거가 명백해진 것이다. 내가 소위 '과학'을 미워하고 두려워하는 것은, 앞으로 영원히 그렇지는 않다 하더라도 적어도 상당히 긴 세월 동안, 과학이 인류에게 무자비한 적이 될 것이라는 신념이 있기 때문이다. 내가 보기에 과학은 삶의 모든 순박함과 우아함 및 이 세상의 모든 아름다움을 파괴하고 있고, 문명이라는 가면을 쓰고서 실은 야만성을 복원하고 있으며, 또 인간의 마음을 어둡게 하고 인간의 감정을 딱딱해지게 한다. 뿐만 아니라 내가 보기에 과학은 광범위한 분쟁을 초래하는데, 그 분쟁은 예전에 있었던 수많은 전쟁을 무색케 할 정도의 것으로서 인류가 공들

---

* 칼라일(Thomas Carlyle, 1795~1881)은 스코틀랜드 출신의 문사, 역사가, 정치철학자.

여 이뤄 온 발전을 압도하여 피비린내 나는 혼돈 속에 빠지게 할 가능성이 아주 높다.

하지만 과학에 대해 비난하는 것은 자연의 다른 세력을 상대로 싸우는 것만큼이나 부질없는 일이다. 나로서는 멀찍이 떨어져서 이 저주받을 만하다고 여기는 과학을 되도록 보지 않을 수 있을 뿐이다. 하지만 나는 나에게 소중한 사람들이 장차 이 어렵고도 치열한 새 시대에 일생을 살아야 할 것을 생각해 본다. 지난여름을 떠들썩하게 했던 여왕 재위 60주년 기념 축제*는 내가 보기에 한 슬픈 행사였다. 그 행사는 훌륭하고 고귀한 것들이 너무 많이 끝나고 사라져 버렸기에 그와 유사한 것을 이 세상 사람들은 다시 보지 못하고 말 것임을 의미했고, 또 한 새로운 시대가 오직 그 위험만을 분명히 드러내면서 우리에게 엄습해 오고 있음을 의미했다. 오, 40년 전에 볼 수 있었던 그 커다란 희망과 포부는 어떻게 되었는가! 그때는 과학이 구원자로 여겨지고 있었고, 오직 소수의 사람만이 과학의 포악성을 예언하면서 과학이 구악(舊惡)을 되살리고 애초의 기약을 결국은 짓밟게 될 것임은 예상할 수 있었다. 세상만사는 으레 그렇게 되기 마련이므로 우리는 이를 받아들이는 수밖에 없다. 그러나 한 보잘것없는 인간에 불과한 내가 이 과학이라는 폭군을 왕좌에 오르게 하는 데에 아무런 역할도 하지 않았다는 사실이 그래도 나에게는 약간의 위안이 된다.

---

* 1897년에 있었던 빅토리아 여왕 재위 60주년 기념 행사는 Diamond Jubilee 라고 일컬어졌다.

19

오늘 아침에 나는 크리스마스 종소리에 이끌려 밖으로 나갔다. 뚜렷한 목표도 없이 나는 부드럽게 연무가 낀 햇살을 받으며 시내를 향해 걸었다. 대사원*의 경내에서 잠시 머뭇거리고 있다가 오르간이 연주하는 첫 가락을 듣고 사원 안으로 들어갔다. 크리스마스 날 내가 영국 교회에 들어가 본 지도 30년이 더 된다고 생각한다. 그 옛날과 옛 얼굴들이 내 앞에 되살아났다. 나는 세월의 심연 저편에 서 있는 나 자신을 보았는데 그때의 나는 지금의 나와 여러 유사점이 있지만 전혀 내가 아니다. 그 다른 세계 속에 앉아 크리스마스 복음을 듣고 있던 사람은 자신의 비전에만 정신이 팔린 채 그 복음을 전적으로 무시하고 있었거나 아니면 몸속에 이단의 피가 흐르는 인간으로 그 복음을 듣고 있었다. 그는 오르간 가락을 사랑했지만 그 유치한 마음으로도 그 음악 자체와 그 음악을 있게 한 종교적 동기를 명확히 구별하고 있었다. 뿐만 아니라 그는 가사 및 사상을 담고 있는 멜로디와 그 독단적 교리의 의미를 분리시켜 놓고 멜로디는 즐기면서도 교리만은 전

---

* 라이크로프트가 산책 삼아 찾아간 도시는 엑서터(Exeter)인데 이곳에는 주교좌(主教座)인 대사원(cathedral)이 있다.

적으로 배격하고 있었다. "땅에는 평화요, 사람들에게는 선의로다(On earth peace, good will to men)."* 그의 지성이 소중히 여기는 것들 속에 이 구절이 이미 들어 있었지만, 그것은 오직 그 리듬과 낭랑한 울림을 그가 좋아했기 때문이었다. 그가 보기에 산다는 것은 사상과 언변에서 조화를 찾기 위해 반의식적으로 노력하는 것이었다. 그런데 처음부터 그는 몹시 소란스런 부조화의 환경을 뚫고 싸우다시피 헤쳐 나가야 하지 않았던가!

오늘 나는 아무 이단적 충동 없이 음악에 귀를 기울이고 있었다. 오르간곡이든 성악곡이든 나에게는 음악이 이전보다 더 소중해졌다. 가사가 지닌 문자 그대로의 뜻이 나에게 완강한 거부감을 일으키지도 않는다. 크리스마스 종소리의 부름에 내가 그만 좇아간 것이 다행이라는 느낌뿐이다. 나는 그 대사원이 아니라 그곳에서 멀리 떨어진 어느 작은 교구 교회에서 허깨비 같은 신도들 사이에 섞여 앉아 있는 듯했다. 사원을 나왔을 때 나는 부드럽게 빛나는 하늘을 보고 축축이 젖은 땅을 밟으며 놀랐다. 나의 몽환은 바람이 휘몰아치는 잿빛 하늘과 그 아래에서 새로 내린 눈의 번뜩임을 보게 되리라 기대하고 있었던 것이다. 잠시 동안 일상 세계를 잊고 망자들과 함께 산다는 것은 경건한 일이다. 그런데 크리스마스를 불행하지 않은 고독 속에서 보낸

* 「누가복음」 2장 14절. 기싱이 흠정판 영역 성경에서 인용한 것을 여기서는 자의(字意)대로 옮겼으나, 이 대목의 참뜻은 2001년에 나온 우리말 개정판의 "땅에서는 주님께서 좋아하시는 사람들에게 평화로다"가 아닐까 한다.

사람이라야 그런 일에 제대로 탐닉할 수 있지 않을까? 될 수만 있다면 나는 지금 크리스마스를 맞아 즐거워하는 무리 중에는 섞이고 싶지 않다. 오랫동안 침묵하고 있던 옛 목소리들을 다시 듣는다든지 나만이 기억하는 행복했던 일들을 떠올리며 미소를 짓는 편이 더 낫다. 말귀를 알아들을 만큼 나이를 먹기도 전에 나는 어른들이 난롯가에서 『인 메모리엄』*의 크리스마스 관련 구절들을 낭송하는 것을 들은 적이 있다. 오늘 저녁에 그 책을 펴니까 다른 어느 목소리도 아닌 바로 그 옛날 목소리가 다시 한 번 그 구절을 읽어 주는 듯했다. 그것은 나에게 시를 이해하도록 가르쳐 준 목소리였고, 나에게 선하고 고귀한 것 말고는 어떤 것도 말하지 않던 목소리였다. 다른 때라면 살아 있는 사람들의 목소리가 아주 반갑겠지만, 지금은 그런 목소리 때문에 망자들의 목소리가 눌리고 마는 것을 나는 허용할 수 없다. 나는 질투하듯이 내 크리스마스 고독을 지킨다.

---

* 테니슨의 장편 추도시 『인 메모리엄(In Memoriam)』에는 크리스마스 관련 구절이 세 토막 들어 있다.

20

영국인이 위선이라는 악으로 깊이 낙인찍혀 있다고들 하는데 사실 그럴까? 물론 그런 비난의 기원은 원두당원(圓頭黨員)들*의 시대로 거슬러 올라간다. 그 이전에는 국민성의 어느 면모도 그런 악을 암시했을 리 만무하다. 이를테면 초서 시대의 영국 및 셰익스피어 시대의 영국은 위선적이지 않았음이 분명하다. 청교도 정신이 가져온 변화는 영국민의 삶 속에 한 새로운 요소를 들여왔고, 관찰자들이 보기에는, 그때부터 그 요소가 도덕 및 종교에 있어서의 이중적 습성을 다소 두드러지게 내비치고 있었던 것이다. 찰스 1세 때의 왕당원(王黨員)들이 청교도들을 경멸한 것은 쉽게 이해될 수 있다. 그 경멸이 빚어낸 전통적 크롬웰상(像)은 칼라일**이 등장할 때까지 크롬웰을 세상 사람들 앞에 대위선자로 부각시키고 있었다. 순수한 청교도 정신의 쇠퇴와 더불어 펙스니프***로 대표되는 영국 특유의 경건성과 덕성이 나타났다.

* 17세기의 크롬웰 내란 당시에 의회파를 구성했던 청교도들의 별칭.
** 토머스 칼라일은 1845년에 크롬웰의 서한·연설집을 편찬하였고 크롬웰의 정치적 입장을 옹호했다.
*** 디킨스의 소설『마틴 처즐위트』에 나오는 위선자.

펙스니프는 타르튀프*와는 전혀 다른 위선자로서 아마 영국인 자신들이 아니고는 그의 성품을 이해할 수 없을 것이다. 하지만 영국인의 위선에 대한 비난을 줄기차게 듣게 된 것은 우리 시대에 이르러서이다. 그 비난은 우리 시대의 해방된 젊은이들의 입에 발려 있는 소리이고 또 유럽 대륙의 신문사 사무실에서는 일상적 인상으로 보도될 정도로 판에 박힌 것이기도 하다. 그 이유를 알아내기 위해 멀리 찾아다닐 필요는 없다. 나폴레옹이 영국을 "상점 주인들의 나라"**라고 불렀을 때 사실 우리는 그렇지가 않았다. 이 어구의 의미를 아주 엄밀히 따져 볼 때 우리가 그렇게 된 것은 나폴레옹 시대 이후였다. 번창하는 상인이 사업하는 방법에 있어서는 절대로 가책을 느끼지 않으면서 기회가 있을 때마다 인류를 향해 자기를 종교적·도덕적 모범생으로 여겨 달라고 요구하는 모습을 상상해 보자. 그것이야말로 우리의 실제 모습이요 우리를 가장 가혹하게 비난하는 사람들의 눈에 비친 영국이다. '위선'이라는 말로 우리를 공격하는 사람들에게는 그럴 만한 핑계가 있는 셈이다.

그러나 이 '위선'이라는 낱말은 잘못 선택되었으며 잘못된 개념을 가리킨다. 진정한 위선자의 특성은 어떤 덕성을 가지고 있지 않으며 가질 능력이 없고 또 신봉하지도 않으면서 마치 그것을 지니고 있는 척하는 것이다. 위선자는 어떤 의식적 생활 규칙을 가지고 있을지도

---

*   프랑스 몰리에르의 극 「타르튀프」에 나오는 위선자.
**   애덤 스미스가 『국부론(*Wealth of Nations*)』, IV. vii에서 처음으로 쓴 말.

모르고 또 그는 머리가 좋기 때문에 실제로 그런 규칙을 가지고 있을 공산이 높다. 하지만 그 규칙은 그의 위선이 지향하는 사람의 규칙과는 결코 같지 않다. 타르튀프가 그런 위선자를 딱 잘라 체현(體現)하고 있다. 그는 신념에 의한 무신론자요 관능주의자이며 자기와 상반되는 관점에서 인생을 바라보는 사람들을 모두 경멸한다. 그러나 영국인들 사이에서는 어제나 이런 마음의 자세가 극히 드물었다. 교훈적 감정을 늘 입에 올리는 영국의 전형적 장사꾼에게 그런 태도가 있으리라고 가정한다면 그야말로 어처구니없는 판단의 오류에 빠지는 꼴이 될 것이다. 영국 문명에 대해서는 아는 것이 거의 없는 외국의 일반 저널리스트들이 그런 오류를 범하고 있음이 분명하다. 영국 문명에 대해 비교적 소상히 아는 비평가들이 혹시 위선이라는 말을 쓴다면 그 또한 부주의하게 쓰는 것이다. 위선이라는 말을 보다 엄밀하게 쓴다면 영국인을 '바리새인 같다'고 할 것이며 그래야만 진실에 더 가까울 것이다.

우리의 악덕은 독선이다. 우리는 본질적으로 구약 시대 백성이다. 기독교 정신은 우리의 영혼 속으로 스며들어 온 적이 없었다. 우리는 우리 자신을 선택받은 백성이라 여기고 있으며 그 어떤 정신적 소망의 노력을 통해서도 겸허의 경지에는 이르지 못한다. 바로 이런 성격에는 위선적인 면이 없다. 교회를 짓고 있는 요란한 벼락부자가 그 방면으로 돈을 쓰는 목적이 사회적 관심을 얻자는 데에만 있지는 않다. 그 신기하고 작은 영혼이 무언가를 신봉할 수 있다면 아마도 자기가 한 일이 하느님을 기쁘게 하고 인류에게는 유익하다고 믿고 있을 것이다. 그는 자기가 가진 돈을 모두 거짓과 속임수로 벌었을지도 모른다. 그는 추잡한 짓으로 자기의 삶을 더럽혔을지도 모른다. 그는 또 온갖 종류의 잔혹하고 야비한 짓을 저지르며 살아왔을지도 모른다. 그는 자기 양심을 어기며 그 모든 짓을 했다. 그런데도 기회가 오자마자 그는 자기의 믿음이 권장하는 바에 따라, 그리고 여론의 동의를 받을 수 있는 방향으로, 자기 비행에 대한 속죄를 할 것이다. 그의 종교를 엄밀히 정의해 본다면, '자기 자신의 종교적 성향에 대한 근절되지 않는 믿음'이라고 할 수 있다. 한 사람의 영국인으로서 그는 참된 '경건함'과 참된 '도덕성'을 생득권(生得權)으로 지니고 있다. 딱하게도 그가 '잘못되고 말았다'는 것을 부인할 수 없지만, 가장 냉소적인 곁눈질을 하고 있을 때조차도 그는 자기 신조를 부정하지는 않았다. 공공 회식장이나 다른 모임에서 그가 교훈조로 목청을 가다듬을 때에도 그는 위선자의 거짓말은 하지 않았고 '자기가 한 말을 진심으로 했을 뿐'이다. 고매한 감정을 발언할 때면 그는 한 개인으로서가 아니라 한 영국인으로서 말했으며, 자기 말을 들은 사람들이라면 누구나 마음속으로 자기와 똑같은 신념을 가지고 있을 것이라고 철저히 믿고 있었다. 원한다면 그를 바리새인이라고 불러도 좋겠지만 오해는 마시라. 그의 바리새인적 성향에는 개인적인 데가 없다. 그건 전혀 다른 종류의 인간이고 물론 영국에도 있지만 한 국민적 전형(典型)으로 존재하지는 않는다. 그렇고말고. 그는 바리새인이지만 그와 신조가 다른 영국 동포들이 보기에 그 정도가 미약한 바리새인이다. 하지만 외국인이 보기에는 그도 철저한 바리새인이다. 바로 이런 모습으로 그는 한 제국을 대표하고 있다.

위선이라는 낱말은 성도덕 문제와 관련된 영국인의 행위에 아마 가장 많이 적용되고 있을 것인데 바로 거기에서 이 말은 특별히 충격적으로 잘못 쓰이고 있다. 이미 수많은 사람들이 국민적 종교 도그마를 버린 것은 사실이지만, 영국에서 공공연하게 받들어지고 있는 도덕률이야말로 이 세상에 알려진 최선의 도덕률이라는 믿음을 버린 사람은 사실 거의 없다. 영국인의 사회생활이 대부분의 다른 나라 사람들에 비해 더 깨끗하지는 않다는 것을 누구든 마음만 먹으면 쉽게 증명할 수 있다. 영국인 고유의 지저분한 추문들이 심심찮게 생겨나므로 영국인의 성격을 비웃고 싶은 사람들에게는 핑계가 얼마든지 있다. 우리 나라의 대도시는 밤마다 전 세계 어디서도 유례를 찾아보기 어려운 풍경들을 보여 준다. 이런 사실에도 불구하고 영국의 보통 사람들은 자기네의 도덕적 우월성을 당연한 것으로 받아들이고 있으며, 기회가 있을 때마다 다른 나라 사람들에 비해 자기네가 우월함을 천명한다. 이런 영국인을 위선자라고 부른다면 이는 영국인을 잘 모르고 하는 소리일 뿐이다. 그가 개인적으로는 마음이 야비하고 삶이 허랑할지 모르지만, 이건 위선 문제와 아무 상관도 없다. 언필칭 '그는 덕성을 신봉하고 있다.' 그에게 영국인의 도덕성은 구두선(口頭禪)에 불과하다고 말해 보시라. 그러면 그는 가장 정직한 분노를 불태울 것이다. 그는 독선의 기념비적 화신(化身)이지만, 또다시 말하거니와, 개인적인 의미에서가 아니라 국민적 의미에서 그러하다.

21

    나는 지금 현재시제(現在時制)로 이 글을 쓰고 있지만 진정으로 현재의 영국에 대해 말하고 있는 걸까? 지난 30년 동안 너무나 강력한 변화의 요인들이 작용하고 있었는데 지금까지 그 요인들이 영국민의 성격에 어느 정도로 영향을 끼쳐 왔는지를 확인하기는 어려운 정도가 아니라 불가능하다. 우리가 주목하는 몇 가지 명백한 현상은 인습적 종교의 쇠퇴, 낡은 도덕 기준에 대한 자유로운 토론, 그리고 온갖 무질서한 경향을 선호하는 물질주의의 성장이다. 독선이 진짜 위선이라는 암담한 악으로 전락할 수도 있다는 것을 두려워해야 할 것인가? 영국인이 자기네의 잠재적 선뿐만 아니라 선을 행하는 모범이요 주체로도 탁월하다는 자신감을 상실한다는 것은 일찍이 역사에 기록된 그 어떤 타락의 사례보다도 더 절망적인 국민적 타락을 의미할 것이다. 과거에 영국인들이 물론 최고 수준은 아니라 하더라도 늘 아주 높은 수준의 윤리적 이상을 진정으로 숭배하고 있었다는 것을 의심한다는 것은 영국에서 태어나서 자란 사람에게는 불가능한 일이다. 우리들 중에서 '최고의 인물'이라고 여겨져도 손색이 없는 사람들이, 즉 출신 계층의 높낮이나 남녀를 구별할 것 없이 새 시대 정신의 병폐에 감염되지 않은 사람들이 아주 진정한 의미에서 '정직하고, 건전하고,

신성한' 삶을 아직도 영위하고 있다는 사실 또한 부인할 수 없다. 우리가 알기에, 이런 사람들이 대다수였던 적은 없었지만 예전에는 그런 사람들에게 영국적 에토스의 진정한 대표자로 되게 해 주는 힘이 있었다. 바로 그 사실 때문에 혹시 그들이 자기네를 높이 여겼다 하더라도 그들의 생각은 정당화될 수 있었다. 혹시 그들이 이따금 바리새인처럼 말하고 있었다 해도 그것은 일종의 기질적 과오로서 심각하게 규탄될 일은 아니었다. 모든 형태의 비열함 중에서도 그들은 위선을 가장 혐오했다. 오늘날 그 후손들도 마찬가지이다. 우리들 사이에서 이들이 예전처럼 권위를 가지고 말할 것인지를 아무도 확실하게 단언할 수는 없다. 혹시 그들의 힘이 상실되고 말 것인지, 그래서 영국인의 위선을 운위하는 사람들이 아무런 반박도 받지 않게 될 것인지— 우리는 곧 알게 될 것이다.

22

우리가 청교도 정신에 대해 다시 한 번 생각해 볼 때가 되었다. 이미 의미를 상실해 버린 형식들로부터의 해방이 고조되고 있을 때, 우리 역사의 청교도 시기에서 광신적 과격성밖에 보지 못하던 눈으로 그 시기를 되돌아본다는 것은 자연스러운 일이었다. 우리는 영국 정신이 감옥에 들어가고 그 문에 자물쇠가 채워지는 광경을 그려 내는 화려한 언사에 찬동했었다. 이제 해방의 위험이 억압의 고난 못지않게 명백히 부각되고 있으므로 우리는 그 엄격한 청교도적 기강 속에 들어 있던 모든 좋은 점과, 그것이 어떻게 우리 민족의 정신적 활력을 경신했으며 우리 국민 최고의 특전인 시민적 자유를 지향했던가를 추억해 보는 것이 좋겠다. 한 시대가 지적 영광을 누릴 때는 으레 뒤따라오는 시대의 일반적 쇠락이라는 대가가 치러지곤 했다. 스튜어트 왕가 치하의 영국에 튜더 왕가* 때의 개신교밖에 아무 신앙이 없었다고 상상해 보자. 더 나쁜 상황은 차치하고, 밀턴이라는 이름은 알려지지 않고 카울리**가 영문학을 대표하고 있었다고 상상해 보자. 청교도들은 의사 노릇을 하며 나타났다. 민족적 활력이 최고로 발휘되고 나서 뒤이어 맥 빠짐과 늘어짐이 자연스럽게 찾아오고 있었을 때 청도교들이 강장제를 가지고 왔던 것이다. 영국민이 종교를 위해 이스라엘 사람들의 경전 쪽으로 눈을 돌렸다는 사실을 유감스럽게 여기는 사람이 있다면 그렇게 하시라. 우리 민족이 이렇게 갑자기 동양

---

* 튜더(Tudor)는 1485년에서 1603년까지 영국을 다스리던 왕가의 가성(家姓)이고 스튜어트(Stuart)는 1603년에서 1714년까지 다스리던 왕가의 가성이다. 영국 개신교는 튜더 왕가의 헨리 8세가 1534년에 수장령(首長令)을 공포함으로써 창시되었다.

** 카울리(Abraham Cowley, 1618~1667)는 밀턴(John Milton, 1608~1674)과 동시대인이지만 그가 시인으로 누린 성가는 물론 밀턴보다 훨씬 떨어진다. 밀턴은 청교도 혁명에 가담했었다.

겨울

의 격렬한 제정일치 제도에 대한 공감을 나타낸 것을 해명하기는 아마도 어렵지 않을 것이다. 하지만 우리는 그 경건함이 다른 형태를 띨수 있었더라면 좋았겠다는 생각을 하지 않을 수 없다. 훗날 "하운즈디치로부터의 탈출"*이 있었어야만 했으니 그 과정에 얼마나 많은 갈등과 불행이 빚어졌던가! 그러나 이런 것은 영혼의 건강을 위해 치러야했던 대가였으므로 우리는 그 사실을 받아들이고 또 거기서 보다 나은 의미를 찾는 데 만족해야 한다. 물론, 인류에 대해 이야기할 때는건강이라는 말이 언제나 상대적 용어로 쓰인다. 우리가 생각할 수 있는 어떤 문명의 관점에서 본다면, 청교도 치하의 영국은 비통할 정도로 병들어 있었다. 하지만 우리는 언제나 사람들이 얼마나 더 잘 살게되었을까를 묻지 말고 얼마나 더 못 살게 되었을까를 따져야 한다. 모든 신학 체계 중에서 가장 신빙성이 있는 것은 마니교**인데, 물론 청교도들이 신봉하고 있던 것도, 명칭만 달랐지, 바로 이런 신학 체계였다. 오늘날 우리가 왕정복고기의 도덕성***이라고 부르는 것은 사실 왕과 정신(廷臣)들의 도덕성을 가리키고 있거니와, 스튜어트 왕조가 청

---

* 하운즈디치(Houndsditch)는 런던 동부의 유대인 밀집 지역이므로 "하운즈디치로부터의 탈출"은 구약의 교리에 근거한 청교주의로부터의 탈피를 가리킴.
** 마니교(Manichaeim)는 페르시아의 예언자 마네스가 창시한 종교로서 기독교와 이교(異敎) 사상이 뒤섞인 교리를 가지고 있으며, 빛과 어둠, 신과 악마, 영혼과 육신 같은 영원한 이원적 대립을 전제하고 있어서 흔히 명암교(明暗敎)라 일컬어지기도 한다.
*** 청교도들에 의한 공화정이 끝나고 왕정이 회복되었을 때 궁정의 도덕이 문란해진 것으로 알려져 있다.

교도들의 종교혁명을 겪지 않고 안전하게 존속했더라면, 그런 도덕성이 전국민적 풍조가 되었을지도 모른다.

청교도 정신의 정치적 공헌은 헤아리기 어려울 정도로 크다. 영국이 다시 한 번 폭정의 위험을 직면하게 될 때 그 공헌은 더욱 절실히 기억될 것이다. 나는 지금 청교도 정신이 사회생활에 끼친 영향을 생각하고 있다. 오늘날 몇몇 다른 나라 사람들은 '영국인의 얌전한 척하기'*라는 말을 가지고서 우리 국민의 성격을 그려 내고 있고 또 이말 속에 함축되어 있는 비난은 위선에 대한 일반적 공격의 일부이기도 하거니와, 우리에게 그런 성격이 생겨나게 된 것도 바로 청교도 정신이 끼친 영향 때문이다. 우리들 중의 일부 관찰자들은 영국인들이 얌전한 척하는 습성도 사라지고 있는 중이라고 말하는데, 이는 건강한 해방의 징조이므로 만족스러운 일이라고 여겨진다. 만약에 '얌전한 척하는 사람'이라는 말이 '과도하게 올바른 척하지만 실은 남몰래 간악한 짓을 하는 사람'을 뜻한다면, 염치불구하고 무슨 수를 써서라도 그런 사람들이 사라지게 해야 한다. 반면에 '얌전한 척하는 사람'이 점잖게 살면서, 기질 때문이건 원칙 때문이건, 인간성과 관계되는 원초적 사항들**에 관해서는 생각과 말을 극히 조심해서 하는 습

---

* 여기서 "얌전한 척하기"와 "얌전한 척하는 사람"은 각각 prudery와 prude의 역어이다. prudery는 언행에 있어서, 특히 성 문제와 관련된 언행에서, 지나치게 올바르고 겸허한 척하는 태도를 가리킨다.
** 가령 성 문제 또는 아래서 거론된 "신체에 관련 말"이나 "인간의 동물적 본능" 같은 것들을 가리킨다.

성을 기르고 있는 사람을 뜻한다면, 나는 얌전한 척하기가 결함은 결함이되 지극히 두드러지게 올바른 방향의 결함이 아니겠느냐고 말하고 싶다. 그러므로 나는 이런 국민성이 번성하지 못하고 감퇴하는 것을 원하지 않는다. 대체로 보아서, 특정한 외국인들이 영국인의 얌전한 척하기, 특히 여자들이 보이는 얌전한 척하기에 대해서 말할 때 염두에 두고 있는 것은 이 두 번째 의미이다. 즉 그것은 영국인의 정절에 대한 비난이라기보다도 영국인이 자부심 때문에 저지르는 바보스러운 언동에 대한 공격이다. '숙녀인 척하는 여인(begueule)'의 전형이될 만한 영국 여인이라면 눈처럼 티 없이 깨끗할지 모른다. 그러나 그녀는 눈의 또 다른 성질 즉 싸늘함도 지니고 있어서 철저히 이치에 맞지 않고 견디기 어려운 존재로 여겨지기도 한다. 바로 여기에 차이점이 있다. 말을 아주 까다롭게 하는 습성은 청교도 정신이 빚어낸 직접적 결과가 아니며, 우리의 문학이 이를 충분히 증명하고 있다. 오히려그 습성은 청교도 정신이 가르친 최선의 것들이 모두 국민 생활 속으로 흡수된 뒤에 영국 문명이 세련된 결과이다. 일생 동안 체험을 통해영국 여성을 잘 알게 된 우리는 그들이 조심스럽게 선택해서 쓰는 언어가 대체로 그네들의 마음속에 그런 선택에 상응하는 섬세함이 있음을 말해 준다는 것을 잘 알고 있다. 랜더*는 영국인들이 자기네 신체에 관련 말을 할 때 아주 완곡한 표현을 하는 것을 우스꽝스러운 특성

---

*   랜더(Walter Savage Landor, 1775~1864)는 영국의 시인.

이라고 여겼다. 드퀸시*는 랜더가 이런 말을 한 것을 나무라면서 이 야말로 랜더가 이탈리아에서 오랫동안 살았던 탓에 그만 그의 감수성이 무뎌진 증거라고 단언했다. 이 문제에 관한 이 별난 설명이 타당하든 타당하지 않든 드퀸시의 견해는 완벽하게 옳다. 인간의 동물적 본능을 상기시키는 모든 것에 대해서는 완곡한 표현을 쓰는 것이 아주 좋다. 언변에 세심한 신경을 쓰는 것 자체가 문명 발달의 증거는 아니지만, 문명은 발달 과정에 그런 방향을 지향하고 있음이 분명하다.

23

오전 내내 공기는 음산한 정적 속에 갇혀 있었다. 책을 펴 놓고 앉아 있으니 그 고요함을 절감하는 기분이었다. 눈을 창 쪽으로 돌리니 넓은 잿빛 하늘이 아무 형상도 없이 쌀쌀하고 음산하게 펼쳐져 있을 뿐이었다. 나중에 오후 산책을 나가기 위해 일어서려는데 무언가 흰 것이 조용히 내 시야를 스치며 떨어졌다. 몇 분 더 지나자 소리 없이 내리는 눈의 베일 뒤로 만물은 자취를 숨겼다.

실망이다. 어제만 해도 나는 겨울이 끝났나 보다고 여길 지경이었다.

---

*   드퀸시(Thomas De Quincey, 1781~1859)는 영국의 작가.

언덕의 숨결은 부드러웠고 천천히 떠도는 구름 사이로 맑은 하늘이 파랗게 빛나며 봄을 기약하고 있는 듯했던 것이다. 어둠이 짙어질 무렵 나는 난롯가에서 빈둥거리며 밝고 따뜻한 날들을 그리기 시작했다. 공상이 헤매고 다니며 나로 하여금 멀리 널리 여름철 영국을 꿈꾸게 했다.

이건 블라이스강 계곡이 아닌가. 햇볕으로 데워진 갈색 하상(河床) 위로 잔물결이 넘실거리는구나. 강둑에서는 녹색 창포의 칼날 같은 잎이 나부끼며 살랑거리고 그 주위의 풀밭에서는 온통 순금 같은 미나리아재비꽃이 빛난다. 산사나무 생울타리에서 환하게 핀 푸짐한 꽃이 미풍에 향기를 띄워 보낸다. 저 위로는 가시금작화가 노랗게 덮여 있는 황야가 솟아 있구나. 그 너머로 한두 시간쯤 걸어가면 서포크의 사구(砂丘) 벼랑에 이르러 북해를 굽어볼 수 있으리라…….

지금은 웬슬리데일에 와 있다. 넓은 초원을 거쳐 물결처럼 전개된 황무지까지 뻗쳐 있는 바위투성이 강에서 올라온 것이다. 헤더가 발길에 스칠 때까지 오르고 또 오르니 앞에서 뇌조가 푸드덕 날아간다. 이글거리는 여름 하늘 아래 이 고지대의 공기는 아직도 생기를 지니고 있어서 나를 충동하여 움직이게 하는가 하면 심장을 쿵쿵 뛰게 한다. 계곡은 가려서 보이지 않는다. 갈색과 자주색 황야만이 푸른 하늘을 배경으로 그 크고 둥근 어깨들을 드러내고 있는 것이 보일 뿐이다. 멀리 서녘으로는 침침한 언덕들이 지평선을 이루고 있고…….

나는 글로스터셔에 있는 어떤 마을에서 떠돌고 있다. 졸음을 재촉하는 오후의 더위 속에 버림받은 것처럼 보이는 마을이다. 회색 돌로 지은 집들은 오래되고 아름다워서, 빈부를 가리지 않고 영국인들이 제대로 집 짓는 법을 알고 있었던 시대가 있었음을 말해 주고 있다. 정원마다 꽃들이 불타는 듯하고 공기는 달콤하기만 하구나. 마을이 끝나는 곳에서 오솔길로 접어들어 풀이 무성한 언덕 사이로 꾸불꾸불 올라가니 잔디밭이며 고사리밭 그리고 고귀한 너도밤나무 숲이 나온다. 이곳은 코츠월드 지방의 한 돌출부인데, 내 앞에 광활한 이브섬 계곡이 펼쳐져 있고 거기서 익어 가는 농작물과 과수원 과일들은 성스러운 에이번강* 물을 먹고 자란다. 그 너머에 부드러운 청색으로 보이는 것은 말번 구릉들이 아닌가. 가까이에 있는 어느 가지에서 작은 새 한 마리가 잎이 우거진 숲속의 고독을 반기듯 노래하고 있다. 고사리밭 사이로 산토끼가 뛰어간다. 저쪽 우묵한 곳의 숲에서는 딱따구리 한 마리가 웃는 듯한 소리를 낸다…….

여름 저녁 땅거미가 내릴 때 나는 얼스워터 호숫가를 산책하고 있다. 일몰 후의 잔광으로 인해 하늘은 아직도 덥고, 시커먼 산 위로 어둑한 진홍빛이 피어오른다. 내 아래쪽으로는 호수 기슭이 길게 전개되어 있는데, 희미하게 아무 색조도 없는 양쪽 호안(湖岸) 사이의 물은 강철 같은 회색이다. 깊은 정적 탓인지 물 건너편을 지나는 말발굽 소리가 신기하게도 가까이 들린다. 자연이 그 안식처에서 편히 쉬고 있음을 그 소리가 더욱 실감나게 해 줄 뿐이다. 나는 형언할 수 없

---

* 이브섬이라는 고장은 시성(詩聖) 셰익스피어의 탄생지인 스트랫퍼드 어폰 에이번 근처에 있다. 에이번강을 "성스럽다"고 한 것은 물론 이 강이 시성(詩聖) 셰익스피어의 고향을 지나며 흐르기 때문이다.

는 고독을 느끼지만, 황량한 느낌과는 전혀 닮지 않은 고독이다. 내가 사랑하는 대지의 심장이 주위에 모여드는 밤의 정적 속에서 박동하는 듯하다. 영원한 것들 사이에서 나는 익숙하고 정다운 대지와 접촉하고 있다. 내 발걸음이 이 정적을 깨는 불경을 범할까 두려워 나는 가만 가만 걸으며 움직인다. 길모퉁이를 돌아서니 희미한 향내가 확 불어 닥친다. 조팝나무 꽃향기다. 그때 농가의 창에서 비치는 불이 보인다. 거대한 언덕의 암흑을 배경으로 한 불빛인데 그 아래쪽에 호수 물이 잠들어 있다……

꾸불꾸불 흐르는 우즈 강가의 오솔길을 걷고 있다. 멀리 사방으로 정겨운 풍경이 펼쳐져 있다. 완만한 언덕에 하늘이 내려앉아 있는 곳까지 경작지, 목초지, 생울타리 및 모여 선 나무숲이 널려 있다. 데이지꽃이 핀 강둑과 고리버들이 자라는 하상 사이로 강물은 천천히 조용히 흐른다. 저 너머로 세인트니츠라는 작은 고을이 있다. 온 영국에서 이곳보다 더 순박한 농촌 풍경은 찾을 수 없다. 온 세상에서 이런 종류의 풍경 치고 더 아름다운 곳은 찾을 수는 없다. 풍성한 목초지에서 소들이 음매 하고 운다. 머리 위를 지나는 커다란 조각구름이 강물에 비치는 동안 누구나 온통 편안하게 이곳을 거닐며 꿈을 꿀 수 있다……

지금 사우스다운스 구릉 지대를 산책하고 있다. 골짜기마다 햇볕이 뜨겁게 내리쬐고 있지만 살랑살랑 불어오는 미풍이 이마를 식혀 주고 심장에 환희를 가득 채워 준다. 나직하고 포근한 잔디밭을 걸을 때 발걸음이 지칠 줄 모르고 가볍기만 하다. 나는 걷고 또 걸으며 하얀 구름이 그림자를 떠돌게 하는 저 먼 지평선까지도 갈 수 있을 것 같은 기분이다. 아래쪽으로 멀리 고요하고 말없는 여름 바다가 보이는데 늘 바뀌는 청색과 녹색 물빛이 수평선에서는 희미한 대낮의 연무로 인해 흐려져 있다. 내륙 쪽으로는 여기 저기 양들이 보이는 구릉이 광대한 물결처럼 펼쳐져 있고, 목초지 너머로 농경지와 서식스 윌드라는 삼림 지대가 있는데 그 색깔은 머리 위의 맑은 하늘빛과 비슷하나 더 진하다. 가까이 저 아름답고 우묵한 곳에 아주 오래된 마을 하나가 나무숲에 반쯤 가려져 있는데 그 갈색 지붕에는 황금빛 이끼가 덮여 있다. 나직한 교회의 탑과 그 주위의 묘역이 보인다. 그러고 있는 사이 하늘에서는 종달새 한 마리가 노래하고 있다. 종달새는 내려오더니 둥지로 뚝 떨어진다. 그 환희에 넘치는 노래에 섞인 행복감도 반쯤은 영국에 대한 사랑에서 빚어졌으리라고 나는 꿈꿀 수 있다……

거의 어두워졌다. 15분간쯤은 책상 위에 비친 난로 불빛으로 이 글을 쓰고 있었으리라. 그 불빛이 나에게는 여름 햇빛처럼 보였던 것이다. 눈은 아직도 내리고 있다. 사라져 가는 저녁 하늘을 배경으로 삼으니 그 희미한 빛도 살벌해 보인다. 내일 아침에는 정원에 눈이 두텁게 쌓일 것이고 며칠 동안 남아 있으리라. 하지만 눈이 녹으면, 그 눈이 녹는 날, 스노드롭꽃이 나타날 것이다. 저기 대지를 따뜻하게 덮고 있는 하얀 외투 아래에서는 크로커스꽃도 제 차례를 기다리고 있을 것이다.

24

　'시간은 돈이다.' 이 말은 어느 시대 어느 민족에게도 잘 알려져 있는 가장 비근한 격언이다. 이 격언을 뒤집어 놓으면 '돈은 시간이다'라는 아주 소중한 진실이 된다. 오늘처럼 연무가 장막처럼 어둡게 낀 아침에 서재에서 틱틱 소리를 내며 훨훨 타오르는 멋진 벽난로 불을 찾아 아래층으로 내려오면서 나는 이 진실을 생각해 본다. 내가 너무 가난해서 이 정겨운 난롯불을 피울 여유조차 없다고 가정해 보자. 그러면 내 하루 생활이 지금과는 얼마나 다를 것인가! 과거에 내 마음을 조화롭게 하는 데 필요한 물질적 안락이 부족했던 탓에 나의 삶에서 얼마나 많은 나날이 상실되고 말았던가! 돈은 시간이다. 나는 돈을 주고 시간을 사서 즐겁게 쓸 수 있다. 내게 돈이 없다면 그 시간이 어떤 의미로든 내 것이 될 수 없을 것이요, 오히려 그 시간이 나를 비참한 노예로 삼을 것이다. 돈은 시간이다. 그런데 다행히도 시간을 사는 데는 그리 많은 돈이 필요하지 않다. 돈을 제대로 쓰는 데 있어서는 돈이 너무 많은 사람도 돈이 넉넉하지 못한 사람만큼이나 잘 해내지 못하고 있기 일쑤이다. 우리는 일생 동안 시간을 사거나 시간을 사려고 노력할 뿐 그 밖에 따로 하는 일이 있는가? 그런데도 대부분의 사람들은 오른손으로 움켜잡은 시간을 왼손으로는 내다 버리고 있다.

25

어두운 나날이 끝나고 있다. 머지않아 다시 한 번 봄이 찾아올 것이다. 얼마 후면 들판으로 나가서 근자에 난롯가에서 나를 무척 괴롭히던 실의와 공포의 사념들을 떨쳐 내리라. 나로서는 자기중심적으로 처신하는 것이 미덕이다. 그 어떤 관점에서 보아도, 세상에 대한 걱정을 시작할 때보다는 나 자신의 만족을 위해 살 때 나는 더 보람 있게 사는 것이 된다. 이 세상을 보면 나는 겁이 나는데 겁을 먹은 사람은 아무 데도 쓸모가 없다. 내가 한 활동적 시민으로 쓸모 있는 역할을 수행할 수 있는 유일한 길은 작은 시골에서 학교 선생이 되어 대여섯 명의 똑똑한 학생들에게 학문 자체를 위한 학문을 사랑하도록 가르치는 일일 것이다. 그런 일은 내가 해낼 수 있었을 거라고 장담한다. 하지만 아니다. 왜냐하면 나는 젊은 시절에도 나이가 든 지금과 똑같은 마음가짐이어서 부질없는 야심이 없고 성취 가망이 없는 이상 때문에 심란해지는 일이 없었을 것이기 때문이다. 지금처럼 삶으로써 나는 내가 일을 하며 살던 그 어느 시절보다도, 그리고 바쁘게 애국심을 발휘하고 다니면서 칭송받는 많은 사람들보다도, 국민으로서의 자격을 더 많이 갖추게 되는 것이 아닐까 싶다.

내 삶이 다른 사람들에게 모범이 된다고 여기지는 않겠다. 내가 말

겨울

하고자 하는 것은 이런 삶이 나에게는 좋은 것이며 내게 좋은 만큼 이 세상을 위해서도 이익이 된다는 것뿐이다. 조용히 만족하며 사는 것은 훌륭한 시민적 자질의 한 면모임이 분명하다. 여력이 있는 분들은 더 많은 일을 하시라. 그리고 그 과정에 행운을 누리시라. 나는 나 자신이 예외적인 사람임을 안다. 심성이나 환경이 나와는 전혀 다른 사람들이 자기네 앞에 놓인 평범한 임무를 수행하기 위해 기꺼이 희망찬 에너지를 발휘하며 헌신하고 있는 광경을 마음속으로 상상해 보면 언제나 나에게는 암울한 사념에 대처하는 해독제가 될 수 있었다. 오늘의 세계에서 아주 큰 부분을 차지하고 있는 어리석음과 야비함을 생각하면 크게 낙담하지만, 수많은 밝은 영혼의 소유자들이 용기 있게 살면서 선을 찾을 수 있는 곳에서는 어디서나 선을 보고 흥조에 흔들리는 일 없이 해야 할 일을 수행하기 위해 진력하고 있다는 것을 기억하자. 이 세상 어디에 가든 이런 사람들의 수는 적지 않으며 인종과 신앙의 구분 없이 우애로 뭉쳐 있다. 이들이야말로 인간이라는 이름으로 불러 손색이 없는 인간 집단이며, 이들이 가진 유일한 신앙은 이성과 정의 숭배이다. 닥쳐올 세상이 그들의 것이 될지 아니면 말이나 할 줄 아는 유인원(類人猿)의 것이 될지 지금은 아무도 말할 수 없다. 그러나 그들은 성스러운 희망의 불을 지키면서 살고 있으며 또 애쓰고 있다.

　나 자신의 나라에서는 그런 사람들의 수가 예전보다 줄었다고 감히 말할 수 있을까? 나는 그런 사람을 몇몇 알고 있는데, 그들을 보면 그런 사람들이 가까이에 혹은 먼 곳에 더 많이 있을 거라는 확신이 선다. 그들은 고귀한 성품을 가지고 있어 용감하면서도 관대하고, 머리가 맑고 눈이 예리하며, 정신은 행운이 닥치든 악운이 닥치든 똑같이 대처할 능력이 있다. 나는 활력과 덕성이 조금도 손상되지 않은 참된 영국의 아들을 그려 본다. 그의 피 속에는 명예를 지키고 야비함을 경멸하려는 본능이 흐른다. 그는 자기가 한 말이 의심받는 것을 참을 수 없으며, 서민적인 인색함으로써 이익을 챙기느니 차라리 손에 쥐고 있는 것을 모두 나누어 줄 것이다. 그가 아끼는 것이 있다면 그것은 불필요한 말뿐이다. 그는 죽어도 굳센 친구로 남으며, 그의 사랑을 구하는 이들에게는 신중한 상냥함으로 부드럽게 대하고, 겉보기에는 금욕적이지만 자기가 신성하다고 여기는 대의명분을 지키기 위해서는 열정을 쏟는다. 그는 혼란과 부질없는 소음을 싫어하기 때문에 어리석은 대중이 몰리는 곳에는 가지 않는다. 그는 자기의 업적에 대해 자랑하지 않으며 하고자 하는 일에 대해서도 뽐내며 약속하지 않는다. 지각 없는 자들의 목소리가 높아서 지혜의 충고가 묻혀 버릴 때, 멀찍이 떨어져 선 그는 다른 사람들이 파괴의 난동을 부리고 있는 동안에도 세우고 튼튼히 하는 등 가장 손쉽고 평범한 일을 하는 데 만족하고 있을 것이다. 그는 늘 희망에 차 있을 것이고 자기 나라에 대해 절망하는 것을 범죄시한다. "비록 지금은 사정이 나쁘지만, 앞으로 늘 그렇지는 않을 것이다(Non, si male nunc, et olim sic erit)."* 운이 나쁜 날이 닥쳐와서 무슨 나쁜 말을 들어도 그는 모든 위협에 굴하지 않고

---

* 호라티우스의 『부(賦)』 II. x, 17.

똑바로 앞으로 나아가던 그 옛날의 영국인*을 기억하고, 필요하다면, 그처럼 '서서 기다리는 것'**을 자기의 임무요 해야 할 일로 삼을 수도 있을 것이다.

26

최근에 나는 봄빛을 기다리다 조급해진 나머지 이튿날 아침에 잠이 깨면 하늘을 볼 수 있도록 침실 블라인드를 걷어 올린 채 자리에 들곤 했다. 오늘 아침에는 해 뜨기 직전에 잠이 깼다. 대기는 평온했고 서쪽으로 희미하게 감도는 장밋빛은 동녘이 맑은 하루를 기약하고 있음을 말해 주었다. 구름은 전혀 보이지 않았다. 앞을 바라보니 뿔처럼 뾰족한 조각달이 지평선으로 떨어지고 있었다.

동녘의 기약은 지켜졌다. 조반을 든 후 나는 난롯가에 앉아 있을 수가 없었다. 사실이지 난롯불이 별로 필요하지도 않았다. 태양에 이끌

---

*   밀턴을 가리킴. 『실락원(*Paradise Lost*)』 vii, 25~26 참조.

**   밀턴은 자기의 실명(失明)을 노래한 1655년작 소네트 「나의 빛이 어떻게 소진 되었는가를 생각할 때(When I Consider How My Light Is Spent)」의 마지막 행 에서 "(바삐 활동하는 대신에) 그저 서서 기다리기만 하는 사람들도 하느님 을 섬기고 있다(They also serve who only stand and wait)"고 읊은 바 있다.

려 밖으로 나온 나는 아침 내내 축축이 젖은 오솔길을 산책하며 유쾌하게 대지의 향내를 맡고 있었다.

집으로 돌아오는 길에 첫 애기똥풀꽃을 보았다.

그러니 다시 한 번 한 해가 완전히 한 사이클을 돈 셈이다. 그런데 어찌하여 세월은 이토록 빠를까. 오오, 이토록 빠르기만 하단 말인가. 지난해 봄을 맞은 후에 어느새 열두 달이나 지나갔는가. 내가 삶에 이토록 만족하고 있으니까 삶은 아까운 행복을 나에게는 베풀기 싫다는 듯이 이렇게 휙휙 지나가야 하는 걸까. 노역과 근심과 늘 헛되기만 하던 기다림으로 인해 한 해가 지루하게 끌던 때도 있었다. 더 먼 옛날로 올라가서 어린 시절은 한 해가 끝없이 길어 보였다. 세월이 빨리 흐르는 것은 우리에게 삶이 비근하기 때문이다. 아이들의 경우처럼 하루하루가 미지의 세계로 들어가는 한 걸음이 되는 시절에는 새 경험을 모으느라 하루가 길어 보인다. 지나간 한 주일은 그 기간에 배운 것들을 회고할 때 어느새 먼 과거처럼 보인다. 닥쳐올 한 주일은, 특히 어떤 기쁜 일을 예고하고 있을 경우, 멀리서 머뭇거리기만 하는 것처럼 보인다. 중년기가 지나면 우리는 배우는 것이 거의 없고 기대도 거의 하지 않는다. 오늘은 어제와 비슷하고 다가올 내일과도 오늘과 비슷할 것이다. 그러므로 한 시간씩 구별조차 되지 않는 시간의 흐름을 지체시키는 것은 마음이나 몸이 느끼는 고통뿐이다. 하루를 즐겨 보시라. 그러면 그 하루는 한 순간으로 줄어들고 말 것이다.

마음대로 한다면 나는 앞으로 여러 해를 더 살고 싶다. 하지만 나에게 미처 1년이 남아 있지 않다고 해도 나는 불평하지 않을 것이다. 내가 이 세상에서 편히 살지 못하던 시절에는 죽는 일조차 어려웠을 것이다. 이렇다 할 목표 없이 살아왔을 터이므로 내 종말도 돌발적이요 무의미해 보였을 것이다. 이제는 나의 삶도 완성된 셈이다. 어린 시절의 그 자연스러운 비성찰적 행복감으로 시작되었던 나의 일생이 이제는 성숙한 마음만이 누리는 당연한 평온 속에서 끝날 것이다. 한 작품을 오랫동안 고통스럽게 써서 그 끝을 본 후에 내가 감사의 한숨을 쉬며 펜을 내려놓았던 적이 얼마나 여러 차례 있었던가. 결함투성이의 작품이었지만 내 나름으로는 성실하게 썼으며 시간과 환경과 나 자신의 천성이 허용하는 한 최선을 다했다. 내 일생의 마지막 시간에 대해서도 그렇게 느낄 수 있게 되길 바란다. 내가 일생을 되돌아보면서 그것을 때맞춰 끝맺은 긴 과업이요 결함은 많으나 그런대로 최선을 다해서 쓴 한 편의 전기라고 여길 수 있다면, 그리고 만족스럽다는 생각 이외에 다른 아무 생각도 없이 내가 "끝"이라는 말로 마지막 숨을 거두고 뒤이어 오는 안식을 반가이 맞이할 수만 있다면 무엇을 더 바랄 것인가.

해설

내밀한 삶의 기록

이상옥

1

조지 로버트 기싱(George Robert Gissing)은 1857년 11월 22일 영국 중부의 소도시 웨이크필드에서 약제사의 아들로 태어났다. 퀘이커 교도들이 운영하는 사립학교를 졸업한 그는 훗날 맨체스터대학으로 개편된 오웬스대학에 장학생으로 입학하였다. 어려서부터 조숙한 편이었던 그는 이 무렵에 이미 장래의 고전학자로 촉망받고 있었다. 그러나 그는 한 매춘부에게 매혹된 나머지 그녀를 '구원'하려고 사소한 절도죄를 범한 끝에 퇴학당했으며 얼마 동안 감옥에 갇혀 있었다. 이 비행 때문에 그의 고전학자로서의 미래가 무산되고 말았다.

복역을 마친 기싱은 1876년에 미국으로 건너가서 약 2년간 가정교사 노릇을 하며 많은 고생을 했다. 그러나 미국에 머무는 동안 그는 시카고에서 몇 편의 단편소설을 써서 파는 데 성공했으며 이 작가 수련 시대의 고생스러운 체험은 훗날 그의 대표적 장편소설인 『신판 가난한 문인들의 거리(New Grub Street)』(1891)에서 소설화되기도 했다.

　미국을 떠나 독일 예나에서 얼마 동안 철학을 공부하던 기싱은 영국으로 돌아와서 학창 시절에 만난 여인 마리안 해리슨과 동거하기 시작했고 1879년에는 결혼했다. 하지만 문예 창작이야말로 삶에서 가장 중요한 일이라고 여기던 그는 좀처럼 가정생활에 충실하려 하지 않았다. 1882년에 아내가 병에 걸리자 그는 별거했으며 1888년에 그녀가 세상을 떠나기까지 그들은 다시 함께 살지 않았다. 1891년에 그는 하녀 출신의 이디스 언더우드라는 여인과 재혼했다. 하지만 교육이라고는 전혀 받지 못했던 이 여인은 잘 팔리지도 않은 책을 쓰는 데 열중하는 남편을 전혀 이해하지 못했고 따라서 그들의 관계는 원만치 못했다.

　기싱의 런던 시절은 순탄치 못한 결혼생활뿐만 아니라 혹심한 빈곤으로 얼룩져 있었다. 그는 개인교수와 서기직으로 생계를 어렵게 꾸리면서도 창작에의 집념만은 버리지 않았다. 그러나 그의 작품은 출판사를 찾지 못하고 있었다. 1880년에 소액의 유산을 상속받은 그는 첫 장편소설『새벽의 노동자들(Workers in the Dawn)』을 자비 출판했지만 상업적 성공을 거두지는 못했다. 이 무렵에 그는 여러 형태의 사회주의 운동에 개입했고, 대부분의 초기 소설들도 당연히 산업화 시대의 프롤레타리아 계급을 그리는 급진적 경향을 보이고 있었다. 그는 물질적 궁핍화가 인간의 인격에 끼칠 수 있는 파괴적 영향과 그것 때문에 인간이 겪을 수밖에 없는 도덕적 타락상에 대해 깊은 관심을 보이고 있었다. 하지만 사회주의에 대한 그의 믿음은 그리 오래가지 않았다. 그 이유는 시회주의가 터무니없이 낙관적인 데 대해 그가 식상했기 때문이었다고 한다. 이 시기에 그가 겪은 정신적 행로는 『계층 분류가 되지 않은 사람들(The Unclassed)』(1884) 및 『민중(Demos)』(1886), 같은 초기 작품 속에 잘 반영되어 있다고 한다. 헨리 제임스와 H.G. 웰스 같은 당대의 대가들은 이 작품들을 높이 평가했지만 그는 여전히 창작으로 생계비를 충당하지 못하고 있었다.

가난 속에서나마 절약을 통해 약간의 돈을 모은 기싱은 1897년에 아내와 두 아이들을 버려 둔 채 유럽으로 갔다. 그것은 무엇보다 젊은 시절에 고전학자로서 그가 항상 동경하던 이탈리아와 그리스를 몸소 찾아가 보기 위해서였다. 그는 이때의 견문을 밑천으로 1901년에는 여행기 『이오니아 해변에서(By the Ionian Sea)』를 발표했는데, 『헨리 라이크로프트의 내밀한 기록(The Private Papers of Henry Ryecroft)』 속에서는 이 여행의 일부가 애틋이 회고되고 있다.

유럽에 머무는 동안 그는 자기 작품의 불어 번역에 관심을 가지고 있던 가브리엘 플러리(Gabrielle Fleury)라는 여인을 만나 동거생활에 들어갔지만 영국에 있는 아내로부터 이혼 동의는 끝내 얻어내지 못했다. 그러나 평생 처음으로 교양과 세련미를 갖춘 여인을 만나 함께 살면서 그는 만년의 위안을 얻고 있었으리라 여겨진다. 이 무렵에 그는 H. G. 웰스와 두터운 친분을 맺고 있었으며 이 당대의 대작가로부터는 여러 면의 도움을 받았다.

1903년 12월 28일에 기싱은 가브리엘과 살림을 차리고 있던 피레네 산맥 속의 어느 작은 고장에서 세상을 떠났는데 이때 그의 나이는 마흔여섯에 불과했다. 그때까지 그는 이미 스물한 권의 책을 출판한 바 있었고 사후에 두 권의 소설이 더 나왔다. 그는 20여 년간에 걸친 작가생활을 통해 비교적 많은 작품을 남긴 셈이지만 오늘날에는 거의 읽히지 않고 있다. 그의 주된 생계 수단이 창작이었으므로 대부분의 작품은 소위 "호구지책을 위해 쓴 작품들(pot-boilers)"이었다. 하지만 비평가들로부터 높은 평가를 받은 작품들마저 독자들로부터는 냉대받았기 때문에 그는 사실상 한평생을 혹심한 궁핍 속에서 살아야 했다.

2

『헨리 라이크로프트의 내밀한 기록』은 모두 100여 편에 달하는 에세이풍(風)의 글로 구성되어 있다. 이 토막글들은 「봄」「여름」「가을」「겨울」이라는 제목이 붙은 네 부분으로 나뉘어 있다. 각 부분마다 수록되어 있는 스물대여섯 편씩의 글이 모두 표제 계절과 직접 관련되어 있는 것은 아니다. 그리고 낱낱의 글은 독립해서 읽힐 수도 있고 더러는 잇달아 몇 편이 같은 주제를 일관성 있게 쫓기도 하지만 책 전체의 구조와 유기적으로 얽혀 있지는 않다. 따라서 이 책에서 일관성 있는 주제나 이렇다 할 만한 맥락을 찾아볼 수는 없다.

이 책이 우리의 관심을 끄는 것은 무엇보다도 저자 조지 기싱이 헨리 라이크로프트라는 가공적 인물의 펜을 빌려 몇 가지의 중요한 주장을 거듭 개진하고 있기 때문이다. 이 주장들은 자연 친화, 사회와 문명에 대한 비평, 자기성찰 등에 관한 것들인데 기싱은 흔히 경구적 (警句的) 어조를 띠곤 하는 미려한 문체로 자기 생각을 설득력 있게 펴나간다.

(1) 우선 자연에 대한 기싱의 관심부터 살펴보기로 한다. 라이크로 프트가 오랫동안 고난의 작가 생활을 해 오던 런던을 아무 미련 없이 버리고 데번셔로 내려간 것은 무엇보다도 자연과 가까이하는 삶을 누리기 위해서이다. 그는 계절의 변화와는 상관없이 자연 속에서 늘 생명력이 넘치는 아름다움을 본다. 다음은 「봄」에서 따온 한 구절이다.

> 위대한 예술가인 자연은 평범한 꽃들을 흔히 볼 수 있는 곳에 만들어 두었다. 우리가 아주 천한 잡초라고 부르는 것까지도 너무 경이롭고 너무 사랑스러워서 인간의 언어로는 이루 표현할 수 없을 정도지만 그런 것들은 모든 행인들이 볼 수 있는 곳에서 살고 있다. 반면에 진귀한 꽃들은 보다 오묘한 기분에 빠진 예술가가 은밀한 곳에 따로 만들어 두기 때문에 이런 꽃을 발견하게 되면 마치 보다 신성한 영역에 입장 허락을 받은 기분이 된다. 이럴 때면 나는 반가움 속에서 경외감까지 느낀다. (「봄」 3)

이처럼 자연은 언제나 그에게 경외와 친화의 대상이다. 그리고 아래 구절에서 볼 수 있다시피 헐벗은 겨울나무에서까지 희귀한 아름다움을 찾는 것도 그가 마음속으로 자연에 대한 심오한 사랑을 품고 있기 때문에 가능하다.

나뭇잎이 모두 떨어지고 나면 풍경이 변한 것을 눈여겨보는 일이 즐겁다. 여름 동안 숨어 있던 시내며 연못이 눈에 들어온다. 내가 즐겨 걷는 오솔길들도 낯선 모습을 드러내므로 나는 그 길들과 더 친숙해질 수 있다. 그리고 옷을 벗어 버린 나무들의 구도(構圖)에는 희귀한 아름다움이 있다. 어쩌다 눈이나 서리가 내려 차분한 하늘을 배경으로 그물처럼 엉겨 있는 나뭇가지들을 은빛으로 장식하면, 아무리 쳐다보아도 싫증나지 않는 경이로운 광경이 된다. (「겨울」12)

라이크로프트는 모든 계절을 통해 자연의 변화에 탐닉하며 그것을 아낌없이 상찬하지만 자연을 탐구와 발견의 대상으로만 여기지는 않는다. 오히려 그는 자연 속에서 무언가 보상적이고 치유적인 효능까지 찾고 있다. 그런데 이런 자연관은 그의 비관적인 사회 인식과 깊은 상관관계에 있지 않나 싶다.

(2) 라이크로프트가 어떤 눈으로 인간과 사회를 바라보고 있는지를 쉽게 단정하기는 어렵지만 적어도 다음 구절은 우리에게 해답의 실마리를 제공해 주지 않을까 싶다.

반세기가 넘도록 살아오는 동안 나는 이 세상을 어둡게 하는 잘못이나 어리석음의 대부분이 영혼을 조용한 상태로 두지 못하는 사람들에게서 비롯된다는 사실을 알게 되었다. 뿐만 아니라 인간을 파멸에서 구원해 주는 착한 성품도 대부분 고요한 명상 속의 삶에서 나온다는 것을 알게 되었다. 날마다 세상은 더 시끄러워지고 있다. 나 한 사람만이라도 그 소란을 더 악화시키는 데 동참하고 싶지 않다. 내가 오직 잠자코 있기만 해도 온 세상 사람들에게 복을 베푸는 셈이 될 것이다. (「봄」 4)

이 구절은 기싱이 자기가 살고 있던 시대의 정치적·사회적 성격을 어떻게 인식하고 있는지 그리고 그 시대를 대하는 그의 기본적 자세가 어떠했는지를 단적으로 보여 주고 있다. 그가 살던 19세기 후반기의 영국은 산업혁명의 선두 국가로서 경제적 번영을 누리며 세계만방에 위세를 떨치고 있었지만 한편 찰스 다윈의 『종의 기원』의 출간 등으로 인해 정신적으로는 상당한 동요를 겪고 있었다. 전통 기독교의 권능은 심각히 도전받고 있었고 물질 만능 시대에 적합한 새로운 정신문화의 계발은 더디게 이루어지고 있었기 때문에 사람들은 여러 면으로 갈등을 겪고 있었다. 이렇게 격변하는 시대에는 인류와 세계의 미래에 대한 낙관론과 비관론이 엇갈리기 마련이지만 기싱의 경우는 비관론 쪽으로 기우는 편이었다. 어디에 가든 그의 눈에는 사람들이 부질없이 벌이고 있는 소동이 역겹기만 했고, 그래서 언제나 그는 "현대인의 생활 조건에 대한 불평이나 늘어놓고 싶은 고질적 기분"(「여름」 25)에 빠져 있었다.

기싱이 당대의 정치적·사회적 추세에 대해 우려하는 이유는 무엇보다도 그것이 영국인의 인간성에 부정적인 영향을 미친다고 믿는 데 있었다. 근대 과학 문명의 급격한 발달과 중상주의 풍조의 만연은 영국의 국민성을 타락시키고 있을 뿐이라고 믿고 있던 기싱은 이 『헨리 라이크로프트의 내밀한 기록』의 여러 대목에서 그 실례를 들고 있다. 가령 아프리카에서 사자 사냥을 했다고 자랑하는 한 영국 여인의 경험담을 현대적 용기의 진정한 성격을 드러내는 실례라고 빈정댄다든가(「여름」15), 외국으로부터의 침략을 감수할지언정 학교 교련과 징병제도는 철폐해야 옳다고 주장한다든가(「봄」19), 신문이나 잡지에 세계대전 불가피론을 펴는 지식인들이야말로 사실은 전쟁을 불가피하게 만들고 있다고 논박한다든가(「여름」6~7), 문학과 예술이 그 전통적 고고함을 버리고 상업주의에 물들어 가는 풍조를 개탄한다든가(「가을」22) 하는 것은 그 좋은 예들이다.

기싱이 자기 시대에 대해 우려하고 있는 것이 위에서 예시한 사회적 타락상만은 아니다. 그는 영국과 영국인에게 특유의 자랑거리가 되곤 했던 많은 값진 것들이 새로운 시대를 맞아 상실되고 있는 것을 못내 아쉬워한다. 예를 들어, 시골에서 나그네들을 위해 편한 잠자리와 먹음직한 음식을 제공해 주던 여관을 이제는 찾아보기 어렵게 되었다든지(「여름」16), 시골 사람들에게 꽃과 새가 거의 잊히고 민요와 민담마저 사람들의 입에 오르는 일이 드물게 된 것을 보고 농촌의 타락이 구제하기 어려울 정도로 심화되었다고 여긴다든지(「가을」17), 수입된 버터 때문에 식료품 가게에서 밀려나고 있는 영국산 버터의 품질 저하야말로 영국민이 처해 있는 도덕적 상태를 가리키는 최악의 징조 중 하나(「겨울」11)라고 단정한다든지, 물질 만능 시대를 맞아 새로운 개념의 안락을 찾느라 전통적 안락관을 저버리고 있는 영국인들은 결국 인간으로서나 시민으로서 도덕적 타락을 겪고 있는 셈이라고

개탄하는 것(「겨울」 13) 등이 바로 그것이다.

인간과 사회에 대한 비관적 성찰 및 정의가 우주의 법칙과 거리가 멀다는 우주론적 신념(「가을」 13) 그리고 급격히 발달하는 과학이야말로 "인류에게 무자비한 적"(「겨울」 18)이 될 뿐이라는 예언가적 확신 등은 인간의 미래에 대한 그의 전망을 암울하게 한다. 더욱이 그의 당대에 만연하던 황금 숭배의 풍조가 인간의 오래된 자연 친화의 습속마저 퇴화시키고 있다는 사실 앞에서 그는 큰 낭패감을 느낀다.

자연물을 가지고서 상징을 삼던 풍습이 거의 사라져 버린 것은 현대인의 생활이 보여 주는 황량한 모습 중의 하나이다. 오늘날 우리에게는 신성시되는 나무가 없다. 한때는 참나무가 영국인들의 마음속에서 한 자리를 차지하고 있었지만 지금이야 누가 참나무를 존중하는가? 우리는 쇠의 신들*을 숭배하고 있다. 크리스마스 때가 되면 감탕나무나 겨우살이를 팔아서 돈벌이를 하지만, 녹색 나뭇가지들을 살 수 없게 된다 한들 장사꾼들을 제외하고 누가 상관할 것인가. 정녕 하나의 상징이 다른 모든 상징들을 무색하게 했으니 그것은 바로 동그랗게 주조된 금속이다. 돈이 최초로 권세의 상징이 된 이래로 그 많은 시대가 지났지만, 돈을 소유한 대다수의 사람들이 그 속에서 기장 초라한 보답밖에 받지 못하고 있는 시대는 바로 우리 시대라고 말해서 어폐가 없을 것이다. (「겨울」 15)

* (쇠로 만든) 기계 및 기계 문명 시대의 은유.

라이크로프트가 자연에의 귀의와 그 속에서의 은둔 생활을 무엇보다 귀하게 여기는 이유도 바로 황금 숭배 혹은 물질만능주의 풍조로 대표되는 현대의 여러 병폐들을 치유하는 길이 그 속에 있다고 믿기 때문이다. 그러므로 그가 현실을 외면하고 은둔적인 삶의 길을 택한 것도 단순한 부정적 도피주의가 아니고 깊은 사회적 성찰에서 처방된 그 나름의 긍정적 제스처였다고 할 수 있다.

(3) 『헨리 라이크로프트의 내밀한 기록』은 무엇보다도 지금은 붓을 꺾고 은둔에 가까운 생활을 시작한 한 작가의 사사로운 기록이지만 몇몇 대목에서는 라이크로프트 혹은 기싱의 정치적 소신도 드러내고 있다. 특히 그의 계급관이나 민주주의관이 흥미롭다. 그는 거의 일생 동안 작가 생활을 하며 가난한 삶의 고통을 뼈저리게 겪어 본 사람으로서 때로는 심한 계급적 갈등을 느끼기도 했다. 런던 시절에는 이른바 "특권을 누리는 사람들"에 대한 분노와 시기를 느낀 적이 있던 그였지만 지금은 유족한 생활을 하면서 조금도 자책감을 느끼는 일이 없이 자기 자신을 유한계급의 일원으로 받아들이고 있다(「봄」 4). 그는 더러 연명을 위한 구걸을 해야 할 정도의 빈곤을 겪으면서 사회적 불평등을 절감했고 또 자신을 사회의 한 구성원으로 여기는 법마저 익히지 못하고 살아왔지만 지금은 또 다른 의미에서 사회와는 격리된 삶을 살고 있다. 이는 그가 당초에 느끼던 계급적 갈등을 어느새 저버렸음을 의미하고, 한때 받들었던 계급투쟁 정신에서 계급결정론 쪽으로 슬그머니 후퇴한 것을 보여 주므로 흥미롭다.

라이크로프트의 계급결정론적 생각은 자기 집 가정부를 대하는 태도에서 가장 잘 드러나고 있다. 그는 그녀를 훌륭한 가정부라고 여기지만 그녀에게 가정부 이상의 역할을 감당할 능력은 인정해 주려 하지 않는데 이 점은 다음 구절에서 확인될 수 있다.

> 처음부터 나는 그녀를 보기 드물게 훌륭한 하인이라고 생각했다. 알게 된 지 3년이 지난 지금 보아도 그녀는 '탁월하다'는 칭찬을 받아서 손색이 없는 내가 아는 소수 여인들 중의 한 사람이다. 그녀는 글을 읽고 쓸 줄 아는데 그게 모두다. 더 이상의 교육은 그녀에게 해가 되었을 것임을 나는 확신한다. 왜냐하면 그 교육은 그녀를 정신적으로 인도할 분명한 빛이 되는 대신에 그녀의 선천적 동기만 혼란케 했을 것이기 때문이다. (「봄」 16)

이 구절 속에서 기싱은 마치 가정부가 되도록 점지받고 태어난 계층이 따로 있다고 여기는 것처럼 비친다. 그리고 이런 생각은 뒤에 가서 라이크로프트가 당대의 농민들에게서 찾을 수 있는 최악의 심성은 "반발심으로 가득한 불만"(「가을」 17)이라고 단정하면서 농민들이 시대의 흐름에 따라 자기네의 사회적 지위를 향상시키려는 욕구를 품는 것마저 못마땅하게 여기는 데서도 다시 한 번 확인될 수 있다.

라이크로프트는 젊은 시절에 사회주의자 혹은 공산주의자로 자처하기도 했고 상류사회에 대한 증오심을 느꼈지만, 그렇다고 하류 계층에 대해 공감했던 것은 아니다. 그가 보기에 영국의 하류 계층은 타고난 촌뜨기이고 새 환경에의 적응력이 부족해서 도저히 존경이나 공감의 대상이 될 수 없었다.

나는 부유층의 특전에 대해 반발해 왔다. 런던 곳곳에서 부유한 사람들이 오가는 것을 바라보고 나 자신의 비참함에 분노하며 서 있던 일이 기억난다. 그러나 런던의 가난한 토박이들 사이에 섞여 살면서도 나는 결코 그들과의 일체감을 느낄 수는 없었다. … 만약에 내가 그들과 연대하여 이른바 '상류사회'를 반대하고 나선다면, 그것은 나에게 한갓 정직하지 못한 짓이요 절망적인 짓이 되고 말 것이다. 그들이 마음속으로 갈망하는 것은 내가 보기에 보잘것없고, 반면에 내가 탐내는 삶은 그들에게 영원히 이해되지 않았을 것이다. (「가을」 15)

상류 계층에 대한 분노가 반드시 하류 계층에 대한 공감으로 통할 수는 없으며 특히 라이크로프트 자신과 하류 계층 사이에는 이해 단절의 벽이 있다고 하는 이 솔직한 고백은 곧 그가 만년에 자기 자신을 사회적으로 격리하려고 애쓰는 이유를 어느 정도 해명해 준다.

라이크로프트의 계층 의식은 그가 영국의 오래된 계층제도를 용납하는 듯한 발언을 일삼는 데서도 확인되고 있다. 가령 그는 영국의 군주제도를 "영국인의 상식이 거둔 승리"(「여름」 20)라고 부른다든지 영국의 귀족계급에서 사회적 우월성뿐만 아니라 도덕적 우월성까지 찾을 수 있다고 말함으로써 자기가 왕당파(Royalist)임을 넌지시 비치고 있다. 이런 면모를 두고 생각하건대, 기싱은 『헨리 라이크로프트의 내밀한 기록』의 도처에서 진보적이고 자유주의적으로 들리는 발언을 일삼고 있는 것과는 상관없이 결국 한 보수주의자에 지나지 않았다고 할 수 있다.

(4) 지금까지 살펴본 대로 기싱은 『헨리 라이크로프트의 내밀한 기록』에서 꽤 깊은 사회의식과 정치적 견해를 드러내고 있다. 그러나 이 책을 읽는 재미는 이런 견해를 접할 때보다도 일상적인 삶이 지닌 맛에 대한 의견을 피력하는 대목들에서 더 많이 자아내어지고 있다. 기싱은 젊은 시절에 고전학자로서 대성할 소질을 보인 적이 있고 일생 동안 작가 생활을 해 왔기 때문에 독서와 학문에 늘 깊이 몰두하고 있었으며 이런 집착은 자연히 이 수상록 속에서 자주 표명되고 있다. 이를테면 런던 시절에 책을 구입하기 위해 어떤 물질적 희생을 했는지를 감동적으로 그리고 있으며(「봄」 12), 독서가 삶을 위해 지닐 수 있는 의미에 대해 심오한 성찰을 하기도 한다(「봄」 13, 17, 「가을」 2, 「겨울」 16).

그리고 기싱은 자기에게 학자적 됨됨이가 있었다고 자부하면서 기회가 주어지기만 했더라면 대학의 울타리 안에서 일생을 행복하게 보낼 수 있었을 것이라고 말한다. 그에게 학문은 일생을 통한 관심사였지만 실제로 그에게 허용된 학문의 길은 오직 독서를 통한 고전 세계에의 탐닉뿐이었다. 그래서 그는 한평생 책을 샀으며 또 공들여 책을 읽었다.

나에게 영영 고치지 못하고 말 결점이 있다면 아마 그것은 지식 추구를 충동질하는 마음의 습성일 것이다. 어제만 해도 나는 두툼하게 생긴 유식한 책 한 권을 주문할 뻔하지 않았던가. 나는 그 책을 끝까지 읽지도 않았을 테고 읽는답시고 소중한 나날만 허비하고 말았을 것이다. 오늘날 내가 해야 할 일은 '즐기는' 것뿐인데, 이 점을 솔직히 시인하지 못하게 하는 것은 내 피 속에 흐르는 청교도 정신이라 생각된다. (「겨울」 17)

이는 기싱에게 독서와 학문에의 관심이 거의 종교적 열정에 달해 있었음을 말해 주는 구절이다. 그러나 중요한 것은 이런 열정이 독서에만 그치지 않고 다른 많은 삶의 취향에까지 뻗치고 있다는 사실이다. 이를테면 그는 이 수상록에서 가정, 안락, 미술, 음악 및 끽다 등에 대해서도 거침없이 자기 소신을 펴고 있다.

우선 안락한 가정생활에 대한 그의 견해부터 알아보자. 그는 일생 동안 가정적 행복을 별로 누리지 못했다. 그의 결혼 생활은 흔히 파국적이었고 런던에서 보낸 오랜 기간은 싸구려 셋방을 전전하며 자주 기아에 시달리는 고통으로 점철되어 있었다. 그러므로 그가 보기에 가정(home)을 가진다는 것은 굉장한 축복이 되며 그 가장 큰 이유는 무엇보다 가정이 안락(comfort)을 보장해주기 때문이다(「봄」 2 및 「여름」 12). 하지만 그의 세대에 이미 영국인들은 전통적 의미에서의 가정적 안락의 소중함을 저버리고 있었고, 바로 이 점은 앞서 살핀 바 있는 영국인의 도덕적 타락과도 직결되어 있다.

한편, 라이크로프트가 데번셔에서 런던을 그리워한다면 그것은 오직 이 시골 지방에서는 미술과 음악 같은 문화적 혜택을 누릴 길이 전무하기 때문이다. 그만큼 그에게 미술과 음악은 귀중한 마음의 양식이 되고 있었다. 그는 한때 자연 자체보다도 미술 작품 속에 표현된 자연에서 더 많은 기쁨을 찾은 적이 있다고 실토하는데(「여름」 2), 이런 취향은 19세기 말엽에 유럽을 휩쓸던 심미주의(aestheticism) 문예 사조의 특성을 반영하기 때문에 흥미롭다. 그런데 그의 탐미 습성은 미술에만 한정되지 않고 음악에까지 뻗치고 있다. 그가 살던 시대는 음악이라면 으레 생음악밖에 없었으므로 음악 특히 고급 음악을 접할 기회는 희귀했다. 그래서 그는 열린 창으로 흘러나오는 쇼팽의 야상곡을 듣기 위해 산책 중에 발걸음을 멈춘 적이 있다든지 런던의 어느 잔치 집에서 들려오는 풍악을 감상하느라 한 시간이 넘게 길거리에 서 있었던 일에 대한 감동적인 회상을 하기도 한다 (「여름」, 26).

라이크로프트가 개진하는 사는 맛 중에서 뺄 수 없는 것으로 끽연과 끽다도 있다.

나의 하루에서 가장 빛나는 순간 중의 하나는 오후 산책을 마치고 약간 지쳐서 돌아온 후 구두를 슬리퍼로 갈아 신고 외출복은 초라하나 몸에 편하고 익숙한 저고리로 갈아입고 팔꿈치를 편하게 놓을 수 있는 안락의자에 푹 빠져 앉아 찻잔 쟁반이 들어오는 것을 기다릴 때이다. 아마도 내가 느긋한 느낌을 가장 즐길 수 있는 것도 바로 차를 마시는 동안일 것이다. … 나는 파이프 쪽으로 눈을 돌리고 아마도 생각에 잠긴 채 파이프에 담배 채울 준비를 할 것이다. 담배는 그 자체로도 안온하게 영감을 고취해 주지만 차를 마신 후에 담배를 피우면 다른 어느 때보다도 우리의 마음을 더 무마해 주고 인간적인 사념을 더 많이 암시해 준다. (「겨울」 6)

이 구절은 많은 사람들에게 단순한 기호품에 불과할지 모르는 차와 담배가 라이크로프트에게는 여가를 윤택하게 하고 인간적 사색과 창작적 영감을 고취하기까지 하는 생활필수품이 될 수 있음을 말해주고 있다.

(5) 『헨리 라이크로프트의 내밀한 기록』으로 하여금 한 편의 감동적 수상록이 되게 하는 또 하나의 특징은 이 책이 저자 자신의 부단한 자기성찰의 기록이라는 점이다. 가령 그는 자기의 작가 생활을 회고하면서 자기가 쓴 글의 그 어느 한 페이지도 문학사 속에 살아남을 만한 것이 없다고 자평한다(「봄」 1). 그리고 그는 자기의 일생은 늘 시험적인 삶이었고, 헛된 출발 및 희망 없는 새 시작으로 구성된 일련의 단속적(斷續的) 과정에 불과했다고 생각한다(「겨울」 16). 이런 발언은 라이크로프트가 오랫동안 물질적 궁핍을 동반하는 정신적 여정을 겪어오면서 상당한 수준의 세속적 지혜에 도달했음을 가리키고 있다.

이 지혜는 단순히 라이크로프트의 자아성찰에만 그치지 않고 나아가 그의 주위 세계에 대한 통찰로 이어지고 있다. 이를테면 친구에게 보내는 편지라면 쓰고 싶은 마음이 내킬 때가 아니고는 쓰지 말아야 하는 법이라고 한다든가(「봄」 2), 사흘이 지나고 나서는 그 어느 손님도 진정한 환대를 보장받지 못한다고 한다든가(「여름」 23), 욕망은 줄이고 그 욕망을 충족시키는 데 필요한 돈보다 약간 더 많은 돈을 가진다는 것은 참으로 좋은 일이라고 말하는 것(「겨울」 3) 등은 사실 세속적 진실이 새삼스럽게 표명된 것일 뿐이다. 좀 추상적인 관념과 관계되는 경구들의 예로는, "실천력이 퇴조할 때면 언제나 원칙 문제가 활발히 토의되는 법"(「봄」 20)이라고 한다든가, "만족이 체념을 의미하고 금지된 성싶은 희망의 포기를 의미하는 경우가 너무 흔하다"(「가을」 7)고 하는 것 등이 있다.

3

『헨리 라이크로프트의 내밀한 기록』은 기싱이 1902년에 처음으로 잡지에 연재하기 시작하여 이듬해 정월에 단행본으로 출판되었는데 그의 저작물 중 아직도 널리 애독되고 있는 유일한 책이라 해도 과언이 아니다. 이 책에서 기싱은 헨리 라이크로프트라고 하는 가공인물을 등장시키고 있으며, 원제에 나오는 '사사로운 기록들(private papers)'은 라이크로프트가 남겼다는 내밀한 일기풍의 에세이들을 가리킨다.

라이크로프트는 런던에서 잘 팔리지 않는 작가 생활을 하며 오랫동안 고생하다가 지금은 어떤 친지가 남긴 유산 덕분에 데번셔의 엑서터 시 근교에 정착하여 유족한 은둔 생활을 하고 있는 인물로 설정되어 있다. 그러나 그의 회고를 통해 드러나고 있는 과거 행적이 기싱자신의 실제 체험과 광범위하게 겹치는 듯하므로 우리는 라이크로프트를 기싱의 퍼서나(persona) 혹은 가면(mask)이라고 여기고 싶은 충동을 강하게 받는다. 그리고 헨리 라이크로프트의 기록들은 기싱 자신이 만약에 유족한 은둔 생활을 할 수 있었더라면 실제로 영위했을 이상적 삶을 가공적으로 그려본 것이라고 할 수도 있다. 따라서『헨리 라이크로프트의 내밀한 기록』은 단순한 허구적 기록이라기보다도 기싱 자신의 정신적 자서전의 성격을 다분히 띠고 있다고 할 수 있다.

그러나 이 책 속에서 아무런 유보 없이 기싱의 '자서전적' 요소를 찾으려 한다면 이는 무모한 접근이 될 것이다. 왜냐하면 이 책의 허구적 성격은 아주 강해서 그 내용에 근거한 어떤 비평적 단정도 쉽게 용납하지 않기 때문이다. 이 점은 기싱이 이 책을 마치 소설 쓰듯이 7주간이라는 짧은 기간에 걸쳐 단숨에 써 버렸다는 사실이라든지 책 속에 수록되어 있는 여러 가공적 사실 및 상황 속에서도 명백히 드러나고 있다. 그러므로 케임브리지대학 출판부를 비롯한 영국의 몇몇 유수한 출판사에서 펴낸 문학사전에서『헨리 라이크로프트의 내밀한 기록』을 '소설(novel)'이라고 분류할 정도로 이 작품의 픽션적 성격을 중요시하고 있는 것도 지나치다고 할 수는 없다. 물론 이 책을 소설이라고 간주하는 데에는 문제가 있다. 왜냐하면 우리가 소설에서 흔히 기대하곤 하는 일관된 주제라든가 등장인물의 성격 구성 및 이렇다 할 서술 기법 등을 이 책에서는 거의 찾을 수 없기 때문이다. 그러므로 중요한 것은『헨리 라이크로프트의 내밀한 기록』이 '소설'이냐 아니면 '에세이집'이냐를 가리는 것이 아니라, 이 책 속에 수록된 글들이 있는 그대로 우리에게 충분히 흥미로울 수 있느냐 없느냐를 따지는 것이다.

그러면 이 책이 처음 간행된 지 100년이 훨씬 지난 오늘날까지도 우리가 이 책에 대해 관심을 가지는 이유는 어디 있을까? 그것은 무엇보다 이 책에 수록된 수상문들이 거의 모두 원숙한 영혼만이 거둘 수 있는 내밀한 성찰의 기록들이며 그 기록에 우리가 혹하기 때문이 아닐까 한다. 뿐만 아니라 모든 기록들이 미려하고 우아하며 고전적인 스타일의 영어 ― 우리말로 얼마나 충실히 옮겨졌을까 걱정이다 ― 로 쓰여 있기 때문에 내용이 주는 감동과는 별도로 읽는 이에게 많은 감흥을 불러일으키기도 한다.

그리고 또 한 가지 ― 우리는 이 책 속에 피력된 견해들이 우리에게 시의성(時宜性)을 지니고 있다는 사실에 주목할 필요가 있다. 물론 오늘을 사는 우리가 이 책 속에 담긴 내용을 있는 그대로 받아들일 수 있다는 것은 아니다. 19세기 말에 이르기까지 약 150년에 걸친 산업화 과정을 거치는 동안 영국은 크게 변모했고 이 변모는 많은 경우 발전을 의미했지만 더러는 소중한 것들의 상실을 의미하기도 했다. 그래서 기싱 당대의 영국인들은 대체로 물질문화의 발달에 대한 낙관적 견해에 못지않은 회의주의 때문에 시달리기도 했다. 바로 이 점이 지난 몇십 년 간에 걸친 급격한 산업화로 인해 들뜬 사회적 분위기 속에서 물질적 만족에 못지않은 정신적 동요까지 겪고 있는 우리들에게는 심상찮게 시사적으로 다가온다. 『헨리 라이크로프트의 내밀한 기록』이 우리에게 범상한 수상록으로만 그치지 않는 이유도 바로 여기에 있다.

물론 기싱 시대에 유럽을 휩쓸고 있던 시대적 사조에서 우리 시대의 추세를 아무 유보 없이 유추할 수는 없다. 하지만 기싱이 관찰하고 느끼며 생각한 것은 변화하는 시대에 한 지식인이 무언가 가치 있는 것들을 지키려고 들인 노력의 전모를 보여 주고 있으며, 이런 지적 노력은 비록 시대와 지역의 성격이 다르기는 하되 오늘을 사는 우리에게도 하나의 소중한 전범이 될 수 있다. 바로 이 점은 그의 수상록으로 하여금 언제 어디서나 널리 읽힐 수 있게 하는 요인이 되므로 100여 년이라는 시간적 간격이나 서양과 동양이라는 공간적 거리는 별로 문제가 되지 않는다. 그러므로 우리는 라이크로프트의 수상록을 읽으며 기싱이 동시대 이야기뿐만 아니라, 시공을 초월하여, 바로 우리 시대 이야기까지 하고 있다는 생각을 빈번히 하게 된다.